MEREDITH WEBBER

Le bébé du cheikh

W0401907

éditions HARLEQUIN

Cet ouvrage a été publié en langue anglaise
sous le titre :
THE SHEIKH SURGEON'S BABY

Ce roman a déjà été publié en mai 2008

HARLEQUIN®
est une marque déposée par le Groupe Harlequin

Si vous achetez ce livre privé de tout ou partie de sa couverture, nous vous signalons qu'il est en vente irrégulière. Il est considéré comme « invendu » et l'éditeur comme l'auteur n'ont reçu aucun paiement pour ce livre « détérioré ».

Toute représentation ou reproduction, par quelque procédé que ce soit, constituerait une contrefaçon sanctionnée par les articles 425 et suivants du Code pénal.

© 2008, Meredith Webber.
© 2008, 2014, Traduction française : Harlequin S.A.

Tous droits réservés, y compris le droit de reproduction de tout ou partie de l'ouvrage, sous quelque forme que ce soit.
Ce livre est publié avec l'autorisation de HARLEQUIN BOOKS S.A.
Cette œuvre est une œuvre de fiction. Les noms propres, les personnages, les lieux, les intrigues, sont soit le fruit de l'imagination de l'auteur, soit utilisés dans le cadre d'une œuvre de fiction. Toute ressemblance avec des personnes réelles, vivantes ou décédées, des entreprises, des événements ou des lieux, serait une pure coïncidence. HARLEQUIN, ainsi que H et le logo en forme de losange, appartiennent à Harlequin Enterprises Limited ou à ses filiales, et sont utilisés par d'autres sous licence.

Le visuel de couverture est reproduit avec l'autorisation de :
HARLEQUIN BOOKS S.A.

Tous droits réservés.

ÉDITIONS HARLEQUIN
83-85, boulevard Vincent Auriol, 75646 PARIS CEDEX 13.
Service Lectrices — Tél. : 01 45 82 47 47
www.harlequin.fr

ISBN 978-2-2803-1060-4

Le bébé du cheikh

*

La légende de Sheba

*

L'héritier de Zaraq

1.

Melissa regardait par le hublot tandis que l'avion amorçait son atterrissage. En cette fin d'après-midi, le soleil transformait en miroirs les façades de verre des hautes tours modernes dans lesquelles se reflétaient, ici et là, les maisons carrées traditionnelles, de couleur ocre, couronnées de toits en terrasse, mariant ainsi le passé et l'avenir.

Le Zaheer ! Le pays qui, jusqu'à présent, n'avait été pour elle qu'un nom exotique, allait bientôt devenir une réalité.

— 'adorerais te faire découvrir le désert, lui avait dit Arun.

Ils étaient au lit, regardant le soleil se lever sur la mer. Tous deux savaient qu'ils allaient bientôt se séparer pour toujours. Les moments magiques qu'ils avaient partagés durant les quinze jours qu'avait duré l'important symposium de cardiologie tenu à Hawaii ne seraient plus pour eux qu'un souvenir.

Et maintenant, elle était là, sur le point de le découvrir, ce désert. Mais serait-ce Arun qui lui en ferait les honneurs ? Elle l'ignorait. Ce qu'elle savait, c'était qu'elle allait le revoir, car sa meilleure amie se préparait à épouser le frère jumeau d'Arun. Mais comment celui-ci l'accueillerait-il ?

Poliment, à coup sûr. C'était un homme très bien élevé. De façon protocolaire ? Sans doute, car ici il était chez lui, dans son pays, et il avait une certaine position à tenir.

Mais le Arun qu'elle avait connu s'était montré un amant ardent, et non pas un cheikh courtois et protocolaire.

Le Arun qu'elle avait connu… Elle appuya la main sur son ventre légèrement arrondi que dissimulait son grand caftan. Le problème, ce n'était pas l'accueil que lui réserverait Arun, mais la façon dont il réagirait.

Les mains moites, elle se sentit prise de panique.

Elle aurait dû le lui dire plus tôt.

Mais comment aurait-elle pu, quand elle-même était plongée dans la plus grande incertitude ? Encore maintenant, elle ne savait quoi penser de ce bébé qu'elle portait. Quelle ironie du sort ! Elle qui dirigeait avec énergie et efficacité une équipe de chirurgie pédiatrique, voilà qu'elle était réduite à l'état d'un ectoplasme décérébré dès qu'elle essayait de réfléchir à quelque chose d'aussi normal et d'aussi naturel qu'une grossesse.

Mais elle aurait *dû* le lui dire…

Arun attendait dans la salle vitrée, regardant la porte avant de l'avion s'ouvrir pendant qu'on mettait en place la passerelle. Dans quelques mois, le nouvel aéroport serait opérationnel et les passagers pourraient sortir en empruntant un tunnel qui les conduirait jusqu'à l'aéroport lui-même. Mais, pour l'instant, ils devaient descendre un escalier mobile.

Les rares fois où Kam, son jumeau, et lui revenaient d'Angleterre pour passer ici leurs vacances scolaires, ils étaient accueillis au pied de ces marches par des émissaires de leur père qui les attendaient dans de grosses limousines pour les emmener à la demeure familiale. Ce cérémonial était aujourd'hui abandonné, mais Arun avait été autorisé à pénétrer dans la zone douanière afin d'aider les parents de la future épouse du cheikh actuel à effectuer les formalités d'usage imposées aux étrangers entrant dans le pays.

Toutes ces pensées qui lui traversaient l'esprit ne servaient-elles qu'à faire diversion ? Etaient-elles destinées à l'empêcher de penser à la femme qu'il allait revoir ? Cette coïncidence n'avait rien de bizarre. Melissa et lui avaient fait connaissance quatre mois plus tôt, à l'occasion d'un symposium de cardiologie à Hawaii. Lorsque la jeune femme avait appris qu'il était originaire du Zaheer, elle était venue lui parler, avide d'en savoir plus sur ce pays où travaillait sa meilleure amie.

Ce qu'il avait d'abord remarqué chez elle, c'était son sourire qui illuminait son visage. Et aussi ses cheveux d'or rouge. Très vite, ils s'étaient sentis attirés l'un par l'autre et avaient vécu une brève mais torride aventure.

Que la meilleure amie de Melissa soit aujourd'hui sur le point d'épouser le frère d'Arun n'était que pure coïncidence.

Ou bien était-ce un signe du destin ?

Ses ancêtres nomades pensaient que leurs vies étaient gouvernées par les caprices du destin, mais lui, un homme moderne, un scientifique, refusait d'adhérer à ce genre de croyance. Pourtant, c'était assez étrange de penser qu'il allait revoir Melissa.

Etrange et excitant. Mais donner une suite à une liaison qui, avaient-ils décidé d'un commun accord, ne durerait que le temps du symposium semblait tout à fait impossible. Melissa était venue pour assister au mariage de Jenny et de Kam. Ellc consacrerait tout son temps à son amie.

Vraiment ? Dès qu'il avait su qu'elle viendrait, il lui avait envoyé un courriel pour lui demander si elle accepterait de lui donner des conseils concernant l'hôpital. Peut-être que le destin existait vraiment, en fait. Juste au moment où il s'apprêtait à doter l'hôpital d'un service de chirurgie pédiatrique, voilà qu'une experte en ce domaine se présentait à lui. Melissa serait tout à fait capable, compte tenu de son expérience, de lui dire quel matériel choisir, où implanter les différents postes, et comment recruter le personnel.

Avait-il une arrière-pensée en lui demandant cela ? Espérait-il la voir prolonger son séjour, ce qui leur permettrait de redevenir amants ?

Sûrement pas. Il avait fait une promesse à Jenny et à Kam — celle de se trouver une épouse et de fonder une famille.

Melissa lui avait répondu brièvement qu'elle serait ravie de le conseiller, mais sans préciser combien de temps elle comptait rester au Zaheer. Et il n'avait pas osé interroger Jenny sur les plans de Melissa de peur de lui laisser deviner que leur rencontre à Hawaii ne s'était pas limitée à de simples relations de travail.

La femme qui sortit la première de l'avion, suivie d'un couple plus âgé, Arun la reconnut immédiatement puisqu'elle hantait ses rêves depuis quatre mois. L'épaisse et magnifique chevelure était recouverte d'un foulard bleu qui laissait échapper quelques mèches folles. Même à cette distance, Arun pouvait voir le sourire qui transfigurait les traits réguliers de la jeune femme, leur donnant un attrait particulier et une beauté irrésistible.

Melissa !

Redressant les épaules, il se prépara à accueillir le trio qui, guidé par un steward plein de déférence, se dirigeait vers la zone douanière.

En descendant les marches de la passerelle, Melissa se sentait partagée entre l'excitation et l'appréhension. Elle y était enfin, dans ce pays dont Arun lui avait parlé avec une telle passion qu'elle avait senti l'air sec du désert et vu les oasis qu'il lui décrivait, alors qu'ils se trouvaient à Hawaii, cernés de toutes parts par l'océan. Elle était là, sur le point de retrouver Jenny pour fêter joyeusement son mariage.

Elle était là, enceinte de quatre mois, ce que personne ne savait, sauf son gynécologue, bien sûr…

Elle traversa le tarmac en compagnie des parents de Jenny. Jane Stapleton ne cessait de bavarder, sans doute parce qu'elle se sentait nerveuse. Elle parlait du trajet en avion effectué en première classe, de l'émerveillement qu'elle éprouvait à voir Jenny de nouveau amoureuse, et elle se livrait à des spéculations sur l'homme qui avait su guérir le cœur brisé de sa fille.

Melissa aurait pu lui dire à quoi ressemblait cet homme, au moins physiquement, puisque Arun et Kam étaient jumeaux. Mais ils n'avaient pas le même caractère. Kam allait se marier, alors qu'Arun, de son propre aveu, n'avait aucunement l'intention de convoler une seconde fois, ni même d'entretenir une relation stable avec une femme.

Lorsqu'il le lui avait dit à Hawaii, Melissa s'en était amusée.

— Deux phobiques de l'engagement ! s'était-elle exclamée en riant. Nous sommes faits pour nous entendre !

Comment une phobique de l'engagement pourrait-elle élever un enfant ? Comment parviendrait-elle à s'en sortir alors qu'elle ignorait tout dans ce domaine ? C'était sa plus grande préoccupation. Sa préoccupation constante !

Une parmi d'autres, en fait. Il y avait aussi l'accouchement, la difficulté de concilier travail et maternité, et le vrai problème de se retrouver mère célibataire.

Arun avait clairement déclaré ne pas vouloir d'enfant.

Et, de son côté, elle n'avait pas prévu d'en avoir…

Elle perçut une certaine animation de l'autre côté des vitres du terminal et regarda attentivement dans cette direction.

— C'est le frère jumeau de Kam, dit Jane, au comble de l'excitation. Tu l'as déjà rencontré, n'est-ce pas ? Il est venu nous accueillir parce que Kam a dû s'absenter. Je ne m'attendais pas à ces robes blanches… Et toi ?

Melissa n'aurait su dire à quoi elle s'était attendue. Certainement pas à sentir son cœur battre follement et sa poitrine se contracter. C'était certainement à cause du bébé. Ce n'était pas dû à l'idée de revoir Arun.

Allons, elle devait se ressaisir !

Comme Jane et Bob Stapleton franchissaient la porte vitrée du terminal, l'homme en robe blanche s'avança vers eux, et Melissa sentit ses genoux se dérober sous elle.

— Je suis Arun Rahman al'Kawali, dit-il en serrant la main des deux médecins.

Melissa le fixait, entendant à peine les Stapleton se présenter en ajoutant quelques paroles aimables.

— Ah, Melissa, voilà que nous nous retrouvons.

Les yeux vert clair qu'elle avait pensé ne jamais revoir plongeaient dans les siens. Le bébé aurait-il ces mêmes yeux de jade ?

— Je suis ravi de te souhaiter la bienvenue dans mon pays.

Il lui serra la main et la garda un moment dans la sienne, mettant en feu le sang qui courait dans les veines de Melissa. Puis il sourit, et elle sut alors qu'il avait perçu sa réaction.

Qui plus est, cela lui avait fait plaisir. Il y avait vu sans doute la confirmation que la magie fonctionnait encore entre eux.

Et probablement supposait-il que leur aventure pourrait reprendre.

— J'espère que, durant ton séjour ici, j'aurai l'occasion de te faire découvrir la beauté du désert.

Il la regardait attentivement pendant qu'il lui parlait, et Melissa se demanda si l'état de confusion dans lequel elle se trouvait sautait aux yeux. Mais, s'il avait lu quelque chose sur son visage, il n'en montra rien.

Il se tourna de nouveau vers les Stapleton.

— Lorsque nous nous sommes rencontrés à Hawaii où l'eau est partout, Melissa m'a parlé de son amour de l'océan. J'ai essayé de lui décrire le désert comme quelque chose de très semblable à l'immensité des océans, mais je sais qu'il est difficile, pour ceux qui ne l'ont jamais vu, de comprendre ce rapprochement que l'on peut faire entre lui et la mer.

Il semblait si à l'aise, si naturel, si maître de lui… Mais pourquoi en aurait-il été autrement ? C'était son pays, il en était le souverain. Enfin, en partie, puisqu'il partageait le pouvoir avec son jumeau, comme Jenny le lui avait expliqué dans un courriel.

Mais c'était le message implicite contenu dans la phrase : « J'aurai l'occasion de te faire découvrir le désert », qui plongeait Melissa dans l'angoisse. Un message disant que, maintenant que le destin les avait de nouveau réunis, il n'y avait aucune raison pour que leur aventure ne continue pas.

Le pire, c'était qu'elle y avait répondu immédiatement de tout son corps, de tout son être, à ce message, envahie par une vague de chaleur et un trouble clairement perceptible.

Oh, mon Dieu !

Pendant un bref instant, elle songea à reprendre l'avion. Elle voulait se réfugier quelque part, n'importe où, le temps de réfléchir et de voir comment elle pouvait faire face à la situation.

Mais fuir était un signe de lâcheté et jamais elle ne s'était montrée lâche. Aussi prit-elle son courage à deux mains pour répondre à Arun sur le même ton aimable et tranquille que celui qu'il avait adopté pour s'adresser à elle.

— J'adorerais voir le désert, effectivement. Et je suis sûre que Bob et Jane en ont envie, eux aussi.

Il esquissa un petit sourire en hochant la tête, comme pour acquiescer, mais elle doutait de sa sincérité. Il n'était pas homme à céder si rapidement !

Lorsqu'elle l'avait rencontré à Hawaii, vêtu à l'occidentale, il émanait déjà de lui une aura qui le différenciait des autres congressistes. Dès qu'il ouvrait la bouche, tout le monde l'écoutait, au restaurant, il était servi le premier et, à l'hôtel, le personnel se mettait en quatre pour lui donner satisfaction. Sa présence en imposait à tout le monde.

Alors, accepterait-il de jouer les guides touristiques pour eux trois ? Sans doute, parce qu'il était extrêmement bien élevé.

Mais comment pourraient-ils parler du bébé si elle ne se retrouvait jamais seule avec lui ?

— Si vous voulez bien me suivre, dit Arun en guidant Bob Stapleton vers un douanier qui attendait. Ils vont vérifier vos bagages et, ensuite, nous rejoindrons la voiture. Elle est garée devant l'entrée latérale, pour vous éviter la foule.

« J'aurais préféré la foule, songea Melissa. J'aurais pu me fondre parmi les gens et disparaître à jamais. »

Et priver Jenny de sa demoiselle d'honneur ? Ce n'était pas possible.

Aussi ne lui restait-il plus qu'à dissimuler l'attirance qu'elle éprouvait pour lui et cacher son début de grossesse sous son grand caftan jusqu'au jour où elle pourrait enfin lui parler en privé. Entre-temps, il lui faudrait se comporter comme si Arun n'était pour elle rien de plus qu'un collègue rencontré par hasard au cours d'un colloque scientifique.

Si lui pouvait le faire, elle en serait tout aussi capable.

Ses bonnes résolutions faiblirent lorsque, après avoir confié les Stapleton au douanier, Arun s'approcha d'elle.

— Est-ce que tu vas bien ? Tu n'imagines pas à quel point je suis heureux de te voir ici, dans mon pays. Il y a tant de choses que je peux te montrer, tant de choses agréables à faire.

Comment ne pas fondre en entendant sa voix chaude et rauque ? Mais elle ne voulait pas se laisser séduire ni céder à la tentation.

— Tu n'es pas obligé de te mettre en frais pour moi, dit-elle. Je sais que tu dois être très occupé, avec tous ces changements en cours à l'hôpital. Nous nous verrons sûrement de temps en temps, mais…

— Ah, tu n'as pas envie que notre histoire recommence ? C'est ce que tu essayes de me dire ?

Son ton s'était durci soudain.

— Je ne suis pas ici pour très longtemps, aussi cela n'a pas vraiment d'importance, dit-elle en s'efforçant de prendre un air dégagé.

— Ah ! Si c'est comme ça que tu vois les choses, Melissa…

Qu'est-ce que tout cela voulait dire ? se demanda Arun tandis qu'il regardait le douanier ouvrir la première valise. Oh, il avait bien compris le sens des propos de Melissa : leur histoire en resterait là. Mais, derrière, il y avait sûrement autre chose, un sens caché qui lui échappait, tout comme le corps splendide et sensuel de la jeune femme se dissimulait sous les plis du caftan qui la couvrait de la tête aux pieds.

Peut-être se sentait-elle gênée par la présence des Stapleton et n'osait-elle pas lui parler devant eux ?

Mais non, elle s'était exprimée très clairement, sans la moindre ambiguïté…

Il l'observa tandis qu'elle ouvrait sa valise, et il fut frappé par sa pâleur et ses traits tirés. Etait-ce la fatigue du voyage, ou bien y avait-il autre chose ?

Mais pourquoi se posait-il la question ? Pourquoi s'inquiétait-il de savoir si elle était fatiguée ou stressée ?

Parce que, au cours des quatre derniers mois, le souvenir des moments qu'ils avaient passés ensemble n'avait cessé de hanter ses rêves ? Ou parce qu'il s'intéressait à elle beaucoup plus qu'il n'avait bien voulu l'admettre ? Impossible ! Cela avait été une agréable aventure, rien de plus.

Une très agréable aventure…

Le douanier passa rapidement en revue les bagages et, après qu'un autre employé eut tamponné les passeports, un porteur entassa les valises sur un chariot qu'il poussa jusqu'à la voiture. Avec Bob Stapleton, Arun marcha en tête du petit groupe tandis que, derrière eux, Melissa devisait tranquillement avec Jane.

Ils prirent place dans la grande limousine. Laissant la vaste banquette arrière aux trois invités, Arun s'assit devant, à côté du chauffeur. Pendant qu'ils roulaient, il montra à ses hôtes les sites marquants de la ville, nommant au passage les nouveaux hôtels qui avaient jailli de terre pour accueillir une riche clientèle. Au début, celle-ci était composée surtout d'hommes d'affaires travaillant dans le pétrole, auxquels s'ajoutaient maintenant des touristes attirés par la beauté du désert et tout ce que pouvait offrir l'argent du pétrole.

— Oh !

En entendant le cri admiratif de Melissa, il se retourna et la vit qui pointait le doigt vers l'ouest, les yeux écarquillés. Le soleil couchant teintait le ciel du même rouge que celui du désert, de sorte qu'on eût dit un globe d'or en fusion au milieu d'un océan de couleur pourpre. Plus près d'eux, le dôme arrondi et la haute flèche d'une citadelle se découpaient en ombres chinoises sur ce ciel flamboyant. Devant le regard ébloui de ses trois visiteurs, Arun comprit que la magie du soleil se couchant sur le désert avait encore opéré.

Il donna quelques ordres au chauffeur qui abandonna l'autoroute pour emmener ses passagers jusqu'à un point de vue d'où ils pouvaient admirer à loisir le spectacle offert par les dernières splendeurs du jour finissant.

— Que c'est beau ! murmura Melissa. Je pensais que les couchers de soleil sur la rivière que j'ai vus durant toute mon enfance étaient les plus beaux du monde. Jamais je n'aurais imaginé que le soleil se couchant sur le désert pouvait ressembler à cela.

Elle se tourna vers Arun.

— Et tu as raison, cela me rappelle l'océan.

L'émerveillement qui transparaissait dans sa voix, plus encore que sa présence physique, suscita de nouveau une certaine excitation chez Arun. Ils s'étaient si bien entendus durant leur brève aventure, ils avaient passé de si bons moments ensemble, et pas seulement au lit… Mais tous deux savaient depuis le début que cela ne durerait pas plus que le temps du symposium. Il avait expliqué qu'il n'avait aucune intention de se remarier, lui parlant même de Hussa, son épouse, et de sa mort tragique. De son côté, Melissa avait reconnu être mariée à son travail et trouver toutes les satisfactions dont elle avait besoin dans la vie en s'occupant de nouveau-nés très fragiles.

Alors, pourquoi semblait-elle ennuyée de le revoir ? Pourquoi ne pourraient-ils pas être amis, à défaut d'être amants ?

L'idée l'amusa. Comme si une telle éventualité était envisageable, alors que le feu qui les avait embrasés couvait, prêt à repartir ! Il suffirait d'un rien, d'un geste, et tout s'enflammerait de nouveau, il en était convaincu.

Un seul geste…

— Jenny ?

La voix de Jane Stapleton ramena Arun à la réalité. Le ciel était passé du rouge à l'or, et du rose au pourpre, avant de se teinter d'un bleu profond. Arun dit quelques mots au chauffeur et la voiture continua sa route vers la propriété familiale.

Ils passèrent devant le souk à l'entrée duquel grouillait une foule animée.

— Nous viendrons ici demain, dit-il. Dans la journée, il n'y a pas autant de monde et vous serez plus à l'aise. Mais nous voilà arrivés.

Ils approchaient de l'angle d'une rue, dominé par de hauts murs qu'ils longèrent avant d'arriver devant une immense grille que deux hommes qui montaient la garde s'empressèrent d'ouvrir.

A l'intérieur de la propriété, c'était un autre monde. La vaste cour était inondée de lumière, ce qui permettait de voir comme en plein jour les bassins et les magnifiques jardins fleuris.

— Vous êtes sûrement impatients de revoir votre fille,

dit Arun. Elle vivait dans la maison des femmes, mais elle l'a quittée pour celle qu'elle occupera avec Kam après le mariage. C'est là que vous allez vous installer tous les trois.

— La maison des femmes ? répéta Melissa.

— C'est la coutume. Elle peut paraître curieuse aux yeux d'un étranger, mais cela se passe ainsi depuis des millénaires, même si, bien sûr, il s'agissait jadis de tentes et non de maisons.

La voiture s'arrêta devant l'une des nombreuses et vastes demeures entourant l'immense cour intérieure. Des marches menaient vers l'entrée où l'on devait se déchausser avant de pénétrer dans la maison, comme le voulait la tradition.

Melissa gravit l'escalier derrière les Stapleton. Arrivée à la dernière marche, elle s'apprêtait à ôter ses chaussures lorsqu'elle sentit une main se poser sur son bras.

— Peut-être ont-ils envie de se retrouver seuls, en famille, dit Arun. Si tu veux, je vais te montrer les jardins. Nous irons jusqu'aux écuries, ajouta-t-il comme elle marquait une légère hésitation. Comme tu peux le voir, il y a plein de monde dans les jardins, aussi je ne risque pas de… Comment dis-tu ? De te sauter dessus ?

Le souvenir des jours où il lui avait « sauté dessus » la fit rougir et elle espéra qu'Arun n'avait pas remarqué son trouble.

Prenant son silence pour un acquiescement, il l'invita à le suivre dans les jardins, empruntant un chemin de gravier bordé de haies taillées à la perfection. C'était si calme, si paisible, que Melissa hésitait à détruire cette tranquillité en annonçant sa grossesse. Pourtant, elle devait en parler, et le plus tôt serait le mieux.

— Vas-tu m'expliquer ? demanda Arun en ralentissant le pas.

— Expliquer ? répéta-t-elle.

— Tu sembles mal à l'aise… Est-ce de me revoir ? Est-ce que cela te gêne ?

Pouvait-elle lui mentir ? Non, c'était impossible. Mentir ne ferait que compliquer encore davantage la situation.

— Je ne me sens pas gênée, dit-elle.

— As-tu un nouvel homme dans ta vie ?

— Mais non. La phobie de l'engagement, tu te rappelles ? ajouta-t-elle en esquissant un sourire.

Arun hocha la tête, mais, visiblement, il restait sur sa faim.

— Est-ce ton travail qui te préoccupe ? Tu souhaitais intégrer cette équipe de Boston et tu disais que leur avis semblait favorable, mais tu arrives d'Australie. Tu n'as donc pas eu le poste et tu es déçue ?

La situation ne faisait qu'empirer. S'arrêtant près d'un bassin, Melissa s'assit sur le bord et plongea ses mains dans l'eau pour se rafraîchir.

— Faut-il vraiment qu'il y ait une raison ? Ton amour-propre exige-t-il une excuse valable pour expliquer qu'une femme ne veuille pas se jeter sur un lit avec toi ?

La flèche atteignit sa cible. Arun resta sans voix.

— Je n'avais pas le sentiment de t'avoir proposé simplement de partager mon lit, reprit-il enfin. Je voulais surtout parler d'amitié. Mais si ta phobie de l'engagement concerne aussi l'amitié, j'en suis désolé pour toi.

Il la vit pâlir tandis qu'elle levait vers lui des yeux bleus remplis de tristesse.

— Non, c'est moi qui suis désolée, Arun. C'est que…

A présent, elle l'implorait du regard. Que voulait-elle de lui ? De la compréhension ? Mais comment pourrait-il se montrer compréhensif alors qu'il n'avait aucune idée de ce qui se passait ? Pourquoi la femme forte, solide, dont il gardait le souvenir semblait aujourd'hui fragile, vulnérable ?

Soudain, elle sourit.

— Puis-je invoquer les effets du décalage horaire pour expliquer l'état peu brillant dans lequel je suis ce soir ?

— N'as-tu rien d'autre à dire ? demanda-t-il, peu convaincu par l'argument, en s'asseyant à côté.

— Non, pas pour le moment, dit-elle, souriant toujours. Mais plus tard, demain, ou après le mariage, nous en reparlerons.

— Promis ?

Il la vit hocher la tête avec une certaine nervosité.

— Ici, au Zaheer, nous scellons nos promesses par un baiser, murmura-t-il.

Et, sans lui laisser le temps de protester, il s'empara de ses lèvres. Voyant qu'elle n'offrait aucune résistance, il explora sa bouche, s'enivrant de son goût parfumé, comme si, par ce baiser, il voulait proclamer qu'elle lui appartenait.

2.

Les cheikhs n'étaient sûrement pas censés se livrer à ce genre de choses au beau milieu de la cour de leur palais ! Telle fut la première pensée de Melissa.

La seconde fut que leur position assise aidait à masquer la rondeur naissante de son ventre.

Alors, elle se laissa aller aux sensations enivrantes que déclenchaient en elle les baisers d'Arun. Fiévreuse, impatiente, elle chavirait dans ses bras, tremblante de désir.

Dieu sait qu'elle n'avait pas voulu cela, mais elle lui rendait ses baisers avec la même fougue, tout en sachant qu'elle commettait une erreur en lui révélant ainsi la force de son désir et le pouvoir qu'il avait sur elle. Pourtant, sa respiration saccadée montrait qu'elle exerçait sur lui le même pouvoir.

Une passion partagée ! Cela avait été pour elle une découverte inattendue, quatre mois auparavant. Inattendue et excitante, comme l'exploration d'un autre monde.

Si seulement…

Elle ouvrit les paupières. Arun s'était levé et, debout devant elle, il la regardait.

— L'attirance n'a donc pas disparu, dit-il d'une voix calme.

Son visage était plongé dans l'ombre, ce qui empêchait Melissa de voir ses yeux, mais elle savait qu'il la fixait, cherchant à deviner ce qu'elle pensait, ce qu'elle ressentait.

Mais peut-être se trompait-elle ? Pourquoi Arun se soucierait-il de ce qu'elle ressentait ?

— Non, répondit-elle.

— Parfait.

Il lui tendit la main pour l'aider à se lever.

— Je vais te conduire chez Jenny, à présent. Tu as raison, tu seras probablement très occupée. Les préparatifs du mariage ont mis la maison des femmes en effervescence durant toute la semaine.

Il l'accompagna jusqu'à la vaste demeure où il avait laissé les Stapleton et la présenta à la jeune femme qui les accueillit à la porte. Il informa Melissa que ses bagages se trouvaient déjà dans sa chambre, où Keira allait la mener.

Mais Keira n'eut pas à se donner cette peine, car Jenny fit irruption dans l'immense vestibule.

— Melissa ! J'ai cru qu'Arun t'avait mise sur le dos d'un chameau et qu'il t'avait emmenée au milieu des sables, dans le plus pur style des guerriers du désert.

L'idée qu'il l'enlève pour l'emmener dans le désert n'avait rien de particulièrement désagréable, songea Melissa en se jetant dans les bras de son amie.

— Je suis un homme de cheval, Jenny, corrigea-t-il avec un sourire.

— Melissa aussi monte à cheval, précisa Jenny. Melissa, il faudra que tu voies les écuries et les chevaux. Ils sont magnifiques. Arun monte presque tous les matins... N'est-ce pas, Arun ?

En voyant son amie jouer les entremetteuses, Melissa se sentit rougir. Elle regarda tour à tour le visage impassible d'Arun et celui de Jenny, rayonnant de bonheur.

— Je ne crois pas avoir beaucoup le temps de me promener à cheval ces jours-ci, dit-elle. Je te rappelle que nous avons un mariage à préparer !

— Si tu as envie de monter..., commença Arun.

Melissa sourit.

— Trop tard ! Tu as mis trop de temps à me le proposer. A vrai dire, je te comprends. Lorsque je vivais avec ma grand-mère, je montais beaucoup à cheval. Il m'arrivait d'être accompagnée par des cousins et des amis, mais rien ne me plaisait davantage que de chevaucher toute seule, surtout le matin de bonne heure, lorsque l'herbe est encore couverte de rosée et que la lumière donne l'impression d'assister à la naissance du monde. Le cheval, moi, la campagne, et rien d'autre. Je comprends que tu n'aies pas envie d'avoir de la compagnie.

— En ce qui me concerne, c'est le cheval, moi et le désert. C'est, pour moi, une façon de réfléchir aux problèmes du monde quand j'ai l'esprit encore frais et tous les sens en alerte. Non, en réalité, je réfléchis aux problèmes de l'hôpital et aussi à certains problèmes de mon pays, pas à ceux du monde entier.

— Oui, celui qui compte pour toi.

Elle vit que sa remarque l'avait surpris, car il la regarda un long moment avant d'acquiescer en hochant la tête.

— A présent, je vais vous laisser, dit-il.

Il s'éloigna, en proie à des sentiments contrastés. Il avait apprécié la finesse d'esprit de la belle Melissa Cartwright, son intelligence aiguë tout autant que son corps lors de leur brève aventure à Hawaii. Mais il n'aimait pas l'idée qu'elle puisse partager ses émotions ou pénétrer ses pensées. Cela créait un climat d'intimité qu'il fuyait depuis la mort de Hussa.

Jenny conduisit Melissa dans une vaste pièce ornée de tentures anciennes, d'épais tapis, de canapés moelleux et de gros coussins. Le plus frappant, c'était la richesse des couleurs — des rouges, des ors, des roses et des pourpres se mêlaient pour former des dessins géométriques ou des motifs floraux sur les draperies et les paravents qui masquaient les angles de la pièce. Tous les sens en éveil, Melissa avait l'impression d'être dans un décor de conte de fées.

Bob et Jane Stapleton, assis sur un long canapé en cuir, étaient penchés sur une carte géographique. Devant eux, une table basse était chargée de plateaux de fruits, de noix, de fromages, de pain et de petites pâtisseries.

— Viens, tu vas manger et boire quelque chose, dit Jenny. Je brûle d'impatience de te raconter mes aventures ! Et lorsque papa et maman iront se coucher, tu me raconteras les tiennes. Est-ce que tout va bien pour toi ? ajouta-t-elle en la scrutant.

— Nous en discuterons plus tard.

Cependant, elle savait qu'elle ne pourrait rien dire à Jenny tant qu'elle n'aurait pas parlé à Arun.

Mais *comment* lui annoncer la nouvelle ? Comment lui expliquer pourquoi elle ne lui avait rien dit jusque-là ?

Elle s'assit sur le vaste canapé, à côté des Stapleton. Une jeune servante lui tendit une serviette humide délicatement parfumée qu'elle passa sur ses mains, puis, prenant une assiette, elle choisit quelques friandises exotiques. Comme Jenny la poussait à se servir davantage, elle protesta.

— Je n'ai pas vraiment faim, tu sais. Dans l'avion, ils n'ont pas cessé de nous donner à manger.

— Mais tu devrais boire quelque chose pour éviter la déshydratation. Prends de ce jus de fruit, il est fait avec des dattes. Tu vas adorer !

Après avoir veillé à ce que son amie ne manque de rien, Jenny s'assit et commença à raconter son histoire.

— Je pensais que jamais je ne pourrais épouser Kam, dit-elle, alors qu'elle achevait son récit. Il était le nouveau dirigeant du pays, il lui fallait des héritiers et…

Elle posa la main sur son ventre et tous comprirent la signification de son geste. Ils savaient combien Jenny avait souffert lorsqu'elle avait perdu son mari et son bébé dans l'accident de voiture. Le pire avait été d'apprendre qu'elle ne pourrait probablement plus avoir d'enfant.

Mais le visage de Jenny était rayonnant car elle allait épouser Kam. Son incapacité à devenir mère ne semblait plus la préoccuper.

— Et c'est alors qu'Arun nous a fait sa proposition, acheva-t-elle d'un air triomphant.

Comme le trio la fixait avec des yeux ronds, elle se mit à rire.

— Excusez-moi, je vais vous expliquer. Kam m'avait raconté l'histoire d'Arun qui s'était marié très jeune avec une ravissante jeune femme, Hussa. Il travaillait à la capitale tandis qu'elle résidait à la campagne, dans la propriété familiale, comme c'était la coutume. Hussa était jeune et timide. Lorsqu'elle ressentit des douleurs dans le ventre, elle n'en parla à personne et, lorsqu'on s'est enfin aperçu qu'elle était malade, c'était trop tard. Elle est morte d'une péritonite.

— C'est terrible, mais cela arrive encore de nos jours, commenta Jane. Les gens croient souffrir d'une simple intoxication alimentaire, et lorsque l'appendice éclate et que l'infection se propage, on ne peut pas toujours les sauver.

— Arun a été anéanti par la mort de sa femme, reprit Jenny, et il a juré de ne plus jamais aimer. Kam le présente comme un play-boy, mais je ne le crois pas si volage que cela.

— Mais dis-nous en quoi consistait la proposition qu'il vous a faite ? demanda Melissa, impatiente d'en savoir plus.

— Il a dit que nous ne devions pas nous inquiéter, répondit Jenny avec un sourire. Il se marierait et aurait des enfants auxquels le pouvoir serait transmis. Je n'avais donc plus aucune raison de refuser d'épouser Kam.

Oh, mon Dieu ! pensa Melissa, abattue. C'était une vraie catastrophe. Comment pouvait-elle annoncer à Arun qu'elle attendait un enfant de lui alors qu'il était en quête d'une épouse ? Qui sait ? Peut-être l'avait-il déjà trouvée ? Et il voulait aussi un enfant…

— Vous devez comprendre qu'ici, les choses sont différentes, continua Jenny. Les gens suivent encore des traditions vieilles de plusieurs siècles. Ainsi, il n'est pas rare de voir se faire des mariages arrangés, comme celui qu'Arun compte contracter lui-même.

— Est-ce déjà fait ? demanda Melissa d'une voix mal assurée. Je veux dire, est-ce que tout est déjà organisé ?

Elle espérait que sa question semblerait naturelle.

Ce fut le cas, sans doute, car Jenny sourit.

— Il ne nous a rien dit, mais, le connaissant, j'imagine que oui. En fait, je ne serais pas surprise s'il nous annonçait vouloir se marier en même temps que nous.

— Oh, je suis sûre qu'il ne voudra pas vous priver de ce qui restera le grand jour de votre vie ! s'exclama Jane.

Jenny se mit à rire.

— Ce n'est pas vraiment si important pour nous, maman. Kam et moi avons le sentiment d'être déjà mariés. C'est juste une cérémonie pour la famille, et l'occasion pour les gens d'ici de faire la fête. Bien que Kam ait essayé de m'expliquer le déroulement des opérations, je crois qu'aucun de nous quatre n'a idée de ce qui va se passer.

— Du moment que tu es heureuse, et je vois que tu l'es, c'est tout ce qui compte, répondit Bob d'un ton bourru. Maintenant, dis-moi, quand allons-nous rencontrer l'homme de ta vie ?

Melissa vit les joues de Jenny s'empourprer et elle sut que son amie était vraiment heureuse.

— Demain soir, au cours d'un grand dîner. La tradition le veut ainsi, la veille du mariage. En principe, je ne devrais pas y assister, mais les temps ont changé et je serai présente. Kam sera revenu du camp de réfugiés.

Elle se tourna vers Melissa.

— Il est parti il y a deux jours, emmenant le nouveau médecin. Il voulait rester là-bas le temps de l'aider à s'installer. Vous le verrez tous demain.

Les Stapleton manifestant leur désir d'aller dormir, Jenny se leva pour les accompagner jusqu'à leur chambre.

— Tu restes là, dit-elle à Melissa. Nous avons à parler.

— Plus tard, Jenny. Je suis épuisée. Ce doit être le décalage horaire.

Jenny posa sur elle un regard incrédule, mais elle ne dit rien et sortit du salon avec ses trois hôtes. Après avoir montré leur chambre à ses parents, elle guida Melissa jusqu'à la sienne, située au bout d'un long couloir.

— C'est dans cette modeste maisonnette que tu vas vivre avec Kam ? plaisanta Melissa. Je crois que je vais semer des miettes de pain derrière moi pour retrouver mon chemin…

— Keira t'aidera à t'orienter. Elle sera ta suivante attitrée durant ton séjour ici et elle dormira dans une petite alcôve à côté de ta chambre. Si tu as besoin de quoi que ce soit, tu n'auras qu'à t'adresser à elle.

— En anglais, ou bien devrai-je utiliser quelques mots de la langue du pays ?

Jenny sourit.

— Kam et Arun ont veillé à ce que toutes les suivantes — je

sais que le mot peut paraître étrange, mais ce ne sont pas vraiment des domestiques et, même si elles sont au service de la famille, elles en font presque partie — reçoivent une bonne formation scolaire, et cela comprend l'apprentissage de l'anglais. Les jumeaux ont aussi payé les frais de scolarité de celles qui voulaient aller à l'université, ici ou à l'étranger.

Keira attendait Melissa dans une pièce bien trop vaste pour porter le nom de chambre.

— J'ai défait vos bagages, dit-elle dans un anglais parfait. Voulez-vous boire quelque chose avant de vous coucher ? Du thé, peut-être, ou du lait ?

— Non, je n'ai besoin de rien, merci.

Elle suivit la jeune femme dans une splendide salle de bains dont elle admira la luxueuse décoration puis remercia Keira. Elle voulait se doucher et s'envelopper dans sa grande chemise de nuit sans qu'il y ait de témoins. Pour rien au monde elle ne voulait que la nouvelle de sa grossesse se répande dans la maison avant qu'elle ait eu le temps de parler à Arun. Ou à Jenny.

Elle se glissa dans le grand lit, savourant la douceur des draps. Elle se demanda ce que ressentait Jenny à vivre dans une telle demeure après avoir passé des années sous la tente ou sous des abris en torchis, dans des pays déchirés par la guerre ou dans des camps de réfugiés.

Malgré ses efforts pour se concentrer sur son amie et sur l'avenir qui l'attendait dans ce pays, Melissa ne pouvait s'empêcher de penser à Arun et au nouveau problème qui se posait à elle — le futur mariage de son ex-amant.

Lorsqu'elle entendit une pendule sonner trois coups quelque part, elle prit une décision. Dès qu'elle se lèverait, elle se rendrait aux écuries où elle savait trouver Arun et elle lui dirait tout.

Ce serait à lui de décider ce qu'il voulait faire de cette nouvelle…

*
* *

Arun était en train de sortir Saracen de son box lorsqu'il vit Melissa venir vers lui, accompagnée d'une Keira qui semblait anxieuse.

Dans la lumière grisâtre de l'aube, la jeune femme paraissait pâle et fatiguée, mais il ne l'en trouvait pas moins attirante. Mais à mesure qu'elle s'approchait de lui, il voyait l'indécision peinte sur son visage.

— Tu as envie de monter à cheval ? demanda-t-il.

Elle secoua la tête, puis la hocha.

— Je sais que tu préfères te promener seul, mais…

— Je serais ravi que tu m'accompagnes, Melissa.

— Je n'ai pas la tenue appropriée pour monter, dit-elle. Je n'ai pas apporté un jean ou un pantalon de cheval, me disant que peut-être cela pourrait choquer ici…

Arun regarda le pantalon large et la tunique qu'elle portait. Certes, ces vêtements ne correspondaient pas à la tenue classique d'une cavalière, mais ils n'avaient rien non plus d'extravagant.

— Si cela ne t'ennuie pas, oui, j'aimerais t'accompagner.

Arun retourna dans l'écurie et demanda à l'un des palefreniers de seller Mershinga, une jument très douce que ses sœurs montaient souvent.

Puis il s'adressa à Keira.

— Je raccompagnerai le Dr Cartwright à la maison plus tard.

La jeune femme hocha la tête et s'en alla.

— Peut-être ferions-nous mieux de renoncer à cette sortie, dit Melissa d'un ton précipité. Peut-être pourrions-nous juste aller quelque part pour discuter.

Comme Saracen commençait à s'agiter, Arun le calma en le flattant avec quelques caresses et des paroles apaisantes. Si seulement il pouvait rassurer aussi facilement sa visiteuse !

Après avoir confié la bride de son cheval à un jeune garçon d'écurie, il s'approcha de Melissa et lui prit les mains.

— Viens chevaucher avec moi, dit-il doucement. Plus tard, si tu veux, nous parlerons, mais pour le moment oublie tes soucis et savoure la fraîcheur de l'air du désert au petit matin. Tu verras, c'est magnifique.

Du bout des doigts, il lui releva le menton afin de plonger ses yeux dans les siens.

Il le regretta aussitôt, car il lut dans son regard une angoisse si profonde qu'il en fut ému. Il aurait voulu la prendre dans ses bras, et lui promettre que tout irait bien. Mais il ne savait même pas ce qui la tourmentait.

— Allez, viens, dit-il en la conduisant vers une jument gris clair. Voici Mershinga. Elle est très docile. Avec elle, tu seras en sécurité.

Il tint la tête de la jument pendant que Melissa sautait en selle avec souplesse, puis il ajusta les étriers en prenant bien garde de ne pas laisser ses doigts s'égarer sur la cheville de la jeune femme. Il sentait que l'attirance qu'ils avaient éprouvée l'un pour l'autre était toujours là, intacte.

« Tu seras en sécurité… » Melissa ne cessait de se répéter la phrase d'Arun. Peut-être avait-il raison. Peut-être devait-elle simplement se laisser aller et savourer la sensation de liberté qu'elle éprouvait chaque fois qu'elle montait à cheval. Sentir le vent dans ses cheveux, le soleil du matin sur sa peau, et découvrir ce désert qu'elle ne connaissait pas encore. Elle pourrait laisser la magie de cette nouvelle journée apaiser les tensions qui l'avaient tourmentée toute la nuit.

Et, plus tard, à un autre moment, elle parlerait à Arun…

Il était en selle, à présent, et son cheval, un fringant étalon noir, piaffait et dansait, prêt à s'élancer… Mais Arun restait maître de la situation, laissant le cheval aller à sa guise un moment, puis le rappelant à l'ordre.

Melissa, sur sa jument, suivait tranquillement au pas. Elle commençait à se détendre et ses poumons se remplissaient de l'air pur du matin.

Ils quittèrent le domaine en franchissant une grille plus petite que celle par laquelle ils étaient entrés la veille. Et, pour le plus grand plaisir de Melissa, ils se trouvèrent immédiatement dans le désert.

— C'est si près, dit-elle, émerveillée. Je pensais que nous devrions emprunter des routes ou des chemins pour sortir de la ville.

Arun, qui avait freiné son fougueux cheval pour l'attendre et chevaucher à côté d'elle, sourit.

— Le désert s'étend jusqu'à ces montagnes, là-bas, et, de l'autre côté, il atteint une mer intérieure. As-tu envie d'un petit galop ? As-tu suffisamment confiance en Mershinga ?

— Oui !

Au début, ils allèrent doucement, Arun voulant s'assurer des qualités de cavalière de la jeune femme. Mais, bientôt, il se tourna vers elle.

— On y va ?

— On y va !

Excitant du talon sa jument, elle accéléra l'allure et passa devant Arun, mais, très vite, l'étalon noir la distança de nouveau.

Bientôt, elle aperçut ce qui ressemblait à un cairn, un amas de pierres empilées les unes sur les autres à côté de quelques palmiers trapus.

— Est-ce une oasis ? demanda-t-elle sans chercher à cacher sa déception.

Où était l'eau transparente ? Et ces trois malheureux palmiers ne ressemblaient en rien à la végétation luxuriante qu'elle s'attendait à voir.

Arun se mit à rire.

— Une toute petite oasis, oui, mais qui prend toute son importance quand on circule dans le désert. Descends de cheval et goûte cette eau. Tu verras comme elle est pure et délicieuse.

Sautant lui-même de sa monture, il guida Melissa vers un petit puits qu'elle n'avait pas remarqué.

— C'est un oued, expliqua Arun. Un endroit où l'une des rivières souterraines qui traversent le désert se rapproche suffisamment de la surface pour permettre aux palmiers de pousser et aux hommes de creuser un puits.

Utilisant le baquet de bois posé sur la margelle, il remonta de l'eau des profondeurs du puits. Puis il la recueillit dans ses mains en coupe et l'offrit à Melissa. Elle but, plus par politesse que par soif au début, puis par plaisir.

— Tu as raison, dit-elle, elle est délicieuse.

Il sourit et but à son tour.

Melissa observa cet homme superbe, vêtu d'un jean et d'un sweat-shirt, au menton mal rasé. Le père de son bébé…

— Je suis enceinte.

Les mots étaient sortis de sa bouche presque malgré elle. Elle guetta sa réaction et lut sur son visage d'abord de l'étonnement puis de l'incrédulité.

— De combien ? demanda-t-il froidement.

— Quatre mois.

— C'est impossible ! J'avais pris des précautions ! Chaque fois…

Il se tut brusquement, les sourcils froncés. Se rappelait-il, comme elle, cette fameuse soirée ?

Ils avaient renoncé à un dîner officiel pour se rendre dans un petit restaurant du bord de mer qu'on leur avait chaudement recommandé. Assis à la terrasse, ils avaient mangé du homard, puis ils étaient revenus à leur hôtel en passant par la plage. Ils s'étaient arrêtés dans une petite crique isolée pour prendre un bain de minuit, et ils avaient fait l'amour dans l'eau tiède de l'océan Pacifique.

— J'espère que tu vas m'expliquer pourquoi tu n'as pas jugé utile de me mettre au courant plus tôt ?

Il marqua une pause, observant la femme, pâle et fragile, qui se tenait devant lui. Mais il était si en colère qu'il ne pouvait s'empêcher de lui faire du mal.

— M'en aurais-tu seulement parlé si le mariage de Jenny ne t'avait amenée au Zaheer ? Ou bien peut-être, maintenant que tu as vu la propriété, cherches-tu à obtenir de l'argent ?

Il la vit tressaillir, mais il ne voulait pas se laisser attendrir. Comment avait-elle pu attendre quatre mois pour lui annoncer la nouvelle !

— Je sais que c'est un choc pour toi, Arun, dit-elle en allant s'asseoir sur une grosse pierre. Mais sache que c'en est un pour moi aussi. Et, c'est vrai, j'aurais dû te mettre au courant plus tôt.

Ses yeux bleus, assombris par le remords et ce qui ressemblait à de la peur, semblait implorer le pardon.

— Mais je ne savais pas comment réagir moi-même,

ajouta-t-elle d'un ton calme. Je ne savais que penser ni que faire. J'étais terrifiée.

Elle courba la tête, comme si, après cet aveu, elle ne pouvait plus supporter son regard.

— Terrifiée ?

Il crut un moment que sa question resterait sans réponse, mais elle finit par relever la tête, affichant un sourire si pathétique qu'Arun en eut le cœur serré.

— C'est stupide, non ? Moi qui peux opérer des nouveau-nés sans la moindre appréhension…

Il s'assit près d'elle et lui prit la main. Il avait compris — ou croyait avoir compris.

— Tu avais peur que le bébé ne soit pas normal ? Cela n'a rien d'étonnant, Melissa, compte tenu de ton métier.

Mais elle secoua la tête et retira sa main de la sienne. Puis elle se leva et fit quelques pas au milieu des trois palmiers dont elle s'était moquée.

— J'étais terrifiée par ma grossesse.

Elle se tut, comme effrayée par sa propre franchise.

— Comment saurais-je m'occuper d'un enfant, moi qui ai été élevée par une grand-mère ? reprit-elle d'un ton précipité. Et puis, j'aurais tous les problèmes d'une mère célibataire, sans parler de la difficulté de conjuguer maternité et travail. Tout cela m'écrasait au point que je n'arrivais plus à penser. Aussi l'ai-je refoulé dans un coin de mon cerveau et j'ai fait comme si cela n'existait pas. Je n'en ai parlé à personne, pas même à Jenny. Je me suis dit qu'en laissant passer du temps, je finirais par trouver une solution.

Arun sentait à quel point elle était tendue, et il la voyait trembler de tout son corps. Mais il avait l'impression qu'elle ne lui avait pas tout dit, qu'elle lui cachait quelque chose, ce qui alimentait sa colère.

— Dans ce cas, pourquoi n'as-tu pas avorté ? demanda-t-il.

Elle le regarda, incrédule.

— Pourquoi je n'ai pas… Quoi ?

— Avorté, répéta-t-il, toujours aussi glacial.

— Comment aurais-je pu, moi qui *sauve* des enfants ? Je ne suis pas opposée à l'avortement et je peux comprendre que, dans certaines circonstances, les femmes y aient recours, mais moi ? Comment pourrais-je… ?

Elle avait l'air si sincèrement choquée qu'il sentit sa colère l'abandonner. Mais il savait qu'il ne pouvait pas se permettre d'être touché. Pas avant d'avoir lui-même fait le point sur ce qu'il ressentait face à l'annonce de cette grossesse.

Pas avant d'avoir vraiment accepté l'idée que cette femme portait son enfant…

Il se leva.

— Nous devrions rentrer, dit-il en se dirigeant vers son cheval.

— C'est tout ce que tu trouves à dire ?

Il se retourna pour lui faire face.

— Tu viens juste de m'avouer qu'il t'avait fallu quatre mois pour croire à ce qui t'arrivait, et tu voudrais que j'ai une idée claire de la situation au bout de cinq minutes ?

— La situation !

A la façon dont elle répéta le mot, Arun comprit qu'il l'avait blessée. Mais elle redressa les épaules et releva le menton, telle la femme énergique qu'il avait connue.

— Non, bien sûr, reprit-elle. C'était stupide de ma part. Rentrons.

Ils chevauchèrent quelques minutes en silence. Arun admirait la grâce et l'aisance de Melissa. C'était vraiment une excellente cavalière.

— Et Boston ? demanda-t-il.

Elle esquissa un sourire et haussa les épaules.

— Il me restait suffisamment de neurones cérébraux pour comprendre que c'était impossible. Dès que j'ai su que j'étais enceinte, j'ai contacté le chef d'équipe pour lui dire que je ne pouvais pas prendre le poste. Cela m'aurait obligée à être disponible à n'importe quelle heure du jour ou de la nuit et à prendre l'avion pour n'importe quel coin des Etats-Unis afin de collecter le cœur d'un donneur. Ce n'est pas exactement la situation idéale quand on est mère célibataire !

— Tu aurais pu engager une nounou. De toute façon,

tu seras obligée de le faire si tu as l'intention de continuer à travailler.

Pensait-il encore qu'elle cherchait à lui soutirer de l'argent ? Elle essaya de rester aussi froide et détachée que lui.

— J'en ai bien l'intention, non pour ma satisfaction personnelle, mais parce que je suis bonne, et même très bonne, dans mon métier. Il me semblerait criminel de ne pas continuer à l'exercer, alors que des gens ont consacré beaucoup de temps et d'énergie à me faire atteindre ce niveau. Comment je vais réussir à tout mener de front, je ne le sais pas exactement, mais maintenant que j'ai refusé le poste de Boston, j'ai un peu de temps devant moi pour réfléchir aux différents choix possibles.

— Tu ne travailles pas, en ce moment ? Pas du tout ?

— J'avais donné ma démission, sachant que je m'en allais, et dernièrement, j'ai fait des remplacements. L'hôpital où je travaillais me demande de revenir, mais…

Comment expliquer qu'elle ne pouvait pas occuper un poste à plein temps, maintenant ? Comment expliquer son désir de donner à l'enfant qu'elle portait toute l'attention et l'amour d'une mère au foyer, totalement disponible, au moins durant les premiers mois de son bébé ?

Comment expliquer tout cela alors que le seul fait de penser à ce qui l'attendait la plongeait dans une terreur folle, irrationnelle, proche de la panique ?

3.

Durant leur retour au palais, Arun jeta des regards discrets à Melissa, essayant de capter des signes visibles de sa grossesse sous les plis de sa tunique. En vain.

Son désir de chercher confirmation de la nouvelle en guettant d'éventuelles modifications du corps de la jeune femme le surprenait — comme s'il avait besoin de preuves pour y croire !

Mais il n'était pas dupe. Il savait qu'il différait simplement le moment de s'interroger sur ce que cette grossesse signifiait pour lui. Et que c'était aussi une façon de laisser à son esprit le temps de s'habituer à l'idée que cette femme portait son enfant.

Il sentit sa colère s'estomper, laissant la place à une sorte de flottement et de confusion mentale — un état psychologique qu'il n'avait pas connu depuis des années.

Si lui avait l'esprit confus, dans quel état devait être Melissa ? Elle, cette carriériste qui avait renoncé à ce poste qu'on lui offrait dans une équipe de chirurgie pédiatrique connue comme l'une des meilleures du monde.

Mais elle n'était pas obligée de faire un tel sacrifice… Elle aurait pu avorter et personne n'en aurait rien su…

Il réalisait à quel point il la connaissait peu. Il l'avait vue comme une femme solide, sûre d'elle-même, indépendante et très sexy. Elle avait été très applaudie après sa communication au symposium, et l'on parlait d'elle comme étant l'un des meilleurs chirurgiens pédiatriques du monde.

Lorsqu'ils arrivèrent au palais, Arun retint Saracen pour laisser Melissa passer devant lui. Il la regarda sauter de sa jument, la tête haute et le dos bien droit. Si elle avait montré quelque faiblesse en lui parlant du bébé, il était clair qu'à présent elle avait recouvré le parfait contrôle d'elle-même.

— Je ne dirai rien à Jenny, annonça-t-elle. Il m'a fallu huit semaines pour me faire à l'idée de cette maternité, aussi je peux bien te laisser quelques jours pour décider de ce que tu veux faire, si toutefois tu veux faire quelque chose.

— Si je veux faire quelque chose ? répéta Arun.

Il devait être dans un état de confusion mentale encore plus grand qu'il ne le pensait, car les paroles de Jenny n'avaient pour lui aucun sens.

— Je suis prête à élever cet enfant toute seule, Arun. Je sais que beaucoup de choses ont changé pour toi depuis notre rencontre, et que tu projettes de te marier. Je ne veux en rien perturber tes plans. Tu n'es pas obligé de te sentir concerné par cet enfant si tu ne le souhaites pas. Je ne te demande rien, aucune aide, ni physique ni financière. Je voulais juste que tu sois au courant.

— Que je sois au courant, c'est tout ? Sans que je me sente concerné ?

La colère l'avait poussé à hausser la voix et deux garçons d'écurie accoururent.

— Nous en reparlerons plus tard, dit Melissa. En privé. Lorsque tu seras prêt.

Le serait-il jamais ? se demanda-t-il tandis qu'il descendait de cheval. Mais oui. Il lui fallait seulement prendre le temps de réfléchir.

Et retourner travailler. Il était déjà en retard.

Et mettre en place la nouvelle unité à l'hôpital pendant que Melissa était encore au Zaheer et qu'il pouvait bénéficier de ses conseils.

Et assister à la fête familiale, ce soir, puis au mariage de Kam, le lendemain.

Tout cela était simple comme bonjour — n'était-ce pas l'expression consacrée ?

Melissa le regarda, comme si elle attendait une réponse. Mais il n'avait rien à lui dire — pas pour le moment.

— Je vais rentrer, reprit-elle. Jenny doit se demander où je suis passée.

Elle tournait les talons lorsqu'une femme arriva en courant, appelant Arun.

— C'est votre sœur, monsieur. Ils disent qu'il faut venir, vite. Le bébé…

Le bébé ? Etait-ce une pure coïncidence ou bien le destin qui mettait les bébés à l'honneur ce matin ?

— Des problèmes ? s'enquit Melissa. Elle est enceinte ?

— L'enfant doit naître le mois prochain, répondit Arun qui, déjà, suivait la messagère vers la maison des femmes.

Melissa leur emboîta le pas.

— Je l'ai surveillée de près et j'ai trouvé que le cœur du bébé battait de façon bizarre, reprit-il. Mais étant un homme, j'ai dû écouter le rythme cardiaque de l'enfant à travers les vêtements volumineux de sa mère, aussi ai-je pu me tromper.

Tout en espérant qu'il n'était rien arrivé d'inquiétant au bébé de Tia, il se réjouissait d'avoir Melissa près de lui.

Melissa le suivit jusqu'à une maison qui se trouvait à côté de celle où elle avait passé la nuit — la maison de Jenny, même si ce n'était pas facile de considérer les choses ainsi.

Cette demeure était encore plus vaste que sa voisine. Lorsque Melissa se déchaussa devant l'entrée, elle sourit en voyant la quantité de chaussures alignées près de la porte, toutes différentes, allant de petites sandales d'enfant jusqu'à des modèles luxueux signés de grands stylistes. Cette maison des femmes accueillait-elle donc autant de monde ?

Elle suivit Arun à l'intérieur, éblouie par la splendeur des lieux. Construite en grès comme la demeure de Jenny, elle s'ornait de pierres sculptées dont le travail ajouré laissait passer à la fois l'air et la lumière. Les pièces elles-mêmes étaient magnifiques dans leur simplicité. Les riches tapis jetés sur le sol, les coussins de satin et de velours éparpillés çà et là, les tentures accrochées sur les murs contribuaient à créer une atmosphère de magnificence exotique.

— Oh, Arun, le bébé arrive, mais c'est trop tôt, et le médecin n'est pas là. Qu'allons-nous faire ?

Arun passa son bras autour de la femme, menue et nerveuse, qui était venue à sa rencontre, les mains tendues devant elle dans un geste de supplication. Il lui parla doucement dans une langue que Melissa ne comprenait pas, puis il l'interrogea en anglais.

— As-tu averti Jenny ?

— Oui, elle est avec Tia. Il y a aussi la mère de Jenny — elle dit que sa fille a mis au monde tant de bébés qu'on ne peut en faire le compte, et que nous ne devons pas nous inquiéter, mais comment pourrais-je ne pas m'inquiéter alors que ma fille va avoir son premier bébé ?

— Mais oui, c'est naturel, dit gentiment Arun. Je te présente Melissa. C'est une amie de Jenny, et un médecin spécialiste des bébés. Puis-je l'amener auprès de Tia ?

— Je m'appelle Miriam, Melissa. Je suis la tante d'Arun. C'est ma fille Tia qui est en train d'accoucher.

Miriam tendit une petite main couverte de bagues que Melissa serra à peine de crainte de briser ces doigts qui semblaient si délicats.

— Quel dommage que cela se passe ainsi alors que vous venez juste d'arriver dans notre pays, dit-elle en conduisant ses visiteurs vers un long couloir. Mais qu'il y ait autant de médecins au chevet de ma fille est plutôt une bonne chose, n'est-ce pas ? Même si, bien sûr, Kam n'est pas là…

Son bavardage cachait mal son anxiété, et Melissa comprit à quel point Miriam s'inquiétait pour sa fille.

— Souhaitez-vous plutôt un garçon ou une fille ? demanda-t-elle pour faire diversion. Mais peut-être le savez-vous déjà ?

— Oui, nous savons que c'est un garçon, et nous nous en réjouissons.

Elle saisit la main d'Arun et leva les yeux vers lui.

— C'est étrange, n'est-ce pas, Arun ? Après toutes ces années où j'ai essayé d'avoir un fils sans y parvenir, et après que mes autres filles eurent toutes eu des filles, voilà que le premier bébé de Tia est un garçon.

Ils entrèrent dans une pièce immense, remplie de femmes qui chuchotaient entre elles. En voyant apparaître les nouveaux venus, certaines rajustèrent leurs voiles sur la tête tandis que d'autres, vêtues d'un jean et d'un T-shirt, accueillaient Arun avec aisance et familiarité.

— J'ai beaucoup de filles, expliqua Miriam, mais, bien sûr, les femmes que vous voyez là ne sont pas toutes nées de moi !

Melissa avait déjà repéré Jenny et sa mère, penchées sur une femme accroupie dans un coin de la chambre. Arun se rendit directement auprès de sa sœur — ou peut-être était-ce sa cousine ? Quel que soit leur lien familial, la jeune — très jeune — femme l'accueillit avec une joie évidente. Elle s'agrippa à sa main et éclata en sanglots.

— Reste avec moi, dit-elle dans un anglais teinté d'un accent américain.

Sans doute avait-elle été envoyée aux Etats-Unis pour y faire ses études, songea Melissa.

Elle s'approcha de Jenny et lui toucha l'épaule.

— Est-ce que tout va bien ? demanda-t-elle.

Celle-ci hocha la tête, mais d'un air si grave que Melissa devina que la situation posait problème.

— Je suis si heureuse que tu sois là, Melissa. L'accouchement se déroule bien, l'enfant se présente par la tête et la mère est prête à pousser, mais je n'entends pas le cœur du bébé…

Jane était agenouillée près de la jeune femme, prête à recevoir l'enfant dans ses mains, tandis que Jenny et Arun réconfortaient Tia qui semblait épuisée.

Melissa alla vers une table où étaient posées une cruche d'eau et une cuvette. Elle se savonna soigneusement les mains en se demandant si la présence de germes était vraiment le plus gros souci dans cet accouchement. Si Jenny n'avait pas entendu battre le cœur…

Elle était en train de verser de l'eau dans la cuvette pour se rincer les mains lorsqu'elle entendit Tia crier. Le bébé sortit presque aussitôt. Le petit garçon fut présenté à sa mère puis, une fois le cordon ombilical coupé, on l'enveloppa dans un linge très doux. Jenny le porta jusqu'à une table et, laissant sa mère s'occuper de Tia, elle fit signe à Melissa de s'approcher.

— Il respire, mais son teint n'est pas rose et son cœur…

Melissa commença à examiner l'enfant pour déterminer son score d'Apgar, mis au point par une femme médecin, Virginia Apgar, pour juger de la santé des nouveau-nés. Pratiqué une minute après la naissance, il consistait à évaluer le rythme cardiaque, la respiration, le tonus musculaire, la réponse aux stimuli et la couleur du nouveau-né. Pour chacune de ces mesures, il était noté de 0 à 2 et l'on additionnait ces notes. Le score pouvait être bas, mais s'il le restait après cinq minutes, c'était le signe que le bébé avait besoin d'être assisté.

— Je vais aspirer le mucus pour m'assurer que rien n'encombre la trachée, dit Melissa, mais il lui faut de l'oxygène. Devait-il naître ici ou à l'hôpital ? Y a-t-il de l'oxygène ici ?

Jenny haussa les épaules dans un geste d'ignorance. Melissa se tourna alors vers Arun qui était auprès de sa sœur, essayant de la rassurer.

Comme Melissa lui faisait signe, il laissa Tia avec Miriam et la rejoignit.

— Il a besoin d'oxygène. Y en a-t-il ici ?

Arun secoua la tête.

— Alors, il faut appeler une ambulance, reprit-elle. Nous devons l'emmener à l'hôpital. Il respire difficilement, il a de la tachycardie, son test d'Apgar est préoccupant — le score est de 2 à une minute et, d'après la couleur de ses mains et de ses pieds, il ne devrait pas être meilleur au bout de cinq minutes.

— Je vais téléphoner.

Melissa ne l'écoutait déjà plus. Penchée au-dessus du bébé, elle lui insufflait doucement de l'air dans les poumons.

Etait-ce l'instinct maternel qui avait amené Tia à deviner que quelque chose n'allait pas ? Elle se mit à pousser des gémissements tout en cherchant à se lever.

— Je vais lui parler, dit Jenny. Continue de l'oxygéner.

Arun revint au moment où Melissa posait deux doigts sur la poitrine du bébé afin de vérifier de nouveau les battements de son cœur.

— Qu'en penses-tu ? demanda-t-il en lui tendant un stéthoscope.

— Je ne sais pas, mais son rythme cardiaque est très irrégulier et sa respiration si laborieuse qu'il s'épuise.

Fixant le stéthoscope sur ses oreilles, elle écouta les sons émis par les battements cardiaques. Le premier lui parut normal, puis elle entendit un claquement montrant une altération de l'ouverture d'une valvule, suivi d'un second bruit sourd.

— On ne peut établir un diagnostic à partir des bruits cardiaques, mais ce bébé doit subir des examens approfondis, dit-elle. C'est toi le cardiologue, écoute son cœur.

Elle tendit le stéthoscope à Arun qui l'écarta pour tâter doucement du doigt le minuscule thorax du bébé.

— Ce n'est pas bon, n'est-ce pas ? C'est là, je le sens… un frémissement systolique.

Il saisit la main de Melissa pour la guider vers le point qu'il avait repéré, comme il l'aurait fait avec n'importe quelle collègue. En la voyant hocher la tête, le visage grave, il se rappela qu'elle était ici en tant qu'invitée, pour assister à un mariage qui aurait lieu le lendemain. Et elle était enceinte.

Certes, elle était la seule, ici, à pouvoir donner les soins que le bébé de Tia réclamait, mais il se demanda où elle trouvait la force intérieure de continuer à exercer son métier.

Elle avait beau dire que cela ne la perturbait pas, mais comment pouvait-elle ne pas se demander si son bébé à elle était normal ?

Ce bébé qui était aussi le sien !

Tandis qu'il la regardait souffler de l'air dans les poumons de son neveu, la colère qu'il pensait avoir dominée s'empara de nouveau de lui. Mais il savait que cela ne le mènerait nulle part et le moment était mal choisi pour laisser ce genre de pensées envahir son esprit. Il devait fixer toute son attention sur le bébé.

— Je vais l'emmener à l'hôpital, dit-il. Avec Tia… Il n'est pas question qu'on la sépare de son bébé.

— Avez-vous des pédiatres, là-bas ? Des chirurgiens spécialisés ?

— Non, bien sûr, intervint Jenny d'un ton brusque. Le nouvel hôpital a été construit par des étrangers cupides qui cherchaient à faire de l'argent plus qu'à aider les habitants du pays. Kam et Arun ne pouvaient rien faire pour changer cela tant que leur père était en vie, et même maintenant, la tâche n'est pas facile. Mais la direction a commencé à engager du personnel qualifié en obstétrique et en gynécologie. L'avantage de cet hôpital, c'est d'avoir des blocs opératoires très bien équipés et de disposer des appareils d'investigation les plus modernes. Tu pourras donc examiner le bébé et, si tu dois utiliser l'équipement du service de réanimation, créé pour des patients venus pour un lifting ou une liposuccion, eh bien, au moins disposeras-tu des meilleurs appareils de contrôle qui existent actuellement.

Melissa se tourna vers Arun qui acquiesça d'un air sombre.

— Notre pays a suivi un chemin étrange pour se moderniser, dit-il. Autrefois, les bébés naissaient à la maison, et ils ne survivaient pas toujours. Les gens tombaient malades, et ils ne guérissaient pas toujours. Et puis, des jeunes se sont formés à la médecine occidentale, les villes ont vu naître des cabinets de consultation médicale, et la capitale s'est dotée d'un hôpital. Celui-ci a été construit par des investisseurs privés qui voulaient surtout s'enrichir.

— Vous avez un hôpital qui a été créé dans le seul but de rapporter beaucoup d'argent ?

Arun haussa les épaules.

— Actuellement, nous sommes en train de rénover le vieil hôpital, et de changer les choses dans le nouveau. Comme tu sais, je suis cardiologue et Kam fait de la chirurgie générale. Nous avons maintenant des médecins qui travaillent ici, et un système de résidents et d'internes. Mais nous ne pouvons pas mettre la charrue avant les bœufs…

Peut-être émue par la tristesse qui perçait dans la voix d'Arun, Jenny prit le relais.

— Si l'on excepte le travail fourni par Kam, Arun et la nouvelle équipe, les interventions chirurgicales relèvent presque toutes de la chirurgie plastique. Les gens viennent de partout pour se faire opérer par quelques-uns des meilleurs spécialistes de la planète…

— Mais les bébés qui ont besoin d'être opérés en urgence meurent, c'est ça ? coupa Melissa, indignée.

Arun soupira.

— Chaque fois que nous le pouvons, Kam et moi les emmenons par avion à l'étranger, dans un hôpital capable de les prendre en charge. Nous avons fait cela des années, en utilisant notre propre avion. Ce n'est pas l'idéal, mais au moins cela nous a permis de sauver des vies.

— Mais pas encore celle-ci, dit Melissa en enveloppant le bébé dans une couverture. Cet enfant a besoin d'être pris en charge de toute urgence. L'ambulance est-elle là ?

— Elle devrait arriver d'une minute à l'autre. Est-ce que tu viendras avec moi ? Je suis désolé de te demander cela, mais…

— Oui, bien sûr, je t'accompagnerai.

Elle lut comme du soulagement dans son regard.

Avait-il douté d'elle ? Mais pouvait-elle l'en blâmer ? En dépit des moments qu'ils avaient partagés — et du bébé qu'elle portait —, que savaient-ils l'un de l'autre ?

Deux femmes vêtues de longues robes noires entrèrent dans la chambre en poussant un chariot pliant. Arun installa Tia sur la civière en lui disant dans sa langue des paroles apaisantes pour essayer de la calmer. Il escorta le chariot et les deux ambulancières jusqu'à la porte de la maison tandis que Melissa suivait derrière, portant le bébé dans ses bras.

— Tu n'es pas obligée de venir, tu sais, dit Arun comme s'il craignait qu'elle n'agisse à contrecœur.

— Essaye de m'en empêcher, répliqua-t-elle en souriant.

Elle avait vu que les femmes présentes dans la chambre les avaient suivis, mais ce ne fut qu'au moment de monter dans l'ambulance qu'elle comprit que toutes s'attendaient à accompagner Tia jusqu'à l'hôpital. Heureusement, Jenny était là pour gérer la situation et ce fut elle qui aida les deux ambulancières à fermer les portes du véhicule malgré les protestations de la petite foule qui cachait mal sa déception.

Tia jeta un regard effrayé à Arun, puis au bébé que

Melissa tenait dans ses bras. S'approchant, Arun la prit dans ses bras et tenta de la rassurer, mais elle lui répondit d'une voix sourde, pleine de colère, puis elle le repoussa et lui tourna le dos.

Un silence gêné s'installa, interrompu seulement par les pleurs discrets de la jeune mère.

— Vous avez des femmes ambulancières ? demanda Melissa, dans l'espoir d'alléger un peu l'atmosphère.

— Oui. Vous n'en avez pas en Australie ?

— Si, bien sûr, mais je n'y ai jamais prêté vraiment attention, sans doute parce qu'elles font habituellement équipe avec des hommes.

Arun sourit et Melissa fut de nouveau sensible à la beauté et au charme ravageur de l'homme qui avait su la séduire quatre mois auparavant. Bien trop sensible, à vrai dire, car elle sentit une vague de chaleur l'envahir…

C'était absurde de ressentir un tel… désir alors qu'elle se trouvait dans une ambulance qui, toutes sirènes hurlantes, traversait les rues d'une ville étrangère, et qu'elle tenait dans ses bras un bébé minuscule et fragile.

— Ici, les femmes ne sont pas habituées à côtoyer d'autres hommes que ceux qui font partie de leur famille, expliqua Arun. Pour elles, il est plus facile d'être prises en charge par des femmes, même en cas d'urgence. Tu verras qu'à l'hôpital, en médecine générale, pas dans les services spécialisés, nous avons une majorité de médecins qui sont des femmes, et chez les infirmières, il n'y a pas d'exception : toutes sont des femmes. Cependant, aujourd'hui, on rencontre plus d'hommes qui envisagent de devenir infirmiers.

L'ambulance ralentit avant de s'arrêter et les portes s'ouvrirent. Melissa retrouva alors la fièvre habituelle qui entoure l'arrivée d'une ambulance dans un grand hôpital. C'était la même ambiance partout dans le monde, sauf qu'ici, lorsque Arun sortit du véhicule pour prendre le bébé pendant que Melissa descendait, tous les hommes et les femmes qui étaient accourus inclinèrent la tête en murmurant quelques mots respectueux.

— Ils oublient cela lorsque je suis à mon poste, dit

Arun alors que Melissa lui reprenait le bébé. Ici, on me traite avec plus ou moins de respect, selon que je le mérite ou non ce jour-là.

Elle s'efforça de sourire, malgré son anxiété croissante pour le petit être qu'elle avait dans les bras et dont les lèvres et les ongles minuscules étaient maintenant bleu foncé.

Arun avait dû saisir son regard inquiet.

— D'abord la radiographie, et ensuite ? demanda-t-il alors qu'ils suivaient le chariot où était allongée Tia. Une échographie ? Une intubation ?

— Nous devons d'abord l'oxygéner et, ensuite, nous ferons une fluoroscopie pour regarder son cœur. Vous avez tous les appareils comme scanner, IRM ?

— Oui, tout l'équipement le plus moderne.

Melissa perçut une pointe d'amertume dans la voix d'Arun. Il essayait de changer cet hôpital privé, dévolu à une seule spécialité, la chirurgie plastique, pour en faire un lieu d'accueil où tout le monde, dans le pays, pourrait être soigné. La tâche n'était pas facile, et il devait connaître des moments de découragement.

C'était un homme bon et généreux, et cela n'aurait pas dû la surprendre, mais elle prenait conscience à quel point elle le connaissait peu.

Il arrêta une infirmière qui passait et celle-ci disparut pour revenir peu après, poussant un berceau auquel était fixée une bouteille d'oxygène.

Melissa coucha le bébé et le mit sous oxygène. Comme l'infirmière faisait mine d'emmener l'enfant, elle l'écarta gentiment.

— Je m'en occupe, dit-elle.

Ils prirent un ascenseur qui les mena à l'étage où se trouvait la chambre de Tia.

— Aimerait-elle tenir le bébé dans ses bras le temps que nous organisions les choses ? suggéra Melissa.

Arun poussa le berceau tout près du lit où était couchée sa sœur. Il dit quelques mots à Tia qui secoua violemment la tête et répondit par un flot de paroles.

Il se tourna vers Melissa.

— Elle ne veut pas le prendre dans ses bras parce qu'alors elle risque de s'attacher à lui et, s'il meurt, si ce que nous allons lui faire le tue, elle aura le cœur brisé.

Melissa vit dans le regard d'Arun le reflet de sa propre peur.

— Nous pouvons le tuer, murmura-t-elle en portant instinctivement la main à son ventre, dans un geste protecteur. Il arrive que les bébés meurent quand nous essayons de les sauver.

— Je ne sais pas comment tu peux continuer à exercer ton métier, dit-il d'une voix douce.

4.

Melissa chassa toutes les pensées négatives de son esprit.

— Nous devons commencer les tests immédiatement, dit-elle à Arun. Où allons-nous ?

Il lui lança un regard qui disait clairement que, pour lui, cette conversation n'était pas terminée, puis il l'emmena au service de radiologie. Celui-ci, comme l'avait dit Jenny, était très moderne et l'équipe, certainement alertée par Arun, était sur le pied de guerre. Melissa expliqua quels étaient les clichés dont elle avait besoin, puis, laissant le bébé aux mains du radiologue, elle se dirigea avec Arun vers l'écran lumineux pour étudier les radios.

— Son cœur est très gros, commenta Arun. Mais c'est difficile d'y voir clair. Doit-on faire une échographie ?

— Un instant… Regarde ici.

Avec un crayon, elle montra un point sur l'écran.

— C'est assez flou, mais il me semble voir un seul tronc artériel sortir du cœur.

— Un *truncus arteriosus* ? commenta Arun d'une voix grave. Nous devons l'évacuer par avion.

— Pour aller où ? Jusqu'où faudrait-il l'emmener pour trouver un centre spécialisé disposant d'un cœur artificiel ? Parce qu'il a besoin d'être opéré à cœur ouvert, Arun, et rapidement. De plus, faire voyager un bébé aussi fragile présenterait de gros risques.

— Es-tu sûre qu'il s'agit bien de cela ?

Melissa savait qu'il ne mettait pas en doute ses compétences. Il lui rappelait simplement qu'il existait d'autres tests.

— Nous allons faire une échographie et un examen

IRM pour voir s'ils confirment mon diagnostic, dit-elle. Ce sont des méthodes non intrusives et rapides à mettre en œuvre. Je pourrais effectuer un cathétérisme cardiaque, ce qui nous montrerait l'étendue de la malformation, mais je préférerais lui épargner cela si c'est possible.

Un technicien approcha du berceau un appareil mobile et, pendant que le radiologue procédait à l'échographie du bébé, Melissa et Arun suivirent l'examen sur l'écran du moniteur.

— Regarde, dit Melissa en pointant de nouveau son crayon. Une grosse artère sort du cœur et, ici, il y a un trou entre les deux ventricules.

— Nous avons un cœur artificiel, ici.

Sa voix était tendue, et Melissa comprit que, pour lui qui avait grandi dans la famille régnante du pays, demander quelque chose à quelqu'un devait être une épreuve très difficile. Encore plus difficile lorsque cette demande s'adressait à une femme.

Elle quitta l'écran des yeux pour se tourner vers lui.

— Tu aimerais que je l'opère ?

— Tu es excellente, je connais ta réputation et j'ai vu des DVD montrant la façon dont tu travaillais. Ton ambition a toujours été d'avoir ton propre service de chirurgie pédiatrique. Tu voudrais disposer de l'équipement le plus moderne afin de pouvoir soigner les bébés sur place sans avoir à les transférer dans des centres spécialisés. Si tu acceptes de faire cela pour nous, que le bébé survive ou non, je te promets de te donner les moyens de réaliser ton ambition.

Melissa le regardait fixement, incrédule.

— Tu es en train d'essayer de m'acheter pour que j'opère un bébé qui est en danger de mort ?

Elle ne savait pas si le radiologue et le technicien comprenaient l'anglais, mais elle était si en colère qu'elle ne s'en souciait même pas.

— Tu as donc une si piètre opinion de moi pour me proposer ce marché ? C'est de la vie d'un bébé qu'il s'agit, pas d'une vulgaire liposuccion !

Arun leva les mains dans un geste de capitulation.

— C'est tellement te demander… Tu es en visite dans notre pays, tu es une invitée. Ce n'est pas ton problème.

Arun avait conscience de s'enfoncer de plus en plus à chaque mot qu'il prononçait, mais sa fierté et l'éducation qu'il avait reçue rendaient la situation impossible. Il était celui qui dispensait ses faveurs, et non pas celui qui en sollicitait, et cette femme l'avait déjà suffisamment déstabilisé ce matin.

— Ne te soucie pas de cela, dit-elle, et pense plutôt à ce que nous devons faire pour ce bébé. Deux semaines après la naissance, c'est le meilleur moment pour opérer un *truncus arteriosus*. Si nous attendions plus longtemps, l'augmentation de la pression sur les artères pulmonaires et sur les autres vaisseaux pulmonaires pourrait causer des lésions irréversibles. Ce que nous devons faire, c'est mettre à profit ces quinze jours pour amener cet enfant à être dans un état aussi stable que possible…

— Tu pourras rester aussi longtemps ?

Elle avait sûrement prévu de séjourner quelque temps dans le pays pour pouvoir discuter avec lui de l'avenir de leur enfant. Ou bien avait-elle eu l'intention de lui annoncer la nouvelle et de s'en aller immédiatement après ?

— Oui, je peux rester.

Elle le toisait, comme pour l'empêcher de lui poser davantage de questions. Mais, de nouveau, il avait l'impression d'avoir le cerveau coupé en deux, avec une partie concentrée sur le bébé de Tia et l'opération qu'il devrait subir, et l'autre sur ce que la situation et les événements présents avaient d'incroyable.

Non, il ne pouvait pas se permettre de penser à cela maintenant.

— Bon, de quoi auras-tu besoin ? demanda-t-il.

— Nous aurons besoin soit d'une très petite artère, venant d'un donneur, avec une valvule intacte afin de procéder à une greffe, soit d'une toute petite artère en dacron munie d'une valvule artificielle. Le mieux serait d'avoir une artère venant d'un donneur parce qu'elle pourra se développer normalement, ce qui évitera d'avoir à procéder à d'autres interventions lorsque l'enfant grandira.

— Kam et moi disposons maintenant de tissus venant de donneurs, qui sont conservés depuis plus d'un an. Je suis sûr que nous devons avoir ce dont tu as besoin. Et qu'envisages-tu de faire pour le trou entre les ventricules gauche et droit ?

— Je pourrais utiliser un fragment du péricarde, ce qui éviterait tout problème de rejet, sinon nous pourrions…

Elle réfléchit un instant.

— Parfois, nous laissons la poitrine ouverte quelque temps, au cas où la nouvelle artère créerait une augmentation de la tension ventriculaire, mais… non, je crois que nous ferions mieux de refermer.

— Et maintenant ?

Melissa considéra le nouveau-né couché dans le berceau. Il devrait être en bonne condition physique avant l'opération. Une oxygénation optimale, des médicaments pour soutenir le cœur et une alimentation adaptée, voilà ce qu'il lui fallait.

— Tia accepterait-elle de l'allaiter ? demanda-t-elle, se rappelant la façon dont la jeune mère avait refusé de prendre le bébé dans ses bras.

— J'en doute, mais je peux lui poser la question, dit Arun.

— Il ne faut pas la perturber, mais peut-être que si nous pouvions soigner le bébé ici, dans sa chambre, elle finirait par s'intéresser à lui et vouloir le tenir contre elle.

Arun hocha la tête en la contemplant.

— Tu es vraiment une femme étonnante…

Troublée, elle sentit se déclencher en elle une vague de chaleur. Chaleur et trouble… Attention, danger !

— Je ne fais rien de plus que ce que n'importe qui d'autre ferait dans la même situation… Nous lui poserons une sonde gastrique pour l'alimenter, ce qui lui évitera de se fatiguer à téter. Il faut le mettre sous perfusion et surveiller l'oxygénation de son sang, et…

— Et ? insista Arun comme elle marquait une pause.

— Je veux avoir recours aux moyens les moins intrusifs possibles pour lui donner le maximum de chances de se fortifier. En tant que cardiologue, quel est ton avis ?

— Demandons à quelqu'un de venir le surveiller, et nous

irons nous asseoir dans un endroit tranquille pour mettre au point un plan. Nous nous fixerons les objectifs à atteindre avant l'opération et nous envisagerons les points négatifs qui pourraient nous empêcher d'attendre deux semaines pour procéder à l'intervention. Je reviens…

Après s'être assurée que le bébé allait aussi bien que possible, Melissa alla s'asseoir à côté de la jeune mère, couchée sur le côté, le visage tourné vers le mur.

— C'est si dur pour vous, tout cela. Je peux le comprendre. Mais je suis presque sûre que nous réussirons à régler son problème. Lui avez-vous choisi un prénom ?

Tia lui jeta un coup d'œil, ses grands yeux noirs remplis de larmes.

— Je ne peux pas, murmura-t-elle. C'est mon mari qui a choisi le prénom et, si le bébé meurt, il voudra donner ce nom au bébé suivant.

Frappée par la tristesse qui perçait dans sa voix, Melissa lui passa un bras autour des épaules.

— Ce n'est pas votre faute, vous savez. Les bébés naissent parfois avec quelques défauts. Personne n'a à se faire de reproches. Où est votre mari ? Les maris n'ont-ils pas le droit d'assister à la naissance de leur enfant, dans votre culture ? Est-ce pour cette raison qu'il n'est pas là ?

Tia secoua la tête.

— Il est en Amérique, où il poursuit ses études. Son père a dit qu'il devait rester là-bas, qu'il ne pouvait pas revenir simplement pour être avec moi au moment où le bébé naîtrait. J'aurais dû l'accompagner et accoucher dans un hôpital américain, mais la première fois où je suis allée là-bas, j'ai eu un tel mal du pays que je me suis promis de ne pas y retourner.

Melissa lui tapota gentiment le dos.

— Quel qu'aurait été l'endroit de votre accouchement, cela n'aurait fait aucune différence. L'anomalie dont souffre votre bébé — le cœur qui ne se développe pas normalement — apparaît en tout début de grossesse, vers huit semaines. Mais j'ai opéré des enfants aussi jeunes que le vôtre et qui, depuis, se portent à merveille.

Cette fois, Tia se retourna et s'adossa à ses oreillers.

— C'est vrai ? Vous pouvez opérer des nouveau-nés et les guérir ?

Melissa sourit en écartant doucement les longs cheveux noirs qui lui retombaient sur le visage.

— Mais oui.

— Et vous pouvez guérir mon bébé ?

A cet instant, Arun revint dans la chambre, accompagné de Zaffra, l'une des meilleures infirmières de l'hôpital. Il entendit la question de Tia et vit que Melissa hésitait à répondre.

Allait-elle mentir ?

Il en doutait, tout en espérant qu'elle le ferait, simplement pour éviter que Tia ne retombe dans un désespoir profond.

— Je ne peux rien promettre, dit enfin Melissa, mais plus de quatre-vingt-dix pour cent des bébés que nous opérons pour ce genre de problème survivent et se développent même très bien. Votre bébé aura besoin de soins spéciaux avant et après l'opération, et il passera une semaine à l'hôpital. Plus tard, il faudra lui éviter d'attraper certaines infections et, lorsqu'il sera plus grand, il aura peut-être à subir une autre intervention, mais il n'y a aucune raison pour qu'il n'aille pas bien.

Arun était resté sur le seuil, le bras tendu en travers de la porte pour empêcher Zaffra d'entrer dans la pièce. Melissa semblait avoir accompli une sorte de miracle en parvenant à intéresser Tia à son bébé et il ne voulait pas interrompre leur conversation.

— J'ai entendu Arun dire que vous deviez discuter de ce que vous alliez faire, dit Tia. Est-ce que je pourrai tenir le bébé dans mes bras pendant que vous parlerez tous les deux ?

— Bien sûr ! Je vais vous le donner et, ensuite, je le placerai sous oxygène, ce qui soulagera son cœur.

Elle traversa la chambre et, sortant l'enfant de son berceau, elle l'apporta à sa mère.

— Admirez-le tout à loisir. Plus tard, nous lui poserons une sonde gastrique pour l'alimenter, mais pour l'instant, profitez tranquillement de votre bébé.

Arun entra avec Zaffra qu'il présenta, mais Tia, qui examinait son petit garçon avec attention, ne l'écoutait pas.

— Il a l'air parfait, dit-elle. Sauf que ses petits pieds, ses ongles et ses lèvres sont bleus.

Arun constata qu'elle disait vrai et il se réjouit de voir que, mises à part les extrémités, le bébé avait enfin pris une teinte rose, ce qui montrait que l'oxygénation se faisait normalement.

— Plus tard, lorsque Melissa et moi nous aurons discuté, dit-il, je viendrai t'expliquer ce dont souffre ton fils et comment nous allons y remédier. Je te ferai un dessin pour que tu comprennes mieux la situation, et tu pourras le montrer à Sharif lorsqu'il sera de retour.

Tia hocha la tête. Satisfait de voir que sa sœur semblait aller mieux, Arun fit signe à Melissa de le suivre hors de la pièce.

— Nous n'en aurons pas pour longtemps, dit-elle à Tia au moment de sortir de la chambre.

La jeune femme lui adressa un sourire plein de confiance.

— Tu opères de vrais miracles avec les mères…, commenta Arun tandis qu'ils longeaient le couloir.

— C'est tellement difficile pour elles.

Sa voix était si triste qu'Arun eut envie de la serrer contre lui pour la réconforter et chasser toutes ces sombres pensées.

— La situation serait-elle plus grave que tu ne l'as dit ? Le cœur du bébé… ?

Elle secoua la tête.

— Non. Je pense à leur chagrin.

— Leur chagrin ?

— Réfléchis, Arun. Quand une femme accouche, même si c'est épuisant et douloureux, au moins a-t-elle le bonheur ensuite de serrer dans ses bras un bel enfant bien portant. Pour Tia comme pour les mères qui connaissent la même épreuve qu'elle, le plus dur est de devoir renoncer à cet enfant en bonne santé qu'elles attendaient et il leur est difficile d'accepter ce petit être fragile qu'elles doivent confier à des étrangers pour des soins.

Il secoua la tête.

— Comment n'ai-je jamais vu les choses sous cet angle ? murmura-t-il.

Elle sourit.

— Tes patients qui souffrent du cœur sont généralement beaucoup plus âgés et souvent victimes de leur mauvaise hygiène de vie, aussi ne portes-tu pas sur les problèmes cardiaques le même regard que moi.

Leurs pas les avaient conduits devant le bureau d'Arun qui ouvrit la porte et s'effaça pour la laisser entrer. C'était une vaste pièce meublée d'une grande table de travail couverte de papiers, de gros fauteuils en cuir et d'une table basse où étaient posés une cafetière, des tasses et des plateaux garnis de fruits et de gâteaux.

Arun l'invita à s'asseoir.

— J'ai pensé que tu aurais envie de manger quelque chose... C'est terrible que nous t'ayons entraînée à l'hôpital sans même te laisser le temps de te détendre, de te changer ni même d'avaler quelque chose après notre sortie à cheval. Alors, assieds-toi et sers-toi, nous discuterons après. J'ai commandé du café, mais si tu préfères du thé ou une boisson fraîche...

Elle secoua la tête.

— Du café, ce sera parfait, mais avec beaucoup de lait s'il y en a, dit-elle en se laissant glisser dans l'un des gros fauteuils.

Puis elle pointa le doigt vers les gâteaux posés sur la table.

— Et ça, c'est quoi ?

— Diverses pâtisseries faites avec du miel et des amandes dont la plupart sont parfumées à la rose ou à la fleur d'oranger.

Melissa choisit un gâteau et, lorsqu'elle mordit dedans, du miel s'en échappa et coula sur ses lèvres.

Arun s'approcha et lui essuya délicatement la bouche avec une petite serviette en papier. En voyant sa barbe naissante et la fatigue qui marquait son visage, elle se dit qu'il n'avait pas ces traits tirés lorsqu'elle l'avait rencontré, quatre mois plus tôt. Depuis, il avait connu des moments difficiles et il avait un poids énorme sur les épaules.

Il était si proche d'elle qu'elle pouvait lire dans ses yeux le désir qu'elle éveillait en lui. Un désir aussi fort que celui qu'il déclenchait en elle.

Allait-il l'embrasser ? Lui rendrait-elle ses baisers ?

Cela ne rendrait-il pas les choses encore plus compliquées ?

Elle poussa un soupir si doux qu'Arun ne put résister. Il se pencha vers elle et frôla de ses lèvres sa bouche qui avait gardé un goût de miel.

— Melissa...

La mystérieuse alchimie qu'ils avaient ressentie lors de leur première rencontre opérait de nouveau. Arun sentit monter en lui un désir qui mettait son sang en ébullition.

C'était de la folie. Ils devaient arrêter...

Ce fut Melissa qui, la première, mit fin à leur baiser.

— Nous devons parler du bébé, dit-elle. Du bébé de Tia.

— Et celui que tu dis être le mien ? Quand en parlerons-nous ?

— Celui que je *dis* être le tien ? répéta-t-elle, incrédule.

Arun s'aperçut soudain qu'il avait vraiment des doutes.

— Comment saurais-je si tu n'as pas pris un autre amant après notre rencontre ? dit-il froidement. Ou bien juste avant, de sorte que tu pourrais faire passer l'enfant que tu portes comme étant le mien ?

Furieuse, Melissa se leva et le fusilla du regard.

— A part les dix jours que nous avons passés ensemble, ma vie amoureuse ne te regarde pas, mais je peux te certifier que ce bébé est bien le tien. Maintenant, à toi de décider. Je peux oublier ce que tu viens de dire et nous nous asseyons pour discuter des problèmes que présente le bébé de Tia et élaborer ensemble un plan d'intervention, ou bien tu l'évacues par avion dans un hôpital à l'étranger.

Elle avait raison, se dit-il. Le bébé de Tia était la priorité absolue. Comment avait-il pu se laisser distraire aussi facilement ?

Parce qu'il l'avait embrassée ? Parce que ses lèvres avaient un goût de miel ?

Ou bien parce qu'il commençait à accepter l'idée qu'elle disait vrai ? Qu'elle portait vraiment *son* enfant ? A cela s'ajoutait le fait que, même si en théorie se marier et avoir un enfant apparaissait comme une bonne nouvelle, en réalité l'idée d'être père avait quelque chose de déstabilisant. Que savait-il de la façon dont il fallait élever un enfant ? Serait-il capable d'être un bon père, lui qui avait à peine connu le sien ?

Comme il hochait la tête avec raideur, Melissa se rassit, et il prit place en face d'elle. S'il s'efforçait d'afficher un air calme, il sentait pourtant déferler en lui un torrent d'émotions qu'il avait bien du mal à identifier.

Melissa le regarda s'installer dans son fauteuil. Elle respira à fond, essayant d'apaiser les battements trop rapides de son cœur et de dominer la peur qui la rongeait intérieurement. Mais elle n'était pas parvenue à la place qu'elle occupait aujourd'hui, celle d'un grand chirurgien pédiatrique, sans avoir appris à cacher ses émotions.

— Alors, est-ce que nous allons discuter de ce cas ? dit-elle sèchement.

Il marqua un temps d'hésitation, peu habitué sans doute à ce qu'on lui donnât des ordres. Mais il finit par acquiescer d'un signe de tête, tout en lui lançant un regard de travers.

Elle l'ignora. Se penchant en avant, elle ouvrit le dossier et étala les clichés des radios sur la table.

— Tu vois ici l'artère qui part du cœur en formant un tronc unique, et ici le trou dans la paroi ventriculaire. Le problème, c'est que trop de sang passe dans les artères pulmonaires qui vont de là…

Elle s'aida d'un crayon pour désigner un point sur la radiographie.

— …jusqu'aux poumons, ce qui provoque une insuffisance cardiaque congestive. On voit qu'il y a un rétrécissement de l'aorte, ce qui oblige le cœur à travailler davantage pour que le sang circule dans le reste du corps.

— Et l'opération ?

— Je dois détacher l'artère pulmonaire du tronc principal et utiliser un petit morceau d'artère avec des valvules intactes pour le connecter au ventricule droit, le greffer ici, combler le trou entre les ventricules et réparer l'aorte à l'endroit où j'aurai détaché l'artère pulmonaire.

— C'est une opération considérable pour un enfant aussi jeune, commenta Arun, les sourcils froncés. A t'entendre, cela a l'air très simple, mais chez un nouveau-né…

Comme il levait la tête, Melissa vit dans son regard du doute — et de la souffrance.

— Le taux de réussite est de quatre-vingt-dix pour cent, dit-elle dans l'espoir de lever au moins son doute. Tu es très attaché à Tia ?

Cette fois, il parut surpris et esquissa un petit sourire si triste qu'elle en eut le cœur serré.

— La mère de Tia, Miriam, était l'épouse favorite de mon père, et elle a été comme une mère pour Kam et pour moi. Plus présente et plus attentionnée que notre vraie mère. Tia est arrivée tardivement ; c'était la « petite dernière », la plus jeune de tous les enfants qu'a eus mon père. Lorsque Kam et moi revenions d'Angleterre pour passer nos vacances ici, nous considérions Tia comme notre petite mascotte — une sorte de poupée vivante, j'imagine, bien que les garçons ne soient pas censés jouer à la poupée.

Elle devina à quel point Arun avait souffert de son enfance solitaire, privée d'affection.

— Les garçons sont libres de jouer à tout ce qu'ils veulent, répliqua-t-elle doucement. Et ce petit bonhomme-là en fera autant, parce que nous allons le guérir.

Si elle s'apitoyait sur Arun, elle courait à la catastrophe. Elle avait déjà du mal à résister à l'attirance qu'elle éprouvait pour lui, mais si elle ressentait aussi de la sympathie, de l'empathie, c'était beaucoup trop dangereux !

— Pour l'instant, reprit-elle, nous devons surveiller son niveau de saturation en oxygène. A cause du trou qui existe dans la paroi ventriculaire, le sang riche en oxygène sortant de ses poumons se mélange au sang pauvre en oxygène venant du corps, ce qui signifie que le sang entrant dans l'aorte n'est pas aussi riche en oxygène qu'il devrait l'être.

Elle lui jeta un coup d'œil et sourit.

— J'enfonce là des portes ouvertes, n'est-ce pas ?

— Tu enfonces… quoi ?

— C'est une vieille expression. Elle veut dire que je suis en train de t'expliquer des choses que tu sais déjà.

Il lui rendit son sourire, et elle oublia aussitôt toutes les raisons pour lesquelles elle ne voulait pas céder à l'attirance qu'il exerçait sur elle.

Perdait-elle donc la tête ? Il était évident qu'ils ne pouvaient pas poursuivre l'aventure qu'ils avaient vécue à Hawaii, quatre mois plus tôt. C'était impensable. Cela ne ferait que compliquer encore davantage la situation.

— Je croyais que nous étions en train de discuter du cas du bébé, dit-il tranquillement.

Il arborait un sourire goguenard qui laissait penser qu'il avait deviné sans peine la raison de ce moment de distraction.

— C'est ce que nous faisons ! protesta-t-elle sans grande conviction. J'étais en train de te dire que tu n'avais aucunement besoin de mes explications.

— Ah, mais si ! Parce que, bien que je sache ce qu'il faut faire, tes explications m'aideront à en parler avec Tia.

Alors, Melissa continua à décrire ce qui attendait le bébé. Il faudrait le nourrir avec une sonde gastrique, utiliser des inhibiteurs ACE pour dilater les vaisseaux sanguins et aider le travail de pompage du cœur, avoir recours à la digoxine pour renforcer le muscle cardiaque, et aux diurétiques pour aider les reins à éliminer l'excès de fluide.

— Très bien, dit Arun. Nous allons organiser tout cela maintenant, et établir les tours de garde des infirmières pour que le bébé ait toujours quelqu'un qui veille sur lui. Et en ce qui concerne le médecin, veux-tu qu'on fasse venir un interne en pédiatrie ?

— D'où le sortirais-tu ? Du chapeau d'un magicien ?

Amusé, Arun se demanda s'ils ne pourraient pas retrouver leur entente d'avant, pas nécessairement redevenir amants, mais simplement deux adultes qui appréciaient chacun la compagnie de l'autre. Des adultes qui aimaient parler et rire ensemble, et discuter de tout et de rien. Sauf de l'avenir, tous deux étant tombés d'accord pour que leur histoire ne soit qu'une brève aventure. Et si, rétrospectivement, il s'avérait que cela avait été un peu plus…

Il se força à revenir aux détails pratiques du moment, tout en sachant qu'il leur faudrait bientôt discuter de l'avenir.

L'avenir du bébé — l'avenir de *son* bébé…

— Comme je te l'ai dit, Kam et moi avons essayé d'introduire des changements dans cet hôpital. Nous avons commencé par la maternité, mais la pédiatrie est venue tout de suite après. Nous avons rencontré plusieurs candidats intéressés par les postes que nous proposons — un pédiatre et trois internes en pédiatrie. Je suis sûr qu'au moins un de ceux que nous avons retenus pourrait se libérer et venir immédiatement.

— Ce serait génial.

Elle avait l'air si sincèrement heureuse qu'il se garda de préciser le rôle que pourrait jouer l'appât du gain dans la réalisation rapide de ce projet. Elle avait réagi violemment lorsqu'il avait parlé argent — ou des équipements dont elle pourrait bénéficier grâce à l'argent. Pourtant, l'expérience qu'il avait des femmes l'amenait à penser qu'elles s'y entendaient bien mieux que les hommes dès qu'il s'agissait de cadeaux ou de rémunérer des services.

Mais cette femme-là ne ressemblait à aucune de celles qu'il avait connues. Au point qu'il avait même songé à poursuivre leur brève liaison, peut-être en allant la voir en Australie, mais il y avait renoncé, considérant qu'il s'agissait là d'un caprice. Pourtant, il savait que son attirance pour elle était profonde.

Et maintenant, elle était là. Portant son enfant…

— Je vais m'occuper en premier des médicaments, dit-il. Quand tu lui poseras la sonde gastrique, faudra-t-il le mettre sous sédatif ?

— Oui, un sédatif léger.

Melissa commença à écrire sur une feuille de papier tout ce dont elle allait avoir besoin pour le bébé et, lorsque la liste fut complète, elle la tendit à Arun. Leurs doigts se touchèrent et, aussitôt, elle retira sa main comme si elle venait de se brûler.

Leurs regards se croisèrent.

— Non, dit-elle, répondant à la question qu'il n'avait

pas posée. Plus tard, lorsque nous aurons stabilisé le bébé, alors nous parlerons.

Il prit la liste et reconduisit Melissa jusqu'à la chambre de Tia. Après quoi, il partit s'occuper du matériel et des médicaments puis fit le nécessaire pour qu'un autre médecin vienne relayer Melissa, même s'il la soupçonnait de vouloir rester le plus longtemps possible à l'hôpital.

Ce qui voulait dire que, à part la conversation promise, il aurait peu l'occasion d'être seul avec elle. Lorsqu'elle aurait du temps libre, elle le passerait sûrement avec Jenny, ce qui était naturel.

Lorsque, plus tard, il regagna la chambre de Tia, il trouva la pièce pleine de monde. Toutes les femmes de la famille étaient là, l'hôpital ayant été construit en tenant compte des coutumes du pays et les chambres étant assez vastes pour accueillir toute une parentèle. Mais comment intuber un fragile nouveau-né dans un tel chaos ?

Montant la garde près du berceau, Melissa essayait d'empêcher les femmes de prendre l'enfant dans leurs bras. Arun fendit la foule pour la rejoindre.

— Je sais que j'avais suggéré de laisser le bébé près de Tia, mais dans des conditions pareilles, c'est impossible ! dit-elle. Nous devrions peut-être l'installer dans le service des soins intensifs, dans une chambre qui ne serait pas trop éloignée de celle de Tia. Elle pourrait ainsi aller le voir et s'asseoir près de lui. Elle seule, et peut-être aussi Miriam, mais pas les autres membres de la famille.

— Ce sera difficile de leur expliquer cela, mais tu as raison. Nous devons l'enlever d'ici. Viens.

Il tendit à Zaffra le matériel qu'il avait apporté et il poussa le berceau vers la porte, criant à Tia qu'il revenait.

5.

— Est-ce que cela se passe toujours ainsi dans ton hôpital ? s'enquit Melissa tandis qu'elle enfilait le long couloir à son côté.

Il sourit.

— Tu parles de la famille ? Oui, en général. Le plus difficile, c'est la nuit, quand les chambres sont peu éclairées. Beaucoup de parents du malade ont tendance à dormir par terre pour rester près de lui, et si l'on ne fait pas très attention, on risque de trébucher sur eux.

Ils arrivèrent devant une porte à double battant qu'Arun ouvrit d'un coup d'épaule et Melissa pénétra à sa suite dans un service de soins intensifs ultramoderne. Des infirmières surveillaient les appareils de contrôle dans le poste central et, à travers les baies vitrées, on voyait d'autres infirmières s'activer dans les chambres des patients.

— La première chambre est libre, dit Arun. Et, à côté, il y a une salle de préparation. Nous allons l'amener là pour lui placer une sonde gastrique et mettre au point son traitement médicamenteux. Ensuite, nous le transférerons dans la chambre pour le brancher aux appareils de contrôle.

Il la conduisit dans une salle de petite dimension, mais parfaitement équipée. Et là, à la grande surprise de Melissa, il ôta sa chemise et son jean.

— J'aurais dû me changer plus tôt, mais je n'en ai pas eu le temps, expliqua-t-il en voyant le regard étonné de la jeune femme.

Melissa restait figée sur place. Ce n'était pas de le voir changer de vêtements qui l'hypnotisait ainsi, mais le spectacle de son torse musclé, de sa peau hâlée qui contrastait avec le blanc éclatant de son slip.

Elle était hypnotisée par les souvenirs qui l'assaillaient…

Le désir qu'elle s'était efforcée de tenir à distance depuis qu'ils s'étaient revus l'envahissait de nouveau. Ce ne fut qu'en voyant Arun se tourner vers le lavabo pour se laver les mains qu'elle se rappela où elle était et ce qu'elle était censée faire là.

Alors qu'elle s'approchait à son tour du lavabo, elle s'aperçut qu'elle aussi devrait changer de vêtements. Arun ayant sorti une tenue de chirurgien d'un placard situé près du lavabo, elle en trouverait sûrement une à sa taille. Mais bien qu'il lui soit souvent arrivé, au cours de ses années de formation, d'avoir à se changer dans la même pièce qu'un homme, elle se sentit soudain gênée de devoir se déshabiller devant Arun. Peut-être ne la regarderait-il pas…

Et si elle se dépêchait…

Avait-elle perdu la tête ? Il y avait ici un bébé qui avait besoin qu'on s'occupe de lui, et c'était lui qui comptait, et non pas elle, ni Arun, ni la pudeur, ni quoi que ce soit d'autre.

Elle trouva dans le placard ce qu'elle cherchait et, ôtant sa tunique et son pantalon, elle les troqua contre une tenue de chirurgien avant de rejoindre Arun près du lavabo.

— Est-ce que ta grossesse se passe bien ? demanda-t-il.

Melissa se tourna vers lui. Elle ne lut sur son visage aucun message caché.

— Tout à fait bien, répondit-elle en se rinçant les mains.

— Parfait.

De nouveau, elle porta sur Arun un regard scrutateur, convaincue que cette question dissimulait quelque chose. Mais elle ne vit que les traits énergiques qui l'avaient séduite, le nez légèrement busqué qui pouvait faire croire à une certaine arrogance bien qu'Arun n'en ait jamais fait preuve à son égard, les magnifiques yeux vert clair et les lèvres dotées d'un pouvoir magique qui l'avait ensorcelée.

Comme Arun lui tendait une paire de gants en latex qu'il avait pris à un distributeur mural, elle les enfila et retourna auprès du bébé. Elle commença par regarder ce que Zaffra avait posé sur la table de soins puis, prenant la fiche médicale de l'enfant, elle vérifia son poids afin d'établir le dosage des médicaments qu'elle devait lui administrer, puis elle le mesura pour savoir de quelle longueur devait être la sonde gastrique. Son souci constant était de penser à tous les problèmes qui pouvaient se poser et d'imaginer comment les prévenir dans la mesure du possible.

Ils formaient une bonne équipe, tous les deux, songea Arun tandis qu'il tenait le bébé, placé sous sédatif, pendant que Melissa insérait la sonde gastrique et la fixait avec du sparadrap. Par précaution, elle posa une attelle sur le petit bras du bébé afin d'empêcher que, dans un mouvement maladroit, il ne déplace involontairement la sonde.

Alors que Zaffra remettait l'enfant dans le berceau, Melissa se pencha sur la table et se mit à écrire frénétiquement, effectuant des totaux qu'elle vérifiait avec soin, sans doute pour déterminer les dosages et le régime alimentaire qui conviendraient le mieux au bébé, se dit Arun qui l'observait. Mais la jeune femme était trop absorbée dans son travail pour penser à expliquer ce qu'elle était en train de faire.

Si absorbée, sans doute, qu'elle ne se rendait pas compte qu'elle se mordillait la lèvre inférieure.

Lui aussi avait mordillé doucement cette lèvre, se rappela-t-il. Un soir, à Hawaii, après avoir assisté toute la journée à des conférences, ils avaient renoncé au dîner officiel, préférant se rendre dans un petit restaurant du bord de mer dont il avait entendu dire le plus grand bien. Après le dîner, ils étaient revenus à leur hôtel en passant par la plage. Traversant une barrière de rochers, ils étaient arrivés dans une petite baie déserte, si attirante qu'ils s'étaient déshabillés et avaient pris un bain de minuit.

C'était à ce moment-là qu'il lui avait mordillé la lèvre. Pendant qu'il la serrait dans ses bras et lui faisait l'amour dans l'eau…

Il lui avait fait l'amour dans l'eau ! Sans aucune protection ! Ce qui signifiait que le bébé *pouvait* être le sien. Et depuis quatre mois, elle ne lui avait rien dit.

Il était incapable de réfléchir à cela maintenant. D'autant que Melissa le regardait comme si elle attendait une réponse.

Etait-ce parce qu'elle lui avait posé une question ? A propos du bébé de Tia ? Cela en avait tout l'air.

Melissa soupira et se tourna vers Zaffra.

— Il est parti sur une autre planète. Alors, vous allez peut-être pouvoir me dire, vous, quels sont les mélanges lactés que vous utilisez pour les nouveau-nés, à la maternité.

— Il y en a beaucoup. Venez voir, je vais vous montrer.

Melissa jeta un regard en coin à Arun. Il semblait bizarrement prêt à mordre.

— Peux-tu le relier aux appareils de contrôle pendant que je m'occuperai des mélanges lactés ? lui dit-elle.

Il la regarda d'un air si furieux qu'elle se demanda s'il n'avait pas interprété sa question comme étant un ordre et non une requête. Mais il finit par hocher la tête et il poussa le berceau vers le mur où se trouvaient les appareils de contrôle.

Deux heures plus tard, le bébé était relié aux moniteurs, les tours de garde des infirmières qui devaient se relayer à son chevet établis, les programmes d'alimentation et de traitement mis en place. Tout avait été fait pour que l'état de santé du petit garçon soit aussi bon et aussi stable que possible.

— Viens, dit Arun, je vais te ramener chez Jenny.

Pour la énième fois, Melissa se pencha au-dessus du berceau, se posant mille questions. Avait-elle songé à tout ? Ce bébé allait-il s'en tirer ? Devrait-elle… ?

— Je ne sais pas si je peux le laisser maintenant, répondit-elle, soucieuse. Jenny a parlé d'une fête qui aura lieu ce soir… J'irai, car elle serait déçue par mon absence, mais là, tout de suite, abandonner cet enfant…

Arun la regarda en fronçant les sourcils.

— Tu es fatiguée, probablement à cause du décalage horaire. Il faut te reposer, ne serait-ce qu'un moment, sinon tu risques de ne pas être en mesure de t'occuper du bébé.

— Tu as raison, mais si jamais il avait besoin de moi ? S'il arrivait quelque chose ?

Les traits d'Arun s'adoucirent.

— Tu crois donc qu'un cardiologue n'est pas capable de veiller sur ce bébé ? demanda-t-il d'un ton taquin.

— Parce que tu vas rester auprès de lui ?

Elle crut voir une ombre passer sur son visage.

— Cela a l'air de te surprendre… T'imagines-tu par hasard que je me soucie moins de mon neveu et de la tranquillité d'esprit de ma sœur que toi, une étrangère ?

Comprenant qu'elle l'avait blessé, elle secoua la tête.

— Je suis désolée. Tu as raison, Arun. Je *suis* fatiguée, et je rêve de prendre un bain, de changer de vêtements et aussi de manger quelque chose. Avez-vous ici une chambre de garde où je pourrais dormir un peu ? Y a-t-il un endroit où je pourrais trouver un sandwich ?

Un flot de paroles dites dans une langue qui restait pour elle incompréhensible lui répondit, mais à la façon dont Arun secouait la tête, elle se dit que, sans doute, il était préférable qu'elle ne comprenne pas ses propos.

— Une chambre de garde ? Un sandwich ? Tu penses donc qu'on traite aussi mal nos invités ?

Soudain, esquissant un sourire, il lui caressa la joue.

— Il est vrai que nous t'avons bien mal accueillie, n'est-ce pas, Melissa ? Tu as dû courir jusqu'à la maison pour venir en aide au bébé, puis te précipiter ici, sans avoir rien d'autre à manger que des pâtisseries.

Arun la scruta. Il vit les boucles d'or rouge qui s'échappaient de la coiffe de chirurgien, la pâleur du visage et les cernes bleuâtres qu'elle avait sous les yeux.

— Mais je peux t'offrir quelque chose de plus confortable qu'une chambre de garde, Melissa. Kam et moi disposons d'un appartement privé, situé au dernier étage de l'hôpital. Je vais t'y emmener et, pendant que tu prendras ton bain, je demanderai qu'on te prépare un repas.

— C'est très tentant, dit-elle avec une pointe d'hésitation dans la voix. Mais je ne voudrais pas te chasser de chez toi… N'avais-tu pas l'intention d'utiliser toi-même cet appartement ?

— Je vais rester auprès de ma sœur et de son bébé. Tu vois, tu ne risques rien, ajouta-t-il.

Les joues de Melissa prirent une teinte rose vif.

— Excuse-moi… Ce n'est pas ce que j'ai voulu dire. Je sais que tu es un vrai gentleman. C'est que…

Il savait exactement à quoi elle pensait parce que, malgré leurs soucis et leur fatigue, ils ressentaient toujours l'un pour l'autre cette même attirance. Celle-ci attisait leur désir et les soumettait à une tentation grandissante.

Se penchant vers elle, il l'embrassa doucement sur les lèvres.

— Tu finiras ta phrase à un autre moment, dit-il. Nous aurons d'autres occasions de discuter et d'avoir cette fameuse conversation, Melissa. Pour l'instant, le programme est simple : bain, nourriture et repos. Allez, viens.

Ils prirent un ascenseur qui les mena au dernier étage du bâtiment. Après avoir emprunté un long couloir, ils arrivèrent devant une porte. Lorsque Arun l'ouvrit, Melissa découvrit un salon spacieux doté d'une large baie vitrée qui offrait une vue imprenable sur toute la ville. Il lui saisit la main pour la conduire jusqu'à une salle de bains. Il ouvrit les robinets d'une vaste baignoire rectangulaire puis jeta dans l'eau quelques feuilles qui répandirent dans la pièce un parfum subtil.

— Voici des serviettes, du savon, des crèmes et un peignoir de bain.

Tous ces objets étaient posés sur une sorte de gradin en marbre blanc. Juste au-dessus, sur une petite étagère également en marbre, s'alignaient des flacons de formes variées, brillamment colorés, qui ressemblaient à des pierres précieuses.

— Brosse à dents, brosse à cheveux, continua Arun. Si tu as besoin de quelque chose, tu n'auras qu'à appuyer sur ce bouton, là, près de la baignoire. Et ne t'inquiète pas, ce n'est pas moi qui viendrai, mais ton chaperon, ajouta-t-il en gratifiant Melissa d'un sourire ravageur.

Malgré sa fatigue, elle le lui rendit.

— Si elle vit dans cet appartement, je suis sûre qu'elle a pris l'habitude de ne rien voir.

— Peut-être, répliqua-t-il, son sourire évanoui.

A peine eut-il refermé la porte derrière lui que Melissa oublia cette conversation. Elle se dévêtit et s'allongea dans la baignoire. Très vite, dans la chaleur de l'eau parfumée, elle sentit sa fatigue s'estomper. Saisissant un flacon de gel pour le bain, elle s'en enduit tout le corps et, la tête appuyée sur le rebord de la baignoire, elle laissa l'eau la débarrasser lentement de cette crème parfumée.

Cela faisait une éternité qu'elle était dans la salle de bains ! Se serait-elle endormie ? Quel idiot il était ! Il aurait dû dire à Olara de rester auprès de Melissa, mais il l'avait envoyée acheter quelques vêtements pour leur invitée, en lui assurant qu'il veillerait sur la jeune femme.

Est-ce que cela consistait aussi à vérifier qu'elle ne s'était pas noyée dans la baignoire ?

Il frappa à la porte.

N'obtenant pas de réponse, il entrouvrit le battant et passa la tête. Melissa était profondément endormie. Et si belle dans sa nudité qu'il en eut le souffle coupé. Son cœur se mit à battre plus vite tandis qu'une vague de désir le submergeait. Puis, fasciné, il découvrit la courbe douce du ventre arrondi par quatre mois de grossesse. *Son* bébé…

— Melissa ?

Agenouillé près de la baignoire, il lui saisit le menton.

— Réveille-toi, belle endormie. Si tu veux te reposer, tu seras beaucoup mieux dans un lit.

Elle tourna vers lui un regard un peu flou. Mais dès qu'elle l'eut reconnu, elle sourit.

— Arun, murmura-t-elle. Tu es de nouveau dans mon rêve…

Mais à peine avait-elle prononcé ces mots qu'elle se redressa et l'éclaboussa, s'agitant avec tant de frénésie qu'il craignit de la voir glisser au fond de la baignoire.

— Attends ! Calme-toi. Tu t'étais endormie dans ton bain !

Il l'enveloppa dans une grande serviette et l'aida à sortir de la baignoire, puis il l'essuya avec soin en veillant à laisser ses mains sur le tissu-éponge, sans jamais toucher la peau de la jeune femme. Il ne voulait surtout pas l'effrayer.

Lorsqu'elle fut parfaitement séchée, il lui laissa la serviette pour se couvrir et prit sur le gradin en marbre une robe de soie blanche qu'il lui tendit.

Elle l'enfila et elle lui parut tout aussi désirable, avec ses cheveux qui auréolaient son visage d'un halo lumineux.

— Tu trouveras de quoi manger à côté de ton lit, et une Thermos de thé. Il y a aussi des boissons fraîches, des jus de fruit et du yaourt. Viens voir.

Il la guida vers la chambre et lui montra la table roulante chargée de nourriture.

— J'étais affamée mais, maintenant, je ne rêve que d'une chose : dormir. Tu me réveilleras assez tôt pour que j'aie le temps d'aller voir le bébé avant de me rendre à la fête de Jenny, n'est-ce pas ?

— Je te le promets.

— Merci.

Elle avait dit cela d'une voix presque timide, mais peut-être se laissait-il emporter par son imagination. Ou bien peut-être était-ce la fatigue qui la faisait parler sur ce ton feutré ?

— Tout le plaisir est pour moi… Dors bien, et je te remercie du fond du cœur. Aujourd'hui, Melissa, tu as rendu un service immense à ma famille. Je ne l'oublierai jamais.

Melissa voulut protester, dire qu'elle n'avait rien fait d'autre que son métier, puis y renonça, se contentant de lui sourire.

Après qu'Arun eut quitté la chambre, elle se mit au lit, souriant toujours. Elle caressa doucement son ventre et parla à son bébé, en s'excusant d'avoir si peu communiqué avec lui aujourd'hui.

Mais tandis qu'elle lui parlait, sa sérénité disparut, remplacée par les préoccupations concernant leur avenir. Le sien et celui du petit être qu'elle portait en elle…

Elle se réveilla en entendant tout près d'elle une voix douce qui l'appelait.

— Docteur mademoiselle…

Elle ouvrit les yeux et vit une jeune femme à côté de son lit. La mémoire lui revint lentement — le voyage en avion, la promenade à cheval, la révélation de son secret et, pour finir, la naissance du fils de Tia.

Jenny. Elle lui avait à peine adressé la parole. Et où était Arun ? Comment retournerait-elle au service des soins intensifs pour vérifier l'état du bébé ? Et comment irait-elle de l'hôpital au palais où vivait Jenny ?

La jeune femme avait disparu. Avait-elle eu pour seule mission de venir la réveiller ? Rien de plus ?

La faim la poussa à sortir du lit. Elle enfila le déshabillé de soie assorti à la chemise de nuit qu'elle portait, en évitant de se demander pourquoi ce genre de choses se trouvaient dans l'appartement d'un célibataire. Après quoi, elle partit explorer les autres pièces.

La femme qui l'avait réveillée était dans la cuisine, regardant d'un œil anxieux un comptoir chargé de fruits frais, d'assiettes de viande froide et de fromages, de petites crêpes empilées sur un plat en argent et tout un assortiment de condiments présentés dans des pots ou dans des flacons.

— Je ne sais pas ce que vous voulez manger, mais Son Excellence a dit que vous auriez faim en vous réveillant, qu'il fallait que je vous serve quelque chose, et qu'ensuite je vous montre les robes.

— Je meurs de faim, mais je n'arriverai sûrement pas à avaler tout cela.

Elle espérait qu'en plaisantant, elle parviendrait à chasser l'anxiété qu'elle lisait dans les beaux yeux noirs de la jeune femme.

Elle s'installa sur un haut tabouret et prit une crêpe sur laquelle elle posa une tranche de viande froide et du fromage. La jeune femme lui tendit un pot de condiments.

— C'est très bon, et pas trop épicé, expliqua-t-elle.

Melissa étala une cuillerée de cette pâte sur sa crêpe qu'elle plia en deux avant d'y mordre à pleines dents. Elle sentit exploser dans sa bouche des sensations gustatives inconnues d'elle jusqu'alors.

— C'est délicieux ! dit-elle.

La jeune servante sourit et posa sur le comptoir une grande Thermos.

— Je vous ai préparé du thé. Son Excellence a dit qu'il ne vous fallait pas de café, parce que ce n'est pas bon pour votre bébé.

Son sourire s'accentua.

— C'est excitant d'avoir un bébé… Cela fait beaucoup de bébés, avec ma sœur qui en a eu un la semaine dernière, et Tia, et maintenant le vôtre… C'est signe que le pays va bien avec les nouveaux cheikhs. C'est de bon augure.

Elle rayonnait de bonheur, et Melissa se demanda combien de personnes étaient déjà au courant de sa grossesse. Jenny serait déçue si elle apprenait la nouvelle par une tierce personne… Et cette jeune femme, savait-elle qu'Arun était le père de son bébé ?

A la quatrième crêpe, elle était repue. Elle la reposa dans l'assiette sans la terminer et poussa un soupir.

— Il faut que j'aille voir le bébé, mais je n'ai rien à me mettre sur le dos. Je suis désolée, je ne me rappelle plus votre prénom…

— Olara… Vous trouverez dans la chambre des robes, de la lingerie, et tous les vêtements qu'il vous faut. Son Excellence m'a envoyée vous acheter tout cela pendant que vous dormiez. Vous allez vous rendre à la fête et il savait que vous auriez besoin d'une jolie robe. Je vais vous montrer…

Les robes étaient magnifiques. Faites d'une soie délicate, brodées de fils d'or et d'argent au col, sur les manches et tout le long de l'ourlet, elles semblaient ne pas peser plus lourd qu'un souffle d'air.

Hésitante, Melissa opta finalement pour une longue robe bleu foncé ponctuée de pourpre. Le rouge n'était-il pas un peu trop voyant quand on avait des cheveux blond-roux ? Mais c'était une soirée spéciale, et elle jugea qu'elle pouvait se permettre une telle association.

Devait-elle mettre un foulard sur ses cheveux ?

Elle réfléchissait à la question lorsqu'elle aperçut une

rangée de portemanteaux sur lesquels étaient accrochés des foulards assortis aux robes.

Puis Olara lui proposa toute une collection de sous-vêtements délicats qui étaient encore dans leur emballage transparent.

— Je n'ai pas l'habitude de porter de la lingerie aussi luxueuse, dit Melissa en caressant les fines dentelles.

— Mais il s'agit d'une grande fête et tout le monde sera très bien habillé. Moi-même, j'aurai une belle robe neuve.

— Vous allez y assister ?

— Bien sûr ! Nous y allons tous. Nous sommes une tribu, une famille. Vous comprenez ?

— Bien sûr... Je trouve merveilleux que chacun profite de la fête.

Elle alla prendre une douche et, tandis qu'elle se séchait, elle se rappela avec quelle délicatesse Arun l'avait essuyée. Si elle n'avait pas été aussi fatiguée, elle aurait été presque déçue de ne pas le voir plus audacieux.

Oh, mon Dieu ! Comment pouvait-elle se laisser aller à des pensées pareilles ?

Tout en essayant de chasser Arun de son esprit, elle s'habilla, contente de constater que la robe lui allait très bien. Elle fut encore plus contente lorsque Olara revint dans la pièce et assura avec enthousiasme qu'elle était très belle.

En fouillant dans la trousse de maquillage qui aurait fait le bonheur d'un mannequin professionnel, elle trouva une ombre à paupières d'un mauve foncé. La voilà qui mettait ses peintures de guerre, songea-t-elle en se moquant d'elle-même tandis qu'elle posait une touche de rose sur ses joues. En l'honneur d'Arun ? Pour le conquérir ou pour se protéger ?

Elle n'aurait su le dire, mais cela n'avait aucune importance, décida-t-elle tandis qu'elle attachait les sandales argentées qu'Olara lui avait apportées. Ce soir, elle allait rencontrer de nouvelles personnes, découvrir de nouvelles coutumes et beaucoup s'amuser.

— Tu es magnifique ! s'exclama Arun lorsqu'elle le retrouva dans le salon.

— Merci. Tu es très élégant, toi aussi.

Il avait revêtu une tenue traditionnelle, une robe blanche dont les manches étaient brodées d'or, qui ajoutait encore à son pouvoir de séduction. Comme elle levait les yeux vers lui afin de retrouver l'autre Arun, celui qui lui était plus familier, elle eut un choc en découvrant son regard plein de désir.

Elle devait résister, au moins jusqu'à ce qu'ils aient enfin cette conversation au sujet de l'avenir du bébé — de leur bébé.

Mieux valait jouer la comédie de la légèreté.

— C'est une robe pour les grandes occasions ? demanda-t-elle en touchant les broderies d'or.

Il hocha la tête en souriant.

— On y va ?

Il l'escorta jusqu'à la porte de l'appartement et la suivit dans le couloir. Ce ne fut qu'en arrivant devant l'ascenseur que Melissa se rappela l'autre bébé.

— Le fils de Tia… Je dois aller le voir.

— J'imagine que cela ne te fera pas changer d'avis si je te dis que je suis déjà passé le voir avant de venir te chercher ?

Elle secoua la tête et, soudain, elle s'aperçut qu'elle tenait son foulard à la main. Si elle se rendait au service des soins intensifs, il était préférable qu'elle couvre ses cheveux. Comme elle commençait à lever les bras, Arun lui prit le foulard des mains et le mit lui-même en place.

— C'est un péché de cacher cette chevelure, murmura-t-il, même si la plupart des gens, ici, pensent que ce serait un péché encore plus grand de ne pas la couvrir.

Troublée de le sentir si proche d'elle, elle ne put répondre. Heureusement, l'ascenseur arrivait, et ils le prirent pour se rendre, deux étages plus bas, au service des soins intensifs.

— Comment était le bébé lorsque tu l'as vu ? demanda-t-elle, espérant ainsi lui cacher son trouble.

— Les appareils de contrôle montrent que son cœur ne se fatigue pas trop, ses reins fonctionnent sans diurétiques, et Tia s'intéresse de très près à son bébé. Elle harcèle les infirmières pour en savoir toujours plus ! Elle a écarté toute la famille sauf sa mère, et s'est installée dans le service des soins intensifs, à côté du bébé. Tu as opéré un vrai miracle en l'aidant à accepter son fils.

— Le miracle, cela a été le bébé. Quand elle a accepté l'idée qu'il pouvait survivre, elle s'est montrée prête à se battre pour lui, et avec lui.

Le bébé semblait aller vraiment bien. Il était veillé par une jeune femme à l'air anxieux. Une Américaine, se dit Melissa lorsqu'elle l'entendit parler. L'inconnue ne manifesta pas de surprise, mais plutôt une certaine admiration en la voyant entrer dans la chambre.

Mais ce regard admiratif s'adressait peut-être à Arun…

Celui-ci fit les présentations. La jeune femme s'appelait Sarah Craig.

— Je suis ravie de vous rencontrer…, dit-elle à Melissa. J'ai lu un de vos articles concernant l'utilisation du tissu du péricarde pour réparer le cœur, et un autre sur les avantages et les inconvénients de ne pas refermer immédiatement l'incision du thorax après une opération à cœur ouvert chez les très jeunes enfants. Que pensez-vous faire concernant ce bébé ?

Melissa lui sourit, se rappelant la crainte mêlée de respect qu'elle avait ressentie — et qu'elle ressentait encore — lorsqu'elle rencontrait des gens dont elle admirait les travaux.

Où Arun avait-il trouvé cette femme pendant les quelques heures où elle avait pris un peu de repos ? Cela tenait de la magie !

— Vous êtes attachée à cet hôpital ? s'enquit-elle.

— Je suis arrivée il y a une heure… La semaine dernière, les al'Kawali m'ont fait passer un entretien d'embauche pour travailler ici et j'attendais de connaître leur réponse lorsque le Dr al'Kawali m'a téléphoné tout à l'heure pour me demander de venir à l'hôpital.

Melissa regarda Arun.

— Je comprends maintenant pourquoi les histoires qui parlent de génies sortant d'une vieille lampe à huile sont nées dans ce coin de la planète. Quant à fermer le thorax du bébé, reprit-elle à l'intention de Sarah, je ne prendrai ma décision qu'au moment d'opérer. D'ici là, notre tâche consiste à rendre ce petit bonhomme le plus solide possible pour supporter l'intervention.

— Je pense que vous allez être satisfaite de lui.

Elle s'écarta du berceau afin de permettre à Melissa d'examiner le bébé.

— C'est du sang de guerrier qui coule dans ses veines, commenta Arun.

Ne voulant pas se laisser distraire par cette voix grave qui s'était élevée derrière elle, Melissa se concentra pour effectuer un examen minutieux de son petit patient.

— Vous le pesez et vous mesurez la quantité de fluide qu'il ingère et celle qu'il perd ? demanda-t-elle à Sarah.

— Comme je vous l'ai dit, je ne suis pas là depuis longtemps, mais le médecin qui s'occupait de l'enfant m'a donné cela, dit Sarah en lui tendant la fiche médicale du bébé.

Melissa la parcourut des yeux rapidement.

— Cela se présente bien. Je vois qu'il a pris du poids. Nous pourrons peut-être l'opérer avant deux semaines. A condition que son muscle cardiaque soit suffisamment solide… L'échographie nous le dira.

Comme Sarah la regardait fixement, les sourcils froncés, et qu'Arun, lui aussi, avait l'air dérouté, elle ajouta :

— Excusez-moi, j'ai la mauvaise habitude de penser tout haut. En général, je suis seule avec le bébé et je lui fais part de mes réflexions. Chez un nouveau-né, le muscle cardiaque est mou et faible, comme un ballon plein d'eau. Pour que l'opération réussisse, il faut que le muscle soit plus ferme, c'est pourquoi nous devons bien alimenter ce bébé et essayer de le fortifier au maximum dans un minimum de temps. Tia est-elle là, Arun ? Puis-je lui parler avant que nous ne partions ?

La réponse vint de Sarah.

— Elle est allée se reposer. Elle a du mal à quitter le bébé, ne serait-ce que quelques instants, mais l'autre femme — est-ce sa mère ? — lui a rappelé qu'elle avait besoin de toutes ses forces, et elle l'a emmenée manger quelque chose avant de dormir un peu.

— Dans ce cas, je la verrai plus tard. Nous y allons, Arun ?

6.

Ils quittèrent l'hôpital en traversant un grand hall décoré de plantes luxuriantes.

— La jungle en plein désert…, murmura Melissa en remarquant de magnifiques orchidées qui s'épanouissaient au milieu de la verdure.

— C'est la magie de l'eau, expliqua Arun, et aussi de l'argent, j'imagine. Comme cet hôpital a été créé pour accueillir une riche clientèle étrangère, on l'a doté d'un hall d'accueil ressemblant à celui d'un hôtel de luxe.

— Ainsi, les clients ne se sentent pas dépaysés, plaisanta Melissa.

Mais Arun ne sourit pas. Elle devina qu'il songeait à tout ce qui restait à faire pour que l'ensemble de son peuple bénéficie de soins médicaux.

— As-tu pu améliorer un peu les choses du vivant de ton père ? demanda-t-elle.

Il soupira.

— Nous faisions ce que nous pouvions, ici et là… Par exemple, nous avons incité des médecins à venir travailler chez nous et nous avons commencé à moderniser le vieil hôpital à nos frais. Le gouvernement ne s'intéressait pas du tout à ce que nous faisions là-bas. C'était cet hôpital-ci qui disposait de l'équipement et de l'espace nécessaires pour devenir un grand établissement, capable d'accueillir les gens du pays aussi bien que les étrangers.

Une longue voiture noire s'arrêta devant eux et un portier de l'hôpital leur ouvrit la portière arrière.

— Tu ne dois avoir aucun regret, reprit-elle lorsqu'ils

furent installés dans le luxueux habitacle. Tu as fait ce que tu as pu et, désormais, tu vas pouvoir agir davantage. S'accrocher au passé ne fait qu'ajouter aux difficultés du moment présent, et tu n'as pas besoin de cela.

Il lui adressa un sourire qui déclencha chez elle un long frisson et une bouffée de désir.

Eprouvait-il lui aussi du désir ? se demanda-t-elle en le voyant appuyer sur un bouton qui actionnait la vitre de séparation les isolant du chauffeur.

Mais lorsqu'il prit la parole, elle comprit que ses préoccupations étaient d'un tout autre ordre.

— Tu as dû réfléchir à ce que sera ton avenir avec ce bébé, dit-il.

Elle espéra lire sur son visage ce qu'il pensait et ressentait, face à cette situation. Mais elle n'avait aucune chance de deviner quoi que ce soit. Le mot « impénétrable » semblait avoir été inventé pour Arun.

— Je voudrais élever le mieux possible cet enfant. Et, peut-être parce que j'ai été moi-même confiée à une grand-mère, je suis convaincue qu'il ou elle devrait grandir avec deux parents.

Elle s'attendait à une réaction de sa part, un signe, aussi léger fût-il, indiquant qu'il se sentait concerné. Mais il resta silencieux.

— Cela ne veut pas dire que tu doives assumer le rôle du père, ajouta-t-elle en hâte, désemparée. Bien sûr, si tu le souhaites, si tu as envie de t'impliquer dans l'éducation de cet enfant, nous pourrons mettre au point un système de garde alternée. Mais si tu ne souhaites pas t'en occuper, il n'y a pas de problème. Le bébé et moi ne resterons pas tout seuls. J'ai un excellent ami, Charlie, qui m'a offert de m'épouser et qui ferait un très bon père pour le bébé. J'ai repoussé sa demande en mariage, mais je peux t'assurer qu'il est tout à fait capable d'accepter ce bébé comme s'il était le sien et…

— Assez !

Elle sursauta en entendant cet ordre donné d'un ton brutal et, surtout, en voyant la colère peinte sur le visage d'Arun.

— A quoi rime ce discours absurde ? Qui est ce Charlie à qui tu veux donner mon enfant ? Comment a-t-il eu connaissance de l'existence de ce bébé avant même que je ne sois au courant ? Comment…

Il se tut, étouffé par l'indignation.

— Charlie est un vieil ami, Arun. C'est un type bien et il a toujours été là pour moi. Je ne lui ai rien dit, seulement il s'inquiétait pour moi, et il a deviné tout seul que j'étais enceinte.

— Arrête ! Ce Charlie ne m'intéresse pas du tout. Quoique, maintenant que j'apprends son existence, je me demande…

— Il ne s'est jamais rien passé entre Charlie et moi ! C'est un ami, pas un amant.

— Un ami avec lequel, j'imagine, tu coucheras lorsque vous serez mariés, commenta Arun d'un ton glacial.

Cette froideur, loin de calmer la colère de Melissa, ne fit que l'attiser.

— Je t'ai dit que j'avais repoussé sa demande en mariage.

Il poussa un juron et se prit la tête dans les mains.

— Pourrais-tu me dire comment cette conversation qui concerne l'avenir de notre bébé a pu déraper au point que nous en venions à parler de toi et de ce Charlie ? A propos duquel je me demande, s'il t'adore à ce point, pourquoi il n'a pas couché avec toi ?

— Ce que tu dis est ridicule ! S'il ne s'est jamais rien passé entre nous, c'est parce que j'ai trouvé que ce serait malhonnête de ma part d'avoir une aventure avec lui alors que je savais que je ne voulais pas l'épouser. Je l'apprécie en tant qu'ami, c'est tout.

— Tu vas m'écouter, Melissa, dit-il d'une voix rauque, comme s'il essayait de contenir sa colère. Tu n'épouseras pas ce Charlie. En fait, je ne veux même plus entendre parler de lui. C'est déjà assez pénible de savoir qu'il a appris l'existence de mon enfant avant que je ne sois moi-même au courant, et que tu as pu imaginer le laisser prendre ma place de père. Mais, au milieu de toutes les absurdités que tu viens de débiter, tu as dit au moins une chose vraie : c'est que, dans l'idéal, un enfant devrait toujours avoir deux parents. Alors, écoute : tu es l'un de ces parents, et l'autre, c'est moi, d'accord ?

— D'un point de vue biologique, tu as raison.

— Je ne parle pas des parents biologiques, marmonna-t-il. J'ai eu un père biologique, je sais ce que c'est, merci ! Mon enfant, lui, aura un vrai père. Moi !

Mais comment ? se demanda Melissa qui se garda de poser la question à haute voix. Arun semblait suffisamment perturbé pour ce soir…

Arrivés dans l'enceinte du palais, ils s'arrêtèrent devant une maison dans laquelle Melissa n'était encore jamais entrée.

Après avoir jeté un regard en coin à Arun qui était resté silencieux durant les dernières minutes du trajet, elle sortit de la voiture et respira l'air parfumé de la nuit.

— Cette demeure est plus grande que les autres, dit-elle.

— C'était celle de mon père. Ni Kam ni moi n'avons l'intention de nous y installer, mais nous l'utilisons pour les cérémonies officielles et pour les fêtes. Surtout les fêtes… Cette maison mérite de connaître un peu de joie dans ses murs.

Il parlait d'un ton calme, sans colère. Ou peut-être la cachait-il ? se demanda-t-elle, touchée par ce qu'il venait de dire. Elle devinait la souffrance de l'enfant qu'il avait été — un petit garçon malheureux d'être privé de la chaleur d'un vrai foyer.

Rajustant son foulard, elle gravit les marches à côté d'Arun. Il la tint par le bras tandis qu'elle ôtait ses sandales, et ce contact attisa de nouveau le désir qui brûlait en elle.

Quel mal y aurait-il à renouer une aventure avec lui ? Pourquoi ne pas goûter de nouveau ensemble aux plaisirs qu'ils avaient déjà partagés ?

La raison lui dictait de ne même pas y penser. Mais saurait-elle écouter la voix de la sagesse ? Elle en doutait…

— Voici la salle de réception où, d'habitude, nous accueillons les dignitaires étrangers, dit Arun.

Il la fit entrer dans une pièce qui ressemblait à un décor

d'opéra. La couleur était partout : sur la tapisserie des murs, les coussins des chaises, les rideaux, les tentures et les vêtements de soie que portaient les femmes.

— Je comprends pourquoi vous, les hommes, vous vous habillez en blanc, murmura Melissa. Vous ressortez, au milieu de ce flot de couleurs.

Arun sourit et il la conduisait vers l'un des hommes vêtus de blanc quand celui-ci se hâta de venir à leur rencontre.

— Heureux de te voir, mon frère ! dit-il en donnant l'accolade à Arun.

Il se tourna vers Melissa.

— Et voici Melissa, la meilleure amie de ma Jenny… Elle m'a dit qu'on vous avait mise à contribution au saut du lit, ce matin, et que vous vous occupiez du bébé de notre Tia. Est-ce qu'il va bien ? Jenny a parlé d'un *truncus arteriosus*, en affirmant que vous pourriez l'opérer… Est-ce exact ?

L'air anxieux, il la scrutait de ses yeux verts, si semblables à ceux d'Arun.

— Laisse-la respirer, Kam, intervint ce dernier. Mais je sais déjà ce qu'elle va dire : elle te confirmera qu'elle va opérer le bébé de Tia et qu'elle peut rester au Zaheer aussi longtemps qu'il le faudra.

Kam éclata de rire.

— Je comprends pourquoi Jenny et vous êtes amies ! Vous pensez de la même façon. J'ai essayé de la convaincre de partir en voyage de noces — de prendre au moins huit jours pour aller avec moi quelque part, dans un endroit tranquille où nous ne serions que tous les deux. Mais comment aurais-je pu la persuader de dire oui alors qu'il y a tellement de travail à faire ici… C'est ce qu'elle m'a dit. Cette femme va devenir une vraie esclave du travail, j'en ai peur.

— Tu étais en train de parler de moi ?

Melissa se retourna. Jenny avait l'air radieuse dans sa longue robe couleur crème ornée de broderies d'un rouge écarlate. Ses yeux brillaient de bonheur, et le regard qu'elle lança à son futur mari permit à Melissa de comprendre que son amie avait pris la bonne décision. L'amour irradiait de ces deux-là.

Elle jeta un coup d'œil à Arun et sut qu'il avait vu la même chose qu'elle, car, malgré son sourire, il avait le regard triste. Il pensait sûrement à sa propre femme. Une belle jeune femme morte trop jeune…, songea-t-elle.

— Hé, c'est la fête, ce soir ! s'écria Jenny. Ne fais pas cette tête lugubre !

La remarque taquine de Jenny arracha Melissa à ses pensées. Elle se laissa entraîner par son amie vers les Stapleton en grande discussion avec Miriam et une autre femme que Jenny présenta comme étant la mère de Kam et d'Arun.

Il y avait de plus en plus de monde… Des sœurs par douzaines, des nièces encore plus nombreuses, des oncles, des cousins, des amis et leur famille. Tous souriaient et faisaient bonne figure aux étrangers. En voyant Jenny évoluer parmi eux, en l'entendant prononcer quelques petites phrases dans la langue du pays, Melissa comprit que son amie saurait être à la hauteur de la situation. En fait, c'était sans doute le défi dont Jenny avait besoin — non seulement accepter de se marier, mais faire un mariage qui s'accompagnerait de lourdes responsabilités. Un mariage qui constituerait un véritable partenariat grâce auquel Kam et elle s'efforceraient de faire entrer leur pays dans le XXIe siècle.

Mais les tâches qui les attendaient réussiraient-elles à leur faire oublier l'absence d'enfants ? Le regret qu'avait Jenny de ne pouvoir donner un héritier à Kam ne créerait-il pas une fissure risquant de s'élargir avec le temps et de gâcher leur bonheur ?

Contrariée par la tournure de ses pensées, Melissa chercha à se raisonner. Mais c'était difficile de ne pas se poser ces questions alors qu'elle portait dans son ventre un enfant qui pourrait être l'héritier dont Kam et Jenny avaient besoin.

Elle frissonna. C'était la première fois qu'elle pensait à son bébé de cette manière. A l'origine, en venant ici, elle s'était fixé pour mission — à part d'être la demoiselle d'honneur de Jenny — de révéler à Arun l'existence du bébé. Et, sachant depuis le début de leur relation qu'il ne souhaitait pas avoir d'enfant, elle s'était dit qu'après l'avoir mis au courant leur histoire s'arrêterait là.

Mais à présent ? Et s'il disait vrai lorsqu'il prétendait vouloir s'intéresser à ce bébé ?

Pire encore… Et s'il voyait dans cette grossesse la possibilité d'échapper à l'obligation de se marier, comme il en avait fait la promesse à son frère et à Jenny ? Il pourrait alors exiger de voir l'enfant élever ici, et non en Australie. Et, en cas de conflit à propos du droit de garde, comment pourrait-elle espérer gagner contre un homme jouissant d'un pouvoir et d'une fortune considérables ?

Dans l'espoir de chasser la nouvelle crainte qui maintenant lui serrait le cœur, elle prêta une oreille distraite au bavardage de Jane qui racontait tout ce qu'elle avait vu dans la journée — le souk, le désert, le palais d'hiver…

— Cela t'a plu ? demanda Arun tandis que la limousine les ramenait à l'hôpital.

— Oh oui… Les mets, les conversations, tout. Tu sais vraiment organiser une fête.

— Mais le secret de sa réussite dépend des participants. Et la famille sait mettre de la vie partout où elle est, n'est-ce pas ? Ils peuvent discuter, et même se disputer, tout en restant amis. Kam et moi, qui avons été élevés surtout à l'étranger, avons mis du temps à apprendre que, même si des querelles surviennent, tout le monde reste soudé en cas de crise.

Melissa réfléchit à ce qu'il venait de dire. Oui, il y avait eu des discussions, parfois assez vives, durant le dîner, mais aussi des rires, et des moments de tendresse, comme lorsqu'une petite fille s'était laissée glisser de sa chaise pour grimper sur les genoux de son père, assis à l'autre bout de l'immense table. Et l'homme vêtu de blanc avait eu pour sa fille un regard d'amour lorsque la petite avait fini par s'endormir, nichée dans ses bras.

— J'ai eu une famille toute différente, dit-elle. J'ai été élevée par ma grand-mère. En fait, elle était ma seule famille, à part quelques cousins qui venaient passer les vacances chez elle.

Arun lui caressa la joue du bout des doigts.

— Je peux t'offrir une famille. La mienne.

— Tu veux dire…

— Oui. Je te propose de m'épouser.

— Mais tu ne… Tu as eu à peine le temps de réfléchir à tout ce qu'impliquait l'existence de ce bébé. Tu précipites trop les choses, c'est impossible…

— Tu as songé à épouser Charlie pour que cet enfant ait un père. Alors, pourquoi ne pas m'épouser, moi ?

— Charlie est sécurisant.

Elle regretta sa phrase dès qu'elle l'eut prononcée. Pourtant, Arun ne dit rien. Mais sans doute reviendrait-il plus tard sur le sujet, pensa-t-elle.

La voiture les emmenait rapidement à travers les rues calmes de la ville, inondées de la lumière argentée de la lune, haut dans le ciel. Happée par la magie de la nuit, elle oublia un peu ses soucis.

— Oh, regarde, dit-elle. Pourrions-nous nous arrêter là où nous avons regardé le soleil se coucher ? J'aimerais voir le désert au clair de lune.

Que lui arrivait-il ? se demanda Arun. Pourquoi une demande aussi innocente le touchait-elle tellement ? Il était pourtant très en colère contre Melissa… « Charlie est sécurisant »… Que voulait-elle dire ? Que lui, Arun, ne l'était pas ?

Pourtant, il lança un ordre au chauffeur et la voiture quitta la rue principale et arriva quelques minutes plus tard au sommet de ce qui avait été autrefois l'une des plus hautes dunes de sable de la région.

Maintenant, elle était stabilisée et, sur l'un de ses flancs s'élevaient des constructions neuves, tandis que, de l'autre côté, s'étendait le désert.

A peine la voiture s'était-elle arrêtée que Melissa ouvrit sa portière, sans laisser au chauffeur ou à Arun le temps de le faire.

Comme elle ôtait ses sandales, Arun la mit en garde.

— Tu ferais mieux de rester chaussée. Cet endroit est un point de vue très fréquenté. Il peut y avoir par terre des morceaux de verre ou des saletés de toute sorte.

— Ce n'est pas pire que les seringues que nous trouvons sur nos plages ! Et j'adore sentir le sable sous mes pieds. La lune éclaire très bien, je ferai attention en marchant.

Joignant le geste à la parole, elle commença à descendre la dune, utilisant parfois ses bras en guise de balancier pour garder son équilibre lorsque le sable glissait sous ses pieds. Dans sa longue robe sombre, elle ressemblait à une ombre dansant sur le sable, mais lorsque le vent léger souleva son foulard, Arun vit sa chevelure flamboyante briller sous la lune.

Elle était superbe, et il eut envie d'elle. Pas seulement physiquement. Il la voulait tout entière, avec sa personnalité, son esprit qui s'accordait si bien au sien…

Elle lui rirait au nez s'il lui disait cela !

A cet instant, elle se tourna vers lui, le visage éclairé par la lumière argentée du clair de lune.

— C'est très beau, murmura-t-elle. Si beau que cela me donne envie de danser et de chanter ! Pourtant, ce serait dommage, car je chante très mal. Mais tout cela m'impressionne et m'exalte à la fois, si tu vois ce que je veux dire.

En la voyant si sensible à la beauté de ce monde qui signifiait tant pour lui, Arun se sentit empli d'un bonheur indescriptible.

Il lui prit doucement le visage entre ses mains.

— Je te montrerai le désert sous toutes ses formes, Melissa. Sous la lune, au crépuscule, et aussi au petit matin, lorsqu'il se réveille lentement, tout rose comme les joues d'une femme à l'aube.

Il se pencha vers elle et lui donna un long baiser plein de promesses.

— Si tu m'y autorises…, ajouta-t-il en la serrant contre lui.

A travers l'épaisseur de leurs vêtements, il sentit le corps de Melissa lui répondre et se tendre vers lui tandis que sa propre excitation devenait impossible à cacher.

Elle lui rendit son baiser avec la même ardeur et, lorsqu'elle y mit un terme, elle glissa sa main dans la sienne.

— Cet endroit n'est-il pas un peu trop public pour un cheikh ? murmura-t-elle.

La promesse cachée sous cette remarque espiègle ne fit qu'accroître encore davantage le désir d'Arun.

C'était trop facile. Ils retrouvaient les mêmes gestes, le même rythme, leur même façon de faire l'amour, comme s'ils ne s'étaient jamais quittés. Ils étaient allongés dans le grand lit — son lit à elle, pas le sien —, et elle sentait sa peau frissonner chaque fois qu'il la touchait, mais il se retenait, contrôlant son désir jusqu'au moment où elle le supplierait presque de la prendre.

— J'ai rêvé de cela pendant ces quatre derniers mois, murmura-t-il, le visage niché dans son cou. J'ai l'intention de prendre mon temps.

— Jusqu'à ce que j'en vienne à mendier ?

— Jamais je ne te laisserai faire cela…

Mais comme il continuait de la couvrir de caresses, elle savait qu'elle serait parfaitement capable de le supplier.

— Arun…

— Melissa, murmura-t-il en lui mordillant la pointe d'un sein.

Elle répéta son nom dans un cri et, se pressant contre lui, elle quémanda le plaisir qu'il tardait à lui donner. Alors, il la fit sienne et, bientôt, ils partagèrent la même jouissance intense après laquelle, épuisés, ils restèrent étendus sur le lit, enlacés dans les bras l'un de l'autre.

Alors qu'elle savourait la certitude d'avoir su combler Arun comme il l'avait comblée, il se mit à parler d'une voix rauque, en s'exprimant dans sa langue maternelle. Mais à la façon dont il pressait la main sur son ventre arrondi, elle sut qu'il s'adressait non à elle, mais au bébé.

Oh, mon Dieu !

— Ne fais pas cela ! implora-t-elle.

Il leva la tête pour la regarder, semblant plus surpris que blessé.

— Tu ne veux pas que je parle à mon enfant ?

— Non, je n'ai pas voulu dire cela… enfin, si, mais pas de cette façon. Rien n'a encore été décidé. Je sais que tu as parlé de mariage, mais ce n'est pas une solution, tu dois t'en rendre compte. Ton frère épouse une jeune femme appartenant à une autre culture et si tu te maries pour avoir des enfants — pour leur offrir un héritier —, il te faut sûrement épouser une femme de chez toi. Est-ce que cela ne rendra pas les choses plus faciles pour lui lorsque, plus tard, il sera au pouvoir ? Ne pourra-t-il pas gouverner plus facilement ? J'étais déjà dans la plus grande confusion avant que tu ne me parles mariage, alors imagine combien c'est pire pour moi maintenant.

— Pourquoi ?

Pourquoi ? Elle le scruta, cherchant une raison valable, consciente du rythme trop rapide de son cœur — mais c'était sûrement parce qu'ils venaient de faire merveilleusement l'amour.

— Parce que c'est tout simplement une folie rien que d'y penser.

— Vraiment ?

Il se redressa à demi et, appuyé sur un coude, il la contempla.

— J'ai promis à Jenny et à Kam de me marier et d'avoir des enfants. J'étais satisfait de faire un mariage de raison, et Miriam était déjà en train de me chercher une femme que je pourrais épouser. Et puis te voilà, portant dans ton ventre mon enfant, envisageant de partager ta vie avec un dénommé Charlie pour donner un père à ce bébé… Alors, pourquoi ne m'épouserais-tu pas, moi ?

Il se tut, mais reprit sans lui laisser le temps de répondre :

— Tu tiens à continuer de travailler — tu pourras le faire ici. Nous sommes en train de créer un service de chirurgie pédiatrique que tu pourras organiser et diriger à ta guise. Et pendant que tu travailleras, tu n'auras pas à t'inquiéter pour ton enfant. Chez nous, les enfants grandissent en grande partie dans la maison des femmes. Ils font la navette entre elle et la maison de leurs parents, bénéficiant ainsi d'un environnement familial heureux et rassurant. Ils sont entourés d'amour.

— Mais ce ne fut pas ton cas. On t'a envoyé en pension à l'étranger dès l'âge de six ans.

— C'est pourquoi mon enfant ne subira pas le même sort, rétorqua-t-il froidement. Tu sais, Melissa, j'ai plein de doutes aussi, moi qui n'ai jamais connu l'amour d'un père… Mais, qu'importe, cela ne m'empêchera pas d'essayer de faire de mon mieux.

— Oh, Arun…, murmura-t-elle en le serrant dans ses bras.

Elle avait l'air si triste pour lui qu'Arun s'assit et alluma la lampe de chevet. Elle était belle, avec ses joues roses, ses cheveux déployés sur l'oreiller, son corps si pâle auquel la grossesse commençait à donner des rondeurs…

Mais cette répugnance qu'elle avait à envisager de l'épouser…

— Est-ce que tu m'aimes bien ?

Poser cette question alors qu'ils venaient de faire si merveilleusement bien l'amour pouvait paraître bizarre, mais il avait besoin de savoir.

Elle hocha la tête, ouvrit la bouche comme pour dire quelque chose, puis y renonça.

— Nous nous entendons bien au lit, n'est-ce pas ? reprit-il.

Elle eut un autre hochement de tête, accompagné cette fois d'un léger sourire qui donna à Arun l'envie de lui refaire l'amour, là, tout de suite. Mais il ne le pouvait pas. Pas avant d'avoir régler un certain nombre de choses.

— Alors, pourquoi hésites-tu à m'épouser ?

Melissa le regarda. Il était beau, intelligent, attentionné, apparemment très riche, très doué au lit… Pourquoi ne se marierait-elle pas avec lui ?

Parce qu'il ne l'aimait pas ! Parce qu'il était encore profondément attaché au souvenir de sa belle et jeune épouse disparue, et elle ne se sentait pas de taille à se battre contre un fantôme…

Même si cette explication lui paraissait pathétique, car à trente-cinq ans elle n'espérait tout de même pas trouver l'amour parfait, c'était la seule qu'elle trouvait pour expliquer son hésitation à épouser le père de son bébé.

— Je ne sais pas, Arun. Et maintenant, il faut que je dorme. Je dois voir le bébé de Tia dans la matinée et, l'après-midi, il y a le mariage de Jenny. Comptes-tu rester ou bien t'en aller ?

— Rester ou m'en aller ? répéta-t-il.

— De mon lit.

En prononçant ces mots, elle comprit pourquoi ils avaient fini la soirée dans sa chambre et non dans celle d'Arun. Le lit qu'il occupait était celui qu'il avait partagé avec sa femme, la femme qu'il aimait.

Avec un soupir plein de tristesse, elle se tourna sur le côté, et tira le drap sur ses épaules.

Sentant le lit remuer, elle crut qu'Arun s'en allait, mais il vint se plaquer contre elle, posant une main sur sa hanche.

— Techniquement parlant, il s'agit de mon lit, murmura-t-il en s'enroulant encore plus étroitement autour d'elle.

7.

Faire l'amour le matin était sans doute l'une des choses les plus agréables au monde, décida Melissa tandis qu'elle se trouvait sous la douche avec Arun. Elle avait décidé de mettre ses soucis de côté, du moins pour l'instant, et d'attendre d'être seule pour réfléchir à l'avenir. Aussi se sentait-elle détendue et prête à profiter de tout ce que la vie pouvait lui offrir de bon.

— Il faut que j'aille travailler, murmura-t-elle.

Il se mit à rire.

— Tu n'y es pas obligée !

— Mais si ! Il y a des choses à organiser si nous opérons le bébé ici. Et il faut aussi que je le voie. J'aimerais tant qu'on lui donne un nom… Oh !

L'idée qui venait de lui traverser l'esprit était si choquante qu'elle sortit de la douche. Après s'être enroulée dans un drap de bain, elle prit une serviette et commença à se sécher les cheveux.

Arun ferma le robinet et quitta lui aussi la douche.

— Crois-tu que si Tia ne veut pas donner à son enfant le nom qu'ils avaient choisi, c'est parce qu'elle n'est pas sûre encore qu'il survivra ? Si c'est le cas, c'est affreux ! Comme elle doit être malheureuse !

Arun secoua la tête.

— Bien que j'aie plein de sœurs, je ne comprends rien aux femmes et je crois que je n'y comprendrai jamais rien ! Comment peux-tu penser à Tia et à ses problèmes pendant que nous sommes tous les deux sous la douche ?

Melissa sourit.

— Comme toutes les femmes, je suis capable de faire beaucoup de choses en même temps ! Tiens, là, je me demande combien de temps cela me prendra pour démêler mes cheveux, tout en planifiant ma journée… Je vais commencer par aller voir le bébé, ensuite, je réfléchirai à la façon dont l'opération se déroulera exactement. Et toi, quand travailles-tu ? Quand vois-tu tes patients ? Hier, j'ai eu l'impression que tu ne t'occupais que de moi.

Secouant la tête, il enroula une serviette autour de sa taille et quitta la salle de bains.

Juste avant de sortir, il se retourna vers Melissa.

— Je vais demander à Olara de servir le petit déjeuner dans dix minutes. Est-ce que cela s'accorde avec ton programme ?

Elle ramassa sa serviette qui avait glissé par terre et la lança dans la direction d'Arun. Lorsqu'elle vit dans son regard renaître le feu du désir, elle sut qu'elle avait commis une erreur. Mais pour satisfaire ce désir, il leur faudrait attendre.

Un homme jeune se trouvait auprès du bébé dans le service des soins intensifs. C'était un médecin du service des urgences, expliqua Arun. Il était là pour relayer Sarah jusqu'à l'arrivée d'un autre interne en pédiatrie.

Melissa examina son petit patient. Elle sourit en constatant qu'il allait bien et le dit à à la jeune maman.

— Comment le savez-vous ? demanda Tia. A quoi le voyez-vous ?

Avant que Melissa ait eu le temps de répondre, Arun prit la fiche du bébé et expliqua en détail à sa sœur les différentes évaluations et la signification de chacune. Il conclut en lui assurant que le bébé s'en sortait très bien.

— Regarde, il a même pris du poids.

Tia le serra dans ses bras, puis elle fit de même avec Melissa, avant de leur poser des questions sur la fête de la veille. Est-ce que Melissa s'était amusée ? Jenny était-elle jolie ?

— C'était une magnifique soirée et Jenny était superbe, affirma Melissa.

Ils bavardèrent encore un moment et Zaffra, l'infirmière, revint prendre son tour de garde auprès du bébé.

Le jeune médecin des urgences resta près de la porte, comme s'il attendait quelque chose. Arun lui adressa quelques mots et fronça les sourcils en entendant la réponse de son interlocuteur.

— Qu'y a-t-il ? interrogea Melissa.

— Il se demandait si tu avais le temps de descendre aux urgences, répondit Arun, l'air perplexe.

— Si lui et les autres médecins qui relayent Sarah viennent de ce service, ils veulent peut-être en savoir plus sur l'état du bébé. Je serais ravie d'aller les voir, mais il faut que quelqu'un m'indique le chemin. J'ai peur de me perdre dans cet hôpital !

— Je vais te servir de guide.

— N'as-tu donc pas du travail qui t'appelle ? plaisanta-t-elle.

— Cela attendra un peu… Viens, le bébé est en de bonnes mains. Allons-y.

Melissa le suivit, essayant de se repérer tout au long d'une succession de couloirs interminables, mais sans succès. Elle ne savait plus où elle était.

Et elle était tout aussi perdue quant à sa vie personnelle. Arun était-il sérieux lorsqu'il parlait mariage ?

Elle le regarda pendant qu'il échangeait quelques mots avec un collègue.

Est-ce que cela pourrait marcher ?

Comme il l'avait dit lui-même, dans son pays, durant des siècles, les mariages arrangés avaient été la règle, aussi ne voyait-il pas pourquoi celui-ci ne marcherait pas. Pourtant, avec Hussa, il avait fait un mariage d'amour…

— A présent, nous allons descendre, dit-il comme un ascenseur arrivait.

Dans la cabine, il y avait déjà plusieurs personnes qu'il salua d'un signe de tête.

Si elle l'épousait, sa plus grande crainte — et la plus irrationnelle, elle le reconnaissait volontiers — serait dissipée. Si jamais il lui arrivait quelque chose, son enfant trouverait en Jenny une seconde mère. Et ce serait sûrement bien mieux que de laisser Charlie s'occuper du bébé.

En fait, ce mariage serait la solution parfaite.

— Et maintenant, c'est au fond de ce couloir.

Il poussa la porte à double battant qui donnait accès au service des urgences.

Le spectacle que Melissa découvrit alors la laissa sans voix. Elle avait devant elle une salle pleine de monde — une foule de femmes, vêtues de noir, ayant pour la plupart le visage voilé, et serrant contre elles leurs enfants, des bébés, mais aussi des garçons et des filles plus âgés.

Un jeune homme en blouse blanche se rua vers eux et s'adressa à Arun.

— Nous n'avons rien dit ! s'écria-t-il, l'air désolé. Mais la rumeur s'est répandue qu'il y avait en ville une femme médecin spécialiste des bébés. Ces mères sont venues de partout, même du désert. Il y a des *chameaux* attachés dehors, devant l'hôpital.

— Des chameaux ? répéta Melissa, interloquée.

Elle se tourna vers Arun et le vit qui regardait la foule en secouant la tête, le visage triste.

— Qu'y a-t-il, Arun ?

Le jeune homme s'était éloigné pour parler à une femme qui portait un enfant dans les bras.

— C'est une honte, Melissa, que ni mon frère ni moi n'ayons su à quel point les choses allaient mal ici. Nous pensions avoir du temps devant nous pour régler les problèmes, mais regarde ! Il faut que j'obtienne de l'aide rapidement, que je demande aux autres pédiatres que nous avons recrutés de commencer sans délai. J'ai laissé la liste dans mon bureau. Allez, viens, ce n'est pas ton problème.

— Des femmes qui ont des enfants malades, ce n'est pas mon problème ? Mais si, bien sûr ! Le jeune interne doit m'aider à organiser tout cela. Les infirmières savent-elles opérer le tri des malades ? Là où je me montrerai la plus utile, c'est avec les enfants souffrant de problèmes cardiaques. Aussi, peut-être devrais-je les voir en premier pendant que les médecins de garde examineront les autres et, s'il y a quelque chose de sérieux, ils me les adresseront. Sarah Craig peut-elle venir nous rejoindre ? Puisque je suis dans les murs de cet hôpital, elle n'a pas besoin de rester au chevet du bébé de Tia.

Arun fixait sur elle un regard incrédule.

— Tu ne peux pas faire cela !

Elle secoua la tête et sourit.

— C'est là où tu te trompes. Je peux parfaitement le faire, et si je dois rester ici deux semaines en attendant de pouvoir opérer le bébé de Tia, je peux durant ce temps travailler à l'hôpital et même poursuivre ce travail deux semaines de plus, car je ne pourrai pas m'en aller immédiatement après l'opération. Cela vous donnera le temps, à Kam et à toi, d'installer votre service de pédiatrie et de recruter du personnel… A présent, trouve-moi le jeune homme en blouse blanche, ainsi qu'une infirmière qui puisse me servir d'interprète, et laisse-moi travailler.

Ce fut au tour d'Arun de secouer la tête, mais Melissa savait qu'il n'y avait pas un instant à perdre si elle voulait voir dans la journée ne serait-ce que la moitié de ces femmes et se rendre ensuite au mariage de Jenny.

— Allez, ouste ! dit-elle en faisant mine de pousser Arun.

Il la fixa pendant un instant puis sourit.

— Je m'en vais, dit-il d'un ton calme.

Mais ses yeux exprimaient autre chose. Ils disaient « merci », même si cette gratitude était entachée de honte.

Melissa eut le cœur serré, car elle savait combien Arun devait souffrir dans sa fierté en prenant conscience à quel point son peuple avait été négligé…

A l'heure du déjeuner, il y avait sept enfants inscrits pour passer des radios, et comme le personnel du service de radiologie avait été formé pour travailler avec des adultes, et non avec des enfants, Melissa voulut être présente lors de ces examens.

— J'ai besoin de voir les choses par moi-même, expliqua-t-elle à Arun.

Il était apparu, et avait insisté pour qu'elle vienne déjeuner avec lui. Il l'accompagna ensuite au service des soins intensifs où le bébé de Tia continuait d'aller aussi bien que possible. Ensuite, ils retournèrent aux urgences où des femmes de plus en plus nombreuses attendaient avec leurs enfants.

— C'est impossible ! s'exclama-t-il. Tu ne pourras pas toutes les voir. Nous devons partir vers 16 heures pour nous rendre au mariage et il faut que tu aies le temps de te préparer. Tu ferais mieux d'arrêter maintenant.

— Donne-moi jusqu'à 15 heures. Je trouve ces enfants fantastiques… Ils sont si patients, à attendre ainsi avec leurs mères.

— Nous sommes des gens patients, dit Arun.

En la voyant rougir, il sut qu'elle avait saisi le sous-entendu.

L'épouserait-elle ? se demanda-t-il. Une femme aussi intelligente devait voir les avantages d'une telle union. Alors, pourquoi n'avait-elle pas dit oui ? Etait-elle plus attachée à ce Charlie qu'elle ne voulait bien le dire ?

Sentant la colère monter en lui, il sut qu'il devait trouver une solution, car il lui semblait inimaginable qu'un autre que lui puisse élever son enfant.

Malgré ses efforts pour ne plus y penser, cette question ne cessait de l'obséder. Il s'en rendit compte lorsque, plus tard, il se retrouva assis à côté de Melissa dans la limousine qui les emmenait au domaine pour assister au mariage.

Melissa portait une longue robe bleu pâle, brodée de fleurs d'un bleu plus soutenu. Un foulard bleu foncé cachait sa chevelure flamboyante, faisant paraître ses yeux plus bleus et sa peau plus crémeuse. Il voulut lui dire combien il la trouvait belle, mais il ravala le compliment pour aborder le sujet qui lui tenait à cœur.

— Le mariage de Jenny t'a-t-il fait réfléchir à ma suggestion ?

Elle sourit.

— Ce n'est pas le mariage de Jenny qui m'a fait réfléchir, mais j'ai effectivement pensé à ta proposition.

— C'était une demande en mariage, corrigea-t-il avec raideur.

Le sourire de Melissa disparut.

— J'aurais cru, Arun, qu'une demande en mariage supposait qu'il y ait de l'amour, dit-elle calmement.

Décidément, il ne comprenait rien aux femmes ! Ce qui l'irrita encore plus.

— Tu étais prête à accepter d'épouser Charlie alors qu'il ne t'attire même pas, as-tu dit.

— Je ne pensais qu'à donner une certaine sécurité au bébé. Comme je n'ai aucune famille, je voulais être sûre que s'il m'arrivait quelque chose, quelqu'un prendrait soin de lui.

— Et tu as choisi Charlie plutôt que le père de l'enfant !

— Je ne pensais pas que tu te sentirais concerné... Lorsque nous nous sommes rencontrés, tu affirmais ne pas vouloir d'enfant. J'ai dû envisager des solutions de rechange — juste au cas où cela s'avérerait nécessaire.

Il perçut un léger tremblement dans la voix de Melissa, et cela suffit à faire tomber sa colère. Il se rappela quelque chose qu'elle avait dit — quelque chose sur la peur, sur la terreur.

— Comment se fait-il que tu n'aies plus de famille ? demanda-t-il.

Mais la question venait trop tard, car la limousine s'était arrêtée et la foule qui se pressait dans la cour intérieure du domaine regardait dans leur direction. Tous étaient sur leur trente et un, mais beaucoup de femmes portaient de longs voiles noirs sur leurs robes colorées.

— Voici tous les nôtres venus célébrer le mariage de Kam et de Jenny, expliqua Arun.

Il prit la main de Melissa et monta les marches avec elle. Mais lorsque quelqu'un l'arrêta et se mit à lui parler d'un ton précipité, il laissa Melissa continuer seule son chemin.

Miriam vint à la rencontre de la jeune femme et la

conduisit jusqu'à Jenny auprès de laquelle s'affairaient toutes les sœurs de Kam.

— Regarde, dit Jenny en montrant à son amie ses mains décorées au henné.

— C'est magnifique ! s'exclama Melissa en admirant le tracé délicat des feuilles et des fleurs dessinées sur sa peau.

— J'ai refusé qu'on me le fasse sur la plante des pieds parce que je suis trop chatouilleuse ! expliqua Jenny.

Elle rayonnait de bonheur et Melissa s'en réjouit pour elle, non sans éprouver quelques regrets d'être pour sa part passée à côté du même bonheur.

Voulant échapper à ces tristes pensées, elle ferma les yeux, mais ce fut l'image d'Arun qui s'imposa à elle. Elle vit son visage aux traits altiers, les yeux verts, et les belles lèvres expressives qui lui avaient parlé mariage.

Jenny était enfin prête, sa belle robe de soie bleue couverte de voiles noirs et ses cheveux dorés cachés sous un foulard, noir lui aussi. Les femmes l'escortèrent jusque dans la grande salle de réception où Jane et Bob Stapleton vinrent à sa rencontre pour l'embrasser. Puis chacun prit sa place, Melissa à côté d'Arun, juste derrière les deux fiancés, et la cérémonie commença.

Kam parla et Melissa écouta la musique des mots sans en comprendre un seul. Lorsque soudain un murmure s'éleva dans la foule, elle se tourna vers Arun dans l'espoir qu'il lui expliquerait ce qui se passait.

Ce qu'il fit.

— Il dit qu'il y aura peut-être bientôt un autre mariage dans la famille.

— Le tien ?

— Bien sûr !

— Je ne vais pas t'épouser ! murmura-t-elle.

Arun se tourna vers elle avec un petit sourire.

— Il n'a pas dit qui j'allais épouser.

— Oh !

Elle se sentit déprimée. Pourtant, elle savait qu'il devait se marier. Il l'avait promis à Jenny…

— Mais je n'ai pas encore renoncé à mon premier choix,

dit-il, son sourire s'élargissant. N'as-tu pas entendu parler de ces légendes qui racontent comment un cheikh du désert enlève la femme qu'il aime et l'emporte, jetée en travers de sa selle ? Monterons-nous à cheval, demain matin ?

L'offre était tentante et Melissa se mit à trembler au souvenir des caresses qu'il lui avait prodiguées. Comment pouvait-il exercer sur elle un tel effet rien qu'avec des mots et des regards ? Et comment pouvaient-ils avoir ce genre de conversation au beau milieu du mariage de Jenny ?

— Je ne suis pas la femme qu'il te faut… Et quant à cette chevauchée dans le désert, nous sommes au XXIe siècle, au cas où tu l'aurais oublié.

— Oh, mais je le sais ! Et si j'approuve les progrès apportés par l'époque moderne, il n'en reste pas moins que les hommes et les femmes continuent de se rencontrer et d'éprouver une attirance mutuelle, tu ne peux pas le nier.

— Cette attirance ne suffit pas à constituer les bases d'un mariage solide, murmura-t-elle.

— Mais l'attirance jointe à la future naissance d'un bébé, si.

Etait-ce vrai ? Ou bien une idée fausse qui conduirait à un désastre certain ?

Melissa regarda les gens rassemblés dans la salle. Il y avait beaucoup d'enfants. Les uns restaient sagement debout, d'autres jouaient, mais tous étaient calmes, heureux, comme s'ils se sentaient en parfaite sécurité dans cet environnement qui lui semblait si étrange.

La *sécurité*. Ce qu'Arun lui offrait, c'était la sécurité pour son bébé, une sécurité qui allait bien au-delà de tout ce qu'elle-même pouvait offrir à son enfant. Et cette sécurité, ne chasserait-elle pas la peur qui lui rongeait le cœur ?

Compte tenu de l'enfance qu'il avait eue, elle était convaincue qu'il donnerait à cet enfant non seulement la meilleure vie possible, mais aussi tout l'amour qui lui avait tellement fait défaut.

Peut-être n'était-il pas capable de l'aimer, elle, mais leur enfant, lui, aurait toujours un père aimant.

Elle poussa un soupir.

— Oui, je monterai à cheval avec toi demain matin.

Elle voulait lui annoncer sa décision à l'endroit même où elle lui avait révélé l'existence du bébé.

Arun parut surpris, et elle s'aperçut qu'il s'était écoulé un long moment depuis qu'il lui avait posé la question. Mais, soudain, il sourit et elle sut qu'il avait deviné ses pensées.

La foule commença à bouger et Jenny disparut. Alors que Melissa se demandait si elle devait suivre son amie, Arun la prit par le bras.

— Jenny est allée mettre le diadème et le collier en or donnés par la famille. C'est le cadeau que l'on fait à la mariée, une sorte de capital qu'elle gardera si les choses tournent mal entre Kam et elle. Elle doit porter ces parures durant un moment, le temps que tout le monde les admire et, ensuite, elle s'en ira avec Kam. Normalement, ils devraient se rendre dans la chambre de la mariée et y rester une semaine.

Le regard qui accompagna ces derniers mots embrasa Melissa qui s'efforça de cacher son trouble.

— Et, ensuite, vivra-t-elle avec Kam ou bien dans la maison des femmes ? demanda-t-elle.

Arun esquissa un sourire.

— Imagines-tu ton amie acceptant de vivre séparée de son mari ? En tout cas, je peux te dire que Kam ne le supporterait pas. Autrefois, lorsque des hommes comme mon père avaient plusieurs femmes, toutes les épouses vivaient ensemble dans la maison des femmes et chacune avait son tour pour passer la nuit avec son mari. Celui-ci était censé les traiter toutes sur un pied d'égalité, mais ce n'était pas toujours le cas. Miriam était la favorite de mon père, et elle aurait pu en profiter, mais elle ne l'a pas fait. Elle ne voulait pas que les autres épouses de son mari souffrent de cette situation et se sentent délaissées. La maison des femmes, qui est le cœur et le pivot du domaine, n'abrite pas que les épouses, mais aussi les tantes, les grands-mères, et des amies de longue date. C'est dans ces murs que s'organise tout ce qui concerne la vie de la famille, et cela permet aux hommes de consacrer tout leur temps aux affaires extérieures.

— Cette façon de vivre est très différente de la nôtre, dit Melissa.

Mais elle pouvait comprendre comment s'était implantée la tradition — autrefois, c'était pour assurer leur sécurité que les femmes se regroupaient lorsque les hommes étaient au loin.

Jenny réapparut, portant sur la tête et autour du cou des parures en or qui semblaient très lourdes. Elle fit le tour de la salle, exhibant ses bijoux sous les yeux tout aussi approbateurs des hommes que des femmes. Au bout d'un quart d'heure, Kam et elle s'éclipsèrent, et la fête commença.

Melissa était assise sur un canapé, écoutant les Stapleton raconter leur découverte du Zaheer, lorsqu'elle vit Arun venir vers elle.

S'excusant auprès des parents de Jenny, il tendit la main à Melissa pour l'aider à se lever.

— Tu es prête à partir ? demanda-t-il.

Elle lui lança un regard étonné, car même si elle se sentait épuisée après une nuit d'amour et une dure journée de travail, elle ne pensait pas qu'Arun partirait avant la fin de la réception.

— Je suis prête, mais tu n'es pas obligé de quitter la fête maintenant. Avant d'aller me coucher, je voudrais retourner à l'hôpital pour voir comment va le bébé, mais tout ce qu'il me faut, c'est une voiture et un chauffeur.

— Et quelqu'un qui te ramène ici demain matin pour monter à cheval ? dit-il en souriant. Je reviens juste de l'hôpital, et le bébé va bien. Tes affaires sont encore dans la maison de Jenny, alors rien ne t'empêche de passer la nuit ici.

Seule ? se demanda-t-elle, surprise d'éprouver une certaine déception. Elle serait seule, bien sûr. Arun n'allait pas déclencher un scandale en passant la nuit avec elle.

Se résignant à accepter son offre, elle quitta la fête avec lui et traversa la cour pour rejoindre la maison de Kam et de Jenny.

— J'ai du mal à croire que trois jours seulement se sont écoulés depuis mon arrivée ici, dit-elle en regardant la lune qui brillait dans le ciel.

— Trois jours depuis que je t'ai embrassée, juste à cet endroit, murmura Arun en l'attirant dans la petite allée où ils avaient échangé un baiser le premier soir.

Un baiser bien différent de celui-ci. Celui-ci était si passionné, si intense, que Melissa avait l'impression d'être en feu, mais elle savait que, ce soir, ces baisers ne mèneraient pas à leur conclusion logique…

8.

Melissa se réveilla en entendant la voix douce de Keira lui dire qu'il était temps de se lever. La pièce était encore dans le noir, mais la salle de bains voisine était éclairée et laissait passer de la lumière par l'entrebâillement de la porte. Melissa mit un certain temps à recouvrer ses esprits et à se rappeler où elle était, et pourquoi.

— Vous montez à cheval, je crois, ce matin…

Melissa hocha la tête et vit que la jeune femme avait posé sur la table de chevet un plateau garni d'une tasse, d'une théière et d'une assiette de pâtisseries variées.

— Vous avez sans doute envie de manger quelque chose avant de sortir, ajouta Keira.

Quand elle fut sortie, Melissa se servit une tasse de thé. A présent, elle était complètement réveillée et se souvenait de la raison qui l'avait poussée à accepter cette promenade à cheval. Un sentiment d'appréhension mêlé d'excitation lui noua soudain la gorge.

Reposant sa tasse de thé à laquelle elle avait à peine goûté, elle sauta de son lit et courut vers la salle de bains. Elle avait hâte de se rendre aux écuries et de parler à Arun pendant qu'elle en avait encore le courage.

Il attendait au même endroit que la dernière fois, mais aujourd'hui il y avait près de lui deux chevaux déjà sellés.

— Tu as donc eu le courage de venir ? dit-il.

Avait-il le pouvoir de lire ses pensées ? songea-t-elle, stupéfaite. Comment savait-il qu'elle avait l'intention de lui parler ce matin ? Et qu'elle répondrait « oui » à sa demande en mariage ?

— Je ne vois pas de quoi tu parles, répliqua-t-elle, agacée par sa clairvoyance.

Arun sourit et tint Mershinga pendant que Melissa sautait sur sa monture.

Devinait-elle les doutes qu'il cachait derrière son sourire ? se demanda-t-il. Il pensa aux préparatifs qu'il avait commandés et se dit qu'ils ne serviraient peut-être à rien.

Mais tandis qu'il chevauchait Saracen, il lança un regard à la femme dont il espérait bientôt faire son épouse et il sut qu'il ne s'était pas trompé, même si elle ne semblait pas déborder de bonheur à l'idée de se marier avec lui.

En fait, elle avait l'air très tendue, le visage pâle, les lèvres serrées — on aurait dit qu'elle se préparait à monter à l'échafaud plutôt qu'à convoler en justes noces.

Mais, en y réfléchissant bien, il se dit qu'il n'y avait pas lieu de s'inquiéter. En effet, si Melissa avait envisagé d'épouser ce Charlie parce qu'elle le trouvait sécurisant, lui, Arun, offrait à coup sûr une sécurité encore plus grande.

Ils quittèrent le domaine et se dirigèrent vers le désert. Alors qu'ils cheminaient en silence, Arun entendit Melissa pousser un soupir. Elle arrêta Mershinga et regarda autour d'elle. A présent, elle avait l'air tout à fait détendue.

Il savait exactement ce qu'elle pensait, car il lisait sur son visage un étonnement émerveillé facile à décrypter. Il s'immobilisa près d'elle, heureux de constater qu'elle était capable d'apprécier la beauté du désert.

— Tu disais que le désert était rose, le matin, et je ne te croyais pas vraiment, murmura-t-elle. Mais, regarde, les dunes sont bien roses… Presque noires en dessous, mais leur crête est toute rose, exactement comme tu disais, et elle devient dorée à mesure qu'on la regarde.

Elle remit Mershinga en marche, la laissant avancer lentement. Arun la suivait de près, heureux de la voir écarquiller les yeux devant la beauté du spectacle qui s'offrait à eux.

Ils atteignirent bientôt le cairn où elle lui avait annoncé l'existence du bébé. Comme elle s'apprêtait à sauter de sa jument, Arun l'arrêta en lui posant une main sur le bras.

— Tu es venue ici pour me donner ta réponse ? demanda-t-il.

Elle leva les yeux vers lui — Mershinga était beaucoup moins haute que l'étalon noir d'Arun.

— Oui, répondit-elle d'un ton solennel.

— Tu vas m'épouser.

— Oui.

Il n'y avait pas la moindre trace de joie dans ce « oui », observa Arun. Mais cela viendrait plus tard, décida-t-il. L'essentiel, pour l'instant, c'était qu'elle ait accepté et que cette union ait lieu.

— Alors, viens, dit-il. Nous n'allons pas rester ici toute la matinée. Continuons un peu plus loin.

Il lui montra le chemin, guidant Saracen vers une pente rocheuse assez raide qui se trouvait derrière l'oued. Au sommet, le sol était plat et c'était là qu'il avait demandé à ses gens d'installer le pique-nique.

Arrivé le premier, il attendit Melissa et se réjouit une nouvelle fois de son air extasié lorsqu'elle découvrit le désert qui s'étendait sous ses yeux dans une succession de dunes et de falaises. Et, derrière elle, la ville était baignée de la lumière dorée des rayons du soleil levant qui donnaient aux grands immeubles modernes l'éclat des pierres précieuses.

Melissa se retourna et elle fronça les sourcils.

— Une tente ? s'étonna-t-elle.

— Un pique-nique juste pour nous deux, pour célébrer nos fiançailles.

— Ce ne sont pas vraiment des fiançailles… Nous faisons cela pour le bébé et il s'agit d'un mariage de raison, tu l'as dit toi-même.

Arun était descendu de cheval. Après avoir passé les rênes de son étalon dans un anneau qui se trouvait près de la tente, il tint la tête de Mershinga pendant que Melissa mettait pied à terre.

— Alors, nous allons célébrer le fait que tu acceptes de m'épouser, dit-il, apparemment peu troublé de la voir minimiser la signification de leur mariage.

Un serviteur vêtu de blanc apparut sur le seuil de la tente et déroula devant la porte un tapis aux couleurs vives.

— Viens, dit Arun en la prenant par le bras. Aujourd'hui,

le Zaheer va t'offrir ce qu'il a de meilleur — un petit déjeuner dans les dunes.

— Le meilleur ? dit-elle en lui adressant un sourire malicieux. Meilleur que la vision du désert au clair de lune ?

— Cela aussi, c'est le meilleur.

Dans la tente, ils s'assirent, jambes croisées, sur l'épais tapis de laine pendant que le serviteur préparait de savoureuses crêpes comme celles qu'elle avait déjà goûtées. Mais celles-là, cuites sur un petit brasero, étaient encore meilleures, le yaourt qu'on leur servit était encore plus épais et plus crémeux, le parfum des épices encore plus envoûtant.

Ou bien était-ce la présence d'Arun qui donnait à tous ces mets une saveur particulière ?

Elle lui jeta un regard en biais et le surprit en train de l'observer.

— Tu ne m'as pas répondu, hier, à propos de ta famille, dit-il calmement. Il y a eu un accident ? Un divorce ?

Melissa secoua la tête.

— Tu me le diras ?

Il semblait avoir tellement besoin de savoir qu'elle décida de lui dire la vérité.

— Ma mère est morte à ma naissance et mon père a choisi de tourner le dos à un nouveau-né qui, à ses yeux, avait tué sa femme, commença-t-elle. Sa famille l'a imité — je pense que c'était davantage pour le soutenir, lui, plutôt qu'une envie réelle de me rejeter. Ma grand-mère maternelle m'a alors recueillie et c'est elle qui m'a élevée. Elle est morte il y a deux ans.

Arun l'enlaça et la serra contre lui.

— Lorsque tu m'as dit que tu étais terrifiée, je n'ai pas compris… Et tu as pourtant laisser cette grossesse se poursuivre ?

Melissa s'aperçut alors que ce qui avait ému Arun, ce n'était pas d'apprendre qu'elle n'avait pas de famille, mais de comprendre enfin l'origine de ses peurs irrationnelles.

— De nos jours, il est rare qu'une femme meure en accouchant. Il y a donc peu de risque que cela se reproduise dans la même famille, au cours de deux générations successives. Et ce qui m'effrayait le plus, ce n'était pas de mourir, mais de laisser derrière moi un enfant dont personne ne s'occuperait.

— D'où Charlie…, murmura Arun.

Si elle avait accepté de l'épouser, c'était donc parce qu'elle pensait que c'était la meilleure solution pour son enfant.

Quel mal y avait-il à cela ? N'avait-il pas lui-même présenté cette union comme une façon d'assurer la sécurité de Melissa et du bébé ? N'était-ce pas ce qu'il voulait — un mariage de raison ?

Il savait que c'en était un, l'attirance qu'ils éprouvaient l'un pour l'autre n'étant qu'un bonus. Alors, pourquoi se sentait-il aussi perturbé ?

Parce qu'il avait l'impression de se retrouver au même niveau que ce Charlie — un homme prêt à se marier avec cette femme énergique, talentueuse, magnifique et sexy qui ne l'aimait pas.

A présent, elle parlait des enfants qu'elle voulait revoir au service des urgences, et des rendez-vous pris en radiologie, mais Arun ne parvenait pas à l'écouter avec attention. Il se sentait trop atteint dans son cœur — ou plutôt dans sa fierté.

— Je vais arranger cela, dit-il.

Mais la promesse qu'il se faisait à lui-même était bien différente.

Il l'amènerait à changer d'avis. Il ferait sa conquête, de sorte que lorsqu'elle l'épouserait, ce serait parce qu'elle le voulait, lui, et non pas seulement parce qu'elle désirait avoir un travail et assurer la sécurité de son enfant.

Il se souvint alors des craintes qui la tourmentaient et il la prit dans ses bras. Il la garda ainsi contre lui tandis que les rayons du soleil réchauffaient les sables du désert et que l'aube laissait la place au matin naissant.

— Nous devrions rentrer, dit Melissa. J'ai du travail qui m'attend et je suis sûre que tu en as aussi.

Ils retournèrent au domaine où Melissa se doucha et s'habilla rapidement, tout en songeant qu'elle devait sans tarder parler à Jenny de sa grossesse et de son futur mariage.

Avant que tout le monde soit au courant…

La voiture attendait devant la porte, et Arun se tenait à côté, le visage impassible.

Les femmes portaient-elles des masques et des voiles parce qu'elles réussissaient moins bien que les hommes à cacher leurs sentiments ? se demanda-t-elle. Mais à quoi bon, puisque leurs yeux, si bien nommés les miroirs de l'âme, trahissaient leurs émotions…

— Te fais-tu du souci pour les enfants ? demanda Arun tandis que la voiture franchissait la grille du mur d'enceinte.

— Parce que je fronçais les sourcils ? En fait, je pensais aux masques et aux voiles. Je me demandais s'ils servaient à cacher les émotions des femmes autant que leur beauté.

Arun l'observa un moment et sourit.

— Ils servent peut-être à les dissimuler de sorte que seuls les amoureux les plus persévérants arrivent à traverser cet écran.

Melissa hocha lentement la tête.

— Alors, c'est l'amour la clé de tout ?

Arun n'était pas sûr de bien comprendre le sens de cette phrase. Mais Melissa avait déjà repris la parole, d'un ton plus ferme cette fois.

— Comment pourrai-je circuler dans l'hôpital ? Même si je connais le chemin pour aller quelque part, à l'appartement ou aux urgences, par exemple, comment y aurai-je accès ?

Il n'arrivait pas à comprendre comment elle pouvait passer aussi rapidement d'une conversation sur l'amour à des préoccupations professionnelles ! Parce que, pour elle, ce n'était justement rien de plus qu'une conversation ?

— Je te procurerai un laissez-passer à ton nom qui te permettra de circuler librement dans tout l'hôpital. Il te permettra aussi d'ouvrir la porte de l'appartement. Mais je ne comprends pas pourquoi tu tiens tellement à continuer tes consultations ici. Ce n'est pas ton travail.

Ils étaient arrivés devant le bâtiment. Melissa allait sortir de la voiture quand elle se tourna vers lui.

— Oh, mais cela le deviendra bientôt, dit-elle en souriant.

— Si tu fais allusion à notre mariage, sache que je ne t'épouse pas pour avoir un excellent pédiatre dans l'équipe.

Kam et moi avons déjà eu un entretien avec une personne qui ferait un parfait chef de service en pédiatrie. Mais, bien sûr, si tu as envie de travailler et de monter ici un service de chirurgie pédiatrique, ce sera un plus pour la population.

Elle voyait bien qu'il semblait contrarié, mais elle n'était pas sûre d'en comprendre la raison. Aurait-il voulu qu'ils prétendent tous les deux faire un mariage d'amour ?

Mais c'eût été dangereux, car, en ce qui la concernait, bien trop proche de la réalité ! Il valait mieux voir leur union comme un mariage de raison qu'elle contractait pour assurer la sécurité du bébé, et non pour la joie d'être avec Arun. C'était beaucoup, beaucoup plus sûr pour son confort psychologique.

Elle le suivit dans le hall de l'hôpital, chassant de son esprit toute idée d'amour et de mariage, bien décidée cette fois à repérer son chemin pour pouvoir ensuite circuler dans l'hôpital sans se perdre.

— Veux-tu monter à l'appartement ?

Il n'y avait pas la moindre émotion dans la voix, mais Melissa frissonna en pensant à tout ce qui pourrait arriver s'ils se retrouvaient seuls tous les deux… Comme ce serait bon d'être dans ses bras !

— Non, ce n'est pas une bonne idée, dit-elle en espérant paraître aussi impassible que lui. Je pourrais commencer par le service des soins intensifs, et aller ensuite aux urgences. Certains enfants que j'ai examinés hier doivent passer des tests et des radios, et il y a aussi tous les autres à voir.

Ils se dirigèrent vers l'ascenseur.

— Tu m'as dit que vous aviez plusieurs cabinets de consultation et un autre hôpital, dit Melissa. Comment se fait-il alors que tous ces enfants malades n'aient pas été vus ailleurs ?

— Je m'en suis étonné moi-même et j'ai posé la question. On m'a répondu que ces mères n'avaient pas confiance en l'autre hôpital — le vieil établissement que Kam et moi avons essayé de rénover. Selon elles, leurs enfants en sortaient plus malades qu'ils n'y étaient entrés. Quant à cet hôpital-ci, il a le grand tort — je n'en avais pas pris conscience, je l'avoue — de n'avoir aucune femme médecin dans le service des urgences. Or, beaucoup des mères qui sont venues hier appartiennent à des tribus où les traditions pèsent de tout leur poids. Elles ne veulent pas parler à un homme avec lequel elles ne sont pas parentes. Il existe bien dans le pays des dispensaires où les femmes amènent leurs bébés. Elles voient une infirmière qui les conseille et soigne l'enfant lorsque c'est possible, mais si elle leur dit qu'il faut montrer le petit malade à un médecin, elles répugnent à le faire.

— Les pauvres ! murmura Melissa. Savoir que son enfant ne va pas bien et ne pas pouvoir en parler à quelqu'un…

Arun hocha la tête.

— Nous remédierons à tout cela, dit-il.

Et cela ressemblait à une promesse.

Lorsqu'ils entrèrent dans la chambre où était le bébé de Tia, Melissa ouvrit de grands yeux incrédules. La pièce était remplie d'une foule de jouets, de peluches, de mobiles et de posters de toutes sortes.

— C'est incroyable !

Arun paraissait trouver tout cela normal.

— Ce n'est pas parce que les membres de la famille n'ont pas le droit de rester ici avec Tia et le bébé qu'ils doivent s'abstenir d'envoyer des cadeaux.

— Oh, je vois qu'ils ne s'en sont pas privés !

Elle s'approcha du berceau près duquel l'attendait Sarah Craig, tenant à la main la fiche médicale du bébé.

L'enfant allait beaucoup mieux que Melissa ne l'avait espéré. Elle en fit part à Tia.

— Et je suis sûre, ajouta-t-elle, que toute l'attention que vous lui donnez le rend plus fort chaque jour.

Tia lui adressa un sourire radieux.

— Il a aussi l'attention de ma mère, et bientôt celle de son père. Mon mari va revenir pour être avec moi lorsque le bébé sera opéré. N'est-ce pas une merveilleuse nouvelle ?

— La meilleure qui soit, déclara Melissa en la serrant dans ses bras.

Puis elle se tourna vers Sarah.

— Si vous pouviez vous faire remplacer par une infirmière, j'aimerais que vous m'aidiez aux urgences.

— Bien sûr. Il y a là une infirmière prête à me relayer. Elle s'est déjà occupée du bébé et sait ce qu'il faut faire.

Elle lança un coup d'œil à Arun.

— Si le Dr al'Kawali est d'accord, ajouta-t-elle avec un sourire.

Melissa se demanda si Sarah cherchait l'approbation d'Arun parce qu'il était son patron ou bien parce que c'était un homme séduisant.

Melissa avait l'impression d'avoir vu des centaines de bébés et de jeunes enfants dans sa journée. Comme la veille, à un moment donné, Arun était apparu et l'avait entraînée vers un petit salon où il lui avait ordonné de s'asseoir et de se restaurer.

Sarah avait travaillé en tandem avec elle toute la matinée, mais elle avait disparu juste avant que Melissa ne déjeune. Sans doute était-elle retournée au service des soins intensifs.

— A qui le tour ? demanda-t-elle à l'infirmière qui lui avait prêté main-forte durant ses consultations.

— Il n'y a plus de patients à voir, dit la jeune femme. Son Excellence a dit que c'était terminé.

— Ah oui ?

— Oui, les enfants doivent revenir demain ou après-demain. A la réception, on a fixé des rendez-vous aux mères. Son Excellence dit que vous devez arrêter avant d'être épuisée. Vous allez arrêter, n'est-ce pas ? Sinon, il sera très en colère.

— Ah, vraiment ? Vous l'avez déjà vu très en colère ?

L'infirmière secoua la tête.

— Non, mais j'en ai entendu parler. Cela n'arrive pas souvent, mais si les choses ne se passent pas comme il veut, il peut se mettre en colère. A juste titre, bien sûr.

Bien sûr…, répéta Melissa en silence. Elle se rappelait la colère d'Arun lorsqu'elle lui avait parlé de Charlie. Elle ferma les yeux un instant en soupirant. Lorsqu'elle les rouvrit, ce n'était plus l'infirmière qu'elle avait devant elle, mais Arun.

— Alors, tu es prête à partir ?

— Pour retourner à l'appartement ? Est-ce que cela t'ennuierait si je restais ici ? Ce serait plus commode, mais si cela pose un problème, ou crée un scandale, je ne voudrais pas… Excuse-moi, j'ai l'esprit un peu confus en ce moment.

Il laissa échapper un soupir exaspéré et, la prenant par la main, il la guida vers le petit salon où elle avait déjeuné.

— Tu ne peux pas continuer à travailler comme cela ! explosa-t-il. Tu en fais beaucoup trop.

— Si tu ajoutes « dans ton état », je vais crier !

A sa grande surprise, elle le vit esquisser un sourire. Un sourire qui suffit à la faire fondre. Aussi, lorsqu'il la prit dans ses bras, elle n'offrit aucune résistance, bien au contraire.

— Et est-ce que ceci va déclencher chez toi une réaction violente ? demanda-t-il en approchant ses lèvres des siennes.

— Arun, non…

Mais ses protestations s'éteignirent bientôt sous les caresses d'Arun.

— L'appartement…, murmura-t-elle.

Arun la saisit par le coude pour l'entraîner et elle le suivit dans une sorte de brouillard, oubliant de noter le chemin qu'ils empruntaient à travers les longs couloirs de l'hôpital.

Avec le recul, Melissa se disait que cette journée avait préfiguré toutes les journées suivantes, mise à part la promenade dans le désert. Au lieu de monter à cheval, ils préféraient en effet rester au lit, bras et jambes entremêlés, partageant un même plaisir qui mettait leur corps en feu.

Elle avait conscience d'être désespérément amoureuse de l'homme qu'elle allait épouser. Pourtant, son instinct lui disait de n'en rien dire, non seulement à Arun, mais aussi à Jenny et à Kam. Il fallait continuer de faire croire qu'il s'agissait seulement d'un mariage de raison.

Mais alors qu'elle était dans les bras d'Arun, la veille de leur mariage, elle se prit à rêver qu'il l'aimait, lui aussi. Elle sentait la chaleur de son corps blotti contre le sien tandis qu'il lui caressait doucement le ventre.

— Tu es la plus excitante, la plus experte, la plus généreuse et la plus sexy des amantes, lui murmura-t-il à l'oreille en glissant ses jambes entre les siennes. Vous l'ai-je déjà dit, future madame al'Kawali ?

A présent, il lui caressait doucement les seins.

— T'ai-je dit combien j'adorais te toucher, sentir ton corps se tendre sous mes caresses ? T'ai-je dit combien ta peau était douce et fine ? T'ai-je dit combien j'aimais te caresser ici ? Et là ?

Il continua ses caresses jusqu'au moment où, la sentant prête, il lui fit l'amour. Ivre de plaisir, Melissa murmura son nom dans un souffle au moment de l'extase tandis qu'il la serrait contre lui, comme s'il craignait qu'elle s'échappe.

Alors qu'il lui posait un baiser dans le cou, elle se demanda si elle serait capable de cacher l'amour qu'elle lui portait.

Et s'il découvrait qu'elle l'aimait, cela ne risquait-il pas de l'embarrasser ? Elle sentit revenir en elle toutes ses vieilles angoisses.

Arun s'assit au bord du lit et s'étira.

— Je dois partir cette nuit, dit-il. Je dois me rendre en avion au palais d'hiver et je ne serai pas revenu avant demain matin. Mais ne t'inquiète pas, je n'arriverai pas en retard à notre mariage.

Se penchant vers elle, il l'embrassa sur la joue.

— Et toi, madame ma future femme, tu ne dois pas mettre les pieds à l'hôpital aujourd'hui. Va t'amuser avec Jenny. Faites les boutiques, prenez un café ensemble… Distrais-toi comme le font les jeunes femmes la veille de leur mariage. Pas de travail aujourd'hui, compris ?

Il accompagna cet ordre d'une petite caresse sur le nez, puis il se leva et se rhabilla. Après quoi, il quitta la pièce pour regagner sa chambre et sa salle de bains personnelles.

Melissa le regarda partir et s'aperçut qu'il ne l'avait jamais invitée dans la chambre qu'il considérait comme la sienne. Parce qu'elle était pour lui un sanctuaire ?

Pour quelle raison ? Il n'y avait qu'une réponse possible : Hussa !

S'asseyant sur le lit, elle s'efforça de porter un regard positif sur la situation. Si elle avait vu juste, elle devait alors se réjouir qu'Arun soit venu dans sa chambre au lieu de l'emmener dans la sienne. Elle n'aurait guère apprécié de savoir qu'une troisième personne partageait leur lit, même s'il s'agissait d'un fantôme.

— C'est un mariage de raison, se dit-elle à voix haute afin de bien ancrer ces mots dans sa tête.

Cependant, ce n'était pas sa tête qu'il fallait convaincre, mais plutôt son cœur.

— Quel cœur stupide ! murmura-t-elle en se dirigeant vers la douche. Vraiment stupide !

9.

Jenny arriva au moment où Melissa terminait son petit déjeuner. Elle avait plein de projets pour la journée.

— Je n'arrive pas à croire que tu sois là depuis dix jours et que tu n'aies pas encore vu la ville, dit-elle, tout excitée. Arun a dit que nous devions courir les magasins jusqu'à ce que nous tombions de fatigue. Il veut que je t'achète tout ce que tu veux — une garde-robe complète de femme enceinte et une robe pour ton mariage. N'est-ce pas étonnant que nous soyons tombées toutes les deux amoureuses de frères jumeaux ?

— Epouser des jumeaux est étonnant, en effet, mais mon mariage avec Arun est différent, je te l'ai déjà dit.

Jenny sourit.

— Tu ne cesses de le répéter, en effet ! Mais il suffit de te regarder lorsque tu es avec lui pour comprendre que tu en es amoureuse.

— Absurde ! C'est du désir, pas de l'amour…

Voulant faire plaisir à son amie, Melissa l'accompagna dans les boutiques et accepta de se voir offrir une extravagante robe de soie dorée qu'elle porterait pour son mariage. Mais, en ce qui concernait le reste de sa garde-robe, elle insista pour avoir des vêtements pratiques à porter.

— N'oublie pas que je vais continuer de travailler, lui dit-elle alors qu'elles déjeunaient dans un café de l'énorme centre commercial où elles avaient fait leurs emplettes.

— Pas tout le temps, rappela Jenny.

Elle sourit à Miriam qui venait de les rejoindre. Celle-ci

avait accepté de quitter Tia quelques heures pour déjeuner avec elles.

— Je disais à Melissa qu'elle ne travaillerait pas tout le temps, lui expliqua Jenny. Tu auras du temps libre pour visiter le pays avec Arun, Melissa, ajouta-t-elle. En fait, je suis surprise qu'aujourd'hui il ne t'ait pas emmenée avec lui au palais d'hiver. C'est un endroit fascinant.

— J'imagine qu'il voulait parler à Hussa, intervint Miriam.

Il fallut un moment à Melissa pour saisir le sens de ses paroles. Lorsqu'elle comprit enfin, elle eut l'impression de recevoir un coup de poignard en plein cœur.

— Hussa est morte, n'est-ce pas ? murmura-t-elle.

— Oui, mais son mausolée est là-bas, répondit Miriam. Il est allé lui parler du bébé et de votre mariage. Vous voyez pourquoi il valait mieux qu'il ne vous emmène pas.

La douleur qu'éprouvait Melissa l'empêchait presque de respirer.

— Est-ce que ça va, Melissa ? demanda Jenny avec inquiétude.

— Non, je ne me sens pas très bien depuis ce matin. Ce doit être l'excitation… Pourrais-tu appeler le chauffeur et lui demander de me ramener à l'hôpital ? J'irai me reposer à l'appartement. Miriam et toi, finissez de déjeuner ici.

— Il n'en est pas question ! Je vais t'accompagner.

Elle fit signe à une serveuse et lui demanda d'appeler leur chauffeur.

— Non, Jenny ! dit Melissa. Je veux simplement rentrer et m'allonger un moment. Je te promets que tout ira bien. Tu peux me faire confiance, je suis médecin, ajouta-t-elle en esquissant un sourire.

Jenny la prit par le bras et l'accompagna jusqu'à la voiture.

— Cela ne me plaît pas du tout, marmonna-t-elle, et Arun sera furieux s'il apprend que je t'ai laissée rentrer seule alors que tu ne te sentais pas bien.

— Il n'en saura rien. Ce n'est rien, juste un peu de fatigue… J'ai eu une vie assez trépidante, ces deux dernières semaines.

— On peut le dire, en effet !

Elle embrassa Melissa sur la joue tandis que le chauffeur ouvrait la portière de la limousine.

— Prends soin de toi, ajouta-t-elle. Dès que Miriam et moi aurons fini de déjeuner, je téléphonerai à l'appartement et tu ferais mieux de t'y trouver, sinon je dirai tout à Arun.

Une fois seule, Melissa se sentit soulagée, mais elle ne pouvait s'empêcher de ressasser les paroles de Miriam. Pourquoi l'avaient-elles tellement blessée ? Elle savait depuis toujours qu'Arun n'était pas amoureux d'elle, alors pourquoi souffrait-elle ainsi ?

Parce qu'elle avait espéré qu'il avait fini par l'aimer. Elle s'était trompée sur la signification de sa gentillesse et de sa courtoisie naturelles… En fait, il aimait toujours Hussa !

Oh, mon Dieu !

Arrivée à l'appartement, elle se déshabilla et se mit au lit. Recroquevillée en boule sous les draps, elle attendit de sombrer dans un profond sommeil qui l'empêcherait de penser. Mais en vain. Elle ne cessait de revoir tous les moments heureux qu'elle avait partagés avec Arun… Leurs courses à cheval au milieu des dunes, leurs promenades au clair de lune, Arun et elle sous la douche, Arun et elle en train de faire l'amour…

Consciente qu'elle ne parviendrait pas à dormir, elle décida de se lever et de se rhabiller. Après quoi, elle descendit au service des soins intensifs pour voir comment allait le bébé de Tia. Celle-ci s'y trouvait, en compagnie de Jenny et de Miriam.

— Il ne semble pas aller aussi bien qu'hier, dit Tia.

Melissa regarda l'écran du moniteur. Le pouls de l'enfant était un peu trop rapide, et son taux d'oxygénation légèrement plus faible. Cela n'aurait rien eu d'alarmant chez un petit enfant en bonne santé, mais chez un bébé aussi fragile…

Elle rédigea une note ordonnant une modification du traitement afin de soutenir le cœur et elle promit à Tia de revenir un peu plus tard. Après avoir affirmé à Jenny qu'elle se sentait à présent tout à fait bien, elle regagna l'appartement et se recoucha. Cette fois, elle s'endormit, mais seulement après avoir réfléchi à la situation et pris sa décision.

*
* *

Faisait-elle de mauvais rêves pour froncer ainsi les sourcils pendant son sommeil ? se demanda Arun qui, debout à côté du lit, regardait dormir la femme qu'il allait épouser.

Elle était si belle… Mais la connaissait-il vraiment ?

Personne ne pouvait se vanter de connaître vraiment une autre personne, certes, mais cela l'ennuyait, tout comme l'ennuyait l'insistance avec laquelle elle répétait que leur union n'était qu'un mariage de raison.

A cet instant, elle s'agita et ouvrit les yeux, dans lesquels il lut l'étonnement.

— Tu ne devais pas rentrer avant demain, dit-elle en s'asseyant. Jenny a-t-elle pris contact avec toi ?

— Mais non.

C'était Miriam qui lui avait téléphoné pour lui dire que la jeune femme ne se sentait pas bien, car sans doute Melissa avait-elle demandé à Jenny de ne rien dire de ce malaise.

— Bon, c'est très bien que tu sois là. J'ai pris une décision et il vaut mieux sans doute que je t'en fasse part aujourd'hui plutôt que demain.

Il devina que ces propos n'annonçaient rien de bon.

— J'ai décidé de ne pas t'épouser, reprit-elle en le fixant de ses grands yeux bleus. Cela ne changera pas grand-chose… Je vivrai dans la maison des femmes, nous dormirons ensemble chaque fois que tu le voudras et le bébé grandira dans le domaine, avec tous les autres enfants, ce qui te permettra de jouer complètement ton rôle de père. Mais nous ne nous marierons pas.

« J'ai décidé de ne pas t'épouser. » Les mots tournaient dans la tête d'Arun sans qu'il parvienne à leur donner un sens.

En le voyant si désorienté, Melissa sentit son cœur se serrer, mais il lui semblait préférable qu'ils souffrent un peu maintenant tous les deux plutôt que d'être malheureux toute leur vie.

Arun était si déconcerté qu'il ne lui avait même pas demandé la raison de sa décision. De toute façon, elle n'aurait pas pu la lui révéler.

« Parce que tu aimes encore Hussa » aurait risqué de paraître une assez piètre excuse.

Elle glissa ses jambes hors du lit.

— Je dois aller voir le…

La sonnerie du téléphone l'interrompit. Ce fut Arun qui décrocha le récepteur. Lorsqu'il le reposa, il avait le visage soucieux.

— C'est Sarah Craig. Le bébé…

Melissa hocha la tête, centrant à présent toute son attention sur l'enfant de Tia.

— Je suis passée le voir, dit-elle. S'il continue d'aller moins bien, je devrai l'opérer sans attendre. Combien de temps te faut-il pour constituer une équipe chirurgicale ? Kam a accepté de m'aider, Sarah aussi. Il faut un anesthésiste, une infirmière pour la perfusion et quelqu'un capable de gérer le cœur-poumon artificiel pendant l'intervention. Crois-tu pouvoir réunir tout ce monde ce soir ?

Arun hochait encore la tête quand elle reprit la parole.

— Il nous faudra les meilleures infirmières que tu pourras trouver, et surtout un greffon, mais aussi des petites artères en dacron au cas où le greffon ne conviendrait pas. Maintenant, allons-y. L'opération ne débutera pas avant deux heures, mais je veux m'assurer que tout sera prêt avant que nous commencions, et je veux expliquer à tous ceux qui seront au bloc opératoire ce que je vais faire.

— Je téléphone à Kam et, ensuite, je descendrai avec toi au service des soins intensifs. Il connaît tout le personnel qui travaille en chirurgie et il peut déjà faire le nécessaire pour que tu aies l'aide et le matériel dont tu as besoin.

Satisfaite de voir les choses se mettre en place, Melissa partit se préparer dans la salle de bains pendant qu'Arun appelait son frère.

Il reposait le téléphone lorsqu'elle revint dans la chambre.

— Si le bébé ne se développe pas bien, est-il prudent de l'opérer ? demanda-t-il.

— J'aurais préféré que tu ne me poses pas cette question…, répondit Melissa en soupirant. Je suppose que c'est à Tia de prendre la décision. J'espère que son mari sera là, pour qu'elle n'ait pas à décider cela toute seule.

— Il a dû arriver ce matin. Dès que nous avons su que le bébé avait des problèmes, Kam s'est arrangé pour faire revenir son père des Etats-Unis. Mais que devront-ils décider ?

— Si la santé du bébé se détériore, cela veut dire que son cœur s'affaiblit, et nous n'aurons alors que deux solutions possibles. Soit nous ne faisons rien, sinon le soulager au maximum en attendant la fin, soit nous l'opérons en sachant qu'il est déjà très affaibli et qu'il peut mourir.

Arun lui prit la main pour l'attirer contre lui.

— En l'opérant, nous lui offrons au moins une chance de survivre.

— Une chance bien mince... Il faudrait presque un miracle pour qu'il s'en sorte.

— Il s'en produit quelquefois... Jenny et Kam se sont rencontrés et ont découvert qu'ils s'aimaient alors qu'ils étaient coincés dans un village rebelle. Et toi, tu attends le bébé dont notre pays a besoin pour en faire son futur chef. Pourquoi ne pourrions-nous pas bénéficier d'un troisième miracle ?

— J'aimerais te croire, murmura Melissa. Maintenant, nous devons y aller.

Le petit garçon luttait de toutes ses maigres forces. Il avait les lèvres plus bleues qu'elles n'étaient lorsque Melissa était passée le voir, quatre heures auparavant, et ses taux d'oxygénation étaient si bas qu'ils devenaient préoccupants.

Melissa l'examina sous le regard anxieux de Sarah.

— C'est arrivé si rapidement que j'ai cru d'abord à un dérèglement des appareils de contrôle, dit la jeune Américaine d'un ton inquiet.

— Cela peut être très rapide, en effet... Vous n'avez aucun reproche à vous faire. Où est Tia ?

— A côté, dans le salon réservé aux visiteurs. Le Dr al'Kawali est allé lui parler.

Melissa acheva son examen, puis elle se rendit dans le petit salon où les familles trouvaient refuge. Tia était assise sur le canapé, à côté d'un jeune homme vêtu d'un jean et d'un polo et qui semblait très nerveux — le père du bébé, sans doute. Arun était accroupi devant eux, leur tenant la main.

— Je leur ai expliqué les deux options que nous avions, dit-il en se tournant vers Melissa.

Elle se sentit soulagée, puis se demanda combien de temps il faudrait aux jeunes parents pour se décider.

— Nous voulons tenter l'opération, dit Tia. C'était la décision que j'avais déjà prise et, lorsqu'on a posé la question à mon mari, il a dit la même chose que moi. Le bébé mérite qu'on tente tout pour le sauver et, s'il n'est pas opéré, il ne survivra pas.

— Vous savez que cette intervention n'est pas sans risque, n'est-ce pas ? insista Melissa.

Tous deux hochèrent la tête en même temps.

— Dans ce cas, nous allons opérer votre enfant, reprit-elle. Je vais l'emmener en radiologie pendant qu'Arun réunira toute l'équipe au bloc opératoire. Kam va préparer la salle d'opération et vérifier que nous aurons tout ce qu'il nous faut.

Elle regarda les deux jeunes parents, plongés dans leur angoisse et leur chagrin.

— L'attente sera longue et pénible pour vous deux, dit-elle. Pourquoi ne pas vous rendre dans un endroit plus intime, peut-être au domaine, pour vous réconforter l'un l'autre et essayer de penser à autre chose ?

Tia la regarda et esquissa un faible sourire.

— Je ne crois pas. Non, nous allons rester ici, à l'hôpital, dans ma chambre. Nous nous parlerons et nous prierons, en sachant que vous faites tout ce que vous pouvez pour notre bébé.

Comme elle quittait le petit salon avec son mari, Arun eut un sourire triste.

— Ma petite sœur a bien grandi, dit-il.

Melissa sentit alors tout le poids de la responsabilité qui lui incombait. Tant de gens désiraient que ce bébé survive — le bonheur de tant de personnes dépendait de cette opération.

Elle se redressa et inspira à fond. Elle réussirait !

D'un pas décidé, elle regagna la chambre du bébé.

— Allez, mon bonhomme, dit-elle en se penchant sur le petit être couché dans le berceau. On va te tirer d'affaire.

Ce qui étonnait le plus Arun, c'était le bruit qui régnait dans la pièce. Il s'était imaginé que les salles d'opération étaient des endroits très calmes, mais ici, tandis qu'il se tenait à côté de Kam et l'assistait, il était frappé par le bruit que faisaient toutes les machines en marche : le top d'écho du moniteur cardiaque, le halètement de l'appareil de ventilation…

Il regarda le tout petit bébé allongé sur la table d'opération. Il avait un tube dans la trachée pour respirer, un tube fixé au poignet dans l'artère radiale, un autre dans la veine jugulaire, et encore un autre dans le pied. L'anesthésiste gérait le mélange adéquat de gaz à introduire dans les petits poumons et de produits anesthésiants à injecter dans le sang. Il avait sous la main tout ce dont il pourrait avoir besoin en cas de problème : du sang, du sérum, des médicaments. L'infirmière chargée des perfusions prélevait du sang constamment, vérifiant sa composition, tandis que chacun pouvait suivre sur l'écran du moniteur la tension artérielle, le rythme cardiaque, la saturation en oxygène et la température du bébé.

Melissa avait incisé le minuscule thorax que Kam maintenait ouvert grâce à des écarteurs. Le cœur-poumon artificiel était prêt, la température du bébé avait été baissée et le moment approchait où l'on pourrait le connecter à l'appareil.

— Je coupe ces deux petits morceaux du péricarde afin de m'en servir pour réparer le septum ventriculaire, expliqua Melissa.

Arun savait que ces commentaires étaient destinés à Sarah, et il ne pouvait s'empêcher d'être admiratif en voyant Melissa faire l'effort de donner toutes ces explications alors qu'elle devait se concentrer sur une tâche difficile qui réclamait toute son attention.

— Maintenant, nous plaçons une canule dans l'aorte, elle

enverra le sang de la machine vers tout le corps tandis que cette canule-ci va servir à aspirer le sang vers la machine. Rythme cardiaque ?

— 130, répondit quelqu'un.

— Température ?

— 30.

Arun frissonna, mais il savait que cette hypothermie ralentissait le rythme cardiaque et facilitait la dérivation de la circulation sanguine.

— A présent, poursuivit Melissa, nous devons vérifier l'artère pulmonaire. Nous partons de l'endroit où elle se divise en artère gauche et droite jusqu'à celui où elle se confond avec l'aorte. C'est là que nous allons couper, et poser le greffon. Nous le fixerons au ventricule droit...

Arun suivait sans peine les différentes phases de l'intervention, et il était impressionné par le calme de Melissa et la maîtrise de ses gestes. Impressionné et fier. C'était *sa* femme qui mettait tout en œuvre pour sauver le bébé. *Sa* femme qui avait refusé de l'épouser... Pourquoi ? Que s'était-il passé pour qu'elle change ainsi d'avis ? Et pourquoi avait-il tant de mal à accepter sa décision ?

— Bon, allons-y, dit-elle. Une fois le muscle cardiaque paralysé, nous passons à la machine. Vous savez tous ce que vous avez à faire.

Le cœur-poumon artificiel ayant pris le relais, Melissa coupa et sutura, corrigeant la malformation causée peut-être par un simple virus que Tia avait contracté durant sa grossesse.

Arun était à côté de Kam, aspirant, passant les instruments, éliminant les débris... Il osait à peine respirer, fixant toute son attention sur le bébé.

— Bien, à présent, nous quittons la machine, dit Melissa.

— C'est le moment crucial, murmura Kam.

Après avoir reconnecté la veine et l'artère du bébé, Melissa lui massa le cœur pour le relancer tandis que l'enfant recevait par voie intraveineuse des médicaments destinés à stimuler les battements cardiaques. Tout le monde retenait son souffle, guettant la première palpitation.

— Voilà, dit quelqu'un. C'est reparti.

Le petit cœur battait en effet vaillamment. Arun regarda Melissa et, derrière les lunettes qu'elle portait, il vit des larmes briller dans ses yeux.

— Nous avons fait le plus facile, dit-elle. Maintenant, nous devons le recoudre et l'aider à surmonter les effets postopératoires du terrible choc qu'il vient de subir. Pour commencer, Kam, pouvez-vous vérifier toutes les sutures ? Et je veux connaître la saturation en oxygène, la tension artérielle et le rythme cardiaque. Il n'est pas question de le recoudre s'il y a un problème quelque part.

Les résultats étant satisfaisants, quelques minutes plus tard elle se pencha sur le bébé et commença à refermer la poitrine. Lorsqu'elle eut terminé, Kam se tourna vers Arun.

— Je vais rester avec l'anesthésiste et le bébé. Toi, emmène Melissa à l'appartement. Elle doit être épuisée, autant nerveusement que physiquement. Dis-lui que je l'appellerai s'il se passe quelque chose.

Arun rejoignit la jeune femme qui, à l'autre bout de la salle, se débarrassait de ses gants de chirurgien.

— Viens, il y a une pièce où tu pourras te changer. Ensuite, je te ramènerai à la maison et tu mangeras quelque chose. Tu es à bout de forces.

— A la maison ? répéta-t-elle avec un sourire las.

— A l'appartement, je veux dire. Tu y seras tranquille. Tu le mérites bien, après tout ce que tu as fait pour nous.

— Pas pour vous, pour le bébé. Même pas pour Tia et son mari, juste pour le bébé. Alors, dis-moi où est cette pièce dont tu parles ?

— Par ici. Mais si tu n'as pas envie de te changer, tu peux monter à l'appartement comme tu es et prendre une douche là-haut.

— Oui, je préfère. Je vais juste ôter mes bottes de chirurgien et mettre mes sandales. Merci.

Au moment de quitter la salle d'opération, elle se retourna.

— Et le bébé ?

— Kam reste avec lui. Il t'avertira immédiatement s'il se présente le moindre problème.

Comme elle hochait la tête, Arun comprit qu'elle devait être très fatiguée. Sinon, elle aurait insisté pour qu'il veille lui aussi sur le bébé. Peut-être même aurait-elle exigé de rester auprès de l'enfant.

Elle le suivit à travers le dédale des salles et des couloirs de l'hôpital pour regagner l'appartement. Arun l'aida à se déshabiller et régla lui-même la température de l'eau. Lorsqu'elle sortit de la douche, il lui tendit un drap de bain et l'emmena dans la chambre où il la fit asseoir au bord du lit.

— Maintenant, tu vas manger quelque chose, dit-il après lui avoir essuyé les cheveux avec une serviette. C'est un ordre du médecin.

Melissa regarda la fenêtre et fronça les sourcils.

— Il fait jour… C'est le matin ?

— Oui. Nous sommes allés voir le bébé dans sa chambre à 18 heures hier soir et, depuis, tu n'as pas cessé de travailler. Tu es restée cinq heures dans la salle d'opération.

— Cela ne m'a pas paru aussi long, murmura-t-elle.

Elle but un peu de thé et mangea deux crêpes, puis secoua la tête.

— Je ne veux plus rien. J'ai vraiment, vraiment besoin de dormir. Mais tu me réveilleras si on a besoin de moi, n'est-ce pas ?

Il se pencha vers elle et l'embrassa sur les lèvres.

— Je te réveillerai, promis. Dors en paix, ma belle.

Quand elle fut allongée, il tira le drap sur elle et, après lui avoir caressé la joue, il quitta la chambre.

— Ma belle ? répéta Melissa dans un murmure, savourant ces mots.

Soudain, elle se souvint de ce qui s'était passé juste avant l'opération. Elle lui avait dit qu'ils ne se marieraient pas…

Il n'avait pas demandé pourquoi…

Mais elle était bien trop fatiguée pour se pencher sur la question.

— Il s'appelle Shadir.

Tia, assise près du berceau de son fils, s'était levée pour

accueillir Melissa qui, fraîche et reposée, venait d'entrer dans la chambre. Il était presque midi et elle était impatiente de revoir le bébé.

— Oh, comme je suis heureuse que vous lui ayez donné un nom ! dit-elle en serrant la jeune femme dans ses bras.

— Et voici Sharif, mon mari.

Le jeune homme s'inclina en serrant la main de Melissa et se lança dans des remerciements émus pour tout ce qu'elle avait fait pour leur bébé.

— Ce n'est rien, dit-elle. Et le petit Shadir n'est pas encore complètement sorti d'affaire. Nous devons attendre et voir comment les choses évoluent.

Les jeunes parents hochèrent la tête, mais Melissa voyait l'espoir briller dans leurs yeux, et elle pria pour que cet espoir ne soit pas déçu.

Elle examina le bébé, placé sous sédatifs pendant au moins vingt-quatre heures, puis elle salua Tia et son mari, et sortit de la chambre, se demandant ce qu'elle allait faire.

Elle aurait dû se marier aujourd'hui, aussi les femmes qui avaient amené leurs enfants malades aux urgences avaient été averties qu'il n'y aurait pas de consultation de toute la journée et qu'elles devaient revenir le lendemain.

A quoi allait-elle employer sa journée ? Elle pourrait peut-être monter à cheval. Elle pourrait se rendre au domaine…

— Je te cherchais.

Arun était entré dans le service des soins intensifs sans qu'elle le remarque.

— Viens ! dit-il en la prenant par la main. Je veux t'emmener quelque part.

Elle essaya de se dégager, mais il la tenait fermement.

— Je ne veux pas te suivre et me retrouver mariée avec toi, dit-elle.

Il sourit, et ce sourire qui d'habitude la faisait fondre ne l'irrita que davantage. Elle essaya encore d'échapper à sa solide poigne, mais ses efforts restèrent vains.

— Ai-je parlé de mariage ? dit-il d'un ton léger.

Ils arrivèrent devant les ascenseurs et, à la grande surprise de Melissa, Arun appuya sur le bouton « montée ».

— Où allons-nous ? Pourquoi montons-nous ?

— Tu verras.

Elle vit, en effet, lorsque les portes de l'ascenseur s'ouvrirent, qu'ils étaient sur le toit en terrasse de l'hôpital et, devant eux, il y avait un petit hélicoptère vert.

— J'ai pensé que je devais te montrer mon royaume, dit Arun en la guidant vers l'appareil. Comme cela, tu verras de quoi tu te prives en ne m'épousant pas.

Melissa fronça les sourcils. Il ne pensait tout de même pas qu'elle pourrait l'épouser pour profiter de ses richesses ? Mais si elle était fâchée contre lui, elle était aussi très excitée à l'idée de découvrir un peu plus ce magnifique pays et son désert. Et avec Arun…

Il l'aida à monter dans l'hélicoptère et s'installa lui-même aux commandes de l'appareil.

— Il y a dans le pays des zones où l'on ne peut se rendre en hélicoptère, par exemple près des montagnes où se trouvait Jenny, mais la plus grande partie du Zaheer est accessible de cette façon.

L'appareil s'éleva dans les airs et, après avoir décrit un cercle au-dessus de la ville, il se dirigea vers le port où mouillaient des bateaux venus du monde entier, puis survola les terrains de golf dont le vert cru des pelouses formait un violent contraste avec le brun rouge des sables voisins. Bientôt la ville disparut, laissant la place au désert, ponctué çà et là des tentes noires d'un campement de nomades ou des bouquets de palmiers qui indiquaient la présence d'une oasis.

— Là, c'est l'oued, et il y a des oasis tout le long, expliqua Arun alors qu'ils viraient au-dessus d'un petit village.

Melissa vit des maisons de pierre et de briques émerger au milieu d'un nid de verdure.

— Et, regarde, voici le palais d'hiver, annonça Arun.

Le palais d'hiver ? L'endroit où était enterrée Hussa ?

Melissa sentit son cœur se serrer. Pourquoi l'avait-il amenée jusqu'ici ?

Elle se tourna vers lui pour lui poser la question. Mais Arun était occupé à poser l'appareil au milieu du cercle blanc peint sur du béton, juste devant l'édifice en pierre rouge qu'il avait désigné comme étant le palais d'hiver.

10.

Après avoir coupé le moteur, Arun sauta de l'appareil pour aller ouvrir la porte de sa passagère.

— Viens…

Il la prit par la main et l'entraîna vers les marches qui menaient à l'entrée de l'énorme construction hérissée de nombreuses tourelles.

— Autrefois, dit-il, à l'époque où cela a été bâti, c'était une forteresse autant qu'une habitation. Contrairement à beaucoup d'autres édifices, comme la propriété que nous avons dans la capitale, tout ici est rassemblé dans un seul et même palais, divisé en ce que tu appellerais des appartements, destinés à différentes familles et à différents usages.

Melissa regarda autour d'elle. La pierre rouge, ornée de nombreux motifs sculptés, était percée d'ouvertures étroites qui rappelaient la fonction défensive de la bâtisse. Alors que de gigantesques portes de bois s'ouvraient devant eux, ils passèrent sous une voûte et pénétrèrent dans une cour intérieure pavée. Cette cour était entourée d'un cloître où Melissa aperçut dans l'ombre des silhouettes qui allaient et venaient sans bruit.

— C'était ici que les hommes préparaient leurs montures et fourbissaient leurs armes avant de partir faire des raids, expliqua Arun. Fais attention en marchant, ces pavés sont vieux et irréguliers.

Ils pénétrèrent dans l'ombre du cloître et ôtèrent leurs sandales avant d'entrer dans le palais. Une fois à l'intérieur, Melissa ne put retenir un cri de surprise. Ici, la pierre rouge avait disparu au profit du marbre blanc sur le sol, les colonnes, les murs.

— On ne doit pas montrer ses richesses à l'ennemi, expliqua Arun.

Il la conduisit de pièce en pièce, attirant son attention sur les tapisseries qui racontaient l'histoire de sa famille. Il lui fit découvrir la grande salle où Kam et lui tenaient encore audience, écoutant les doléances des uns et des autres en essayant de régler les problèmes.

Enfin, ils prirent un escalier en colimaçon construit dans l'une des tours.

— Lorsque nous étions enfants, Kam et moi aimions jouer ici, bien que cela nous fût interdit.

— Ou peut-être parce que, justement, c'était interdit, suggéra Melissa. A présent, tout ce palais est inhabité, n'est-ce pas ?

— Mais non ! Regarde..., dit-il en l'entraînant vers un petit balcon situé au sommet de la tour.

Au-dessous d'eux, elle aperçut une autre cour intérieure, ornée de palmiers et d'arbres fruitiers. Des hommes ratissaient les allées, tandis que des femmes déambulaient en surveillant des enfants qui jouaient autour d'elles.

— Mon père voulait que toute la famille vive ici en permanence et il utilisait tous les moyens de pression possibles pour garder les gens dans ce palais. A sa mort, beaucoup sont partis s'installer dans la capitale. Mais certaines de mes sœurs, quelques tantes et des personnes qui leur étaient proches ont décidé de rester ici toute l'année. On préfère parfois l'ancien au moderne.

— C'est très beau, commenta Melissa en admirant les palmiers et les citronniers chargés de fruits.

— La partie du palais que je t'ai montrée était le domaine de mon père. Kam l'a en horreur, mais j'y reste attaché, malgré tout le mal que ce vieil homme nous a fait. Sachant cela, Kam a tenu à ce que cela m'appartienne. Et, après moi, cela reviendra à mon enfant, parce que cela fait partie de son histoire et de son héritage. J'ai pensé que, lorsque tu aurais vu ce palais, tu comprendrais pourquoi le mariage représente quelque chose d'important pour moi.

Le mot « mariage » rappela à Melissa ce que Miriam avait dit la veille dans le centre commercial.

— Tu es venu ici, hier ? demanda-t-elle.

Arun parut surpris, puis il acquiesça.

— C'est Miriam qui te l'a dit ? Oui, je suis venu.

Il hésita quelques instants, puis il prit sa main dans la sienne, la pressant doucement.

— Ma première femme, Hussa, est enterrée ici. Je suis venu la voir pour lui parler de toi, Melissa, et du bonheur que tu m'as apporté. Pendant que j'étais assis là, près d'elle, j'ai compris qu'elle voulait que je sois heureux. Cela marquait pour moi la fin d'une histoire, comme si Hussa m'autorisait à aller de l'avant. Je pouvais t'épouser — du moins, je le pensais. Tu le sais, Melissa, jamais je ne te forcerai à m'épouser, ajouta-t-il d'une voix enrouée. Pas plus que je ne peux t'obliger à m'aimer.

— M'obliger à t'aimer ? répéta-t-elle, le regardant fixement. Pourquoi dis-tu cela ?

Il ébaucha un sourire sans joie.

— Parce que tu n'as cessé de rappeler que notre mariage était un mariage de raison. Parce que la force des sentiments que je te porte me fait peur, et parce que ce serait une folie que de t'en parler.

Il se détourna, comme si le simple fait de la regarder lui était douloureux.

— Arun ?

Il se tourna vers elle. Son visage était tendu et son regard plein d'incertitude.

— Commets cette folie, dit-elle en souriant. Parle-moi de tes sentiments.

Il soupira, puis secoua la tête.

— Je t'aime. Voilà, je l'ai dit !

— C'est tout ? demanda Melissa, heureuse au-delà de tout, mais voulant le taquiner.

— Cela ne te suffit donc pas ? marmonna-t-il.

— Non, bien sûr ! Maintenant, tu dois m'embrasser et me dire des mots doux à l'oreille !

— Des mots doux ? Cela te ferait plaisir ? Tu ne trouverais pas cela ridicule ?

Melissa se blottit contre lui, le serrant dans ses bras.

— Comment trouverais-je cela ridicule alors que tu viens de faire de moi la femme la plus heureuse du monde ? Tu viens de me dire que tout l'amour que j'ai pour toi, tu me le rends. Tu…

— Tout l'amour que tu as pour moi ? Tu m'aimes, alors ?

Il s'écarta afin de voir son visage.

— Si tu m'aimes, reprit-il, pourquoi alors as-tu dit que tu ne voulais pas m'épouser ?

Gênée, elle l'attira contre elle pour éviter qu'il ne la regarde pendant qu'elle se confesserait.

— Je croyais que tu ne m'aimais pas — à cause de Hussa que tu avais tant aimée. Alors, j'ai pensé qu'il serait plus facile pour moi de vivre cet amour à sens unique si nous n'étions pas mariés, et c'est pourquoi…

Un bref baiser l'empêcha de terminer sa phrase.

— Je sais que nous n'avons jamais parlé d'amour, tous les deux, mais tu devais bien te douter de ce que j'éprouvais pour toi, non ? Et en ce qui concerne Hussa, oui, c'est vrai, je l'ai aimée. Mais elle n'est plus là et tu es venue combler le vide qu'elle avait laissé dans mon cœur. C'est toi que j'aime, toi, ma belle et rebelle Melissa. C'est toi que j'aime à présent, et je t'aimerai toujours.

Il l'embrassa avec tant de douceur et de tendresse que Melissa se demanda si son cœur n'allait pas éclater tant il débordait d'amour. Mais elle était bien placée pour savoir que le cœur était un muscle solide et que le sien serait sans doute capable de supporter une pareille tension.

Épilogue

Deux femmes vêtues de longues robes bleues étaient assises sur des chaises longues à l'ombre des citronniers, dans la cour intérieure du palais d'hiver.

— Heureuse ? demanda Melissa en se penchant pour prendre la petite fille qui pleurnichait dans son couffin, à côté d'elle.

— Très heureuse ! dit Jenny, les mains croisées sur son ventre arrondi. Mais ce serait encore mieux si nos hommes étaient là.

— Tes désirs sont des ordres, on dirait.

On entendait au loin le bruit d'un hélicoptère qui s'approchait du palais. L'appareil survola la cour, telle une grosse libellule verte scintillante, à si basse altitude que Melissa leva le poing vers le pilote.

— Il sait qu'il ne doit pas faire cela, car il pourrait réveiller le bébé, dit-elle.

— Mais ta fille est déjà réveillée, observa Jenny en montrant l'enfant qui tétait le sein de sa mère.

— Peu importe, elle aurait très bien pu dormir !

Melissa faisait mine de protester, mais en fait, elle était folle de joie à l'idée de revoir Arun. Il n'était pourtant parti que deux jours, appelé en ville pour inaugurer la fin des travaux du vieil hôpital qui, à présent, était entièrement rénové.

Les deux frères firent leur entrée dans la cour intérieure.

— Ah, je vois, ces paresseuses femmes du harem en prennent à leur aise ! lança Kam.

— A notre aise ? Ce n'est pas vraiment le mot qui

convient, protesta Jenny en sautant au cou de son mari. Je ne cesse d'avoir des contractions ! Quand je pense à tout ce que j'ai subi pour avoir ce bébé — des opérations à n'en plus finir — et voilà comment il me traite, à présent !

— Ah, mais cela en vaut la peine, et tu oublieras tout cela quand tu serreras ton enfant dans tes bras, dit Melissa. Je crois bien que j'étais tout aussi excitée que toi lorsque j'ai su que tu étais enceinte et que tu attendais un garçon. Le Zaheer est en train de se développer à une allure vertigineuse, mais je ne suis pas sûre que ses habitants soient prêts à accepter d'être gouvernés par une femme.

— Il n'est pas dit non plus que ma douce petite Nooria ait envie d'occuper ce poste, dit Arun en s'accroupissant près de Melissa, couvant sa fille des yeux. Elle est magnifique… Tout comme sa mère.

Il leva la main pour effleurer du bout de ses doigts les lèvres de Melissa.

— Tu vas bien ?

Elle hocha la tête, trop émue pour pouvoir parler.

Comment l'amour pouvait-il grandir autant ? Comment les sentiments qu'elle avait pour Arun au moment où ils s'étaient mariés — deux jours plus tard que la date initialement prévue — avaient-ils pu se développer autant au cours de l'année qui avait suivi ?

— Tout est prêt pour la fête ? demanda Arun.

— C'est pour cette raison que nous nous reposions un peu, dit Melissa. Nous n'avons pas arrêté une minute ! Ta sœur est une véritable esclavagiste.

Elle ôta le bébé de son sein et Arun l'aida à se lever de sa chaise longue. Puis tous les cinq se rendirent dans la grande salle habituellement réservée aux audiences, mais qui, aujourd'hui, devait servir à célébrer un événement tout à fait exceptionnel — le premier anniversaire d'un petit garçon éclatant de santé.

Shadir.

Alors que Kam et Jenny passaient sous la voûte et entraient dans le cloître, Melissa marqua une pause pour contempler la cour, observant le vert des arbres qui devenait plus foncé à mesure que le soleil baissait dans le ciel et que les rayons du couchant avivaient la couleur rouge des murs du palais d'hiver.

— Es-tu heureuse, mon amour ? demanda Arun.

Elle se serra contre lui et posa la tête sur son épaule.

— La plus heureuse des femmes, Arun. Et toi ?

— Comment ne serais-je pas heureux alors que tu m'as donné ce cadeau magnifique : ton amour !

SARAH HOLLAND

La légende de Sheba

éditions HARLEQUIN

Cet ouvrage a été publié en langue anglaise
sous le titre :
DESERT DESTINY

Traduction française de
FEDORA MONTAGU

Ce roman a déjà été publié en 1993 et 2009

Toute représentation ou reproduction, par quelque procédé que ce soit, constituerait une contrefaçon sanctionnée par les articles 425 et suivants du Code pénal.
© 1991, Sarah Holland.
© 1993, 2009, 2014, Traduction française : Harlequin S.A.
83-85, boulevard Vincent-Auriol, 75646 PARIS CEDEX 13.
Service Lectrices — Tél. : 01 45 82 47 47
www.harlequin.fr

1.

Le cheikh éclata d'un rire dément, puis il se rapprocha inexorablement de Bethsheba tout en faisant claquer son fouet. Elle tomba à genoux sur le sable brûlant et tenta d'esquiver la lanière cinglante. Autour d'eux, le désert moutonnait à l'infini, tandis que s'élevait une musique rythmée qui semblait scander les gestes terrorisés de la jeune femme.

Elle portait le costume typique des femmes de harem : large pantalon bouffant en voile de soie turquoise découvrant le nombril, corselet très ajusté, constellé de perles, et, un peu partout sur la peau, des myriades de chaînes d'or parsemées de sequins et de grelots qui tintinnabulaient à chacun de ses mouvements.

Quand le fouet déchira la soie légère du pantalon, Bethsheba se redressa, haletante, et défia son bourreau du regard. Alors, riant de plus belle, le cheikh la saisit par les poignets et, l'ayant relevée, il lui infligea un baiser sauvage, brutal.

A cet instant, des martèlements de sabots ébranlèrent les dunes. Bruit insolite, non prévu au programme… Bethsheba se retourna d'un mouvement vif et toute l'équipe de tournage en fit autant. Au loin, un groupe de cavaliers venait d'émerger d'entre les dunes et se dirigeait vers eux au galop, en soulevant des tourbillons de sable.

Au fur et à mesure qu'ils approchaient, Bethsheba remarqua qu'ils portaient des djellabas blanches et que l'un d'eux, sans doute leur chef, arborait le turban tissé de fils d'or réservé aux cheikhs.

Un *vrai* cheikh, songea Bethsheba, qui ne pouvait détacher son regard de cet homme basané, au profil d'aigle, dont les yeux noirs avaient l'éclat fascinant qu'on observe chez les grands rapaces.

Cependant, comme la troupe de cavaliers fonçait droit sur les caméras, Chris Burton tenta de rassurer son équipe.

— Ne bougez pas, les gars ! Je prends l'affaire en main.

L'étalon blanc du cheikh s'immobilisa soudain dans un nuage de poussière mordorée et l'homme toisa Chris avec un sourire condescendant.

— Je suis le cheikh Soliman El Khazir et cette terre m'appartient. Qui vous a donné la permission de filmer ici ?

Le cheikh s'exprimait dans un anglais parfait, à peine teinté d'un léger accent guttural, et sa voix impérieuse dénotait l'habitude du commandement. Mais Chris n'était pas homme à se laisser impressionner et, avec sa diplomatie coutumière, tenta d'apprivoiser son interlocuteur.

— Mon nom est Chris Burton et je dirige une équipe de tournage. En choisissant ce coin de désert pour effectuer mes prises de vue, j'ignorais qu'il s'agissait d'une propriété privée. Si je l'avais su…

— Vous auriez *dû* le savoir, monsieur le réalisateur ! déclara le cheikh d'un ton sans appel. Le sable que vous foulez en ce moment n'est pas n'importe quel « coin de désert », mais la terre d'Auda Khazir dont je suis le maître !

Bethsheba, en dépit de la chaleur ambiante, ne put réprimer un frisson. L'inconnu avait une façon de prononcer le mot *maître* qui évoquait l'autorité toute-puissante d'un seigneur féodal. De tels potentats existaient-ils encore en plein XXe siècle ?

Partagée entre la crainte et la curiosité, elle regarda plus attentivement cet homme étrange et s'aperçut alors, à sa grande confusion, que les yeux noirs du cheikh étaient fixés sur elle. Avec une rare insolence, alors qu'il continuait de parler à Chris, il laissait glisser son regard nonchalant sur le corps à demi nu de Bethsheba. Elle rougit et détourna les yeux, étonnée de sentir son cœur battre plus vite.

— Quel genre de film êtes-vous en train de tourner ? demanda le cheikh à Chris.

— Un clip vidéo qui doit accompagner le lancement d'un nouveau disque.

Le cheikh pointa son doigt en direction de Bethsheba.

— Votre disque… c'est madame qui le chante ?

— Oui. Mademoiselle est une chanteuse pop très connue : Bethsheba.

— Vraiment ?

La façon dont le cheikh, sans se presser, détaillait le joli visage de la chanteuse avait quelque chose d'insultant. Chris réagit vivement :

— Bethsheba est une star de la chanson. Elle a déjà vendu des millions de disques !

— Le marché du disque ne m'intéresse pas.

Tout en disant cela, l'homme du désert enveloppait les seins de Bethsheba, moulés dans le corselet en lamé or, d'un regard si intense que la jeune femme recula instinctivement de trois pas.

— Surtout, ne bouge pas, lui murmura Chris à l'oreille.

Réconfortée par l'injonction de son producteur, elle redressa la tête et dévisagea Soliman El Khazir.

— Ainsi, dit celui-ci d'un air grave, vous êtes Sheba ?

Troublée par la suavité inattendue de cette voix, elle répliqua faiblement :

— Vous… avez entendu parler de moi ?

— Oh oui, Sheba !

La voix du cheikh, lorsqu'il prononçait le nom de Sheba, avait des inflexions sensuelles qui firent frissonner la jeune femme. Elle s'empourpra sans raison, à la grande joie de l'homme du désert qui laissa échapper un rire sonore, tout en faisant manœuvrer son cheval de façon à se trouver en face des caméras. Chris intervint une fois encore :

— Au nom de tous, monsieur, je vous présente mes excuses et vous demande la permission de continuer le tournage.

Un sourire condescendant aux lèvres, Soliman El Khazir balaya l'équipe du regard.

— Très bien, dit-il au bout d'un moment, continuez votre travail. Et que la terre d'Auda Khazir soit favorable à votre film.

Avec un soulagement visible, Chris commença à se confondre en remerciements. Le cheikh l'arrêta d'un geste impatient.

— Ne vous réjouissez pas trop vite, monsieur ! Mon autorisation est soumise à une condition.

— Je vous écoute…

Les yeux noirs du cheikh se posèrent un instant sur Bethsheba.

— Je veux entendre chanter votre rossignol.

— Entendre chanter Bethsheba ? Je ne sais si…, bredouilla Chris.

Comme s'il ne doutait pas de l'issue que l'on donnerait à sa requête, Soliman El Khazir précisa d'un ton péremptoire :

— Rendez-vous demain soir dans mon palais. Il se trouve aux environs de Marrakech. Demandez le palais des Sept Soleils. Vous vous souviendrez du nom ?

Médusé, Chris répéta machinalement le nom, tandis qu'un membre de son équipe se hâtait de griffonner l'adresse sur un papier.

— Demain, dit encore le cheikh, est le jour de mon anniversaire et j'ai organisé en cet honneur une grande réception. Soyez mes hôtes. J'aurai le plaisir de vous convier à ma table, tandis que le rossignol anglais charmera nos oreilles.

De nouveau, il regarda Bethsheba et la jeune femme détourna les yeux. Elle n'avait pas la moindre envie d'obéir à ce qui était un ordre à peine déguisé. Hélas, Chris avait besoin de terminer son tournage et elle devait, comme lui, se montrer diplomate. Au prix d'un immense effort, elle adressa au cheikh un faible sourire. Chris, lui, se montra carrément obséquieux.

— Nous sommes très honorés, Altesse.

Comme il s'inclinait, la main sur le cœur, Soliman El Khazir esquissa un sourire énigmatique, puis en reprenant les rênes de son pur-sang, déclara :

— Rappelez-vous : demain soir, à 7 heures, au palais des Sept Soleils. Et que la chanteuse vous accompagne !

Avec un cri guttural, il lança son cheval au galop, imité aussitôt par tous ses cavaliers. Bientôt, la petite troupe disparut derrière une dune, laissant dans son sillage des nuages de poussière blonde.

Alors qu'elle écoutait décroître le bruit des sabots, Bethsheba éprouva une étrange sensation. Un sentiment de vide. Comme si le départ du cheikh et de ses hommes l'avait rendue à sa solitude. Et pourtant, elle était loin d'être seule ! Autour d'elle, l'équipe de tournage s'affairait de nouveau et Chris, donnant de la voix et du geste, faisait déplacer les caméras et les pare-soleil, afin de préparer le plan suivant.

La routine habituelle..., songea Bethsheba avec une certaine mélancolie. Cent fois, elle avait observé le ballet des caméras, entendu le *clap* de départ, guetté le signal de Chris, mimé les paroles de la chanson jaillie du magnétophone...

Oui, ce travail relevait de la routine. Car même si ce clip, tourné dans le cadre prestigieux du désert marocain, promettait d'être plus original que les autres, ce n'était jamais qu'un clip vidéo ! Un petit film comme elle en avait tourné des dizaines, où les images trop fugitives ne permettaient jamais de vraiment exprimer une émotion.

A ses débuts, Bethsheba avait trouvé l'expérience palpitante, trop heureuse d'enrichir par l'image le texte de ses chansons. Mais elle avait vite cerné les limites du genre et, à présent, seule la conscience professionnelle l'incitait à tourner ces clips. Quand elle sentait, par exemple, qu'une chanson pouvait devenir un *tube*... Ce qui était le cas de « Seigneur du désert ». La mélodie était bonne et le rythme juste assez lancinant pour évoquer la monotonie du désert et le balancement des caravaniers juchés sur leurs montures altières.

— En place, Beth !

La voix impérieuse du réalisateur arracha la jeune femme à ses rêveries. Cependant, tandis que, sur les indications de Chris, elle se pâmait dans les bras d'un *faux* cheikh grimaçant, elle se surprit à songer à l'autre cheikh, le *vrai*... Soliman El Khazir... Que ne l'avait-il enlevée sur son blanc coursier et emmenée loin, très loin de ce tournage fastidieux !

*
* *

Le lendemain, ils travaillèrent toute la matinée en studio. Chris possédait, sur les hauteurs de Tanger, une villa de style mauresque où il avait installé un studio d'enregistrement muni des appareils les plus perfectionnés. Depuis la terrasse, on avait une vue magnifique sur le port et la médina, cœur ancien de la cité où les petites maisons blanches, serrées autour de ruelles tortueuses, abritaient la joyeuse agitation des souks.

Bethsheba eût aimé flâner dans ce dédale de rues, s'arrêter devant les échoppes colorées proposant des bijoux ou des étoffes, respirer les senteurs incomparables des marchands d'épices ou des essences d'Arabie… Chris, hélas, la retenait prisonnière dans son lugubre studio capitonné où ne pénétrait jamais la lumière du jour !

— Tu es prête, Beth ? Je lance l'intro et on reprend depuis le début.

La jeune femme ajusta son casque et se replaça face au micro. De l'autre côté de la cloison vitrée, Chris se penchait déjà sur les multiples manettes de son imposante console aux quarante-huit pistes d'enregistrement.

— Tu as bien dit depuis le début ? demanda-t-elle.

Le rire de Chris fusa dans les écouteurs.

— Oui, ma chérie. Sauf si tu es fatiguée, bien entendu…

Comme d'habitude, Chris avait trouvé le mot juste pour stimuler l'amour-propre de Bethsheba. Elle capitula avec un soupir.

— O.K. Lance-moi l'intro…

Depuis le temps que Chris et elle travaillaient ensemble, ils se comprenaient à demi mot. Et elle savait bien que, s'il la faisait recommencer, c'était pour obtenir le meilleur d'elle-même. Aussi chanta-t-elle de toute son âme, cherchant des inflexions, des sonorités nouvelles pour des paroles cent fois répétées.

— Parfait ! s'exclama-t-il dès qu'elle eut terminé.

Délivrée d'un grand poids, elle sourit, ôta son casque et quitta la cabine d'enregistrement pour rejoindre Chris près de la console.

— Demain, dit-il, nous mixerons ta voix avec celles du chœur.

— Tu n'auras pas besoin de moi ?

— En principe, non. Tu veux entendre un extrait ?

— Oui.

Prestement, il appuya sur deux manettes et la voix claire de Bethsheba s'éleva soudain, tandis qu'en fond sonore, un chœur de femmes psalmodiait : « Cheikh…ch… ch… cheikh ! »

— Bravo ! Nous tenons un succès !

La voix enthousiaste qui venait de retentir était celle d'une jeune femme rousse, installée dans un fauteuil non loin de la console. Patricia, choriste principale dans l'équipe de Chris, avait un flair particulier pour deviner ce qui allait « marcher » ou non auprès du public, et Bethsheba prenait toujours son avis en considération.

— Tu es sûre que la chanson plaira, Pat ?

— Oui, ma chérie. « Seigneur du désert » sera le tube de l'année et cela mouchera tous ces critiques infâmes qui s'acharnent sur toi !

— Ils ont encore sévi ?

— Et comment ! Ecoute un peu ce qu'écrit le journaliste de *Pop'n Folk* : « Bethsheba, numéro un au hit-parade pour la quinzième fois. Ce succès persistant prouve qu'il ne faut jamais mésestimer la bêtise du public. »

— C'est odieux ! s'exclama Chris.

Bethsheba prit la chose avec plus de philosophie que son producteur et se mit à rire.

— Voilà précisément pourquoi je ne lis jamais les critiques me concernant. Ça m'évite d'être démoralisée !

— Ils sont jaloux, tout simplement, dit Chris d'une voix radoucie, tout en caressant d'un geste affectueux la blonde chevelure de la chanteuse.

— La rançon de la gloire…, ajouta Patricia.

— Oui, renchérit Chris. Si tu as du succès, on cherche à te rabaisser. Mais si tu accumules les échecs, alors on crie au génie méconnu ! Quel univers impitoyable que celui du show business !

Raisonnements cent fois entendus. De nouveau, l'envie d'être ailleurs, de fuir ce studio étouffant s'empara de Bethsheba. La gloire, comme une prison dorée, s'était abattue sur elle dès l'adolescence et, depuis des années, sa vie n'était qu'une suite répétitive de concerts, d'enregistrements et d'interviews télévisées.

Alors parfois, comme aujourd'hui, son désir d'échapper à tout ça tournait à l'obsession. Et dire que cette ville était réputée pour la magie de sa lumière ! Où donc était le ciel bleu de Tanger, la fraîcheur de ses jardins en terrasse, la douceur de sa brise où se mêlent les embruns de l'Atlantique et de la Méditerranée ?

Incapable de supporter plus longtemps ces murs aveugles qui l'oppressaient, elle se leva brusquement.

— Excusez-moi… je vais faire un tour.

Chris fronça les sourcils.

— Où vas-tu ? Beth ?

— N'importe où. J'ai besoin de respirer un peu d'air frais.

Le producteur consulta sa montre.

— N'oublie pas que nous devons partir pour Marrakech dans une heure. Nous avons rendez-vous avec le cheikh…

— Ne t'inquiète pas, Chris. Je ne serai pas longue.

Déjà elle avait ouvert la porte du studio.

— Ne pars pas, dit Chris.

Elle prit un air suppliant.

— Laisse-moi prendre l'air, s'il te plaît. J'en ai pour un quart d'heure.

— Un quart d'heure pour aller dans les souks ? Laisse-moi rire ! Sois raisonnable, Beth. Si tu veux te détendre, va faire un plongeon dans la piscine.

— Mais…

— Il n'y a pas de mais. La promenade dans les souks sera pour une autre fois. Patricia va t'accompagner à la piscine. N'est-ce pas, Pat ?

Docile, celle-ci se leva et rejoignit Bethsheba.

— En route, mon petit. Escortée par un chaperon tel que moi, une chanteuse ne se perd jamais !

La jeune femme se résigna, mais secrètement en voulait à Chris. Pourquoi s'obstinait-il à la traiter comme une gamine ? Pourquoi refusait-il de voir qu'elle avait changé ?

Et qu'elle avait besoin pour être heureuse d'autre chose que des disques d'or ?

Ils partirent pour Marrakech en milieu de journée. Bethsheba, Chris et Patricia, installés à l'arrière de la limousine noire, regardèrent défiler comme dans un rêve ce paysage presque irréel où l'asphalte fendait de son ruban noir l'immensité blonde du désert. De temps à autre, un panneau indicateur écrit en doubles caractères arabes et romains rompait la monotonie du trajet.

Il leur arrivait aussi de traverser un village endormi dont les petites maisons blanches, serrées les unes contre les autres, semblaient abandonnées. Avec un peu d'attention, on y remarquait pourtant, à l'ombre d'un porche, un vieil homme en caftan en train de fumer une longue pipe ou bien quelque gamin maigrichon, surgi d'une ruelle, qui lançait des pierres en direction de la voiture.

Ils parvinrent aux abords de Marrakech à la nuit tombante. Le palais des Sept Soleils, avec ses hauts murs crénelés blanchis à la chaux, leur apparut soudain. C'était, dans toute sa splendeur, le palais mauresque tel qu'on l'imagine en songe ou qu'on l'admire parfois sur ces gravures romantiques dessinées par de hardis voyageurs.

— Quel château magnifique ! s'écria Bethsheba.

— Une véritable forteresse, plutôt ! répliqua Chris, comme s'il voulait tempérer l'enthousiasme de la chanteuse.

Ils se présentèrent devant la haute porte de cèdre cloutée de bronze. Quelques secondes à peine s'écoulèrent puis les battants s'ouvrirent et la voiture s'engagea dans la première enceinte du palais. Il s'agissait d'un vaste patio dallé de terre cuite vernissée, dont les murs étaient tapissés de *zelliges,* ces carreaux verts et blancs disposés en motifs géométriques, qui donnent tant de fraîcheur aux intérieurs marocains.

Une belle vasque de marbre, où gazouillait un jet d'eau, ornait le centre de ce patio. Le ruissellement continu de l'eau sur le pavage en mosaïque emplissait la grande cour d'un murmure cristallin qui semblait souhaiter la bienvenue aux voyageurs. L'endroit, pourtant, n'était guère rassurant…

A la lumière des lanternes de verre coloré suspendues

aux arcades du patio, Bethsheba distingua les silhouettes de plusieurs gardes en djellaba qui se tenaient dans l'ombre des galeries, fusil à l'épaule, en compagnie de molosses au poil lustré.

— Bigre ! chuchota Patricia. Notre cheikh me paraît bien gardé.

— Mes amis, dit Chris à voix basse, pas d'imprudence ! Nous voici dans le repaire d'un homme aussi riche que puissant…

Bethsheba, à peine descendue de voiture, défroissa sa longue robe de soie sauvage, de teinte ivoire, dont la coupe moulait discrètement ses formes sveltes. Une étrange excitation s'était emparée d'elle. Cette robe conviendrait-elle au banquet offert par le cheikh ? Le décolleté n'était-il pas un peu trop audacieux ?

Heureusement, elle avait pris la précaution d'accompagner la toilette d'une veste fluide, rebrodée de fils d'or et d'argent, qui complétait sa tenue en lui donnant un cachet à la fois raffiné et élégant.

Comme ils s'avançaient dans le patio, un Marocain de haute taille, vêtu d'une djellaba bleu nuit, vint s'incliner devant eux.

— Mesdames et messieurs, soyez les bienvenus dans le palais du cheikh Soliman. Si vous voulez bien me suivre…

Ils empruntèrent de longs couloirs dallés de mosaïque et tapissés de faïence colorée, puis traversèrent une enfilade de patios dont chacun surpassait en beauté le précédent. Bethsheba, médusée, n'en finissait pas de s'extasier sur les colonnettes délicatement ouvragées soutenant les arches des galeries et sur les lions de pierre postés autour des bassins, qui lui rappelaient les fastes de l'Alhambra de Grenade.

Au détour d'un couloir, ils se retrouvèrent en face de deux gardes, vêtus de sarouals pourpres. L'homme en djellaba bleue frappa deux fois dans ses mains et les gardes s'empressèrent d'ouvrir la grande porte à double battant…

Aussitôt, une musique étrange, où l'on reconnaissait les sons de la flûte et du tambourin, résonna aux oreilles des arrivants. Ils s'arrêtèrent sur le seuil, éblouis par la magnificence des marbres, des stucs, des dorures, des tapis de laine et des tissus richement brodés qui ornaient l'immense salle de réception.

Instinctivement, Bethsheba chercha des yeux Soliman El Khazir… Elle ne le vit nulle part. Ni sur les divans bas couverts de coussins damassés qui déclinaient les plus suaves nuances de rouge et de bleu, ni dans les alcôves soutenues par des colonnes de jaspe.

Où était le maître de céans ? Tout ici, pourtant, laissait deviner sa présence. Le décor solennel et luxueux, les senteurs capiteuses, échappées de brûle-parfums dorés à l'or fin, évoquaient le raffinement voluptueux d'un grand seigneur.

— Ce palais est d'une beauté époustouflante ! chuchota-t-elle à l'oreille de Chris.

— C'est la première fois que tu vois un palais arabe ? Pourtant, tu es née à Bahreïn, non ?

Bethsheba sourit d'un air moqueur.

— Tu crois sans doute qu'à Bahreïn, on laisse entrer une fille d'officier anglais dans le palais du cheikh ? Sûrement pas ! Je ne pouvais jouer qu'avec les enfants des amis de mon père.

La musique s'arrêta soudain et ils s'interrompirent. Une porte s'ouvrit au fond de la salle et le cheikh Soliman El Khazir fit son apparition. Vêtu d'une gandoura immaculée, il paraissait plus altier que jamais et, tandis qu'il balayait l'assistance d'un regard scrutateur, ses yeux noirs se posèrent sur Bethsheba, la seule à ne pas avoir baissé la tête à son arrivée.

Ils se défièrent un court instant, puis un léger sourire, plein d'une indolente sensualité, se dessina sur les lèvres du cheikh. Il frappa dans ses mains et la musique résonna de nouveau dans le vaste salon, tandis que les invités reprenaient leurs conversations en sourdine.

Soliman se dirigea droit vers Bethsheba et ses amis.

— Soyez les bienvenus dans ce palais, dit-il d'une belle voix grave.

— Votre demeure est magnifique, Altesse, et nous sommes très honorés d'être vos hôtes, répliqua aussitôt Chris.

Le cheikh inclina légèrement la tête.

— Tout le plaisir est pour moi. Vous semblez préoccupé, monsieur Burton…

— Eh bien, la hauteur des plafonds m'inquiète un peu... à cause de l'acoustique. Bethsheba va chanter dans cette salle ?

— Non. Le concert aura lieu dans les Jardins de Shéhérazade...

Il frappa dans ses mains et un homme en caftan noir vint s'incliner devant lui.

— Ahmed, conduis M. Burton et son équipe dans les jardins. Montre-leur la scène, afin qu'ils puissent vérifier l'état des installations.

L'homme se courba d'un air cérémonieux devant Chris.

— Je suis à vos ordres, monsieur.

— Nous y allons ? demanda Chris en se tournant vers son équipe.

Bethsheba ne put réprimer un soupir exaspéré. L'idée de zigzaguer entre les fils et les appareils ou de faire des essais de voix dans le micro lui semblait soudain insupportable. En cet instant, elle n'avait qu'un désir : rester dans le salon, auprès de Soliman El Khazir.

Surpris par l'hésitation de sa chanteuse, Chris insista :

— Nous allons effectuer quelques prises de son, Beth. Il serait préférable que tu sois présente...

Le cheikh posa la main sur le bras de la jeune femme et déclara :

— Sheba reste avec moi, monsieur Burton. Elle vous rejoindra tout à l'heure, quand vous aurez terminé vos préparatifs.

L'homme au caftan noir, comme s'il voulait appuyer les paroles de son maître, s'inclina de nouveau devant Chris.

— Si vous voulez bien me suivre, monsieur...

Chris haussa les épaules en signe d'indifférence et emboîta le pas au serviteur. Toute son équipe le suivit et Bethsheba, soudain, se retrouva seule avec Soliman. Il lui sourit avec nonchalance, tandis que, d'une main légère mais ferme, il enserrait la taille fine de la jeune femme.

— Vous avez faim ?

— Euh... pas tellement.

Subjuguée par le charme de son hôte, elle ne s'en laissa

pas moins conduire jusqu'à un sofa tapissé de damas pourpre et garni de superbes coussins tissés de fils d'or.

Eblouie, Bethsheba se rendit à peine compte qu'elle s'affalait, plus qu'elle ne s'asseyait, sur le somptueux divan. A vrai dire, elle ne savait plus très bien où elle en était ! Tant de splendeur, jointe à l'attraction irrésistible qu'elle éprouvait pour le sombre étranger assis à côté d'elle, la mettait hors d'état de raisonner. Rien ne comptait plus en cet instant que l'ivresse qui s'emparait d'elle, corps et âme… Car, dans l'enceinte de ce mystérieux palais, tout semblait concourir à l'envoûtement des sens : beauté du décor, douceur de la musique, subtilité des parfums, profondeur des divans où le corps s'enfonçait voluptueusement, caressé par la texture veloutée des étoffes…

Soliman, conscient du trouble de Bethsheba, ne la quittait pas des yeux. Comme elle eût aimé rester de marbre sous ce regard insolent ! Mais c'était loin d'être le cas… Il émanait de cet homme une force singulière, un magnétisme viril très puissant, qui attirait Bethsheba comme un aimant.

Le cheikh frappa soudain dans ses mains et une ravissante jeune fille, drapée dans des flots de gaze couleur cyclamen, vint leur présenter sur un plateau d'argent des pâtisseries au miel. La manière servile dont elle s'agenouilla devant eux choqua Bethsheba.

— Votre esclave ? demanda-t-elle à voix basse.

Soliman répondit à son regard outré par un sourire plein de suffisance.

— Ignorez-vous, Sheba, que les esclaves choisissent leur maître ?

— En Occident, peut-être. Mais dans le désert…

— Que savez-vous du désert, Sheba ? Attendez de mieux nous connaître pour nous juger ! Et commencez par goûter nos spécialités culinaires. Voici l'une des plus succulentes, un *briouat*…

Sans lui demander son avis, il venait de glisser entre les lèvres de la jeune femme un petit gâteau triangulaire, fondant sous la langue… La saveur du miel, jointe à celle des amandes, des épices et de la fleur d'oranger, comblaient le palais.

La gourmandise était le péché mignon de Bethsheba et, sous l'effet du plaisir que lui procura la délicieuse friandise, elle sentit son corps s'alanguir contre les coussins. Mouvement involontaire, un brin lascif, qui n'échappa pas à l'œil vigilant du cheikh. Tandis que son regard de braise s'attardait sur la rondeur des seins et la courbe des hanches, que la pose relâchée de Bethsheba accentuait, il remarqua d'une voix suave :

— Vous êtes vraiment très belle, Sheba.

Sa longue main basanée venait d'effleurer en une impalpable caresse la chevelure blonde de la chanteuse.

— Vos cheveux ont la couleur du soleil matinal, des blés mûrs et du miel fondu… les meilleures choses de la vie !

— Et poète avec ça !

Indifférent à l'air moqueur de la jeune femme, il continua de caresser les longues mèches blondes.

— Etes-vous une vraie blonde ? demanda-t-il soudain.

Elle se redressa et secoua sa crinère dorée pour la délivrer des mains importunes.

— Vous vous croyez tout permis, n'est-ce pas ? Et d'ailleurs, comment pourrait-il en être autrement, quand on possède un harem de femmes dociles ?

Il éclata de rire, rejetant la tête en arrière dans un mouvement très sensuel.

— Un harem ? Voilà bien les fantasmes d'une Européenne !

Elle le défia du regard, sans chercher à dissimuler son indignation.

— Vous niez ? demanda-t-elle.

Il la fixa droit dans les yeux.

— Aimeriez-vous, Sheba, que nous explorions ensemble le catalogue des fantasmes occidentaux à propos de l'homme oriental ?

— Non merci. Ça ne m'intéresse pas !

Sans se démonter, Soliman poursuivit :

— Récemment, j'ai vu un film américain, fort divertissant d'ailleurs, où l'on voyait un prince arabe enlever une beauté blonde pour l'enfermer dans son harem…

Bethsheba prit un air blasé.

— Ah oui ? Depuis « Le Fils du cheikh », tourné au temps du muet avec le célèbre Rudolph Valentino, ce thème revient régulièrement dans le cinéma occidental.

— C'est pourquoi vous avez voulu, vous aussi, sacrifier au mythe du cheikh cruel capturant la blonde gazelle ?

Comprenant qu'il faisait allusion à son clip vidéo, elle baissa les yeux. Force lui était d'admettre que le scénario ne brillait pas par son originalité…

— Vous voilà bien songeuse tout à coup, Sheba. Auriez-vous peur que je vous traite comme le fait le sinistre cheikh de votre clip ?

Elle releva la tête et riva son regard à celui de Soliman.

— Je n'ai pas peur de vous, Soliman El Khazir. Et, de toute façon, je sais me défendre !

— Bravo, Sheba, défendez-vous ! Je n'aime pas les victoires faciles…

2.

Chris reparut soudain dans la salle du banquet. Il affichait un sourire épanoui.

— L'acoustique est formidable ! s'écria-t-il. Et tous les appareils sont de première qualité.

Soliman inclina légèrement la tête et sourit.

— J'ai fait venir le matériel de Casablanca, ce matin.

Chris se tourna vers Bethsheba, les yeux brillants.

— Et figure-toi, mon ange, que nous avons *aussi* un orchestre. Le concert va être fantastique, je le sens !

D'un léger froncement de sourcils, le cheikh tempéra l'enthousiasme de Chris.

— Mes amis, chaque chose en son temps. Pour l'heure, je vous invite à partager mon repas. Si vous voulez bien prendre place…

Tandis qu'on apportait sur de nombreux plateaux de cuivre et d'argent les meilleures spécialités de la cuisine marocaine, Bethsheba remarqua que la musique venait de changer. Soudain, d'entre les colonnes de jaspe qui ornaient le fond de la salle, des danseuses surgirent dans un envol de mousselines colorées et vinrent tournoyer, en faisant cliqueter bracelets et grelots, sur une piste ronde placée au milieu des convives.

Jeunes et très brunes, avec des yeux noirs allongés par le khôl et d'étranges tatouages bleutés sur le menton, elles portaient des boléros de soie brochée, des ceintures basses incrustées de pierreries et de longues jupes aux couleurs vives dont les pans de mousseline s'ouvraient à chaque pas pour laisser entrevoir des jambes fines et galbées. Alternant les tourbillons rapides et des mouvements plus lents où les torsions de main semblaient parler un langage secret, elles s'immobilisaient parfois, face aux spectateurs, et leur danse devenait alors plus lascive. Seuls le ventre et les hanches, découverts par la ceinture basse, bougeaient lentement, voluptueusement, comme une invitation muette à l'acte d'amour.

Troublée par la sensualité de ces danses orientales, Bethsheba n'osait plus regarder Soliman dont elle sentait pourtant les yeux noirs fixés sur elle. Dès que la prestation des danseuses fut terminée, le cheikh se pencha vers elle et chuchota :

— Ces danses n'étaient qu'un prélude à un plaisir plus exquis, celui de vous entendre chanter… Etes-vous prête, Sheba ?

— Bien sûr. C'est mon métier.

Comme le repas s'achevait — un repas où chacun, selon la coutume, avait mangé avec les mains —, des serviteurs vinrent s'incliner devant les convives et versèrent sur leurs mains de l'eau parfumée à la fleur d'oranger. Bethsheba se remémora une scène semblable, vécue autrefois à Bahreïn… Splendeur et raffinement des coutumes orientales… Déjà à cette époque, elle avait été impressionnée !

La longue main brune de Soliman se posa soudain sur la sienne.

— Venez, ma colombe. Je vais vous conduire dans les jardins.

Ils traversèrent la longue salle, suivis des regards de tous les convives. L'attention dont elle se sentait l'objet étonna Bethsheba.

— Pourquoi me dévisagent-ils ainsi ?

Une lueur ironique traversa les yeux noirs du cheikh.

— Pour une star, je vous trouve bien timide !

— A vrai dire, je ne suis pas habituée à ce genre de public ! Tous ces hommes en djellaba et en turban qui me dévorent des yeux…

La remarque fit sourire Soliman.

— Croyez-vous par hasard que vos fans, en Angleterre,

ne vous regardent pas ainsi ? Vous êtes très belle, Sheba, et les hommes vous désirent. Quoi de plus normal ?

Une porte à double battant, délicatement ouvragée, venait de s'ouvrir devant eux, apportant une bouffée d'air frais qui fit voleter les cheveux blonds de Bethsheba.

— Voici les Jardins de Shéhérazade, annonça Soliman avec une pointe de fierté dans la voix.

Bethsheba, éblouie, marqua un léger temps d'arrêt. Les jardins qui s'offraient à sa vue étaient d'une beauté à couper le souffle. Les plus belles fleurs de l'Orient et de l'Occident s'y épanouissaient, entourant des fontaines et des bassins dans lesquels, raffinement suprême, surnageaient des pétales de roses. Au fur et à mesure qu'elle progressait dans cette féerie de couleurs et de senteurs, la jeune femme sentit la tête lui tourner.

— Ça ne va pas ? demanda Soliman.

— Si… tout va très bien.

Elle dut pourtant s'appuyer sur le bras du cheikh. La senteur du jasmin, mêlée à celle des orangers, l'étourdissaient. Ce palais était trop beau et ces jardins trop paradisiaques…

Elle redressa la tête et vit alors, se découpant sur le velours bleu du ciel nocturne, les silhouettes martiales des palmiers et des cyprès. Parce qu'ils dominaient de leur haute taille la végétation luxuriante des jardins, ils ressemblaient à des gardiens intraitables et vigilants.

La voix grave, aux intonations rauques si sensuelles, s'éleva soudain et Bethsheba sursauta.

— Il ne doit pas être facile d'être une star de la chanson…

— Non, mais on s'y habitue. Les répétitions, les concerts, les séances d'autographes, cela devient une routine.

Le cheikh enveloppa la jeune femme d'un regard intense et pénétrant.

— Est-ce la vie dont vous aviez rêvé, Sheba ?

Elle aurait dû répondre ce qu'elle affirmait toujours, à chaque nouvelle interview : « Oui, j'aime cette vie exaltante ! » Mais elle se surprit à avouer :

— Parfois, cette existence me pèse. J'ai l'impression d'être un oiseau en cage.

— Pauvre colombe ! Et bien sûr, comme tous les oiseaux en cage, vous rêvez de vous échapper ?

— Quelquefois…

— Je connais un moyen.

— Ah oui ?

— Il vous suffirait simplement de changer de maître.

Elle s'immobilisa et le dévisagea d'un air farouche.

— Je n'ai nul besoin d'un maître !

— On ne le dirait pas. La vie que vous menez actuellement n'est pas celle d'une femme libre…

Que répondre ? Sans même la connaître, il avait deviné son désarroi et, sur l'instant, elle ne trouva aucun argument à lui opposer. Aussi préféra-t-elle s'extasier sur la beauté d'un rosier jaune qui s'épanouissait au tournant d'une allée.

— J'ignorais que les roses pouvaient pousser dans le désert.

— Il y a tant de choses, Sheba, que vous ignorez sur le désert…

— Vous avez toujours vécu ici ?

— Non. J'ai un autre palais, au cœur du Sahara, auquel je tiens beaucoup, car il a été bâti par l'un de mes ancêtres, Soliman El Khazir le Grand. Et je possède aussi un *douar*, un campement nomade.

D'un geste machinal, Bethsheba cueillit une branche de jasmin et huma son parfum enivrant.

— Vous êtes un homme du désert ?

Il la regarda d'un air grave.

— Oui, et je m'en flatte. Vous croyez au destin, Sheba ?

— Un peu…

— Moi, j'ai un sens très fort du *kismet*… le nom que nous donnons au destin dans notre langue. J'ai acquis la certitude que j'étais destiné, de toute éternité, à vivre dans ce désert et à veiller sur le peuple qui l'habite… Et vous, ma colombe, quel est votre destin ? Rester prisonnière de votre cage dorée ?

— Je ne crois pas.

— Alors, si une nouvelle chance vous était donnée, quelle serait votre réaction ?

Il s'était arrêté brusquement et, lui prenant des mains le rameau de jasmin, il s'en servit pour caresser la joue de

Bethsheba. Dans la pénombre du jardin, son regard noir, ardent comme de la braise, brillait avec une étrange intensité.

— Il arrive que le destin se présente sous la forme d'une personne, murmura-t-il. Que feriez-vous dans ce cas, Sheba ? Vous soumettriez-vous à sa volonté ?

Elle ne répondit pas, troublée jusqu'au plus profond d'elle-même. Par chance, ils venaient d'arriver aux abords de la scène où Chris, avec une impatience qui frôlait l'hystérie, l'arracha à la compagnie du cheikh.

Plus tard, après des essais de voix et une courte répétition avec l'orchestre, Bethsheba apparut en pleine lumière, moulée dans sa robe de soie sauvage où les spots allumaient des reflets argentés. Ce soir, elle donnerait le meilleur d'elle-même.

Derrière elle, l'orchestre inconnu, entièrement composé de musiciens marocains, l'accompagnait avec une précision et une finesse remarquables, tandis que Patricia, sur sa gauche, déployait tout son talent habituel.

Ce concert aurait pu n'être qu'une performance professionnelle de plus. Mais, ce soir, Bethsheba se sentait gagnée par une exaltation inhabituelle. Etait-ce la présence de Soliman El Khazir qui la mettait dans cet état de grâce ? Le cœur de la jeune femme lui souffla la réponse et elle chanta pour le cheikh et pour lui seul. Comme si une étincelle divine l'avait touchée, elle trouva des modulations nouvelles, osant des notes plus aiguës qu'elle réservait d'ordinaire aux essais en studio. Jusqu'à la fin du concert, elle prit à peine le temps de souffler entre deux chansons.

Quand l'orchestre ponctua d'un ultime accord la dernière chanson du récital, Bethsheba salua au milieu d'un tonnerre d'applaudissements. Machinalement, elle chercha du regard Soliman El Khazir. Et fut surprise de rencontrer presque aussitôt ses yeux noirs, au regard pénétrant et presque complice.

— Son Altesse le cheikh vous prie de le rejoindre à sa table.

Le serviteur qui venait de s'incliner devant Bethsheba la conduisit aussitôt vers son maître. La jeune femme, encore en proie à une intense émotion, se dirigea d'une démarche gracieuse vers la table de son hôte.

Il la regarda approcher avec un sourire énigmatique et,

quand elle eut pris place à son côté, il la complimenta d'une voix froide, comme s'il accomplissait une obligation mondaine :

— Votre voix est très agréable, Sheba.

— Merci.

— M. Burton doit être fier d'avoir mis en cage un tel rossignol…

Elle tressaillit, indignée, et chercha une réplique cinglante. Puis elle se ravisa. De toute évidence, le cheikh la provoquait dans l'espoir de lui faire perdre son sang-froid et d'obtenir des confidences sur sa vie professionnelle ou privée. A elle de ne pas tomber dans le piège… Prenant un air détaché, elle but lentement le thé à la menthe qu'on venait de lui servir.

— Je ne suis pas le seul rossignol de Chris Burton, dit-elle.

— Vous voulez dire qu'il a sous contrat plusieurs chanteuses de votre valeur ? Cela me paraît impossible. Il ne peut y avoir qu'une *Sheba* !

— Vous me flattez, mais Chris dirige environ une quinzaine d'artistes. Pour eux comme pour moi, il compose ou cherche des musiques, fait les arrangements, enregistre et produit des disques et des clips vidéo…

— Il est votre producteur ?

— Oui.

— Est-il aussi votre amant ?

La franchise brutale de la question désarçonna la jeune femme. Elle détourna les yeux, réprimant sa colère et son indignation. Il se croyait vraiment tout permis !

— Je vous ai posé une question, Sheba. M. Burton est-il oui ou non votre amant ?

— N… non, maugréa-t-elle. Avec Chris, j'ai des rapports amicaux et professionnels. Un point, c'est tout. D'ailleurs, ça ne vous regarde pas !

Nullement impressionné, Soliman la contempla avec l'assurance tranquille d'un homme qui ne doute pas de son pouvoir.

— Tout ce qui vous touche me regarde, ma colombe. Vous comptez séjourner longtemps au Maroc ?

— Une dizaine de jours. Le temps d'enregistrer mon dernier disque dans les studios de Chris à Tanger.

— Et qui vous accompagne, Sheba ? Votre petit ami, un membre de votre famille ?

Pressée de couper court à ces questions indiscrètes, elle répliqua d'un ton vif :

— Vous êtes pire que les journalistes, Altesse ! Je croyais les hommes du désert plus délicats…

Une lueur de colère brilla dans les yeux noirs du cheikh.

— Si le dernier des *paparazzi* a le droit de vous interviewer, pourquoi devrais-je m'en abstenir ? Je m'intéresse sûrement plus à vous que tous ces chasseurs de ragots ! Aussi répondez-moi sans détour. Avez-vous *quelqu'un* dans votre vie ?

Poussant un soupir d'exaspération, elle répondit tout à trac :

— Je n'ai pas de fiancé et pas davantage de famille. Mes parents sont morts alors que j'avais quatorze ans…

Soliman resta un long moment silencieux, ce qui étonna Bethsheba. Quelles mystérieuses pensées l'absorbaient ? La jeune femme profita de ce que Soliman ne faisait plus attention à elle pour le détailler : la bouche impérieuse, le profil d'aigle, les yeux noirs et les cheveux de jais composaient un ensemble harmonieux et noble.

Avec un soupir, elle détourna les yeux de ce beau visage viril.

— Vous montez à cheval, Sheba ?

— Euh… oui. Je suis assez bonne cavalière.

— Demain, nous irons faire une promenade. Je possède de magnifiques pur-sang arabes et…

— Ce serait avec le plus grand plaisir mais j'ai un travail fou !

— Eh bien, travaillez le matin et venez me rejoindre l'après-midi. Avec une voiture rapide, le trajet Tanger-Marrakech peut se faire en moins de quatre heures.

Elle protesta d'une voix faible.

— Jamais Chris n'acceptera…

— Rien ne vous oblige à le prévenir. Cette chevauchée dans le désert restera un secret entre vous et moi, blonde gazelle. Un petit supplément vécu à votre clip vidéo !

— Non, c'est impossible.

Il la fixa de son regard noir, intense et pénétrant comme s'il voulait l'hypnotiser.

— Ne résistez pas à votre destin. Acceptez, Sheba, dites oui !

Sous le charme, Bethsheba n'arrivait plus à penser de manière cohérente. Seuls comptaient ce regard de braise, cette voix envoûtante et ce sourire enjôleur qui anéantissait toute velléité de résistance…

— Oui, murmura-t-elle.

Le lendemain matin, à l'aube, la prière du *muezzin* éveilla Bethsheba. Aussitôt, l'image de Soliman s'imposa à son esprit et elle se redressa brutalement, en proie à une soudaine agitation. Mais non, elle était dans sa chambre, à Tanger. Quel soulagement ! Elle sauta à bas du lit et alla ouvrir la fenêtre en grand. Dans la lumière du soleil levant, elle contempla longuement la ville encore endormie.

Bethsheba avait toujours aimé ces heures matinales, suspendues entre veille et sommeil, où l'air semble plus vif, plus léger, plus pur. Elle inspira profondément. Avait-elle rêvé l'invitation du cheikh ? Qu'importe ! De toute façon, elle n'irait pas. Autant se jeter dans la gueule du loup…

La jeune femme passa toute la matinée dans le studio. Le travail du jour portait sur la répartition des chœurs et le dosage de leur volume derrière la voix de Bethsheba. Tâche ingrate et répétitive qui lui parut d'autant plus fastidieuse qu'elle avait l'esprit ailleurs. Par manque de concentration, elle contraignit Chris à multiplier les essais.

Le producteur réagit avec son humour habituel.

— Dois-je comprendre, mon ange, que les fastes du palais des Sept Soleils t'ont tourné la tête ?

Bethsheba sentit ses joues s'empourprer. Chaque fois qu'elle décevait Chris, elle ne pouvait se défendre d'un sentiment de culpabilité. Il était son ami, son manager. C'était lui qui l'avait découverte et formée. En un mot, elle lui devait tout.

Lorsque ses parents étaient morts dans un accident de voiture, elle n'était encore qu'une enfant, à peine une adolescente. Désemparée, malheureuse, elle avait été recueillie par une tante célibataire, vieille fille sèche et conformiste qui s'était révélée incapable de lui donner l'affection et la tendresse dont elle avait été si cruellement sevrée.

Alors, avec des camarades d'école, elle avait formé un petit orchestre qui se produisait, le samedi soir, dans les pubs des environs. C'est dans l'un de ces pubs, situé au cœur d'une triste banlieue londonienne, que Christopher Burton avait remarqué la voix exceptionnelle de la jeune Bethsheba. Elle avait alors tout juste seize ans et chantait d'instinct, sans aucune formation musicale. Chris, pourtant, l'avait prise sous son aile sans hésiter une seconde.

A cette époque, lui-même ne possédait qu'un petit studio, installé dans un hangar de banlieue, où il bricolait des maquettes de chansons, faisant tout lui-même, depuis les paroles et la musique jusqu'à la bande mixée, prête à être commercialisée.

En dépit des efforts de Chris pour se faire remarquer, le succès tardait à venir... Alors le producteur débutant et la chanteuse en herbe s'étaient épaulés mutuellement, travaillant comme des fous et se nourrissant de sandwichs arrosés de nombreux cafés.

Après trois années de cette vie austère, Chris s'était lassé de patienter des heures dans les salles d'attente des grandes maisons de disques. Puisque ces beaux messieurs dédaignaient ses maquettes, eh bien il se produirait lui-même !

Hypothéquant le peu qu'il possédait, il fabriqua son premier disque et le distribua auprès de toutes les radios locales. Bethsheba en était la vedette.

Quel triomphe ce fut alors ! L'une des chansons du disque resta numéro un au hit-parade durant huit semaines consécutives... Bethsheba, à peine âgée de vingt ans, accédait du jour au lendemain à la gloire !

Pendant les quatre années suivantes, elle dut apprendre à gérer cette gloire. Accepter les avantages et les inconvénients de la célébrité. S'habituer à être reconnue dans la rue, à donner des autographes, à répondre aux interviews... On n'est pas régulièrement numéro un au hit-parade sans exciter l'intérêt des médias… Les magazines ne cessaient de parler d'elle et lui prêtaient parfois une vie privée scandaleuse.

Rapidement, elle ne prit même plus la peine de démentir. Il aurait fallu intenter des procès à longueur de temps. Et comme disait Chris, devenu un producteur de premier plan : « Chaque fois qu'un article t'est consacré, c'est de la publicité gratuite ! »

Cet adage, même si elle en reconnaissait la véracité, lui déplaisait. Alors, elle avait pris le parti de ne plus lire les journaux. Il lui suffisait de savoir que, de toutes les stars dont Chris avait pris la carrière en main, elle restait sa préférée. L'approbation de son producteur était pour Bethsheba le meilleur garant de la qualité de son travail. Voilà pourquoi elle redoutait tant de le décevoir…

— Stop, les enfants ! dit soudain Chris. Vous êtes épuisés et moi aussi. Que diriez-vous d'aller déguster un bon couscous dans la casbah ?

— Excellente idée ! s'écria Patricia.

— Allez-y sans moi, murmura Bethsheba. Je n'ai pas le courage d'affronter la cohue de la casbah !

Avec un soulagement indéniable, elle les regarda s'éloigner le long de la rue en pente qui descendait vers le cœur de la ville. En proie à une étrange excitation, elle remonta dans sa chambre. C'était décidé, elle se rendrait au rendez-vous fixé par le cheikh.

Dix minutes plus tard, vêtue d'un chemisier blanc, de jodhpurs beiges et de bottes cavalières en cuir noir, elle se glissa comme une voleuse dans le couloir du rez-de-chaussée, craignant d'être vue par Karim, le domestique de la maison.

Sur la table de la cuisine, elle laissa un petit mot à l'intention de Chris :

« Besoin d'être seule. Je suis partie faire un tour. Ne m'attends pas pour dîner. »

Dès que la voiture eut franchi la première enceinte du palais des Sept Soleils, Ahmed se précipita pour ouvrir la portière.

— Son Altesse vous attend, mademoiselle. Veuillez me suivre…

Elle reconnut le grand patio, tapissé de zelliges en céramique blanche et verte et la vasque de marbre qui recueillait, au centre de la cour, le murmure frais d'un jet d'eau. De jour pourtant, l'endroit se révélait plus impressionnant que de nuit. Peut-être parce qu'on voyait mieux déambuler les gardes farouches du cheikh entre les arcades des galeries…

Un peu intimidée, Bethsheba suivit Ahmed dans une suite d'appartements dont l'aspect différait des salles de réception entrevues la veille. Alcôves abritant des sofas accueillants, recoins dallés de mosaïque d'où s'échappait le gazouillis d'une fontaine, petites tables basses en cèdre… Un peu partout flottait l'arôme épicé du café d'Arabie, témoignage de la vie secrète qu'abritait ce dédale de pièces au confort douillet.

Parvenu devant une tenture somptueuse en damas rouge et or, Ahmed marqua un temps d'arrêt. D'un geste cérémonieux, il souleva un pan de la tenture et fit signe à la jeune femme d'entrer dans la pièce.

— Sheba, enfin !

Soliman portait son habituelle djellaba blanche et ce turban savamment drapé qui mettait en valeur son teint basané. Mais, aujourd'hui, il avait agrémenté sa tenue de bottes cavalières en cuir.

D'une démarche souple, il s'avança vers la jeune femme et la regarda droit dans les yeux, sûr de lui, irradiant une force magnétique, primitive, que sa tenue de cavalier accentuait encore. Bethsheba frissonna, incapable de proférer une parole.

Par chance, il ne posa aucune question. La présence de Bethsheba, qui avait consenti à faire un si long trajet pour le rejoindre, lui paraissait sans doute un gage suffisant de soumission. Prenant sa main, il la guida le long des arcades qui menaient aux écuries.

— Venez, Sheba. Le faucon enlève la colombe !

La jeune femme éclata de rire.

— Le faucon et la colombe… Superbe image ! Toute la poésie de votre civilisation !

— Vous êtes très sensible à notre culture, n'est-ce pas ?

— A son raffinement, en tout cas.

— C'est vrai, nous avons du goût. Particulièrement en ce qui concerne les femmes. Ici, elles ont su conserver cette exquise féminité que vous autres Occidentales avez rejetée au nom de l'émancipation. Déesses de nos désirs, de nos cœurs et de notre enfance, nous les honorons de notre amour.

— Les Occidentaux ne voient pas les choses sous cet angle…

— Peu importe ce que le reste du monde pense de nous. En revanche, votre avis m'intéresse, Sheba. Et je vous sais déjà plus proche de nous que vous ne voulez l'admettre.

Il ponctua cette dernière remarque d'un regard appuyé qui troubla la jeune femme. Par chance, ils arrivaient en vue des écuries et le cheikh reporta son attention sur un jeune palefrenier qui s'avançait à leur rencontre en tenant par la bride deux magnifiques pur-sang arabes. A sa robe blanche, Bethsheba reconnut l'étalon que Soliman chevauchait lors de leur première rencontre. Elle monterait le second cheval, dont la merveilleuse robe dorée luisait doucement au soleil.

Le palefrenier, formant un marchepied de ses deux mains réunies, aida la jeune femme à se mettre en selle. N'ayant pas fait d'équitation depuis un certain temps, Bethsheba éprouvait une certaine appréhension. Mais dès qu'elle sentit frémir l'animal, toute peur disparut, remplacée par une étrange excitation. Prenant appui sur les étriers, elle flatta l'encolure de son cheval et sourit à la pensée de la promenade à venir.

La voix joyeuse de Soliman résonna soudain à ses oreilles.

— Bravo, Sheba ! Vous savez vous tenir sur un cheval, cela se voit tout de suite… Ne perdons pas de temps. En avant !

Eperonnant sa monture, il précéda la jeune femme sous le portail qui s'ouvrait sur l'immensité du désert. Salués par les hourras des employés de l'écurie venus assister à leur départ, Soliman et Bethsheba s'élancèrent au galop d'un même élan, comme si une impulsion identique les happait vers cet océan de sable moutonnant à l'infini.

Dès les premières secondes, Bethsheba s'abandonna à l'ivresse de la chevauchée. Le vent léger qui s'engouffrait dans sa chevelure, le sable qui picotait sa peau et tout cet univers blond et bleu dont elle emplissait ses yeux la grisaient.

Comme elle se sentait libre soudain ! Elle n'avait plus qu'un seul désir : aller vite, toujours plus vite, à la rencontre de cet horizon vide qui débouchait parfois, ô surprise ! sur un bouquet de palmiers squelettiques ou sur un *ksar* abandonné dont les murs à moitié écroulés se confondaient avec l'ocre des dunes environnantes.

Combien de temps galopèrent-ils en silence sous le soleil brûlant ? Bethsheba n'aurait su le dire. Mais c'est elle, par manque d'entraînement, qui se lassa la première.

— Stop ! cria-t-elle soudain, en tirant sur les rênes.

Soliman pila net et se retourna vers sa compagne.

— Que se passe-t-il, Sheba ? Vous avez soif ?

— Non. Je suis fatiguée, tout simplement. Nous devrions faire demi-tour.

— Rentrer au palais ? Pas question.

— Pourquoi ?

— Il reste à peine deux heures avant le coucher du soleil et si nous voulons atteindre le *douar* avant la nuit, il n'y a pas une minute à perdre…

Elle le considéra avec stupéfaction.

— De quel douar parlez-vous, Soliman ?

— De mon campement, bien sûr. J'aurai l'honneur et le plaisir de vous accueillir dans ma tente ce soir, ma colombe.

Elle se redressa sur les étriers et défia le cheikh du regard.

— Il n'est pas question que j'aille dans ce douar.

— Vous me suivrez : c'est écrit.

Exaspérée, elle se mit à hurler :

— Rien n'est écrit ! Adieu, Altesse, et bon vent !

— Ne partez pas ! cria Soliman. Vous allez vous perdre.

— Je préfère me perdre sans vous qu'avec vous !

Elle cravacha le pur-sang pour l'inciter à prendre le galop. Mais l'étalon malmené se cabra et Bethsheba perdit l'équilibre.

Comme elle retombait lourdement sur le sable de la dune, elle eut la vision fugitive d'un cavalier blanc qui volait à son secours. Puis elle sombra dans l'inconscience.

3.

Le frottement rude de la selle et le balancement régulier du cheval au trot sortaient de temps à autre Bethsheba de sa torpeur. Alors, elle ouvrait un instant les yeux... Mais la douleur lancinante dans sa tête l'obligeait à les refermer aussitôt.

Et elle se laissait aller contre le torse puissant et rassurant du cheikh, s'enivrant de l'odeur qui s'en dégageait, mélange subtil de cuir et d'épices, tandis que dans son esprit dansaient les splendeurs du palais des Sept Soleils... Les ors, les soies et les parfums tissaient autour d'elle un voile magique et irréel.

Lorsqu'elle ouvrit de nouveau les yeux, plus tard, elle vit que le désert changeait de couleur. Rose, orangé, puis lilas et pourpre à mesure que le soleil descendait vers l'horizon, il sombra peu à peu dans les ténèbres.

Le balancement du cheval cessa soudain et la voix du cheikh tira la jeune femme de sa somnolence.

— Ici commence la première étape de votre nouvelle vie, Sheba.

Elle regarda autour d'elle et ne vit d'abord qu'un beau visage viril. Puis elle aperçut, se découpant en ombres chinoises sur l'écran bleuté du ciel nocturne, les silhouettes trapues des tentes de nomades et les groupes mouvants de chevaux et de dromadaires attachés aux troncs des palmiers.

Un peu plus loin, l'eau circulait dans les *seguias* de l'oasis, brillant sous la lumière de la lune, et un peu partout, à l'intérieur du campement, des hommes vaquaient à leurs occupations. Cette vision réveilla chez Bethsheba des souvenirs confus… Autrefois, elle avait accompagné son père dans un endroit semblable…

— Alors, Sheba ? Comment trouvez-vous *mon* douar ?

— Je m'en moque !

— Venez. Après un peu de repos, vous serez de meilleure humeur !

Il riait, le traître, tandis qu'il l'emportait dans ses bras puissants jusqu'à la tente princière !

L'intérieur s'avéra digne d'un palais. L'œil ne savait où se poser parmi tant de tapis précieux, de coussins chatoyants et de cuivres martelés, ciselés ou filigranés… Occupant le centre de la tente, un grand lit recouvert d'une superbe couverture de cachemire tissé attira l'attention de Bethsheba. Le cheikh l'y déposa avec des gestes délicats.

— Comment vous sentez-vous, Sheba ? Votre tête vous fait-elle encore souffrir ?

— Ça dépend des moments…

— Ne vous inquiétez pas, vous n'avez rien de grave. Votre chute a été amortie par le sable. A présent, il faut vous reposer.

— Ici ?

— Où donc voulez-vous aller, ma colombe ? Sous ma tente, vous êtes en sécurité.

Elle lui lança un regard furibond.

— Peut-être, mais j'ai aussi la désagréable impression d'être votre prisonnière. Combien de temps allez-vous me garder ?

La réponse fusa, péremptoire.

— Je vous garderai ici tant qu'il me plaira.

— Vous n'avez pas le droit ! C'est contraire à la loi.

— Je suis le seul maître et la loi, ici, c'est moi.

— Non !

Il dépassait les bornes ! D'un geste impulsif, la jeune femme tenta de se lever. Mais Soliman, plus vif que l'éclair, la força à se rallonger sur les coussins.

— Du calme, Sheba ! Soyez raisonnable, notre rencontre était écrite. Pourquoi vous rebeller contre le destin ?

Elle grimaça un sourire.

— Il a bon dos, le destin ! s'exclama-t-elle. Vous ne reculez devant rien pour parvenir à vos fins et…

L'apparition d'un serviteur interrompit le flot de protestations qui lui venait aux lèvres. L'homme apportait, sur un grand plateau de cuivre, une cafetière, des tasses et diverses friandises. Il posa le plateau sur une table basse et se retira aussitôt.

Soliman se pencha pour servir le café, puis il se tourna vers la jeune femme.

— Approchez-vous, Sheba, et venez vous restaurer. J'espère que ces gâteaux vous plairont, ils ont été préparés spécialement à votre intention.

Comme elle ne bougeait pas, réfugiée dans un silence boudeur, il la tira par le poignet et la força à s'asseoir au bord du lit, face à la table. En d'autres circonstances, Bethsheba eût fait honneur à cet en-cas appétissant… Mais, ce soir, pas question de se laisser aller à la gourmandise ! Prenant son air le plus dédaigneux, elle s'exclama :

— Je ne veux pas de vos sucreries ! Tout ce que je désire, c'est rentrer chez moi.

Il la considéra un long moment en silence, puis il murmura :

— Etes-vous bien sûre, ma colombe, de savoir exactement ce que vous désirez ?

Tout en parlant, il posait son regard sur la silhouette de la jeune femme et elle eut l'impression qu'elle se trouvait nue devant lui. A son grand désarroi, elle en éprouva un trouble violent, une émotion proche du désir. Pourtant, elle ne voulait pas lui montrer à quel point elle se sentait vulnérable. Mais l'éclat de ces prunelles ardentes la fascinait, elle avait l'impression de ne plus exister qu'à travers ces yeux noirs. Quand Soliman effleura la courbe d'un sein, elle ne put s'empêcher de se cambrer vers lui.

— Non, murmura-t-elle, espérant encore empêcher l'inévitable.

Comme si une force mystérieuse l'avait soudain paralysée, elle ne fit cependant aucun geste pour arrêter Soliman. Alors il commença à déboutonner lentement le chemisier.

Lorsque la main caressante captura son sein comme on cueille un fruit mûr, elle se sentit parcourue d'un frisson voluptueux, mais tenta de lutter encore contre le raz-de-marée qui bouleversait ses sens.

— Non, non ! gémit-elle d'une voix à peine audible.

La voix de Soliman, profonde et suave, résonna soudain à son oreille :

— Votre corps vous trahit, ma colombe.

Déjà vaincue, elle ferma les yeux. Pourtant, dès que les lèvres du cheikh se posèrent sur les siennes, elle eut un sursaut de révolte et se débattit entre les bras puissants qui l'enserraient... En vain. Bouleversée par ce baiser dont l'ardeur inouïe allumait dans ses veines un feu inattendu, Bethsheba s'abandonna à la magie du moment. Et lorsque Soliman, soudain, relâcha son étreinte et la considéra d'un air moqueur, elle mit quelques secondes à revenir sur terre.

— Alors, Sheba, toujours aussi pressée de regagner le monde civilisé ?

Elle lui décocha un regard noir. Le scélérat ! Comment osait-il la traiter ainsi ? La retenir prisonnière en plein désert et, comble de sadisme, jouer avec ses sens pour lui prouver sa faiblesse et mieux la dominer...

Tremblant de rage et d'humiliation, elle rejeta en arrière ses mèches blondes ébouriffées et le toisa de son air le plus digne.

— Ne vous réjouissez pas trop vite, monsieur ! Grâce à vos petites manigances, vous avez remporté une première bataille, mais vous êtes loin d'avoir gagné la guerre. Je ne suis pas seule au monde, figurez-vous ! Et à l'heure qu'il est, Chris Burton doit déjà me chercher partout.

Imperturbable, Soliman lui tendit une tasse de café.

— Quelle imagination, Sheba ! Et quelle confiance en votre producteur ! Car même si le cher homme a décidé de partir à votre recherche, comment fera-t-il pour vous retrouver ?

Elle haussa les épaules.

— Il pourrait, par exemple, débarquer dans votre palais de Marrakech...

— Très juste. J'ai d'ailleurs prévu cette éventualité.

— Ce qui veut dire ?

— Que mes serviteurs ont pour consigne de raconter que

vous êtes partie visiter mes terres, durant quelques jours, afin de vous familiariser avec ce désert que vous chantez si bien.

— Chris ne sera pas dupe !

— Pourquoi pas ? En Amérique, certaines écoles d'art dramatique pratiquent ce système, non ? Pour mieux interpréter son rôle, l'acteur s'immerge un certain temps dans le milieu fréquenté par son personnage, je crois.

— Peut-être, mais cela ne me concerne pas. Je ne suis pas une actrice.

— Je vous ai pourtant trouvée très convaincante, l'autre jour, en femme de harem maltraitée !

Elle préféra ignorer le sarcasme.

— Pour un guerrier du désert, je vous trouve bien naïf ! Pensez-vous sincèrement que Chris Burton se laissera abuser aussi facilement ? Il connaît ma conscience professionnelle et sait très bien que je suis incapable d'abandonner un travail en cours. Dès qu'il apprendra que vous m'avez emmenée en « promenade », il ira prévenir la police. Laquelle fera une enquête…

— … et découvrira, par le témoignage de mes serviteurs, que vous êtes venue au palais de votre plein gré !

Il avait vraiment tout prévu ! Accablée, elle cacha son visage entre ses mains. Comment sortir d'un piège aussi minutieusement préparé et exécuté ?

Il lui sembla soudain que les pas de Soliman s'éloignaient vers le fond de la tente. Intriguée, elle releva la tête et vit qu'il s'apprêtait à sortir. Comme elle s'en étonnait, il répondit d'une voix suave à sa question muette :

— Je vous reverrai tout à l'heure, ma colombe. En attendant, vous avez besoin de faire un peu de toilette. Je vais vous envoyer l'une de mes femmes…

Elle le toisa, dédaigneuse.

— Je n'ai besoin de personne. Gardez vos esclaves pour votre usage personnel !

Furieuse, elle avait empoigné un coussin et elle le jeta de toutes ses forces en direction du cheikh. Mais il était déjà sorti et le coussin retomba sur le sol avec un bruit mat, tandis que le rire moqueur de Soliman résonnait à l'extérieur de la tente.

Restée seule, Bethsheba chercha en vain à retrouver un peu de sérénité. Mais l'atmosphère régnant dans la tente ne s'y prêtait guère. L'amoncellement de tapis, de poufs et de coussins, les lumières vacillantes des lampes à huile et les senteurs capiteuses s'échappant des brûle-parfums composaient un décor à la fois insolite et étouffant, qui accentuait le sentiment de claustrophobie éprouvé par la jeune femme.

Et dire qu'elle était venue d'elle-même se jeter dans la gueule du loup ! Elle s'en voulait terriblement de son étourderie. Et plus encore de son incroyable faiblesse, de ce trouble qu'elle ressentait en face de Soliman et qui la transformait en victime consentante.

Non, elle ne consentirait plus à rien et elle opposerait une indifférence de statue aux caresses insolentes qu'il lui prodiguerait.

Un bruit léger la fit soudain tressaillir. Quelqu'un venait d'entrer dans la tente… Elle tourna la tête et aperçut une silhouette féminine qui s'avançait vers elle dans un bruissement de soie et un cliquetis de bracelets.

— Bonjour, je m'appelle Khalisha, dit l'inconnue.

C'était une jeune femme d'une très grande beauté, aux cheveux noirs et au teint basané, vêtue d'un saroual en voile de soie pourpre et d'un boléro de même teinte, rebrodé de perles et de sequins.

— Son Altesse le cheikh Soliman El Khazir, mon seigneur, m'a demandé de vous servir. Je vais vous donner votre bain et vous habiller.

Bethsheba esquissa un mouvement de recul.

— Pardonnez-moi si je vous vexe, Khalisha, mais je n'ai pas la moindre envie d'être pomponnée ! Tout ça pour être offerte, telle une brebis sacrifiée, à votre maître…

A ces mots, les yeux noirs de Khalisha reflétèrent une profonde surprise.

— Un sacrifice ?

— Oui, j'ai été amenée ici contre mon gré !

La rage qui perçait dans la voix de Bethsheba ne parut pas émouvoir Khalisha. D'un pas tranquille, elle alla ouvrir un grand coffre de bois de cèdre et en tira des vêtements soyeux qu'elle étala avec soin sur un sofa.

— Je ne comprends rien à ce que vous racontez, madame, et d'ailleurs cela ne me regarde pas. Je suis ici pour exécuter les ordres de mon maître.

— Votre maître ? Tout juste un petit chef de tribu qui se prend pour le roi du désert !

— Pour nous, madame, le prince Soliman est un maître et un seigneur. Grâce à lui, le douar peut vivre en paix et à l'abri du besoin.

L'indignation non feinte de la jeune femme la rendait encore plus belle. Bethsheba se leva brusquement en poussant un soupir d'exaspération. Inutile de chercher une alliée en Khalisha… Servante ou concubine, elle était visiblement en adoration devant Soliman et rien ne la ferait changer d'avis.

— Où se trouve la salle de bains ? s'enquit Bethsheba.

— Par là…

Khalisha venait de désigner un coin de la tente où des tapis suspendus à la façon d'un paravent formaient une sorte de cabine. D'un geste gracieux, elle souleva le coin de l'un des tapis et invita Bethsheba à pénétrer dans le réduit.

Aussi étonnant que cela pût paraître, l'intérieur ressemblait à une véritable salle de bains. Savons, éponges et huiles parfumées reposaient sur une petite table, à côté d'une grande cuve en cuivre rouge servant probablement de baignoire.

Khalisha saisit un broc et commença à remplir la cuve. La vapeur de l'eau chaude mêlée aux effluves épicés des sels de bain transforma bientôt le réduit en étuve et Bethsheba faillit avoir un étourdissement. Etait-ce la fatigue qui voilait soudain sa vision ? Ou bien cette buée qui s'échappait de la baignoire, noyant peu à peu le décor sous ses volutes chargées d'odeurs capiteuses et musquées ?

La main de Khalisha se posa soudain sur le chemisier de Bethsheba.

— Laissez-moi vous déshabiller, madame.

— Non !

Elle repoussa la main de la jeune Marocaine, mais Khalisha, avec un sourire paisible, revint à la charge.

— Pourquoi ce refus, madame ? Vous êtes fatiguée et je vais vous aider à vous détendre…

— Il n'en est pas question. En Angleterre, une femme prend son bain toute seule.

Le sourire de la servante se teinta de moquerie.

— En Angleterre, peut-être… Mais que savent les Anglaises des voluptés de l'Orient ?

Vexée, Bethsheba ne trouva rien à répondre. Après tout, si Khalisha tenait à lui donner son bain, pourquoi l'en empêcher ? En s'obstinant à refuser, elle allait passer pour une mijaurée !

Très mal à l'aise, mais bien décidée à rester stoïque, Bethsheba prit son air hautain et se laissa déshabiller sans mot dire. Khalisha avait des doigts de fée et la chanteuse eut à peine conscience que ses vêtements glissaient un à un sur le sol.

Puis elle se laissa guider vers la baignoire… L'eau tiède et parfumée agit comme un baume sur le corps fatigué de Bethsheba et elle s'étonna à peine lorsque Khalisha, munie d'une grosse éponge, se mit à savonner ses membres las. Elle commençait enfin à se détendre…

La voix de Khalisha brisa soudain le silence qui régnait sous la tente :

— La rumeur disait vrai. Vous êtes très belle, madame.

— Quelle rumeur ?

— Depuis ce matin, on ne parle que de vous dans tout le douar. On chuchote que notre maître, le cheikh Soliman, a enfin trouvé la merveilleuse jeune femme blonde que lui réservait le destin.

Bethsheba se redressa si brusquement qu'elle éclaboussa la jeune Marocaine.

— Le destin n'a rien à voir là-dedans ! J'ai été conduite dans ce douar contre mon gré ! Et je m'en échapperai à la première occasion !

— Vous ne nous quitterez pas, madame, car vous êtes la *Sheba* que notre maître attendait depuis toujours : une femme aux cheveux d'or, au teint pâle comme l'aurore et dont les yeux d'ambre rappellent ceux de la chatte sauvage.

Khalisha semblait réciter une leçon. Quel était ce nouveau

mystère ? Comment ce douar perdu au cœur du Sahara pouvait-il attendre sa venue, alors que, deux jours plus tôt, elle ne connaissait pas encore le cheikh Soliman ?

Assaillie par de sombres pressentiments, Bethsheba pressa la servante de questions.

— Je ne comprends rien à votre discours, Khalisha. Et d'abord, pourquoi m'appelez-vous *Sheba*, comme le fait Soliman ?

— Parce que c'est écrit.

— Qu'est-ce qui est écrit ?

La bouche de Khalisha se crispa et, sans daigner répondre, elle déploya une grande serviette autour des épaules de Bethsheba et commença à la sécher. Celle-ci tenta de poursuivre son interrogatoire.

— Où sommes-nous, ici, Khalisha ? Dans quelle partie du désert ?

— A l'ouest du Sahara.

— Mais encore ?

— Ne comptez pas sur moi, madame, pour vous donner des précisions. Ni pour vous fournir un cheval sellé qui vous permettrait de fuir !

— Voyons, Khalisha, je suis femme, comme vous, et je suis prisonnière. Votre devoir serait…

— Mon seul devoir est d'obéir au seigneur de ce douar et toutes vos belles paroles ne sauraient me convaincre de trahir mon maître. Soyez raisonnable et laissez-moi vous habiller.

Khalisha sortit un instant du réduit et reparut avec une pile de vêtements qu'elle posa sur une table, à côté des bijoux et des petits pots colorés qui s'y trouvaient déjà.

Résignée, Bethsheba laissa les mains habiles de Khalisha la parer comme une déesse. Par goût autant que par nécessité professionnelle, elle aimait les tenues insolites, les maquillages audacieux et les bijoux extravagants. Mais ce soir, pour la première fois, elle n'éprouvait aucun plaisir à se vêtir. Non, elle avait l'impression d'être une autre. Une poupée de luxe que l'on aurait habillée, coiffée, maquillée, pour une représentation dont elle ignorait le déroulement…

Mais l'ignorait-elle vraiment ? Les intentions du cheikh

n'étaient, hélas, que trop prévisibles ! En la parant d'atours aussi somptueux, il ne faisait que mettre en scène son plaisir !

Epouvantée par une éventualité qu'elle n'avait pas encore voulu envisager, Bethsheba repoussa d'un geste violent Khalisha qui s'appliquait, en cet instant, à souligner de khôl le contour des yeux de sa protégée.

— Que vous arrive-t-il, madame ? demanda la servante.

— Vous m'avez assez pomponnée comme ça ! Pour être livrée aux caprices de votre seigneur et maître, je n'ai pas besoin de maquillage !

Une lueur de colère traversa, pour la première fois, les yeux noirs de Khalisha.

— Vous devriez être flattée…

— Flattée ? Et de quoi ?

— D'avoir été choisie par un prince tel que le cheikh Soliman El Khazir !

— Votre cheikh ! Un homme égoïste, imbu de lui-même…

La douce Khalisha, devenue méconnaissable, affronta sans crainte le regard furieux de Bethsheba et répliqua fièrement :

— Oui, mon maître est arrogant ! Tout comme il est fort, courageux et viril ! Si vous avez la chance d'être son élue et de dormir dans ses bras, il vous fera gémir de plaisir.

— Ça suffit, Khalisha !

La voix de Soliman, impérieuse et grave, venait de claquer avec la sécheresse d'un fouet dans l'enceinte de la tente. Quelques secondes plus tard, il repoussait l'un des tapis qui entouraient le réduit. Son regard courroucé se posa alternativement sur chacune des deux femmes, au milieu d'un silence oppressant qui parut interminable à Bethsheba.

Khalisha, terrorisée par l'apparition de son maître, s'était jetée à ses pieds, et Bethsheba écouta sans comprendre les mots qu'ils échangeaient en langue arabe. La voix de Soliman vibrait de colère et Khalisha, à l'évidence, implorait sa clémence. Que cherchait-elle donc à se faire pardonner ?

Enfin, Soliman releva la servante et la congédia. Khalisha salua gravement, puis s'éclipsa dans un cliquetis de bracelets.

Un silence pesant succéda à son départ. Soliman, dont le regard fixe affichait un désir insolent, n'en finissait pas de détailler les charmes de Bethsheba, que les vêtements orientaux dissimulaient à peine.

Alors, avisant le *haïk* de velours cramoisi qui devait compléter son costume oriental, elle voulut s'en revêtir. Mais Soliman, rapide comme l'éclair, s'était déjà emparé de la cape.

— Non, Sheba ! Votre beauté n'a que faire de ce vêtement informe…

Non content de jeter le *haïk*, il posa sa main sur le corselet en lamé or qui moulait la poitrine de Bethsheba et, avec des doigts impatients, il le dégrafa.

Bethsheba faillit s'étrangler de fureur.

— Comment osez-vous ?

Pour toute réponse, il éclata de rire et attira la jeune femme contre lui. Malgré son indignation, Bethsheba sentit se relâcher la tension de son corps et elle s'alanguit entre les bras qui l'étreignaient. Soliman se pencha alors sur la gorge palpitante et couvrit de baisers brûlants les seins offerts.

Enivrée par cette caresse audacieuse, Bethsheba ne put retenir un long gémissement.

Aussitôt, Soliman releva la tête et riva son regard à celui de la jeune femme.

— Vous resterez, Sheba, murmura-t-il.

Bien qu'elle soit encore rouge de confusion, elle chercha à nier le désir puissant qu'il éveillait en elle.

— Il est facile de s'emparer du corps d'une femme, Soliman. Mais pour trouver le chemin de son cœur, il faut d'autres manières que les vôtres !

— Que reprochez-vous à mes *manières*, Sheba ? Si j'en crois vos réactions, elles vous plaisent infiniment !

— C'est faux ! Je vous déteste et je n'ai qu'un désir : m'en aller d'ici et retrouver le monde qui est le mien. Chris, mon travail et…

— Non, Sheba, Chris Burton n'est plus votre maître.

— Chris n'a jamais été mon maître !

— C'est pourtant lui qui dirigeait votre vie, réglait votre emploi du temps, choisissait vos chansons, vos vêtements…

— Normal, puisqu'il est mon producteur.

— Je rends grâce à votre cher producteur, Sheba. Car il vous a au moins appris une chose…

— Laquelle ?

— La soumission. Si, pendant des années, vous avez pu obéir à Chris, vous saurez en faire autant à l'égard de votre nouveau maître ! Et pour commencer, vous allez venir dîner avec moi.

— Auriez-vous la prétention de devenir mon maître ? Et vous croyez que je me laisserais faire ? Plutôt mourir !

Il sourit et se rapprocha d'elle. Puis, d'un geste lent, plein d'une sensuelle douceur, il caressa la gorge de la jeune femme.

— Pourquoi vouloir mourir ? Sous mes caresses, vous n'aurez plus qu'un désir : vivre, Sheba !

4.

Soliman sortit de la tente et Bethsheba, soudain prise de tremblements violents, dut s'asseoir pour se calmer. Il n'y avait qu'un moyen de mettre fin à cette folie : s'échapper. Restait à trouver l'occasion propice…

En attendant, mieux valait rejoindre le cheikh, comme il le lui avait demandé. Pour ne pas éveiller sa méfiance…

Entre les tentes, dont les silhouettes massives se détachaient en ombres chinoises sur l'écran bleuté de la nuit, les flammes hautes et claires de plusieurs feux de bois trouaient l'obscurité du campement.

Un serviteur conduisit Bethsheba auprès de l'un de ces feux. Des odeurs de mouton grillé, d'épices et d'aromates flottaient dans l'air, et la jeune femme se rendit alors compte qu'elle mourait de faim.

— La lumière des flammes sied à votre beauté, Sheba.

Elle tressaillit. L'estomac noué et l'appétit brusquement coupé, elle se tourna vers l'homme dont la sombre présence réveillait toutes ses angoisses. Vêtu d'un caftan bleu marine galonné d'or, qui accentuait sa prestance virile, Soliman était assis en tailleur sur un large coussin.

— Nous allons dîner, Sheba, murmura-t-il. Installez-vous à votre aise.

Plus facile à dire qu'à faire… Elle sentait des dizaines de paires d'yeux braqués sur elle. Les nomades, comme Khalisha tout à l'heure, semblaient la considérer avec un mélange de curiosité et de vénération.

— Ils recommencent à me dévisager… Dites-moi, Soliman, qui est cette *Sheba* dont tous ici prononcent le nom ?

— Le temps n'est pas encore venu de vous le révéler, ma colombe. Soyez patiente.

Il prit la main de la jeune femme et un délicieux frisson la parcourut. Puis il ajouta d'une voix suave :

— Je vous ai déjà livré une partie de mes secrets.

— Vraiment ?

— Oui. Vous connaissez le désir qui m'enflamme...

Elle l'interrompit sèchement :

— Joli secret, ma foi ! Vous ne devriez pas vous vanter de ces bas instincts, Altesse, cela ne vous honore pas.

— Si mes instincts étaient aussi bas que vous le prétendez, ma toute belle, vous passeriez à l'heure qu'il est un bien mauvais moment... Alors que vous voici assise auprès du feu, levant les yeux vers le ciel étoilé et humant le fumet de l'excellent méchoui dont je vais régaler votre palais délicat.

— Je me fiche de votre méchoui ! Je n'ai pas faim.

Il lui adressa un petit sourire moqueur.

— Vous n'avez peut-être pas faim, mais tout à l'heure, sous la tente, j'ai pu constater que vous ne boudiez pas d'autres plaisirs terrestres.

Bénissant l'obscurité qui cachait sa rougeur, elle protesta avec véhémence :

— Comment osez-vous insinuer...

— Je n'insinue rien, ma colombe. Le désir que vous avez manifesté à mon égard était bien réel.

— Rien n'est plus faux ! Et je refuse de me prêter à cette comédie plus longtemps. Non mais vous n'y pensez pas ? Moi, devenir le jouet d'un tyran désœuvré ?

— Mieux vaut être le jouet d'un seul homme que le fantasme de milliers d'autres !

— Que voulez-vous dire ?

— Qu'en tournant un clip vidéo comme celui sur lequel vous travailliez l'autre jour, vous acceptez de nourrir l'imaginaire érotique d'une foule d'inconnus, donc de vous transformer en objet sexuel. Tout ça pour vendre des disques !

Il avait donc choisi de l'humilier jusqu'au bout ? La rabaisser ainsi était odieux !

— Vous ne savez rien du métier d'artiste, Soliman.

— Croyez-vous ?

D'un geste nonchalant, il caressa la blonde chevelure où les flammes allumaient des reflets dorés, et il déclara d'un air pensif :

— La vie d'artiste, Sheba, est un miroir aux alouettes. Votre destinée doit s'accomplir ici, dans le désert, à mes côtés. Lorsque vous m'appartiendrez, vous comprendrez tout le bonheur qu'implique la soumission.

— Je refuse de…

— Chut ! A présent, dînons.

Il frappa dans ses mains et des serviteurs accoururent aussitôt avec des plateaux chargés de viandes grillées d'où s'échappaient, mêlées au fumet du mouton rôti, des odeurs de gingembre, de cumin et de safran. On leur apporta aussi des récipients de terre cuite à couvercle pointu, qui recelaient d'appétissants *tajines*, ces ragoûts typiquement marocains qui marient légumes, épices et fruits dans une surprenante alchimie de saveurs.

Soliman remplit une grande assiette et la posa d'autorité devant Bethsheba.

— Reprenez des forces, ma belle.

— Je n'ai pas faim…

Elle mentait. Tous ces mets aux effluves odorants lui avaient mis l'eau à la bouche, et elle mourait d'envie de les goûter. Mais pour rien au monde, elle n'obéirait aux ordres de cet arrogant prince du désert.

— Pourquoi bouder votre plaisir, Sheba ? Vous êtes affamée…

— Non !

— N'oubliez pas, ma colombe, que vous ne pouvez rien me cacher. Ni votre appétit ni vos désirs de femme… Mangez, Sheba. Votre refus témoigne d'un orgueil déplacé !

— Vous m'accusez d'être orgueilleuse ? C'est le monde à l'envers ! Après la façon dont vous vous êtes…

— Et comment qualifieriez-vous le comportement de la colombe qui combat le faucon ?

— Je suis une femme et vous êtes un homme, Soliman. Trêve de proverbes et d'hyperboles !

— Ma douce, vous êtes fière et je m'en réjouis. Mais je vous assure que je saurai vous conquérir !

— Quand cesserez-vous de parler de me conquérir, de me dominer, de me soumettre, de m'apprivoiser et…

— Vos yeux lancent des éclairs et vos joues sont empourprées, dit-il en éclatant de rire. Si je vous prenais la main, là, maintenant, je suis sûre que vous vous abandonneriez, tout indomptable que vous soyez !

Il fit mine de s'approcher et elle se rejeta en arrière.

— Vous constateriez que mon pouls bat plus vite parce que je suis en colère !

— Vous êtes faite pour l'amour, Sheba. Pourquoi refusez-vous de l'admettre ? Pourquoi nier la réalité de vos désirs ?

— Je…

— Vous m'avez vu dans le désert et vous avez imaginé mes caresses et mes baisers. Je me trompe ?

— Oui, murmura-t-elle.

Non, cria une petite voix en elle. Comment cet homme rencontré depuis si peu de temps l'avait-il si bien percée à jour ? Jamais elle ne l'admettrait devant lui, bien sûr. Décidément, la situation devenait de plus en plus compliquée. Et dangereuse. Car en aucun cas elle ne devait lui laisser prendre un quelconque ascendant sur elle. Il cherchait la faille en elle, pour mieux briser sa résistance…

Il fallait qu'elle fuie ! Elle attendrait que tout le camp soit endormi, volerait un cheval et filerait vers l'ouest dans la nuit claire piquetée d'étoiles… Mais d'abord, elle devait reprendre des forces !

Avec une fausse désinvolture, elle prit soudain l'assiette posée devant elle et dévora son contenu à belles dents.

— A la bonne heure ! s'exclama Soliman. Vous voilà enfin raisonnable !

Elle grimaça un sourire et murmura :

— C'est très bon.

— Merci, Sheba. Votre satisfaction me comble d'aise. Les délices de la table ne sont-ils pas le meilleur prélude à d'autres plaisirs ?

L'éclair sensuel qui traversa les yeux noirs de Soliman fit

frémir Bethsheba. Heureusement, dans quelques heures tout au plus, elle serait loin…

Le cheikh se leva soudain et proposa à la jeune femme de marcher un peu autour du camp. Elle accepta avec joie. Respirer l'air pur de la nuit apaiserait les tourments de son esprit et, de cette façon, elle aurait les idées plus claires pour mettre son plan à exécution. Elle se redressa à son tour, faisant cliqueter ses lourds bracelets et ses anneaux de cheville. Ces bijoux somptueux et barbares, qui entravaient sa marche, lui rappelèrent sa fâcheuse situation : elle était la prisonnière du cheikh et la promenade qu'il lui proposait sous la nuit étoilée n'était qu'un répit, un court répit…

Perdue dans ses pensées, elle suivit Soliman en silence, sans chercher à renouer la conversation. Lui-même, d'ailleurs, semblait l'avoir oubliée et, tandis qu'ils circulaient d'un feu à l'autre, elle le vit parler à plusieurs bédouins qui montaient la garde aux abords du camp. Même sans comprendre la langue, elle sentait avec quelle aisance pleine d'autorité Soliman s'exprimait et elle devinait, dans les réponses des bédouins, le respect qu'ils témoignaient à leur seigneur.

Comme ils achevaient de faire le tour du douar, elle fit soudain remarquer :

— Vous êtes né dans le désert, n'est-ce pas ?

— Oui. Comment l'avez-vous deviné ?

— Une intuition. Je vous sens plus à l'aise dans ce rude campement qu'au milieu des splendeurs raffinées du palais de Marrakech !

L'ombre d'un sourire se dessina sur les lèvres de Soliman.

— Quelle perspicacité, Sheba ! Oui, je suis un fils du désert. Né sous une tente de bédouins, j'ai grandi parmi eux, libre et sauvage…

— Curieuse éducation pour un prince !

Soliman s'immobilisa brusquement et, dans la pénombre, Bethsheba croisa son regard de braise.

— *Mektoub* ! murmura-t-il.

— C'était écrit ? Décidément, vous n'avez que ce mot-là à la bouche ! Vous ne trouvez pas que c'est un peu facile ?

— Facile ?

— Oui. Ce déterminisme permet d'accepter n'importe quoi. Nous autres, en Occident, avons une conception différente de la vie. Rien n'est écrit et chacun lutte pour forger son destin.

La main de Soliman pressa soudain le bras de Bethsheba.

— Accepter son destin, ma colombe, ne veut pas dire abandonner la lutte. Au contraire... Ainsi moi, pour conquérir *celle* qui m'est destinée, je me battrai jusqu'au bout.

Elle tressaillit et se dégagea d'un mouvement brusque.

— Et moi, Soliman, je lutterai jusqu'au bout pour vous échapper !

Contre toute attente, il éclata de rire.

— Bravo, ma petite chatte sauvage ! Sortez vos griffes ! Ma victoire n'en aura que plus de prix...

Elle le regarda, suffoquée. D'où lui venait cette certitude qu'elle lui appartiendrait ? Etait-ce la prétention d'un homme riche et puissant, accoutumé à ce que ses volontés soient respectées ? Ou bien croyait-il sincèrement qu'ils étaient destinés l'un à l'autre ?

Dans ce cas, il fallait d'urgence qu'elle le détrompe ! Mais comment réussir à entamer une si belle assurance ? Elle redressa la tête avec fierté et elle déclara d'une voix ferme :

— Vos fantasmes vous égarent, Soliman. Je ne suis ni une chatte ni une colombe et pas davantage l'une de ces femmes musulmanes habituées dès l'enfance à se soumettre. Je suis anglaise, j'appartiens à une race de conquérants et...

— L'ère des conquêtes britanniques est révolue, ma chère ! Et le fait d'être née en Angleterre ne vous rend pas invincible !

— Je ne suis pas née en Angleterre, répliqua-t-elle sans réfléchir.

Le cheikh s'immobilisa, l'air surpris. Bethsheba se mordit la langue, comprenant trop tard qu'elle avait perdu une bonne occasion de se taire.

— Peut-on savoir, ma douce, sur quelle terre étrangère vous avez vu le jour ?

— A Bahreïn.

Il hocha la tête d'un air pénétré.

— Ainsi vous êtes née en terre arabe...

— Oui, par hasard. Mon père, colonel de l'armée britannique, avait été muté là-bas et ma mère l'a suivi. J'ai vécu à Bahreïn jusqu'à l'âge de cinq ans.

Soudain, il la prit par les épaules et l'enveloppa d'un regard brûlant.

— Et vous me dites ça calmement ! Comme si c'était sans importance…

Elle haussa les épaules.

— Que je sois née là ou ailleurs…

— Dois-je vous rappeler les découvertes de la psychanalyse ? L'influence du milieu sur un enfant ? Vous êtes une fille du désert, Sheba. Que vous le vouliez ou non !

Elle resta un moment silencieuse. La conversation prenait un tour déplaisant. Chaque fois, Soliman la ramenait sur le terrain du destin ! Evidemment, il en faisait son cheval de bataille ! Comprenant qu'elle n'aurait pas le dernier mot, elle tenta de changer de sujet :

— J'ignorais, Soliman, que vous étiez un adepte du Dr Freud !

— Me prendriez-vous pour un barbare inculte ? On peut très bien monter à cheval dans le Sahara et avoir fait des études en Suisse !

— Parce que vous êtes allé à l'école en Suisse ? On ne le dirait pas !

— Ce qui signifie ?

— Que vos manières ne sont pas celles d'un gentleman !

— Vraiment ?

La voix de Soliman vibrait de colère, et Bethsheba comprit un peu tard qu'elle était allée trop loin. Sans plus attendre, il empoigna la jeune femme et la traîna jusqu'à la tente princière. Puis, il la poussa sans ménagement à l'intérieur.

— Je ne suis pas un gentleman ? s'écria-t-il. Eh bien, tant mieux ! Je vais pouvoir posséder comme un barbare ce corps ravissant que…

— Non, Soliman ! Non, par pitié…

Indifférent à ses protestations, il la renversa sur le grand lit et avec une fureur passionnée il écrasa sa bouche contre celle de la jeune femme.

La brûlure de ce baiser… Elle aurait dû se débattre, se

révolter contre cet assaut brutal qui faisait d'elle un objet de plaisir… Mais les lèvres sensuelles de Soliman avaient, même dans la violence, une ardeur persuasive, et elle se surprit à aimer ce baiser dévorant. Et à y répondre.

L'humiliation, pourtant, finit par l'emporter et, en dépit du feu qui coulait dans ses veines, elle secoua la tête pour échapper aux lèvres avides.

— Laissez-moi…

Ce gémissement, presque un râle de plaisir, n'eut pas l'effet escompté. Soliman releva la tête et dévisagea sa captive d'un air moqueur.

— Pourquoi niez-vous le désir qui vous pousse vers moi, Sheba ?

— Je vous déteste !

Dans un geste audacieux, plein d'une arrogante sensualité, il dégrafa le corselet de Bethsheba et dévoila les seins ronds et parfaits de la jeune femme. Puis il y posa une main impatiente, agaçant du bout des doigts les pointes durcies par le désir.

— Et vous prétendez encore me haïr, ma colombe ?

— Lâchez-moi !

— Non. Pas avant que vous n'ayez avoué…

— Je n'ai rien à avouer. Fichez-moi la paix, espèce de…

Elle aurait voulu l'insulter, le gifler, l'humilier, mais son corps la trahissait. Désespérée, elle voulut se redresser, fuir ces mains si douces… Il ne lui en laissa pas le temps. Plus rapide qu'un fauve aux aguets, il lui immobilisa les poignets.

Alors elle ferma les yeux en soupirant. Si elle restait immobile, passive, indifférente à ses caresses, il finirait par se lasser…

Mais comment rester de glace, alors que les lèvres de Soliman venaient de capturer la pointe de son sein ? Une émotion intense la submergea. Jamais elle n'avait éprouvé pareille sensation : un supplice délicieux, à la fois doux et violent, qui bouleversait son corps tout entier avec une force implacable et déchirante. Etait-ce cela le plaisir qu'on ressent dans les bras d'un homme ? Ce fleuve déchaîné balayant tout sur son passage : pudeur, orgueil et dignité ?

Prisonnière de son étreinte, elle sentait contre son ventre et ses cuisses le corps musclé de Soliman qui tremblait de désir et, sans en avoir vraiment conscience, elle soupirait, gémissait, ondulait suivant le rythme voluptueux qu'il imprimait à leurs corps enlacés.

Soudain, la main de Soliman remonta le long de la jambe nue de la jeune femme.

— Non ! cria-t-elle.

L'audace de la caresse venait de la ramener brutalement à la réalité. Prise de panique, elle se débattit avec l'énergie du désespoir.

— Non, par pitié ! Pas ça… je… j'ai peur !

Il se figea brusquement et, dans le silence pesant qui suivit, elle devina qu'il luttait pour recouvrer le contrôle de lui-même. Au bout d'un long moment, il dit enfin d'une voix rauque :

— Nous sommes fous, Sheba. Fous l'un de l'autre ! Pourquoi refusez-vous l'évidence ?

Encore prisonnière du carcan de ses bras, elle craignit qu'il ne s'enflamme de nouveau et leva vers lui des yeux noyés de larmes.

— Je regrette, Soliman… Je ne peux pas.

Les nerfs à vif, elle éclata en sanglots. Soliman parut ébranlé et il relâcha son étreinte. D'un geste très doux, il recouvrit la gorge palpitante de la jeune femme et rabattit la longue jupe soyeuse sur ses jambes dénudées. Puis, mû par un élan de tendresse, il l'attira contre lui et la berça doucement, en murmurant des paroles apaisantes :

— Ne pleurez plus, ma colombe. Les larmes ne doivent pas mouiller le lit des amants. Car l'amour est la plus douce des joies…

— Peut-être… mais j'ai peur. Ne me forcez pas, Soliman…

— Qu'est-ce qui vous effraie à ce point ? Faire l'amour ?

Elle acquiesça d'un signe de tête, accablée par l'aveu qu'il la forçait à faire. Alors il se mit à caresser lentement la longue chevelure dorée, tandis que son rire sensuel résonnait avec une étrange douceur dans l'enceinte de la tente.

— Vous avouez enfin, Sheba !

— Vous aviez donc deviné ? murmura-t-elle d'une voix à peine audible.

— Oui. Depuis le premier jour où je vous ai vue... C'est d'ailleurs ce qui m'a attiré en vous : ce mélange de sensualité féline et de virginité craintive. Vous me faites penser à une chatte sauvage miaulant de désir, mais qui repousse, toutes griffes dehors, le mâle audacieux.

— Je n'aime pas la façon dont vous parlez de moi. A vous entendre, on croirait que je suis un petit animal victime de ses instincts ! En réalité, je vous repousse pour des raisons beaucoup plus profondes...

— Ah oui ?

L'incrédulité qu'elle lisait dans le regard fier et moqueur attisa sa révolte.

— Parfaitement ! Que cela vous plaise ou non, je refuse votre soi-disant destin. Je refuse votre désert, vos palais splendides et cette tente où j'étouffe !

Il la contempla un moment sans répondre et un fol espoir fit battre plus vite le cœur de la jeune femme. Allait-il enfin comprendre sa détresse ? Non... Le regard dont il la couvait brillait d'une lueur farouche et elle se rendit compte que, pas une seconde, elle n'avait ébranlé ses convictions. Au contraire. Tout dans son attitude évoquait la détermination de celui qui sait que son heure viendra. Immobile, il ressemblait à un redoutable et magnifique guépard. Un fauve solitaire, capable de guetter pendant des heures le moment de fondre sur la proie convoitée...

L'image la fit frissonner et, dans un sursaut de révolte, elle s'écria :

— Ecoutez-moi, Soliman. Mon destin ne se trouve pas ici. J'appartiens au monde de la scène, à mon public...

— Votre destin est inscrit dans le sable de ce désert, Sheba, et vous le savez. D'ailleurs, vous êtes venue à moi de votre plein gré, dois-je vous le rappeler ?

— Je comptais faire du cheval, et non pas me livrer pieds et poings liés à votre bon vouloir !

— Oh ! l'hypocrisie anglaise... A qui ferez-vous croire,

ma gazelle, que vous avez fait ce long trajet depuis Tanger dans l'unique but de vous promener à cheval ?

— Mais c'est la stricte vérité !

— Ne vous cherchez pas d'excuses, Sheba. Vous êtes venue à moi, poussée par une force irrésistible, parce que *c'était écrit*.

Elle sourit avec amertume.

— Puisque tout est écrit, puis-je connaître la prochaine page que me réserve le destin ?

— Certainement. Dès demain, nous partons pour le Grand Palais de Soliman.

— Et… cette nuit ?

— Cette nuit, ma beauté, vous restez sous cette tente et vous essayez de vous reposer.

Il se leva et se dirigea à pas lents vers le fond de la tente. Déconcertée, elle le regarda s'éloigner. Etait-il possible qu'il ait renoncé, pour ce soir, à l'importuner ? Elle n'osait y croire…

Comme il s'apprêtait à soulever un pan de la tente, il se retourna brusquement.

— Dormez bien, ma colombe… mais ne vous réjouissez pas trop vite. Si je consens à me séparer de vous ce soir, c'est pour obéir à notre destin. Car il *est écrit* que vous serez à moi seulement quand nous aurons atteint le palais de mes ancêtres.

Son sourire arrogant fut la dernière vision qu'elle eut de lui. Elle resta seule avec ses sombres pensées, cernée par ces tentures, ces tapis et cette multitude d'objets en cuivre dont les reflets rougeoyants, brillant dans la pénombre, rappelaient l'atmosphère un peu inquiétante d'un bazar oriental. Pas question de dormir ici ! songea Bethsheba. Les nuées de santal et d'encens, échappées des brûle-parfums, accroissaient son malaise. Respirer… Respirer l'air frais de la nuit et, avec un peu de chance, recouvrer la liberté !

Rajustant sur ses épaules le *haïk* de velours cramoisi, elle en releva le capuchon pointu dont elle couvrit sa chevelure blonde. Ainsi vêtue, elle avait quelque chance de passer inaperçue. Le cœur battant à tout rompre, elle sortit de la tente à pas de loup…

Dehors, pas un bruit. Tous les feux, sauf un, étaient éteints.

Les bédouins, à l'évidence, avaient regagné leurs tentes et dormaient. Un seul d'entre eux veillait, assis et armé, auprès d'un maigre feu qui se consumait lentement.

Un seul garde… Elle n'allait pas se laisser impressionner ! Hélas, pour arriver jusqu'à l'endroit où étaient attachés les chevaux, il fallait passer très près de lui. Prenant une profonde inspiration, Bethsheba ôta ses pantoufles et lentement, pieds nus sur le sable, marcha entre les tentes…

Comme elle arrivait à la hauteur du garde, plus morte que vive, elle s'aperçut que l'homme était endormi. Un heureux présage, songea-t-elle, plus que jamais déterminée à fuir.

Elle se glissa sans bruit à l'intérieur de l'enclos des chevaux. Parmi eux, elle reconnut avec soulagement l'étalon doré qui l'avait amenée au douar. Connaissant déjà son odeur, le cheval ne ferait aucune difficulté pour se laisser monter… Malheureusement, comme ses compagnons attachés à côté de lui, il n'était pas sellé. Où avait-on rangé les harnachements ?

Balayant les alentours d'un regard rapide, elle n'en vit nulle part. Que faire ? Monter à cru ? A première vue, l'entreprise semblait risquée : le trajet à parcourir était long et, si elle l'effectuait sans selle, l'équipée tournerait vite au calvaire.

Indécise, elle leva les yeux vers la voûte étoilée. Un croissant de lune y brillait, pareil à une faucille d'argent qui aurait moissonné les étoiles et les aurait semées une à une sur le velours sombre de la nuit. Cette splendeur nocturne ramena Bethsheba des années en arrière…

Elle n'avait pas encore cinq ans et, dans le vaste enclos aménagé derrière la maison du colonel, elle passait le plus clair de son temps à monter les chevaux du régiment. Parfois même, échappant à la surveillance des palefreniers, elle empruntait la jument la plus docile et piquait droit vers le désert pour de petites excursions d'une heure, où elle chevauchait sans selle, libre et heureuse comme une sauvageonne.

Son père, quand il s'en apercevait, la grondait très fort. Mais, à la première occasion, elle recommençait ! Galoper à cru dans le désert était son jeu favori…

Ce soir, hélas, il ne s'agissait plus d'un jeu. Il faudrait tenir durant des heures… En était-elle capable ? « Oui, souffla une petite voix à l'intérieur d'elle-même. Oui, tu dois le faire. D'ailleurs, as-tu vraiment le choix ? Ou bien tu tentes l'aventure, ou bien tu te retrouves demain soir dans le lit de Soliman ! »

Soudain résolue, elle détacha le cheval, flatta son encolure et son poitrail, puis elle le mena par le licou durant un bon kilomètre, jusqu'à ce qu'elle se juge suffisamment éloignée du douar. Alors elle s'écarta, prit son élan et d'un bond sauta sur le dos du pur-sang.

Hourra ! Elle avait réussi… Avec ses longues jupes, cela tenait du miracle, mais sans savoir comment, elle avait retrouvé les gestes de son enfance et, à présent, elle chevauchait avec l'aisance de la fillette d'autrefois dans l'étendue illimitée du désert.

Les cuisses pressées contre les flancs de l'étalon, les rênes bien en main, elle lança sa monture au trot, puis au galop et, peu à peu, elle sentit revivre une part d'elle-même qu'elle avait oubliée : une Bethsheba détendue, insouciante, libérée de toute obligation et ne songeant qu'à goûter le plaisir de l'instant, en pleine communion avec la nature et les forces cosmiques.

Les cheveux au vent et le regard fixé sur le sillage argenté que la lune traçait sur les dunes, elle galopa longtemps, très longtemps. L'étalon avalait les kilomètres avec la célérité d'un coursier de légende et elle-même, grisée par cette chevauchée sauvage, ne sentait pas la fatigue.

Il fallut que le ciel pâlisse pour qu'elle s'aperçoive qu'un autre jour allait naître. Les dunes perdirent leurs reflets argentés et se teintèrent de mauve, puis de jaune pâle… Cependant, cette aube aux couleurs blafardes ne dura pas. Bientôt, le soleil émergea de l'horizon et avec lui une chaleur qui ne cessait de croître.

Bethsheba ralentit alors sa course. Avec le jour, elle prenait conscience, pour la première fois depuis son départ, des dangers de sa folle équipée. Le soleil, au fur et à mesure qu'il montait au zénith, transformait le désert en fournaise et sa réverbération sur les dunes éblouissait l'œil. La jeune femme, pourtant, ne cessait de scruter l'horizon, espérant y voir apparaître les palmiers d'une oasis.

Accablée par la chaleur, elle commença à ressentir les premiers effets de la lassitude. Son cheval aussi. Le fringant coursier de la nuit était méconnaissable. Sous le soleil ardent, il transpirait, haletait et, s'il ne trouvait bientôt un point d'eau où se désaltérer, il risquait de s'effondrer sous elle.

Comme elle avait été imprudente ! Obsédée par l'idée de fuir Soliman, elle s'était élancée dans le désert sans réfléchir. Et maintenant elle risquait de mourir de soif ou d'insolation !

Elle scruta de nouveau l'horizon… et son cœur, soudain, se mit à cogner douloureusement dans sa poitrine. Là-bas, au loin, n'était-ce pas une oasis qui se profilait avec son bouquet de palmiers ?

Elle n'osait y croire. Le phénomène de mirage, dont sont souvent victimes les voyageurs du désert, hantait son esprit et elle craignait d'être dupe d'un faux espoir. Alors, pour en avoir le cœur net, elle talonna de plus belle son malheureux cheval.

Dieu soit loué, ce n'était pas un mirage ! Les palmiers, à présent, se découpaient nettement sur le bleu du ciel et l'étalon, comme s'il flairait déjà l'eau de l'oasis, accéléra l'allure.

Elle ne sut jamais qui d'elle ou de lui but en premier. Penchés l'un et l'autre au bord de la source qui gazouillait entre les feuillages, ils étanchèrent leur soif par longues rasades, puis s'ébrouèrent, heureux de pouvoir rafraîchir leur peau brûlante et leurs muscles fatigués.

A l'ombre des grands palmiers régnait une bienfaisante fraîcheur et Bethsheba, une fois sa soif apaisée, eut la tentation de se reposer un peu. Elle se morigéna aussitôt. Si elle voulait échapper à Soliman, il fallait qu'elle reprenne la route au plus vite…

Mais la fatigue fut finalement la plus forte. Epuisée, la jeune femme se laissa tomber contre le tronc rugueux du palmier, tandis que ses paupières se fermaient.

Dans une demi-somnolence, elle eut encore le temps d'apercevoir l'étalon qui broutait tranquillement à l'ombre d'un cactus. Après tout, il était peut-être plus sage de faire halte ici… Dans quelques heures, le soleil aurait décliné et elle pourrait continuer son chemin sous une chaleur moins éprouvante.

5.

Des bruits de sabots réveillèrent Bethsheba en sursaut. Une troupe de cavaliers enturbannés s'approchait, le fusil en bandoulière, au milieu d'un nuage de poussière blonde. A leur tête — comment ne pas le reconnaître ? — chevauchait Soliman.

Elle se leva d'un bond et chercha son cheval des yeux. Il se trouvait toujours à la même place, près du bouquet de cactus. Mais quand elle voulut le saisir par les rênes, il fit un brusque écart, comme s'il répugnait à reprendre la route.

Le cœur battant à tout rompre, Bethsheba examina de nouveau les cavaliers. Ils venaient de s'arrêter à quelques mètres de l'oasis et Soliman, se détachant du groupe, s'avança vers elle, sombre et menaçant.

Arrivé à quelques pas de la jeune femme, il s'immobilisa et la toisa avec dureté, tandis que sa monture dansait sous lui.

— Vous avez osé ! dit-il d'une voix rauque, vibrante de colère.

Bethsheba, courageusement, affronta le regard de braise.

— Oui, j'ai osé… Il fallait que je me sauve. Et si jamais vous me forcez à revenir au douar, je fuirai encore à la première occasion !

Les yeux de Soliman lancèrent des éclairs, tandis qu'un sourire cruel jouait sur ses lèvres. Posément, il prit le long fouet noir accroché à sa selle et le brandit.

— Vous ne me laissez guère le choix, Sheba…

Elle le regarda, sidérée.

— Vous n'allez pas faire *ça*, Soliman ?

— Et pourquoi pas ? Mes hommes sont en train de nous

observer et je ne peux, devant eux, laisser bafouer mon honneur !

Joignant le geste à la parole, il fit claquer le fouet tout près de Bethsheba. Si près que le bout de la lanière effleura le pied nu de la jeune femme.

— Vous êtes complètement fou ! s'écria-t-elle.

Affolée, elle s'était mise à courir en direction de son cheval, dans l'espoir insensé de s'échapper.

— Arrêtez-vous ! hurla Soliman en cinglant le sable de nouveaux coups de lanière.

— Non !

— Ne soyez pas ridicule, Sheba. Laissez ce cheval !

Elle n'en fit rien. Face à ce fou furieux, elle ne trouverait son salut que dans la fuite… En dépit de sa frayeur, elle finit par se hisser sur l'étalon. Mais Soliman, déjà, fonçait sur elle à bride abattue.

— Je vous ordonne de descendre, Sheba !

— Allez au diable ! cria-t-elle en piquant des deux.

Par malheur, le pur-sang, effrayé par toute cette agitation, se cabra. Bethsheba tenta désespérément de se raccrocher à la crinière, mais la fatigue et la peur eurent raison d'elle, et elle tomba.

Un peu étourdie, elle ne vit pas tout de suite que Soliman, descendu de cheval, s'avançait vers elle, le fouet à la main. Quand elle s'en aperçut, le fouet claquait déjà à ses oreilles et l'homme qui la dominait de sa haute taille n'avait plus rien du cheikh raffiné pour qui elle avait chanté dans le palais des Sept Soleils. Non, elle avait devant elle un barbare imposant sa loi, coûte que coûte, par les moyens les plus primitifs.

— Criez ! dit-il soudain, en faisant tournoyer la lanière de son fouet.

Maniée avec une dextérité diabolique, la lanière de cuir frôla la cuisse nue de Bethsheba. Apeurée, la jeune femme se recroquevilla sur elle-même, afin d'offrir moins de prise à son bourreau.

— Je vous en supplie, Soliman !

— Criez !

Le fouet siffla une fois encore et claqua sur le sable à

quelques centimètres de Bethsheba, tandis que Soliman répétait comme une litanie :

— Criez, bon sang ! Mais criez donc !

Alors, enfin, elle comprit ce qu'il voulait. Et elle se mit à hurler de toutes ses forces. Des cris déchirants, simulant à s'y méprendre la douleur la plus vive, pendant que Soliman, avec une énergie tout aussi convaincante, faisait tournoyer le fouet autour de la frêle silhouette agenouillée sur le sable.

— Assez, dit-il soudain, en jetant l'instrument sur le sable.

D'un geste solennel qui simulait la clémence, il releva la jeune femme et la porta dans ses bras. Bethsheba, épuisée par tant d'émotions, ne chercha pas à lui échapper et se blottit instinctivement contre l'épaule de son prétendu tortionnaire. A sa grande stupéfaction, elle découvrit tout à coup combien Soliman lui avait manqué. Avec un bonheur sensuel, elle retrouvait la force protectrice des bras qui l'entouraient et le parfum subtil que dégageait cette peau tannée par le soleil.

— Pourquoi avoir fui, ma colombe ? chuchota-t-il. Votre place est ici, à mes côtés, et nulle part ailleurs.

Avec la tranquille assurance du vainqueur, face à ses hommes rangés en demi-cercle qui l'observaient dans un silence respectueux, il ramenait la fugitive vers sa geôle. Cette idée déplut fortement à Bethsheba et lui fit oublier l'instant voluptueux des retrouvailles.

— Votre monde n'est pas le mien, Soliman, et vous savez bien que, tôt ou tard, vous devrez me libérer !

Il hissa la jeune femme sur l'étalon blanc, avant de monter à son tour sur le cheval.

— Nos destins sont liés, Sheba, et c'est vous qui, tôt ou tard, devrez le reconnaître !

D'une main, il avait saisi les rênes du coursier et de l'autre, il enserrait la taille de sa captive. Elle frissonna… mais pas de frayeur. Pressée contre le torse puissant de Soliman, tandis qu'il lançait son cheval au galop, suivi des cavaliers de sa tribu, elle se sentit la proie d'un sentiment singulier. Une sorte d'acceptation fataliste de ce qui lui arrivait, mêlée au plaisir trouble de se sentir dominée par une volonté plus forte que la sienne.

Etait-ce le fait de chevaucher dans le désert parmi ces guerriers bardés de poignards et de fusils, qui ressemblaient avec leurs turbans bleus et leurs longues capes brunes à ces hordes conquérantes déferlant sur le pourtour méditerranéen, à l'aube du Moyen Age ? Bercée par le martèlement régulier des sabots sur le sable, dont la cadence lui rappelait certains arrangements musicaux de ses disques, Bethsheba retrouvait en elle l'être primitif qui sommeillait. La star, la chanteuse et l'ingénue immature, composantes du personnage public qu'elle offrait à ses fans, laissaient peu à peu la place à une autre femme, plus consciente de ses désirs.

Sa gloire, ce succès si chèrement acquis au prix d'un labeur acharné, lui paraissait soudain inutile et dérisoire. Que lui importait l'adoration de milliers d'hommes, alors que pas un seul ne partageait son intimité ? Elle ne voulait plus être cette idole lointaine, comblée d'hommages et néanmoins si seule…

Avec Soliman, comme par un coup de baguette magique, les choses venaient soudain de reprendre leur vraie place. Pas besoin de medias, de micros ni d'appareils sophistiqués pour communiquer avec l'autre. En une seule chevauchée, alors que la bannière rouge et or de l'Auda Khazir claquait au vent du désert, Bethsheba s'intégrait corps et âme à l'univers sauvage et fascinant des peuples du Sahara. En même temps qu'un désir impatient, authentique, la faisait vibrer tout entière. Désir de s'unir au cavalier protecteur et vigoureux qui venait de l'arracher à un monde frelaté pour lui faire connaître, enfin, la vraie vie.

Emportée par une ivresse des sens que la course exaltait, Bethsheba ne vit pas s'écouler le temps et, lorsque le douar se profila à l'horizon, elle en fut presque étonnée. L'après-midi touchait à sa fin et les tentes, dont les contours se dissolvaient au sein d'une vapeur rose, évoquaient ces mirages qui assaillent le voyageur égaré dans le désert.

Pourtant, aucun doute, il ne s'agissait pas d'une illusion d'optique. Les hommes, regroupés devant la tente princière, semblaient attendre le retour du maître, et, dès que Soliman mit pied à terre en tenant dans ses bras sa blonde captive, un murmure approbateur, mêlé de rires discrets, se propagea dans l'assistance.

Détournant les yeux de tous ces regards curieux et moqueurs, Bethsheba sentit la honte l'envahir. La magie du voyage avait pris fin et, de nouveau, elle croyait voir se refermer sur elle les barreaux d'une prison.

L'attitude de Soliman, dès qu'ils furent seuls dans la tente princière, confirma, hélas, cette première impression.

— Pourquoi vous être sauvée comme une voleuse, Sheba ? s'écria-t-il.

— Parce que je… je refusais de…

— Refuser ! Alors que je vous offre une vie de rêve ? Vous êtes complètement inconsciente !

Le sourire méprisant qu'il affichait ranima la révolte de Bethsheba et elle toisa le cheikh d'un regard plein de fierté.

— Vous ne cherchez qu'à m'enfermer dans une prison dorée, pour m'isoler du reste du monde, au mépris de mes sentiments…

— Insensé ! En vous donnant le meilleur de ma vie, je sais que je réponds à votre attente secrète. Vous aimez le désert, les vêtements de nos femmes, le décor de nos palais…

— Peut-être… mais pas dans de telles conditions. Kidnappée, retenue prisonnière contre mon gré et… fouettée au premier signe de désobéissance ! Vous parlez d'une vie de rêve !

— La lanière du fouet ne vous a même pas égratignée !

— Il existe des blessures morales plus douloureuses que les souffrances physiques, figurez-vous ! Tout à l'heure, avec vos simulacres de chef barbare, vous m'avez humiliée devant tous vos hommes !

Il la toisa d'un regard implacable.

— J'étais obligé d'agir ainsi. En tant que cheikh, chef temporel et spirituel de ces hommes, je ne pouvais me permettre de perdre la face devant eux. Tous savent que vous êtes ma femme et…

— Je ne suis pas votre femme ! Vous m'avez amenée ici sous la contrainte et je ne suis que votre prisonnière.

Un rire sonore interrompit la diatribe de Bethsheba. Posant

ses mains sur les épaules de la jeune femme, Soliman l'attira brutalement contre lui.

— Prisonnière ? Vraiment ? Et c'est peut-être sous la contrainte que vous m'avez embrassé avec tant de fougue, hier soir ? Sale petite hypocrite !

Rouge comme une pivoine, Bethsheba se débattit pour échapper à son étreinte.

— Comment osez-vous me parler ainsi ? Vous êtes un barbare sans foi ni loi, et je vous déteste !

— Ah oui ? Eh bien, c'est ce que nous allons voir, ma gazelle !

D'une simple pression des mains et du genou, il la fit basculer sur le grand lit, parmi les coussins soyeux. Immobilisée sous le grand corps vigoureux qui pesait sur elle de tout son poids, comme pour mieux la soumettre, elle renonça bientôt à se défendre. Car ses faibles gémissements, ses protestations étouffées semblaient avoir pour seul effet d'attiser le désir de Soliman. Alors elle ferma les yeux et se résigna…

Lorsque la bouche fiévreuse captura la sienne, elle voulut jouer l'indifférence… mais ne tint pas dix secondes. Le baiser de Soliman, d'une sensualité diabolique, était pareil à un torrent de feu embrasant tout sur son passage. Et Bethsheba sentit monter du plus profond d'elle-même une pulsion sauvage, incontrôlée, qui balaya ses dernières résistances.

Ensorcelée, elle s'abandonna à l'intensité de leur étreinte. Et y répondit bientôt avec l'ardeur d'une femme séduite. En cet instant, plus rien n'existait pour eux que ce tourbillon de sensations délicieuses, ce vertige flamboyant où ils se consumaient ensemble, mus par une attirance aussi brutale qu'irréversible.

Quand ils reprirent enfin leur souffle, Soliman chercha le regard de sa compagne et remarqua avec un sourire moqueur et satisfait :

— Tu meurs d'envie que nous fassions l'amour, pas vrai ?

— C'est faux !

— Je ne te crois pas.

Avec un petit rire narquois, il glissa une main dans

l'échancrure du corsage de la jeune femme, arrondissant sa paume brûlante sur un sein gonflé de désir.

— Et tu oses encore prétendre que tu ne me désires pas ?

— Oui, je refuse de…

— Ce n'est pas moi que tu refuses, ma gazelle, mais l'intensité de ton propre désir !

— Non…

— D'ailleurs, je saurai bien te forcer à l'avouer. Dis-moi que tu me désires, Sheba.

— Non !

— Dis-le, ma colombe. Ou bien je vais employer les grands moyens.

— Je… non, Soliman.

— Tant pis, tu l'auras cherché !

D'un geste décidé, il avait relevé la jupe du caftan et sa main glissa le long des jambes fuselées de Bethsheba. D'instinct, elle se cambra, comme pour mieux s'offrir à cette caresse audacieuse.

Au moment où elle laissait échapper un gémissement pareil à un râle de plaisir, il mit brusquement un terme au ballet sensuel de ses doigts, et sa voix résonna, implacable, dans le silence de la tente.

— Avoue, Sheba… Dis-moi la phrase que j'attends : « Soliman, je te veux. »

— Non.

Avec un soupir excédé, il plaqua son corps contre celui de la jeune femme et ses mains prirent possession des courbes exquises qu'elles avaient dénudées.

— Au nom du ciel, Sheba, parle ! Sinon, je te prends sur-le-champ.

Un long frisson la parcourut. Le corps de Soliman, tout contre le sien, vibrait d'un désir sauvage et c'était déjà un miracle qu'il ait pu se maîtriser si longtemps.

— Oui, chuchota-t-elle.

— Je n'ai pas entendu, ma colombe. Parle haut et clair, s'il te plaît.

— Oui, Soliman. Je te désire… de toutes mes forces. Depuis le premier jour où je t'ai vu.

Un sourire triomphant accueillit cet aveu. Alors, avec une ardeur renouvelée, il s'empara des lèvres de la jeune femme et la magie d'une volupté partagée les emporta de nouveau…

Un bruit de moteur, venu de l'extérieur, les arracha brusquement à l'ivresse de leurs baisers.

— Que se passe-t-il ? demanda Bethsheba, tous les sens en alerte.

Soliman fronça les sourcils.

— On dirait le bruit d'un hélicoptère…

En un éclair, Bethsheba comprit.

— Chris ! s'exclama-t-elle.

Un éclair de fureur traversa les yeux noirs de Soliman.

— Maudit soit-il ! Il vient te rechercher, c'est ça ?

Trop émue pour répondre, elle le regarda d'un air affolé, en proie aux émotions les plus contradictoires. Alors, agacé par le silence de la jeune femme, il la secoua sans ménagement.

— Réponds-moi franchement, Sheba : tu vas repartir avec ce Burton ?

Bien sûr qu'elle suivrait Chris. Pouvait-elle agir autrement ? Le bonheur qu'elle ressentait dans les bras de Soliman était merveilleux, indicible, mais ce n'était qu'un beau rêve. Au premier contact avec la réalité, il se briserait comme un cristal fragile. Soliman et elle n'appartenaient pas au même monde : réunis à la faveur du hasard, attirés l'un vers l'autre par un désir purement physique, mais ne partageant aucune valeur commune, aucun sentiment profond, ils n'avaient pas la moindre chance de construire un couple solide.

— Il me semble, Sheba, que je t'ai posé une question ! Vas-tu, oui ou non, suivre ton producteur ?

Elle n'eut pas le courage de lui dire la vérité, autant par crainte de ses réactions que par répugnance à envisager ce départ qui lui déchirait le cœur.

Comme elle se taisait, Soliman revint à la charge. Mais cette fois sa voix avait des accents pleins d'amertume :

— Si tu ne veux rien me dire, Sheba, c'est que tu me quitteras. Aussi, je t'en prie, fais-moi un ultime cadeau…

— Lequel ?

— Tout à l'heure, quand tu m'as avoué ton désir, tu étais sincère ?

— Oui…

Un faible sourire éclaira les traits rudes de Soliman. Il la regarda un long moment en silence, puis se détourna d'elle avec brusquerie. Comme si, tout à coup, il avait pris son parti de la perdre et préférait hâter les adieux.

Déroutée, elle le regarda s'éloigner sans un mot. Comment osait-il la traiter ainsi ? Lui arracher des aveux intimes et, l'instant d'après, se désintéresser de son sort ?

Après tout, cela valait peut-être mieux. Elle aurait moins de peine, moins de regrets, en quittant cette tente de nomades où elle avait connu des émotions si vives et si exquises…

Pressée de mettre fin à cette folie douce, elle se précipita dehors. L'hélicoptère se posait, au milieu de l'effervescence générale. De toutes parts les bédouins accouraient, les chevaux à l'attache poussaient des hennissements affolés et même les paisibles dromadaires en oubliaient de ruminer.

La porte de l'hélicoptère s'ouvrit brutalement et Chris sauta sur le sable. Grand, svelte et blond comme les blés, il offrait, avec son jean délavé et son T-shirt blanc, une image diamétralement opposée à celle du cheikh, sombre silhouette aux cheveux de jais qui s'avançait d'un pas rageur au-devant de l'intrus, dans un envol de djellaba.

— Chris !

Bouleversée, Bethsheba venait de se jeter dans les bras de son producteur. Tout à la joie de le revoir, elle ne remarqua pas l'éclair de jalousie qui enflamma le regard noir de Soliman.

— Oh ! Chris, tu m'as tellement manqué !

— A moi aussi, Beth… J'étais fou d'inquiétude. Qu'est-ce qui t'a pris de partir ainsi ?

— Je ne sais pas. Un moment de lassitude, d'égarement…

— Petite sotte ! Il aurait pu t'arriver n'importe quoi.

La voix sèche de Soliman interrompit soudain ces retrouvailles émouvantes.

— Il ne fallait pas vous inquiéter, monsieur Burton. Sheba ne courait aucun danger puisqu'elle était sous ma protection.

Chris se tourna vers le cheikh avec un air vindicatif.

— Bethsheba n'est pas n'importe qui, monsieur. C'est une grande star de la chanson, qui fait vivre, par ses différentes prestations, un certain nombre de personnes. Qu'elle disparaisse et cent personnes vont se trouver au chômage. Voilà pourquoi je ne peux tolérer qu'on l'enlève sans crier gare, comme s'il s'agissait d'une femme oisive, affamée de distractions !

Ce déluge d'explications ne parut pas émouvoir Soliman. Impassible, il répliqua :

— Après une aussi longue expédition, monsieur Burton, vous devez être exténué. Puis-je vous offrir un rafraîchissement ?

Chris lança à son interlocuteur un regard éberlué.

— Vous plaisantez, j'imagine ? Je ne suis pas venu ici pour prendre le thé, mais pour arracher ma petite Beth à vos griffes.

Le cheikh esquissa un sourire énigmatique.

— Je ne doute pas de vos intentions, monsieur Burton, mais votre pilote a besoin de souffler. Acceptez donc le thé de l'hospitalité. Ensuite, vous serez libre de repartir à Tanger.

Chris faillit s'étrangler de fureur. L'autorité implacable et tranquille de Soliman, qui semblait le réduire au rôle de figurant, malmenait son orgueil viril.

— Je ne veux pas de votre hospitalité ni de votre thé ! cria-t-il.

Imperturbable, Soliman désigna du doigt la tente princière.

— Je ne vous oblige pas à le boire en ma compagnie. Si vous désirez être au calme et discuter librement avec Sheba, ma tente est à votre disposition.

Sans se soucier de la réponse de Chris, il s'éloigna en compagnie de ses hommes. Bethsheba, très mal à l'aise, regarda en silence son producteur. Lequel ne décolérait pas.

— Quel personnage insupportable ! J'avoue que ça m'aurait soulagé de lui mettre un bon coup de poing dans la figure !

Bethsheba sourit d'un air contraint.

— Je te le déconseille fortement. Soliman a le sang chaud et ses hommes sont armés !

— Dans ce cas, faisons contre mauvaise fortune bon cœur et allons prendre le thé, grommela Chris.

Ils se dirigèrent à pas lents vers la tente princière. Bethsheba, avec sa robe orientale et ses bracelets tintinnabulants, ressentait une impression bizarre : celle de faire les honneurs du douar à un étranger. Que lui arrivait-il ? Chris était son producteur, son ami le plus proche depuis huit ans… Une si vieille amitié ne s'efface pas en un jour, à cause d'une brève incursion dans le désert !

Sur le seuil de la tente, Chris s'immobilisa soudain, figé par la stupéfaction. Amateur d'art aimant à flâner chez les antiquaires, il ne pouvait que s'extasier devant les tapis somptueux, les coffres en cèdre sculpté et cette collection précieuse de lampes, de plateaux, d'aiguières et de cassolettes, dont le cuivre ciselé ou l'étain damasquiné illustraient le raffinement et l'habileté des orfèvres arabes.

— Eh bien, ma petite, je comprends que tu sois séduite ! On dirait le décor des Mille et Une Nuits !

Embarrassée, Bethsheba prit le parti d'en rire.

— Un décor qui serait parfait pour notre clip vidéo, non ?

Chris tiqua imperceptiblement. Il connaissait trop bien sa chanteuse pour ne pas sentir que les paroles de la jeune femme sonnaient faux. Intrigué, il la considéra des pieds à la tête et, pour la première fois depuis son arrivée, parut remarquer combien elle avait changé…

— Que se passe-t-il, Beth ? Je te trouve bizarre.

— C'est à cause du costume oriental que tu dis ça ?

— Pas seulement…

Ce que Chris percevait, avec sa sensibilité exacerbée de musicien, c'était la sensualité nouvelle, la féminité presque féline, qui se dégageait à présent de la jeune femme.

— Qu'est-il arrivé, Beth ? J'ai le droit de savoir.

— Euh… rien du tout, je t'assure…

Elle avait beau nier, ses joues empourprées la trahissaient, et Chris, impitoyable, la poussa dans ses derniers retranchements.

— N'essaye pas de me mentir, Beth. Quelque chose a changé en toi et je veux en connaître la raison. Alors ?

— Est-ce une critique déguisée ? Et d'ailleurs, quelle importance que j'aie changé ou non ?

— Que fais-tu de tes fans ? Ils ont de toi une certaine image, celle d'une jeune fille blonde, naïve et fraîche. Un idéal féminin auquel beaucoup de jeunes Anglaises s'identifient. C'est sur cette image de marque, Beth, que nous avons bâti ta carrière, ta légende… et que nous assurons la vente de tes disques.

— Je suis une femme, Chris, pas une image !

— Décidément, ma chérie, je ne te reconnais plus ! Pourquoi ce rejet subit de ton statut de star ? Tu sais pourtant que c'est le prix à payer pour atteindre la gloire.

— Je me fiche de la gloire !

— Ne dis pas de bêtises, voyons !

— Je n'ai jamais été plus sérieuse.

Chris considéra sa chanteuse d'un air éberlué. D'un naturel réservé, la jeune femme avait toujours cultivé son jardin secret. Et quand par hasard elle se laissait aller à discuter, elle évitait soigneusement les sujets personnels… Une telle détermination soudain, presque de la violence, le surprenait grandement.

Plus résolu que jamais à percer le mystère, Chris regarda Bethsheba droit dans les yeux.

— Je veux savoir la vérité, Beth : que s'est-il passé sous cette tente ?

— Mais qu'est-ce que tu vas chercher, Chris ?

— Tu as couché avec le cheikh, c'est ça ? demanda-t-il d'une voix vibrante de colère.

La brutalité de la question la fit sursauter. Chris l'avait habituée à plus de délicatesse. Piquée au vif, elle répliqua :

— Que j'aie couché ou non avec le cheikh, comme tu le dis si grossièrement, ne te regarde pas ! Ma vie privée m'appartient.

Cette réponse évasive ne fit qu'accroître les soupçons de Chris.

— Le misérable ! Il a osé…

A cet instant, un serviteur entra sous la tente avec un plateau chargé de biscuits et d'une théière en argent à long bec recourbé. Il posa le plateau sur une table basse et s'éclipsa aussitôt. Trop heureuse de cette diversion, Bethsheba s'empara de la théière, la souleva assez haut et fit jaillir du bec verseur un mince filet de thé qui retomba dans de petits verres filigranés d'or, en dégageant des effluves de menthe et de fleur d'oranger.

Durant toute cette manipulation, Chris n'avait pas quitté la jeune femme des yeux. Comme elle lui tendait un verre de thé, il fit remarquer, avec une amertume rageuse :

— Incroyable ! On a vraiment l'impression que tu as fait ça toute ta vie !

— Je… ne comprends pas.

— Tu m'as très bien compris, Beth ! Tu viens de verser ce thé à la menthe avec la grâce et le savoir-faire d'une femme musulmane. A présent, j'en suis sûr. Ce maudit cheikh t'a fait l'amour !

— Chris, je te défends de…

— Cesse de me prendre pour un idiot, Beth. En quelques heures, ce barbare a détruit l'œuvre de huit années. Ma jolie petite Bethsheba n'existe plus !

Elle blêmit et le défia d'un air indigné.

— Tu es complètement fou, Chris !

— Au contraire, jamais je n'ai été plus lucide. J'avais fait de toi une merveilleuse Lolita, pulpeuse, aguichante, mais innocente et inaccessible. Tous les hommes raffolaient de toi, toutes les femmes voulaient t'imiter… et patatras ! Ce pantin surgit du désert et il brise ma Lolita en mille morceaux !

Elle lui lança un regard horrifié.

— En morceaux ? Me prendrais-tu pour une statuette en plâtre ? Ou une potiche en porcelaine ? Voilà qui n'est guère flatteur ! Oublierais-tu que je suis une femme de chair et de sang ?

— Non. Sauf que, pour tes fans, tu dois rester…

— Une poupée ? Non, merci. J'aurai bientôt vingt-quatre ans et je n'ai pas envie de rester toute ma vie une adolescente attardée.

Dressés l'un contre l'autre comme deux coqs en colère, ils avaient haussé peu à peu le ton et ils ne s'aperçurent pas que Soliman venait de pénétrer dans la tente.

— Hum ! fit celui-ci, pour signaler sa présence.

Ils se retournèrent d'un même mouvement, avec la mine déconfite de deux amants surpris en pleine scène de ménage. Face à eux, Soliman affichait un sourire dédaigneux et ses yeux noirs brillaient d'une colère mal contenue. Bethsheba, comprenant qu'il se méprenait sur la nature de ses rapports avec Chris, sentit son cœur battre la chamade et, maladroitement, elle chercha à se justifier.

— Je… nous étions…

D'un geste désinvolte, Soliman balaya ce début d'explication.

— Je vous attends à ma table tous les deux. Dans dix minutes.

Et il sortit de la tente avec cette allure altière qui ajoutait encore à son autorité naturelle.

Chris, sidéré, se tourna vers Bethsbeba.

— Il te parle toujours comme ça ?

— Euh…

— Ma parole, te voilà devenue une véritable esclave ! Comment peux-tu accepter une pareille situation ?

— Je ne l'accepte pas, Chris. Je suis ici contre ma volonté.

— Tu as pourtant quitté Tanger de ton plein gré ?

— Oui, pour ce que je croyais être une banale promenade à cheval. Mais la chevauchée s'est terminée en enlèvement. Voilà la vérité, Chris. Je suis la prisonnière de Soliman El Khazir et non sa maîtresse.

— Sa prisonnière ? Pourquoi ne pas me l'avoir dit tout de suite ?

— Parce que je craignais ta colère. Il nous faut être prudents, Chris. Dans ce douar, Soliman est le maître absolu et, comme tu l'as sûrement remarqué, il dispose d'hommes armés prêts à lui obéir au doigt et à l'œil.

— Il n'oserait quand même pas nous tirer dessus ! Allons dîner, ma chérie, puisque ça lui fait plaisir. Et ensuite, cap sur Tanger !

— Ça m'étonnerait que…

— Tu as peur qu'il nous empêche de partir ?

— Toi, non. Quant à moi…

— Toi aussi, il faudra bien qu'il te relâche. Sinon, dès mon retour à Tanger, j'irai me plaindre à l'ambassade.

Elle lui sourit bravement. La perspective de retrouver Tanger et le monde civilisé aurait dû la remplir de joie... Mais la vie qui l'attendait là-bas lui paraissait tout à coup morne et sans intérêt.

6.

Le soleil se couchait à l'horizon quand ils prirent place devant la table somptueusement dressée derrière la tente princière et face à un grand feu de bois dont les flammes, comme dans une mise en scène élaborée, éclairaient les convives d'une lumière vacillante.

Bethsheba n'avait pas le moindre appétit et, sans un regard pour le méchoui, les pâtés, les tourtes et les tajines qui répandaient autour d'eux leurs effluves odorants, elle contempla le magnifique coucher de soleil qui embrasait l'horizon de longues traînées pourpres, donnant au paysage monotone du désert une beauté théâtrale, aussi fastueuse que fugitive.

Bientôt, en effet, cette féerie de couleurs s'estompa, happée par les ombres mauves de la nuit. Et Bethsheba, frissonnante, revint à la réalité. Devant elle, un serviteur avait placé une assiette abondamment garnie, et elle picora machinalement quelques morceaux de viande épicée.

Chris, placé à gauche de la jeune femme, mangeait du bout des lèvres, mais ne cessait de se faire resservir du thé à la menthe.

— Tu n'as pas faim ? lui demanda-t-elle.

— Si, mais j'ai horreur de cette nourriture épicée. Heureusement qu'il y a du thé, mon palais est en feu !

Le producteur regarda avec méfiance autour de lui, puis murmura à l'oreille de Bethsheba :

— Il faudrait que nous partions, ma chérie… Il est déjà 8 heures et nous avons suffisamment tardé. Nous allons prendre congé…

La jeune femme hocha la tête, puis coula un regard du

côté de Soliman. Pourquoi ce beau visage lui semblait-il si familier, soudain ? Un peu comme on le fait pour un être cher dont on va se séparer, elle détailla les traits fins, s'attarda sur la bouche impérieuse et sur le profil d'aigle qui donnait à la physionomie du cheikh tant de noblesse… Pourquoi avait-elle le cœur déchiré à l'idée de le quitter ? Il n'était pourtant qu'un homme arrogant qui avait utilisé son pouvoir pour la retenir ici contre son gré…

Tout à coup, Chris s'éclaircit la gorge et se tourna vers Soliman.

— Altesse, je tiens à vous remercier pour le repas… et votre mer… veilleuse… hospi… talité. Mais il faut… Oh ! Je me sens mal… si mal !

Que lui arrivait-il ? Affolée, Bethsheba scruta le visage de son ami. Chris était d'une pâleur mortelle et vacillait dangereusement sur son siège.

— Tu te sens mal, Chris ?

— Oui. Je… j'ai la… nausée… et la tête me tourne !

Tout en tenant son ami par le bras, Bethsheba se tourna vers Soliman.

— Il semble très malade. Pourriez-vous m'aider à l'allonger ?

— Il risque de s'effondrer avant, dit le cheikh d'un ton calme.

Blanc comme un linge et tremblant de tous ses membres, Chris avait le regard fixe des drogués.

— Le thé ! cria-t-il soudain. On a versé quelque chose dans mon thé !

Echappant à la main secourable de Bethsheba, il tenta de se lever mais, incapable de tenir sur ses jambes, il s'écroula sur la table dans un fracas de vaisselle brisée.

— Chris !

Bethsheba s'était précipitée pour aider son ami à se relever, mais une main la tira soudain en arrière.

— Laissez-le, dit Soliman d'une voix sèche. Mes serviteurs vont s'occuper de lui.

Elle lui lança un regard furibond.

— Je n'ai pas d'ordres à recevoir de toi. Chris est mon ami et je vais m'occuper de lui.

— Pas question. Tu viens avec moi.

Il l'empoigna par le bras et la fit entrer de force dans la tente princière. Bethsheba, en se débattant, eut le temps de voir Chris transporté par deux serviteurs sur un brancard improvisé.

— Où l'emmènent-ils ? demanda-t-elle, affolée.

— Sur un lit, bien sûr. Il va y faire un bon somme et, quand il se réveillera demain matin, nous serons déjà loin…

— Quoi ?

Le cœur battant à tout rompre, elle regarda son interlocuteur d'un air hagard. Dans la pénombre de la tente, la haute silhouette du cheikh se dressait, impérieuse et menaçante, et ses yeux avaient l'éclat dur de l'acier.

— Croyais-tu, Sheba, que j'allais te laisser repartir avec ce freluquet ?

— Mais tu m'avais promis de…

— Je n'ai rien promis. Je me suis contenté d'offrir l'hospitalité au voyageur.

— Charmante hospitalité, en effet ! Le pauvre Chris s'en souviendra longtemps ! Et moi aussi. Comment oses-tu te conduire ainsi, en plein XXe siècle ? Droguer mon ami et me retenir prisonnière ?

— Tu n'es pas prisonnière, ma colombe. Souviens-toi… « Je te désire de toutes mes forces, Soliman. » A présent, il est temps que tu prouves la sincérité de tes discours. Pour commencer, change-toi.

Il lui montra, sur une table proche, une pile de vêtements sombres dont la sobriété contrastait étrangement avec les tenues soyeuses et chamarrées que Bethsheba portait depuis son arrivée dans le douar.

— Ce sont des vêtements de bédouins, Bethsheba. Je vais t'envoyer Khalisha. Elle t'aidera à les enfiler. Ton ami Burton aura beau sillonner le désert en tous sens avec son hélicoptère, il ne verra que deux nomades regagnant leur campement.

— Parce que, toi aussi…

— Oui, ma colombe. Moi aussi, je vais me déguiser. Je

pourrai ainsi t'accompagner en toute quiétude là où doit s'accomplir notre destin.

Sans s'expliquer davantage, il tourna les talons et sortit de la tente, la laissant seule et désemparée, à côté du tas de vêtements noirs qui prenaient soudain une signification symbolique : « La prochaine étape de mon destin », songea-t-elle tristement.

Lorsqu'elle quitta la tente, habillée par les soins de Khalisha, elle était méconnaissable. Enveloppée dans le *knîf* noir, cape austère des bergers de l'Atlas, elle avait dissimulé ses cheveux blonds sous les savants drapés d'un turban bleu, et le bas de son visage était masqué par le *yashmak*, ce voile de cotonnade qui protège les femmes du désert des tempêtes de sable et des regards importuns. Ainsi parée, Bethsheba éprouvait l'étrange impression d'être une femme de harem dont un sultan jaloux veut cacher la beauté. Eperdue, elle balaya les alentours d'un regard fébrile et aperçut soudain Soliman.

Même vu de dos et portant la sobre tenue des bédouins, il était reconnaissable entre tous. Son allure martiale, son port altier et le soupçon d'arrogance qui émanait de chacun de ses gestes conféraient à sa silhouette l'autorité charismatique d'un meneur d'hommes.

En dépit des lourds vêtements qui la recouvraient, la jeune femme se sentit parcourue d'un frisson glacé. Etait-ce l'appréhension du long voyage qui l'attendait ?

Pas exactement, songea-t-elle avec dépit, humiliée de sentir en elle davantage de trouble et d'excitation que de crainte véritable.

Car Soliman, dans cette longue cape noire qui accentuait son allure majestueuse et renforçait sa mâle prestance, offrait l'image même de la séduction virile. Celle du chevalier sans peur et sans reproche, capable de chevaucher et de ferrailler inlassablement pour sauver sa dame de tous les périls.

Soliman se retourna brusquement et une lueur de satisfaction fit briller ses yeux noirs.

— Tu es superbe, Sheba ! Avec ce voile qui met en valeur

ton regard fauve, tu ressembles plus que jamais à une chatte sauvage… qu'un maître habile aurait domestiquée !

Elle le considéra en silence. Le voile qui masquait sa bouche l'empêchait de crier sa révolte. Mais son regard parlait pour elle. Elle le haïssait, elle le désirait. Elle voulait le fuir et rêvait de se rendre…

— Ma chatte sauvage ! répéta-t-il lentement, avec une lueur sensuelle dans le regard.

Bethsheba frémit. Les yeux trop brillants de Soliman, sa bouche animée d'un frémissement voluptueux évoquaient tout un monde d'étreintes fiévreuses et de caresses passionnées. Alors elle se revit dans les bras du cheikh et crut sentir sur ses lèvres l'empreinte des baisers brûlants qu'il lui avait donnés.

— Viens, dit-il en la prenant tout à coup par la main.

Elle se raidit et chercha à se dégager. Mais il avait une poigne de fer et elle dut se résoudre à le suivre jusqu'au bouquet de palmiers où deux étalons noirs attendaient, sellés, bridés et munis des gourdes d'eau indispensables à un long voyage dans le désert. De l'une des poches accrochées aux sacoches, Soliman tira soudain un lourd ceinturon auquel pendait un cimeterre, ce sabre recourbé des cavaliers arabes.

— Attache ce ceinturon, Sheba.

— Pour quoi faire ? Je n'ai pas besoin d'arme !

Il sourit d'un air mystérieux.

— On ne sait jamais. La route est longue…

Docilement, elle le laissa fixer le ceinturon autour de la taille et, tandis qu'il la hissait sur le cheval noir, elle regarda pendre à son côté l'imposant cimeterre recouvert d'un fourreau en cuir damasquiné, qui semblait la transformer en reine guerrière.

Soliman avait déjà enfourché son propre cheval et, dans la lumière mourante du feu de bois, elle le vit se redresser, martial et imposant, sur sa monture qui piaffait d'impatience.

— En route, Sheba ! Qu'est-ce que tu attends ?

— Je… je ne veux pas m'en aller avant de savoir si Chris va bien.

Une lueur vindicative s'alluma dans les yeux de Soliman.

— Tu cherches à me rendre jaloux ?

— Ne sois pas stupide. Il est normal que je m'inquiète pour mon producteur…

— Tu t'inquiètes à tort. Ton Chris est veillé par mes hommes. Son souffle est régulier, son pouls normal et il dort comme un bébé !

— Tu m'en donnes ta parole ?

— Oui. A présent, en route !

D'un même élan, ils s'élancèrent au galop dans le désert immense que la lumière lunaire paraît d'un mystère inquiétant. Quand ils eurent chevauché une heure, peut-être deux, une imposante construction qui ressemblait à un château en ruine se profila à l'horizon. Bâti sur un monticule rocheux, l'édifice avait encore fière allure, en dépit d'une toiture endommagée et des pans de murs écroulés qui le cernaient, vestiges probables d'une ancienne enceinte.

— Nous arrivons au Grand Palais de Soliman ? demanda Bethsheba.

— Non, pas encore. Mais c'est ici que nous ferons halte pour la nuit.

Au fur et à mesure qu'ils approchaient de l'édifice, ses murs richement sculptés, caressés par les rayons argentés de la lune, révélèrent à la jeune femme qu'elle se trouvait en présence d'un temple. Les sculptures dont il était orné représentaient des dieux imposants coiffés de tiares et couverts de joyaux, recevant du haut de leur trône l'hommage de fidèles prosternés.

— Où sommes-nous ? demanda Bethsheba, que la majesté sereine du lieu impressionnait.

— Nous arrivons au temple de Sheba.

— Sheba ?

Stupéfaite et la gorge nouée par l'angoisse, la jeune femme avait d'instinct tiré sur les rênes de son cheval. L'étalon s'immobilisa brusquement et Bethsheba, agrippée nerveusement à sa monture, se tourna avec un regard éperdu vers Soliman qui arrivait à sa hauteur. Le cheikh arrêta aussitôt son cheval et déclara d'un ton grave et pénétré :

— Tu ne dois pas avoir peur, Sheba. Ce sanctuaire est

le tien et sur chaque mur, dans chaque frise sculptée, tu trouveras l'explication de ta destinée.

Avec l'aisance d'un cavalier aguerri, il sauta de cheval et, tandis que le coursier s'ébrouait et secouait sa crinière, Soliman s'avança vers Bethsheba, les bras tendus, et l'aida à descendre.

— Viens, ma colombe, et cesse de paniquer. Car il est écrit que c'est ici, dans le temple de Sheba, que s'accomplira ton destin.

Ils gravirent ensemble les marches conduisant à l'entrée du temple, une porte majestueuse surmontée d'un arc outrepassé, qui débouchait sur un long passage voûté.

— Nous voici dans le *couloir de Sheba*, dit Soliman. Il mène au cœur du temple.

Tout au bout du couloir, dont les murs étaient ornés de fresques sculptées, elle aperçut une forme scintillante. Peut-être la statue de la déesse...

Réconfortée par la main de Soliman qui pressait la sienne et gagnée par la dignité de son compagnon, s'avançant d'un pas ferme et tranquille vers le sanctuaire, Bethsheba tenta de recouvrer un peu de calme. Après tout, ce n'était qu'un vieux temple, élevé pour des idoles païennes qui avaient cessé depuis longtemps de tourmenter l'âme des hommes !

A cet instant précis, un éclair de lumière aveugla complètement la jeune femme. Lâchant la main de Soliman, elle se mit à hurler et recula de plusieurs pas en se protégeant les yeux avec ses mains.

Mais la voix impérieuse de Soliman la stoppa bientôt dans sa fuite.

— Ne sois pas ridicule, Sheba. Prends ma main et avance sans crainte.

Toujours éblouie par la lumière, elle avança en tâtonnant jusqu'à ce qu'elle rencontre les doigts de son compagnon. Alors elle se laissa tirer le long du couloir mystérieux, qui paraissait soudain incendié par une lumière surnaturelle...

Elle allait défaillir quand le feu cessa aussi brusquement qu'il avait jailli. Dans la pénombre retrouvée, elle frotta ses yeux meurtris et questionna fébrilement Soliman sur l'origine de cette lumière aveuglante. La réponse de celui-ci fut énigmatique.

— Tu es passée dans l'axe du *Tunnel de la lune*.

— Je ne comprends pas…

Il sourit et, levant les yeux vers la voûte, lui montra, creusée dans l'épaisseur de la maçonnerie, une étroite galerie qui paraissait communiquer avec l'extérieur.

— Regarde… Les rayons de la lune arrivent par là. Ce sont eux qui t'ont éblouie tout à l'heure.

La lumière argentée éclairait à présent une statue géante en bronze, dont la silhouette imposante occupait le centre d'une pièce carrée.

— Je te présente *Sheha*, dit Soliman d'un ton pénétré.

Abasourdie, Bethsheba contempla l'étrange statue dont le visage, les cheveux et la poitrine étaient ceux d'une femme, alors que tout le bas du corps rappelait celui d'un félin.

— Est-ce une femme… ou une chatte ?

Soliman considéra la statue d'un air grave.

— C'est une déesse. Une déesse jalouse, qui éblouit toute femme dont la beauté risque d'égaler la sienne.

Bethsheba eut un geste instinctif de recul, mais Soliman la retint d'une main ferme.

— Tu n'as plus rien à craindre, ma colombe. Sheba n'aveugle pas celles qui ont réussi à pénétrer dans son sanctuaire. Regarde la dalle que nous foulons : ici est inscrit le destin de Sheba.

Bethsheba baissa les yeux sur une grande pierre gravée où des signes, pareils à des hiéroglyphes, semblaient raconter l'histoire de la statue.

— Que signifient ces inscriptions, Soliman ?

— Elles évoquent la naissance de Sheba, sa vie glorieuse, et prédisent que la déesse se réincarnera sept fois.

— Sept fois ?

En proie à une violente émotion, Bethsheba scruta fébrilement le visage de Soliman.

— Quand… tu m'as vue pour la première fois, c'est à *elle* que tu as pensé ?

— Evidemment. Cela te rassure, n'est-ce pas ?

— Euh…
— Si, je le sens. Car tu es moins jalouse d'une déesse que… d'une autre femme !
— Je ne suis pas jalouse !
— Vraiment ?
Posant soudain les mains sur les épaules de Bethsheba, il l'attira contre lui avec passion.
— Il ne faut rien me cacher, ma chatte sauvage. Et si tu es jalouse, avoue-le sans honte. Je veux connaître tous tes états d'âme et tous les secrets de ce cœur farouche qui est le tien.
— Pour le moment, Soliman, c'est *Sheba* qui m'intrigue. Parle-moi d'elle. Qui était-elle ? Une déesse ? Un sphynx ?
— Non, c'était une reine. La reine de Hafu, un royaume très ancien du Sahara. Sheba n'était pas de sang royal, mais une humble fillette née sous une tente de nomades. La légende rapporte qu'elle arriva d'Arabie avec une caravane de chameaux…
— Et alors ?
— Alors, dans ce vaste désert où s'affrontaient des bandes rivales, elle prit la tête d'un groupe de guerriers et fonda le royaume de Hafu dont elle devint la reine. Une reine respectée pour son courage autant que pour sa beauté.
— Quelle histoire romanesque !
— Trop belle peut-être pour être vraie… Mais il faut croire aux légendes, ce sont elles qui renferment les mythes qui fondent les civilisations. Le mythe de Sheba a beaucoup marqué ma famille.
— Pourquoi ?
— A cause des sept réincarnations. Sur la terre de l'Auda Khazir, la tradition veut que, toutes les sept générations, le chef de la famille princière épouse une réincarnation de Sheba. C'est ainsi que mon ancêtre Soliman le Grand, qui régnait au XIVe siècle, s'est marié avec la *troisième Sheba*.
Bethsheba, se rappelant les contes de fées de son enfance, murmura en souriant :
— Et bien sûr, ils furent heureux et eurent beaucoup d'enfants ?
— Hélas, non. La troisième Sheba était si belle qu'elle

attirait la jalousie et la haine. Elle fut empoisonnée par l'un de ses ennemis. Fou de chagrin, mon ancêtre décida alors de lui élever un temple…

— Le temple où nous sommes ?

— Oui. Toutes les sculptures que tu as vues en arrivant ici, et les inscriptions qui couvrent le sol et les murs de ce sanctuaire, racontent l'histoire de la première Sheba et annoncent ses sept réincarnations successives. Il est écrit que, chez les descendants du royaume de Hafu, à chaque septième génération, le prince héritier se nommera Soliman et qu'il épousera une réincarnation de Sheba.

S'écartant avec douceur de la jeune femme, Soliman l'enveloppa d'un regard intense et pénétrant.

— Or il se trouve, *ma Sheba*, que je me nomme *Soliman*…

Comprenant la gravité de l'allusion, elle prit peur.

— Non ! s'écria-t-elle, je ne suis pas *ta Sheba* ! Je n'ai rien à voir avec le peuple du désert. Mes parents étaient anglais, mon père, officier de l'armée britannique…

— Pourtant, tu es née à Bahreïn, sur une terre arabe ! Tu connais les circonstances exactes de ta naissance ?

Elle se troubla et garda le silence.

— Parle, Sheba ! Comment s'est déroulée ta naissance ?

— Je… je suis née dans le désert… sous une tente…

— En juillet ?

— Oui.

— Le 7 juillet ?

— Oui.

Avec un rire triomphal, Soliman se tourna vers la statue de bronze et l'interpella :

— Tu as entendu, Sheba ? Comme toi, elle est née le septième jour du septième mois !

Une vague de colère submergea Bethsheba. Elle refusait de se laisser vaincre par une série de coïncidences, certes troublantes, mais qui ne prouvaient rien.

— Ma naissance sous une tente de nomades n'est que le fait du hasard, Soliman. Ma mère devait accoucher à l'hôpital, mais comme mon père n'était pas revenu de mission, maman a dû partir à sa recherche…

— Eh oui ! Tout devait se dérouler d'une certaine manière, mais le *destin* en a décidé autrement… Et la petite Sheba, comme il était écrit, a vu le jour sous une tente en poil de chèvre et reçu le nom prédestiné de Beth… sheba !

— Pure coïncidence !

Nullement ébranlé par les dénégations de la jeune femme, il se pencha sur elle, les yeux brillants et le sourire vainqueur.

— Ne refuse pas ton destin, Sheba. Il est inscrit sur les pierres de ce temple et dans les péripéties de ta vie.

Dans un élan passionné, il captura les lèvres douces et pulpeuses de Bethsheba et, sous l'assaut de ce baiser fiévreux, elle sentit s'évanouir les dernières traces de son scepticisme occidental.

7.

Un peu plus tard, main dans la main, ils sortirent à pas lents du temple de Sheba.

Comme ils repassaient sous la porte monumentale gardée par une foule de fidèles sculptés dans la pierre, Bethsheba songea combien elle avait changé en quelques jours à peine. Tout à l'heure encore, éblouie par la lumière aveuglante de la lune, elle marchait à tâtons vers son destin. A présent, le doute et l'angoisse n'avaient plus de place en son cœur. Tout était devenu clair : le destin avait choisi pour elle et il lui suffisait de s'en remettre à l'homme puissant et généreux qui lui montrait le chemin d'une vie nouvelle.

— Nous allons dormir à la belle étoile, dit soudain Soliman.

— Dehors ?

— Oui. Nous serons mieux sur le sable, à l'abri de ces rochers, que sur les dalles froides du temple…

— Aurais-tu peur de rester dans le temple ?

Il sourit d'un air énigmatique.

— Sait-on jamais ce qui peut arriver dans ce genre de lieu ? Imagine que la *première* Sheba soit jalouse de *ma* Sheba ? Voilà pourquoi je préfère que nous nous éloignions un peu du sanctuaire…

Elle éclata de rire.

— Comme tu es superstitieux ! Les idoles de bronze n'ont aucun pouvoir sur les vivants.

— Tu crois ça ? N'as-tu donc jamais entendu parler de la malédiction des pharaons ?

— Cette maladie mystérieuse qui a frappé certains archéologues, en Egypte ?

— Exactement. Pour moi, le phénomène s'explique… Ceux qui violent les tombeaux ou qui s'embrassent, comme nous, dans les sanctuaires, dérangent cet esprit divin qui flotte toujours dans les lieux de culte.

Elle leva vers lui un regard ému, teinté de moquerie.

— Moralité : il ne fallait pas m'embrasser dans le sanctuaire de Sheba !

— Comment m'en empêcher ? Tu es si belle !

Etait-ce le miracle accompli par la déesse Sheba ?

Le ton entre eux avait changé. Ils se parlaient avec douceur et gentillesse, et pouvaient même plaisanter sur les sujets les plus graves.

Soliman se dirigea vers les chevaux et, prenant les couvertures attachées aux selles, les étendit sur le sable, à l'abri d'un cercle de rochers.

— Ce sera notre lit pour cette nuit, Sheba.

— Nous allons dormir ensemble ?

— Oui, ma colombe. En tout bien tout honneur, sous le regard des étoiles. Pouvais-je t'offrir une nuit plus romantique ?

Elle lui sourit bravement. En réalité, elle n'en menait pas large. Soliman, allongé sur la rude couverture bédouine, dans sa tenue de cavalier du désert, irradiait un magnétisme viril, une séduction orientale qui la faisaient trembler de désir. En silence, elle s'étendit près de lui et, tout naturellement, se blottit contre la poitrine vigoureuse, pareille à une voyageuse exténuée qui rejoindrait son port d'attache après une longue traversée.

Rien ne l'avait préparée à la vague d'émotions qui la submergea dès qu'elle sentit battre contre le sien le cœur de Soliman. Ce n'était plus, comme dans leurs étreintes précédentes, cette irruption d'un désir presque animal d'où elle émergeait ensuite confuse et mortifiée. Non. Ce soir, il se passait autre chose. C'était une émotion plus noble, à la fois intense et paisible, un élan conjoint du corps et de l'âme, qui la poussait à se lover tendrement contre le torse puissant de son compagnon.

Quel nom donner à cette douce émotion, exaltante, profonde et sereine ? L'amour peut-être…

Redressant la tête, elle chercha le regard de Soliman, anxieuse de retrouver dans les yeux noirs une émotion identique à la sienne.

— Soliman, je…

Comment lui avouer le tourment délicieux qui agitait son cœur ? Il allait peut-être rire d'elle…

— Que veux-tu, ma Sheba ? C'est ton turban qui te gêne pour dormir ? Ote-le. Cette nuit, tu peux laisser ta blonde crinière en liberté : tout le plaisir sera pour moi. Mais demain il faudra de nouveau cacher tes cheveux.

— Pourquoi ?

— Pour éviter que ton ami Burton ne nous repère du haut de son hélicoptère !

— Tu crois vraiment qu'il va nous poursuivre ?

— J'en suis sûr. Tu es sa plus belle création et il ne veut pas te perdre.

— Cette crainte est stupide. Une chanteuse a bien le droit d'avoir une vie sentimentale !

— Pas dans ton cas. Le personnage de nymphette que Burton a fabriqué ne pourra plus exister si je fais de toi une femme… Il le sait et voilà pourquoi il s'est lancé à ta poursuite. Il veut préserver sa star-enfant, l'empêcher coûte que coûte de se muer en une femme épanouie qui décevrait ses milliers de fans et ne vendrait plus un seul disque !

Cette analyse pertinente, terriblement lucide, bouleversa Bethsheba. Depuis huit ans qu'elle vivait aux côtés de Chris, jamais elle n'avait songé à cet aspect des choses. Chris était son ami, son protecteur, son ange gardien, et elle suivait aveuglément ses directives sans chercher à les discuter ni même à les comprendre. Il lui suffisait de savoir que, grâce à son producteur, elle avait obtenu le succès, la gloire et l'argent facile, tout en exerçant le plus passionnant des métiers. Que pouvait-elle exiger de plus ?

L'amour, peut-être… « La seule chose que Chris ne m'ait pas donnée », songea-t-elle soudain. Chris, à bien y réfléchir, ressemblait à ces collectionneurs passionnés qui enferment dans une vitrine leurs bibelots précieux. « Regardez, disent-ils, mais ne touchez pas ! » Bethsheba, la fragile et merveilleuse idole de la chanson, avait vécu, sans le savoir, séparée des autres par une invisible vitrine. Aucun homme, pas même son producteur, n'avait eu le droit de poser ses mains sacrilèges sur la femme-bibelot…

Mais voilà que Soliman El Khazir, cavalier intrépide, avait surgi de derrière une dune et fait voler en éclats le fragile rempart… et Bethsheba s'était réveillée d'un sommeil de huit années. Emportée par le galop d'un coursier fougueux, dans l'immensité du désert, elle avait goûté pour la première fois au sel enivrant de la liberté.

Avec tendresse, Bethsheba se serra contre Soliman et elle écouta leurs deux cœurs battre à l'unisson. Son compagnon s'était endormi sans qu'elle s'en aperçoive et, devant ce sommeil confiant et paisible d'un homme qu'elle avait cru redoutable, un bonheur intense, inouï submergea la jeune femme.

Tout à coup et pour la première fois de sa vie, elle savait où était sa vraie place sur cette terre. Dans les bras de cet homme farouche, de ce prince du désert qui venait de lui révéler le véritable sens de son destin.

Apaisée et sereine, elle leva les yeux vers la voûte étoilée qui formait au-dessus d'eux le plus somptueux des ciels de lit. Et elle s'endormit paisiblement.

Quand elle s'éveilla, le lendemain matin, la lumière incertaine de l'aube caressait de reflets blanchâtres les rochers et les dunes, tandis que Soliman, penché sur elle, affichait un sourire tendre teinté de moquerie.

— Tu as fait de beaux rêves, Sheba ?

— Euh…

— Des rêves voluptueux, sans doute ?

— Pourquoi dis-tu ça ?

— Parce que, à un certain moment, tu as pressé ton corps contre le mien de façon très significative…

Elle rougit comme une pivoine et il éclata de rire.

— Allons, ma beauté, pas de fausse pudeur ! Tu as parfaitement le droit d'éprouver du désir et je suis très flatté que, même dans ton sommeil, tu aspires à ce que je te comble… N'aie pas d'inquiétude, Sheba, ce moment est proche. Mais il faut d'abord que nous arrivions sans encombre au Grand Palais de Soliman. En route !

Mus par la même impatience joyeuse, ils enfourchèrent leurs coursiers et s'élancèrent au galop vers l'horizon illuminé par les premiers rayons du soleil levant.

Ils chevauchèrent longtemps dans une chaleur toujours plus grande et Bethsheba commençait à se sentir fatiguée quand Soliman lui annonça gaiement qu'ils allaient pouvoir faire halte et se rafraîchir. Elle lui lança un regard étonné : autour d'eux, à perte de vue, le sable moutonnait avec une aride monotonie.

— Suis-moi, Sheba. Le point d'eau est tout proche.

Obliquant sur la gauche, ils escaladèrent une dune et soudain, ô surprise ! une verte oasis s'offrit à leurs yeux éblouis. Sidérée, Bethsheba se tourna vers son compagnon.

— Comment savais-tu qu'une oasis était dans les parages ?

— Crois-tu que j'aie besoin de panneaux indicateurs pour me diriger dans le désert ? Cette terre est la mienne et celle de mes ancêtres et j'en connais les moindres recoins.

Tandis que les chevaux s'abreuvaient, Soliman tendit à Bethsheba sa gourde de voyage.

— Bois, ma colombe. Nous avons encore une longue route à faire.

Une heure plus tard, alors qu'ils chevauchaient en silence sous le soleil brûlant de la mi-journée, le vrombissement d'un hélicoptère résonna soudain derrière eux. Le temps qu'ils se retournent et déjà l'ombre de l'engin passait au-dessus d'eux dans un bruit de moteur assourdissant. Effrayés, les chevaux se mirent à piaffer nerveusement.

Soliman se tourna vers Bethsheba avec un sourire narquois.

— Voici ton ami Burton, à n'en pas douter ! Espérons qu'il va nous prendre pour des nomades.

— Ça m'étonnerait !

En proie aux émotions les plus contradictoires, Bethsheba ne savait plus si elle devait se réjouir ou s'inquiéter de la brusque irruption de l'hélicoptère. D'un côté, elle souhaitait revoir Tanger, retrouver son travail, ses amis, tout ce qui faisait sa vie depuis huit ans. Mais son cœur saignait à l'idée de quitter Soliman. Car elle devinait qu'en partant avec Chris, elle perdrait à jamais cet homme farouche et susceptible.

A présent, l'hélicoptère tournait au-dessus de leurs têtes avec une obstination de bourdon qui se rapprochait par cercles successifs de la proie qu'il convoitait. Epouvantés par cet engin bruyant, les étalons se cabrèrent.

— Attention ! cria Soliman. Mets pied à terre, Sheba ! Sinon le cheval va te désarçonner.

Comme elle hésitait, morte de peur, il sauta de son propre cheval et bondit vers la monture de la jeune femme dont il attrapa les rênes. Il recueillait Bethsheba dans ses bras quand l'hélicoptère se posa sur le sable. Chris en sortit, les yeux brillant de colère.

— Lâchez immédiatement cette femme, Soliman, ou je vous traînerai en justice !

— Ma parole, Burton, vous vous croyez à Londres ! s'exclama Soliman. Ici, mon cher, il n'y a ni tribunaux ni avocats payés à prix d'or. Dans le désert, les comptes se règlent sans témoin, d'homme à homme.

Le calme méprisant de Soliman accrut la fureur de Chris.

— Vous avez une fâcheuse tendance, *mon cher*, à vous prendre pour un seigneur féodal ! Mais je vous prouverai, moi, que vous êtes un homme comme les autres, passible d'une condamnation pour rapt et violence envers une femme.

— Bethsheba n'a été ni enlevée ni maltraitée. Elle m'a suivi de son plein gré.

— Dans ce cas, pourquoi alors m'avoir drogué ?

— Vous aviez besoin de repos.

Chris s'avança vers Soliman, les poings serrés.

— Et par-dessus le marché, vous vous payez ma tête !

Sans répondre, Soliman continua à flatter l'encolure des chevaux qui se calmaient peu à peu. Chris revint à la charge, en essayant cette fois de parlementer :

— Soyez raisonnable, Soliman. Laissez-moi ramener Beth à Tanger. Pour vous, elle n'est qu'un caprice, alors que pour moi, pour ma maison de production, elle représente beaucoup…

Se tournant vers la jeune femme, il ajouta :

— Viens, ma chérie, mon incomparable star. Prouve à ce monsieur que tu sais de quel côté se trouve ta vraie vie.

Bethsheba sentit son cœur battre la chamade. Depuis huit années, Chris était le pivot de son existence. Pouvait-elle refuser de suivre un homme à qui elle devait tout ? Et qui venait de si loin pour la sauver ?

Sans vouloir réfléchir davantage, elle courut se jeter dans les bras de son producteur et, incapable d'articuler un seul mot, elle se laissa bercer par ses paroles rassurantes.

— N'aie plus peur, mon bébé, le cauchemar est fini. Je vais te ramener à la maison.

— Laissez-la ! cria Soliman.

— Allez au diable ! rétorqua Chris, tout en se dirigeant avec Bethsheba vers l'hélicoptère.

Ils n'allèrent pas loin. Soliman, plus vif que l'éclair, venait de leur barrer le passage. Exaspéré, Chris défia le cheikh de son regard bleu, froid comme l'acier.

— Ne soyez pas stupide ! Vous voyez bien que Beth ne veut pas rester avec vous.

— Dans ce cas, qu'elle le dise elle-même !

Paralysée par l'émotion, Bethsheba regarda alternativement les deux hommes et resta muette. Chris s'impatienta.

— Parle, Beth, au nom du ciel !

La jeune femme ouvrit la bouche, mais aucun son n'en sortit. Le désespoir rongeait son cœur. Il fallait pourtant qu'elle obéisse à Chris… Se tournant vers Soliman, elle lui dit à voix basse :

— Tout est fini entre nous… Laisse-moi partir.

Chris sourit d'un air soulagé et nargua Soliman :

— Vous voyez ?

Le cheikh ne parut pas convaincu.

— Bethsheba n'a pas envie de partir. Je le vois sur son visage.

D'un geste vif et inattendu, il saisit la jeune femme par le bras et la força à revenir près de lui. Chris était devenu livide.

— Qu'est-ce qui vous prend ? Vous croyez peut-être que je vais repartir sans Beth ?

Soliman le défia du regard.

— Si vous voulez repartir avec elle, il faudra d'abord vous battre d'homme à homme !

— Qu'à cela ne tienne !

Chris se jeta sur Soliman et les deux hommes roulèrent sur le sable, luttant l'un contre l'autre comme des bêtes sauvages. Empêtré dans ses longues robes, le cheikh était désavantagé et Chris en profita : avisant le cimeterre qui pendait au ceinturon de son adversaire, il le tira prestement par la poignée et le dégagea de son fourreau. Cela ne prit que dix secondes…

Puis, se relevant d'un bond, il brandit le sabre dont la lame redoutable luisait au soleil et, bien campé sur ses jambes écartées, il s'avança vers Soliman encore à terre.

— Non ! hurla Bethsheba, folle de teneur.

Soliman s'était remis sur pied, mais comment pouvait-il affronter à mains nues un adversaire armé ? Et un homme qui, hélas, savait manier l'arme blanche. Chris Burton, en effet, avant d'être producteur de disques, avait été un acteur shakespearien et, pour jouer Hamlet ou Mercutio, il s'était entraîné à l'escrime.

— Arrête, Chris !

— Ote-toi de mes jambes, Beth, et cours vite jusqu'à l'hélico, pendant que je règle son compte à ce monsieur…

Joignant le geste à la parole, il asséna un coup de sabre sur l'épaule de son adversaire. Le sang jaillit de la djellaba déchirée, mais Soliman ne broncha pas et toisa son ennemi d'un regard méprisant.

— J'espérais un combat à la loyale, monsieur Burton, pas une boucherie ! Nous ne luttons pas à armes égales.

Chris ricana.

— Et après ?

Avec le cimeterre, il exécuta plusieurs moulinets menaçants.

— Les lois n'existent pas dans ce désert, Altesse, et vous l'avez prouvé en capturant cette jeune femme ! A présent, c'est moi qui ai le dessus et je ne vois pas pourquoi j'aurais plus de scrupules que vous !

La peur, la colère et l'indignation submergèrent Bethsheba.

Sachant à peine ce qu'elle faisait, elle sortit du fourreau son propre cimeterre et le tendit à Soliman.

Lorsque la lame recourbée brilla dans les mains du cheikh, Chris blêmit et parut hésiter. Cependant, il se reprit vite et, courageusement, fit face à l'adversaire qui fonçait sur lui…

Mais sa résistance dura peu. Faire de l'escrime sur scène avec une épée de carton n'a pas grand-chose à voir avec un véritable combat. Et devant les attaques de plus en plus précises de Soliman, il ne tarda pas à battre en retraite.

Tout à coup, sous les yeux horrifiés de Bethsheba, il perdit l'équilibre et lâcha son cimeterre. Projeté à terre, il voulut se relever. Mais Soliman s'était rué sur lui et, posant un pied sur la poitrine de son adversaire, il pointa son sabre en direction de la gorge dénudée…

— Vous êtes vaincu, monsieur Burton !

Chris, blanc comme un linge, fixait le cheikh d'un air hagard. Alors Bethsheba se précipita vers Soliman.

— Je t'en supplie, Soliman, épargne-le !

Avec un sourire condescendant, l'homme du désert se tourna vers la jeune femme.

— Je consens à lui faire grâce, ma colombe, mais à une seule condition…

— Laquelle ?

— Tu laisses repartir ton ami tout seul et tu m'accompagnes comme prévu au Grand Palais de Soliman.

— Non !

— Non ? Dans ce cas…

Il rapprocha lentement la lame du cimeterre de la gorge de Chris, tout en guettant les réactions de Bethsheba. La jeune femme, à bout de nerfs, éclata en sanglots.

— Arrête ce jeu cruel, Soliman. Je te suivrai où tu voudras.

Aussitôt, le cheikh remit le cimeterre dans son fourreau et relâcha Chris. Celui-ci se releva péniblement et son regard furieux alla de Bethsheba à Soliman.

— Misérable ! Vous savez très bien qu'elle ne pouvait répondre autrement. Une fois de plus, vous forcez sa volonté !

— Taisez-vous ! Reprenez votre hélicoptère et estimez-vous heureux d'avoir la vie sauve.

Bethsheba esquissa un pas en direction de son producteur. Mais Soliman l'arrêta d'une main ferme.

— Laisse-le. Il a besoin d'être seul pour panser ses blessures.

Le cœur lourd, la jeune femme regarda son ami regagner l'hélicoptère. Elle devinait et partageait son humiliation et son désespoir. Avec le départ de Chris dans des conditions si piteuses, elle perdait pour longtemps tout espoir de recouvrer la liberté.

Comme elle observait, nostalgique, le décollage et l'envol de l'hélicoptère, Soliman murmura à son oreille d'un ton suave :

— Ne regrette rien, Sheba. Tu viens de choisir ton destin.

Elle le gratifia d'un long regard chargé de ressentiment.

— Je n'ai rien choisi du tout !

— Vraiment ? Si tu préférais que je disparaisse de ta vie, pourquoi m'as-tu lancé ton cimeterre ?

Elle baissa les yeux, incapable de trouver une réponse logique à son comportement. Mais Soliman, lui, n'était jamais à court d'arguments.

— Sais-tu, ma chérie, pourquoi tu m'as si généreusement donné ton arme ? Parce que tu voulais me voir combattre et vaincre. Sois donc heureuse, ô ma reine guerrière ! Grâce à toi, j'ai gagné le droit d'emporter *ma* Sheba jusqu'au palais de mes ancêtres.

8.

Le Grand Palais de Soliman surgit à l'horizon, tel un rêve de pierre blanche se détachant sur le bleu du ciel saharien.

Bethsheba pénétra avec appréhension à l'intérieur de la première enceinte, crénelée comme un rempart de château fort. Sur le pavage de marbre éclaboussé de soleil, les sabots des chevaux résonnèrent avec une étrange intensité… Des hommes en djellaba et une meute de chiens jaunes accouraient à leur rencontre et les jappements frénétiques mêlés aux paroles arabes de bienvenue étourdirent la jeune femme qui se raccrocha d'instinct à la crinière de son coursier.

— Alors, Sheba, comment trouves-tu le palais de mes ancêtres ?

Descendu de cheval avec son aisance coutumière, Soliman lui tendit les bras.

— Viens, ma colombe. Allons découvrir ensemble ce palais qui va devenir le tien.

Tandis qu'il la posait à terre, elle balaya d'un regard morose l'immense et somptueuse cour. Cernée par une galerie dont les arches sculptées reposaient sur de délicates colonnes cannelées, elle était occupée en son centre par un magnifique bassin tapissé de mosaïque verte et bleue, en forme d'étoile, où s'élevait un mince jet d'eau qui s'élançait si haut dans le ciel qu'il semblait ne jamais retomber, évaporé comme un songe dans l'air surchauffé.

— C'est beau, murmura-t-elle. Mais ce n'est jamais qu'une prison.

— Une cage dorée pour une chatte rebelle !

Dans un geste réconfortant qui contredisait ses propos

moqueurs, Soliman posa sa main sur l'épaule de la jeune femme.

— Cesse de te révolter, Sheba. Ce palais ne deviendra prison que si tu le veux bien…

Ils déambulèrent à pas lents le long de couloirs tapissés de faïence émaillée dont les décors floraux étaient un enchantement pour l'œil. D'un couloir à l'autre, ils traversaient des patios agrémentés de statues et de fontaines, où lauriers-roses, hibiscus et bougainvillées égayaient la pierre et le marbre. Parfois, au-delà de corridors transversaux, ils apercevaient de magnifiques jardins dont la luxuriante végétation était rafraîchie par des cascatelles scintillantes.

Comme ils arrivaient dans un patio entièrement dallé de mosaïque où se dressaient de splendides colonnes de marbre rose, Soliman frappa deux fois dans ses mains et une nuée de jeunes femmes sortit aussitôt de l'ombre des galeries. Dans leurs costumes aux couleurs vives, avec leurs bracelets d'or et d'argent et leur petit diamant incrusté au creux de la narine, elles étaient ravissantes, et Bethsheba ressentit la vilaine morsure de la jalousie.

— C'est ton harem, Soliman ?

— Ce sont mes femmes, pas mes épouses.

— Quelle différence ?

— Je t'expliquerai plus tard…

Elle lui lança un regard furibond.

— Tu as vraiment l'art d'esquiver les questions !

Comme s'il n'avait rien entendu, il se tourna vers les femmes et leur parla en arabe. Irritée de ne rien comprendre, Bethsheba maugréa :

— Que leur dis-tu, Soliman ?

— Cela te concerne, ma toute belle. Je viens de leur demander de te préparer avec le plus grand soin pour la plus belle des nuits…

Devinant à quoi il faisait allusion, la jeune femme frissonna. Elle voulut interroger Soliman mais déjà il avait tourné les talons et se dirigeait de sa démarche altière vers le fond du patio.

Entourée aussitôt par les femmes, Bethsheba fut conduite

dans une belle salle richement décorée de faïence et de stuc, à laquelle deux alcôves garnies de sofas soyeux donnaient un air d'appartement privé.

Epuisée tout à coup, Bethsheba se laissa tomber sur l'un des sofas, parmi les coussins damassés, tandis que les femmes jacassantes s'empressaient autour d'elle pour lui ôter ses vêtements et ses bottes. Aucune d'elles ne semblait parler anglais et cette circonstance ajoutait à l'étrangeté de la situation. Comme si elle était parvenue au bout d'un long voyage initiatique, Bethsheba ressentait une crainte diffuse mêlée de curiosité et d'excitation trouble…

Alors que l'une des femmes déroulait le turban bleu cachant les cheveux de Bethsheba, les longues mèches dorées jaillirent soudain à la vue de toutes et une stupéfaction teintée de respect se peignit sur leurs visages. Puis, avec un bel ensemble, elles s'agenouillèrent aux pieds de la nouvelle venue.

— Sheba, Sheba !

Ne cessant de répéter ce nom, elles posaient des yeux fascinés sur la blonde chevelure de Bethsheba et la jeune femme finit par comprendre de quoi il retournait : la *légende de Sheba*, si joliment racontée par Soliman, avait pénétré dans ce palais, et ces femmes, nourries du culte de la femme-chatte aux cheveux d'or, la prenaient pour une réincarnation de la déesse…

Quelque chose dans leur attitude rappela soudain à Bethsheba l'adoration dont l'entouraient ses fans, en Angleterre, et elle médita avec amertume sur la solitude qui en résulte pour la personne vénérée… Car ici comme en Occident, ce statut d'idole l'isolait des autres.

Plus tard, après qu'elle se fut assoupie, vaincue par la fatigue, une femme vint la réveiller. Les rayons obliques du soleil, qui jetaient des reflets roses sur la faïence émaillée, indiquaient que l'heure du couchant approchait… et, avec elle, la nuit mystérieuse dont elle sentait venir les prémices.

Frissonnant à cette perspective, elle dut s'appuyer sur la femme qui l'aidait à se lever.

On la conduisit dans une salle de bains circulaire, entièrement tapissée d'une ravissante mosaïque turquoise semée de fleurettes blanches et or. Un plafond en forme de coupole, ouvragé comme une précieuse dentelle, dominait la pièce dont le centre était occupé par un large bassin rond, où l'on descendait par trois marches de marbre. Ce bassin était entouré de superbes colonnes qui conféraient à cette salle de bains fastueuse une majesté antique.

De magnifiques plantes vertes aux feuilles luisantes étaient disposées çà et là, donnant à la pièce une fraîcheur de jardin secret. Bethsheba admira surtout un massif de papyrus, placé au centre de la colonnade, et dont les branches graciles s'entrouvraient sur une forme dorée... une statue. Entièrement recouverte d'or, mi-femme, mi-chatte, avec des yeux en amande et de longs cheveux ondulés, c'était elle, *Sheba* !

Figée dans une pose altière et parée de bijoux royaux, la déesse légendaire semblait régner sur cette salle de bains comme l'autre *Sheba* régnait, au milieu du désert, dans son temple de pierre sculptée.

Eblouie, très émue, Bethsheba se laissa dévêtir sans presque le remarquer et, les yeux fixés sur le regard vide de la statue, elle entra dans le bain royal d'où s'exhalaient les plus fines fragances de l'Arabie. L'eau était tiède, délicieusement douce, et elle se laissa flotter dans le grand bassin avec une langueur voluptueuse, ses longs cheveux déployés autour d'elle comme des rubans d'algues autour du corps d'une sirène.

C'est seulement quand elle sortit de l'eau, ruisselante, et que les femmes l'entourèrent pour la sécher, la masser et l'oindre de crèmes parfumées que Bethsheba se souvint de ce qui l'attendait. Ce bain de rêve, ces soins raffinés, ces vêtements luxueux en souffle de soie, en mousseline pailletée, en velours rebrodé d'or et de perles, dont on la parait comme une idole, n'avaient qu'une seule et même fonction : attiser le désir de Soliman !

C'était pour lui, pour son royal plaisir qu'on allongeait les yeux de Bethsheba avec du khôl et qu'on accrochait à ses oreilles de lourds pendentifs en or. Pour lui qu'on teignait ses pieds au henné en y inscrivant des formules cabalistiques. Pour lui enfin qu'on ceignait le front de la jeune femme d'un diadème d'or incrusté de pierres précieuses, tout en dissimulant sa bouche pulpeuse sous le voile pudique des femmes musulmanes.

Car lui seul, bien sûr, aurait le droit de contempler le charmant visage de la jeune femme. Et lui seul pourrait écarter les pans du long manteau de soie noire, galonné d'or, qui cachait aux yeux de tous le corps splendide de la jeune épousée.

Lorsqu'elle fut enfin prête et que les femmes, avec des hochements de tête admiratifs, eurent approuvé les moindres détails de sa toilette, on la conduisit jusqu'à une salle carrée, surmontée d'un dôme en cèdre sculpté, où les murs présentaient des frises alternées de céramique et de mosaïque, superbement colorées et surmontées de panneaux en plâtre ciselé, qui reproduisaient des motifs floraux mêlés d'arabesques.

Dès son entrée dans la pièce, Bethsheba reconnut la haute silhouette de Soliman. Vêtu d'une gandoura immaculée et du turban royal tissé de fils d'or, il discutait avec plusieurs hommes à la mine grave. Quand il perçut le bruit de la porte, il se retourna aussitôt.

— Sheba !

Sa voix profonde et un peu rauque semblait voilée par l'émotion et ses yeux n'en finissaient pas d'examiner la jeune femme avec une admiration visible. On eût dit qu'il voyait pour la première fois ces prunelles couleur d'ambre, dramatisées par le khôl, et ce front que le diadème nimbait de reflets scintillants…

S'avançant vers elle à pas lents, il lui entoura les épaules d'un geste tendre et possessif.

— Tu es plus belle que Shéhérazade, ma reine, et plus désirable que toutes les *Sheba* qui t'ont précédée…

— Où sommes-nous ? demanda-t-elle.

— Dans la salle des cérémonies.

— On va donc célébrer une cérémonie ?

— Oui. Celle de notre mariage.

Elle le regarda, interloquée.

— Comment ? Nous allons nous marier ? Tu plaisantes…

— Pas le moins du monde. Tout est prêt, ici, pour que

nous échangions les promesses solennelles qui nous ouvriront les portes du paradis.

— Ton discours est très poétique, Soliman, mais je n'ai pas l'intention de t'épouser. D'ailleurs, tu aurais pu avoir l'élémentaire correction de me consulter, avant d'organiser une telle cérémonie !

Il haussa les épaules, impatienté.

— Ne me dis pas que tu n'avais pas deviné mon projet ? Je t'ai toujours traitée comme une reine et, depuis notre arrivée dans ce palais, mes femmes t'ont entourée des soins qu'on réserve à une personne de sang royal.

— Je croyais que…

— Ne sois pas de mauvaise foi, Sheba. Rappelle-toi mes paroles, sous la tente du douar… Ne t'ai-je pas prévenue que tu m'appartiendrais dès que nous aurions atteint le Grand Palais de Soliman ?

— Tu as dit quelque chose d'approchant. Mais je pensais alors…

— Que j'allais abuser de toi en cachette et concevoir des bâtards pour régner sur la terre de l'Auda Khazir ?

En dépit du rouge qui empourprait ses joues, Bethsheba trouva la force de planter son regard fier dans les yeux noirs du cheikh.

— Je n'ai que faire de tes arguments spécieux, Soliman, et je refuse de me marier ainsi, à la sauvette !

— Ton refus vient un peu tard, Sheba. Les vêtements et les bijoux que tu portes en ce moment sont ceux d'une mariée royale et personne, ici, ne croira que tu n'étais pas au courant de la cérémonie qui va avoir lieu !

— Je te répète que je ne veux pas me marier !

— Arrête tes caprices, Sheba. Un prince t'offre sa main, son cœur et sa couronne… et tu le repousses avec dédain ?

— Parfaitement. Tout cela n'est qu'une sinistre farce !

Un éclair de colère brilla fugitivement dans les yeux noirs.

— Manquerais-tu de courage, Sheba ? Tu me désires autant que je te désire et le mariage est l'aboutissement logique de ce sentiment mutuel.

Elle haussa les épaules.

— Rien n'est plus fugace que le désir d'un homme. Tu me veux parce que je te résiste. Mais du jour où le fruit mûr tombera dans ta main, tu ne penseras plus qu'à courir vers d'autres vergers…

— Ne parle pas ainsi, ma reine. Je t'attends depuis toujours. Tu es la réincarnation de la déesse et la femme de ma vie. Viens…

Comme il lui tendait la main, elle recula de deux pas et s'écria, les larmes aux yeux :

— Encore cette stupide légende ? Faut-il te le répéter ? Je ne suis pas *Sheba* ! Je n'ai rien de commun avec cette idole froide et sans vie. Je m'appelle Bethsheba Lyon, je suis anglaise et je suis une femme de chair et de sang, pas une statue…

Il esquissa une moue dédaigneuse.

— Toi, une femme ? Pour l'instant, tu n'es encore qu'une petite fille inquiète et immature. C'est moi qui ferai de toi une femme, une *vraie* femme !

— Non !

— Si.

Il lui avait saisi les poignets et il ajouta d'une voix basse et tranchante :

— Cesse de crier !

Eperdue, le cœur battant à tout rompre, elle balaya l'assistance d'un regard affolé. Tous l'observaient avec une gravité teintée d'ironie, attendant visiblement qu'elle se soumette. Alors, elle se résigna. Avait-elle le choix ?

Les yeux baissés et la bouche crispée sous le *yashmak* de soie noire, elle consentit à suivre Soliman devant le pupitre de bois doré où un Coran en parchemin étalait ses pages enluminées.

« Plus tard, songea-t-elle, je demanderai l'annulation de ce mariage stupide. »

Quand la cérémonie fut achevée, trois femmes vinrent chercher Bethsheba et l'emmenèrent dans une chambre aux dimensions impressionnantes, couverte de somptueux tapis, où des brûle-parfums laissaient échapper des senteurs capiteuses mêlant le santal, le musc et la vanille au chypre et au patchouli. Au milieu de la pièce, un vaste lit à baldaquin montrait, à travers ses tentures en damas pourpre, des oreillers bordés de dentelle et des draps brodés éblouissants de blancheur.

N'osant s'approcher de ce lit spectaculaire, qui symbolisait son prochain sacrifice, elle se dirigea vers les hautes fenêtres protégées de grilles qui donnaient sur un patio désert. « Impossible d'échapper à mon destin », pensa-t-elle, étonnée d'employer ce mot de *destin* qu'elle entendait si souvent dans la bouche de Soliman…

Une porte s'ouvrit soudain et le cheikh, vêtu de cette gandoura fluide qui donnait tant de noblesse à sa démarche, s'approcha de la jeune femme en souriant.

— Enfin seuls, ma reine. Maintenant, tu es mienne. Pour toujours.

Cette affirmation tranquille ranima la colère de Bethsheba.

— Tu te trompes, Soliman. Je ne suis ni à toi ni à personne.

Il fronça les sourcils.

— L'heure n'est plus aux caprices, ma colombe. Jusqu'ici, tu avais le droit de me repousser, de jouer comme une chatte avec mon désir d'homme. Mais à présent nous sommes mariés. J'ai fait de toi une reine et tu dois me traiter comme ton seigneur et maître.

Elle le toisa avec un sourire narquois.

— Je n'ai aucun devoir envers toi, Soliman. Tu m'as forcée à signer ces documents de mariage… Mais tu ne forceras pas davantage ma volonté.

Il sourit à son tour.

— Je sais, Sheba, que tu adores jouer les victimes, mais il serait temps que tu ouvres les yeux sur les motivations profondes de tes actes… Je n'ai jamais forcé ta volonté. C'est toi, de ton plein gré, qui es venue jusqu'à moi.

— Qui veux-tu convaincre, Soliman ? Tu sais très bien que les choses ne se sont pas passées ainsi !

— Cesse de nier, Sheba ! En courant vers moi, à Marrakech, tu cherchais à retrouver le désert magique de tes premières années et tu n'as pas été déçue. Car je t'ai donné tout ce que tu attendais en secret : le désert immense, les chevauchées fougueuses, le décor raffiné des palais arabes et l'atmosphère primitive des tentes bédouines. Je t'ai donné les mets épicés, les parfums capiteux, les soieries précieuses. Enfin, je t'ai donné ce que toi-même désirais le plus fortement, sans même le savoir : les baisers et les caresses d'un homme sur ton corps de belle endormie…

— Ce n'est pas vrai !

— Ah oui ?

Passant subitement de la douceur à la violence, il arracha le voile de soie qui masquait le visage de la jeune femme, la débarrassa de son diadème et, sans ménagement, fit tomber le manteau opaque qui recouvrait les soies transparentes de son costume de mariée.

Elle frissonna et, dans un geste instinctif et dérisoire, posa ses mains tremblantes sur sa poitrine qui se soulevait au rythme de son souffle précipité.

Alors, Soliman écarta les mains de Bethsheba et emprisonna les seins d'albâtre à peine dissimulés par le corselet de soie.

— Non, je t'en prie… non !

Les protestations de Bethsheba parurent fouetter le désir de Soliman. Avec une avidité passionnée, il cueillit la bouche fraîche de la jeune femme et la laissa chancelante, éperdue, à la merci de cet homme, son mari, dont les baisers allumaient en elle des sensations inouïes et l'emportaient corps et âme dans un vertige voluptueux.

La pressant contre lui avec une ardeur d'amant impatient, il chuchota à son oreille d'une voix suave :

— A présent, ma reine, je vais te faire mienne…

Il la souleva dans ses bras et la déposa sur le grand lit avec une délicatesse insoupçonnée. Dans la pénombre des tentures pourpres, le corps à demi dévoilé de Bethsheba était d'une blancheur ivoirine et ses beaux cheveux blonds, épars sur les oreillers, évoquaient un champ de blés fraîchement coupés.

Soliman, malgré le désir sauvage qui faisait briller ses yeux noirs, prit le temps de contempler ce corps émouvant qu'il savait à sa merci. Puis, doucement, avec des gestes impalpables, il commença à dévêtir son épouse…

Les vêtements de soie fluide glissèrent un à un sous les doigts brûlants de Soliman qui, insensiblement, avaient entamé un ballet voluptueux de caresses expertes. Bouleversée par ces mains magiques qui la faisaient défaillir, Bethsheba était à peine consciente de sa nudité et, libérée de ses pudeurs farouches, elle renversa la tête, cambra les reins et s'offrit sans retenue à ces doigts audacieux qui erraient sur tout son corps frémissant et tissaient autour d'elle un voile d'ivresse, une symphonie sensuelle de subtiles et déchirantes caresses.

— Oh ! ma chatte brûlante et passionnée, murmura-t-il avant de reprendre la bouche de Bethsheba.

Sous la douceur des lèvres impétueuses, elle fut secouée d'un long frisson et un désir violent monta du creux de ses reins. Alors, conquérante à son tour, elle noua les bras autour du cou de son mari, caressant la nuque puissante, puis le dos vigoureux dont elle sentait rouler la musculature sous ses paumes.

S'arrachant à leur baiser passionné, Soliman chuchota :

— Maintenant, ma reine, il faut que tu oses regarder ton roi !

Il s'était écarté d'elle et, posément, il ôta ses vêtements. Bethsheba aurait voulu se détourner. Mais Soliman, tout en se déshabillant, ne la quittait pas du regard et elle n'osa pas baisser les yeux.

Dans la pénombre du baldaquin, le corps musclé de Soliman avait des reflets cuivrés de statue et Bethsheba, le cœur battant, ne put s'empêcher d'admirer ce torse puissant et cette musculature harmonieuse qui donnaient à son mari l'allure d'un cavalier de légende. Cependant, à cause de la force virile, primitive, irradiée par ce corps nu, elle sentit bientôt la panique la gagner.

— J'ai peur, murmura-t-elle.

— Peur de quoi, ma reine ? Tu ne peux pas rester toujours une petite fille ?

Avec une ardeur renouvelée, il étreignit le corps frissonnant et, du genou, il ouvrit les cuisses veloutées, tandis qu'il laissait courir ses mains sur les tendres courbes féminines, inventant des caresses inédites pour attiser le désir de sa femme et obtenir sa reddition.

Emportée par un torrent de sensations exquises dans une fête des sens à nulle autre pareille, Bethsheba sentit fondre ses dernières réticences et, oubliant ses craintes virginales, elle s'ouvrit comme une fleur au soleil et, lorsqu'il s'aventura dans les zones sensibles et secrètes de sa féminité, elle ondula amoureusement sous lui, submergée par la violence et l'urgence de son désir.

Alors il vint en elle, lentement, avec une douceur qui l'émerveilla. A peine nota-t-elle la douleur fulgurante, fugitive qui l'avait transpercée... Comblée, éperdue de bonheur, elle se laissa envahir et peu à peu, enivrée par le plaisir indicible de la possession, elle se mit à bouger avec lui, suivant, puis donnant le rythme, entraînée dans la danse intemporelle et extatique des corps amoureux.

Par vagues successives, la volupté les emportait, et Bethsheba, sirène et bacchante, se cambrait, ployait, ondulait, grisée de se sentir femme et cherchant cette fusion royale, ce don suprême que Soliman semblait retarder à dessein pour mieux exacerber la fièvre amoureuse de sa compagne... Mais, au bout d'un moment, la frénésie de la possession submergea les deux époux. Tout se mit à tourner autour d'eux en un lent tourbillon, une spirale infinie qui les entraîna jusqu'au point culminant d'une extase partagée.

Un long tressaillement de plaisir secoua leurs corps baignés de sueur, et Bethsheba laissa échapper un cri léger, auquel répondit le gémissement rauque de Soliman.

Pendant de longues minutes, ils restèrent enlacés, ivres de bonheur, alanguis d'une voluptueuse paresse. Nichée contre l'épaule de son mari, Bethsheba goûtait en silence la joie de se sentir femme auprès d'un mari aimé.

— Ma reine, tu m'as rendu si heureux..., murmura-t-il soudain.

Elle lui sourit, en battant des cils pour cacher les déclarations qu'elle réprimait... « Je t'aime », pensait-elle. Mais pouvait-elle le lui avouer ? Elle venait de se donner à lui si complètement qu'elle craignait, en lui avouant son amour, d'être totalement à sa merci.

9.

Le son guttural, monocorde d'une prière parvint jusqu'aux oreilles de Bethsheba. Lorsqu'elle ouvrit les yeux, Soliman était penché sur elle et caressait ses longues mèches blondes.

— Comment te sens-tu, ce matin, ma reine ?

— Merveilleusement bien.

Avec un sourire ensommeillé, elle s'étira entre les draps froissés. Soliman la regarda d'un air attendri.

— Ma chatte sauvage est toute douce, aujourd'hui…

— C'est parce que je suis encore endormie. Mais si jamais je me réveille, prends garde !

— Si tu te réveilles, ma chérie, je suis là pour dompter tes fureurs…

Elle s'empourpra au souvenir de leurs folles étreintes et il se mit à rire.

— Ne rougis pas ainsi, Sheba. J'adore tes ardeurs de femme. D'ailleurs, j'aime tous les aspects de ta personnalité : la chanteuse émouvante, la chatte rebelle, l'amante passionnée…

— Vraiment ?

— Oui. Et bientôt, je l'espère, tu m'offriras une autre facette de la mystérieuse Sheba…

— Que veux-tu dire ?

— Que bientôt, ma reine, tu seras aussi la mère de mes enfants.

Interdite, elle le contempla sans rien dire.

— Pourquoi cet étonnement ? Etre mère n'est-il pas le plus beau rôle que puisse tenir une femme ?

— Sans doute, mais…

— Tu n'as pas songé, en te donnant à moi, que tu pouvais concevoir un enfant ? Cette nuit même, tu l'as peut-être déjà conçu…

Bethsheba blêmit et détourna les yeux. Comment n'avait-elle pas songé à cette éventualité ? Emportée par le feu de la passion, elle s'était donnée sans réserve et c'est seulement ce matin, devant les questions de Soliman, qu'elle envisageait les conséquences de son acte… Etre mère ! Si vite ? Alors qu'elle venait tout juste de devenir femme et qu'elle connaissait si mal encore son époux ?

Epouvantée, elle fixa Soliman avec des yeux voilés par la tristesse et l'inquiétude.

— Je n'ai pas envie d'avoir un enfant. Pas tout de suite.

— Tu parles sérieusement ?

— Oui.

— J'ai peine à le croire ! Tu es mon épouse, la reine de l'Auda Khazir, et ton premier devoir est de donner des héritiers à la dynastie.

Devant le ton péremptoire de Soliman, elle sentit renaître son tempérament rebelle. Redressant la tête, elle défia son époux du regard.

— Tu parles comme si je n'étais rien d'autre que ton épouse ! Mais rappelle-toi que j'ai également un contrat qui me lie à Chris Burton. Ma carrière de chanteuse…

Il lui coupa sèchement la parole.

— N'essaye pas de m'attendrir ! Tu m'as toi-même confié que tu étais lasse de ce métier…

— On peut vouloir changer de vie sans pour autant rêver d'être enfermée dans un palais-prison ! Sois honnête et reconnais que tu m'as forcée à venir ici, à t'épouser, à me plier à tous tes désirs.

Les yeux noirs de Soliman étincelèrent de fureur.

— Mes désirs ne te déplaisaient pas, il me semble ! Et, cette nuit même, je n'ai guère eu besoin de te forcer…

L'assurance tranquille de Soliman blessa l'orgueil de Bethsheba. D'accord, elle s'était donnée à lui avec l'ardeur d'une femme séduite… Mais avait-il besoin de le lui rappeler sans cesse ?

Elle eut envie de le narguer.

— Par imprudence, je suis tombée dans le piège de ce mariage, mais je suis bien décidée à conserver mon indépendance.

— Et de quelle manière, s'il te plaît ?

— En reprenant ma carrière, par exemple…

Il eut un geste excédé.

— Tu racontes vraiment n'importe quoi, Sheba ! En quatre ans de célébrité, tu as eu tout le temps d'apprécier les joies du show business et tu sais parfaitement que, pour t'épanouir, il te faut une vie très différente…

— En tout cas, pas la vie que tu m'offres !

— Pourquoi mépriser ce que tu ignores ? Etre l'épouse du cheikh de l'Auda Khazir est un rôle infiniment plus honorable et gratifiant que celui de la chanteuse-nymphette imaginée par le génial M. Burton !

Comme elle eût aimé le croire ! Hélas, ce qu'il lui offrait pour remplacer sa carrière de chanteuse n'avait rien de très attirant : un rôle d'épouse effacée, soumise et prolifique, enfermée derrière les grilles dorées d'un palais saharien ! Cela ne ressemblait en rien à cette vie de couple égalitaire et harmonieux dont elle avait toujours rêvé…

— Etre l'épouse d'un cheikh n'est pas un idéal de vie, Soliman.

— Et peut-on connaître ton idéal ?

— Mon seul vrai besoin dans la vie, c'est l'amour.

Il haussa les épaules et esquissa une moue dédaigneuse.

— L'amour ? L'amour est une illusion, un gadget inventé par les Occidentaux pour donner plus de prix à leurs ébats !

Elle le regarda, horrifiée.

— Une vie sans amour, voilà ce que tu oses me proposer ?

— La vie que je t'offre est honorable, digne de toi et tu l'accepteras, car tel est ton destin. *Mektoub* !

— Non, je ne crois pas un mot de tes contes sur la déesse Sheba ! C'était juste une belle histoire pour endormir ma méfiance et me faire tomber dans le piège de ce mariage absurde.

Il lui lança un regard étincelant de colère et elle crut

qu'il allait se jeter sur elle. Mais il n'en fit rien et, rejetant les draps brusquement, il se leva et marcha vers le fond de la pièce, exposant sans fausse pudeur la nudité superbe de son corps d'athlète.

— Où vas-tu, Soliman ?

— J'ai du travail qui m'attend.

— Quand te reverrai-je ?

— Cet après-midi, peut-être…

Humiliée par sa désinvolture, elle se fit pressante.

— Il faut que nous parlions, Soliman. C'est urgent.

— Dans ce cas, voyons-nous vers 3 heures. J'enverrai quelqu'un te chercher.

Il s'éclipsa sans autre précision et Bethsheba, ulcérée, s'écroula en pleurs sur les oreillers de batiste où, quelques heures plus tôt, elle avait gémi de plaisir dans les bras de son mari.

Quel ne fut pas l'étonnement de Bethsheba, en arrivant dans le grand patio dont la galerie était soutenue par une colonnade circulaire, d'entendre le cliquetis des machines à écrire, le crépitement des fax et le ronronnement caractéristique des ordinateurs !

Une servante l'avait conduite ici, puis était repartie aussi vite, la laissant seule devant l'une des portes qui s'ouvraient sur la galerie du patio. Intimidée, elle frappa trois petits coups sur le battant de chêne. Pas de réponse… Elle se hasarda à entrer.

Une surprise de taille l'attendait à l'intérieur de la pièce. C'était un grand bureau ultramoderne, pareil à ceux qu'on peut voir dans les tours de la City ou de Wall Street… Epaisse moquette beige clair, vaste bureau directorial en acajou massif, fauteuil de manager en cuir noir et partout les machines électroniques indispensables à un businessman.

Sur les murs, quelques tableaux modernes, de belle facture, apportaient une note plus intimiste au décor, de même qu'une grande bibliothèque vitrée où des livres de comptabilité et de gestion voisinaient avec des œuvres littéraires reliées dans un beau cuir rouge.

Captivée par l'aspect inattendu de ce bureau, qui tranchait tellement avec le décor oriental du palais, Bethsheba n'avait pas encore levé les yeux vers les baies vitrées. Elles donnaient sur l'extérieur : un paysage désertique traversé par un ruban goudronné qui ressemblait à une piste d'atterrissage… Un terrain d'aviation dans ce coin perdu ? se demanda-t-elle, incrédule.

Tout à coup, elle l'aperçut : un Cessna rouge, dont la carlingue rutilait au soleil. Posé sur le macadam comme un jouet d'enfant, il semblait attendre le retour imminent de son pilote.

Un claquement de porte arracha la jeune femme à ses réflexions. Elle tourna la tête et aperçut, appuyée contre le battant clos, la silhouette élégante d'un businessman européen : Soliman !

Vêtu d'un costume gris foncé, dont la coupe impeccable mettait en valeur ses larges épaules, et d'une cravate de soie bordeaux qui contrastait avec sa chemise blanche, il était encore plus séduisant que dans ses costumes orientaux. Quelque chose, pourtant, dans la sensualité du regard et l'arrogance du sourire, rappelait à Bethsheba le cheikh barbare qui avait, en quelques jours, bouleversé sa vie.

— A quoi songes-tu, Sheba ?

La question de Soliman était anodine, mais la voix dure laissait présager une tension de mauvais aloi. Se sentant condamnée d'avance, quoi qu'elle puisse dire, elle prit le parti d'être franche :

— Pourquoi m'as-tu caché cet aspect de ta vie, Soliman ? Ce bureau moderne, ces machines, ces affaires que tu dois brasser…

— Dois-je comprendre que tu es déçue de me découvrir en businessman ? Tu me préférais en cavalier du désert ?

— Ce n'est pas ce que j'ai voulu dire.

— Alors, il faut t'expliquer plus clairement.

Se dirigeant vers son bureau, il s'installa dans le siège capitonné de cuir noir et fit signe à la jeune femme de s'asseoir en face de lui. Très émue, Bethsheba garda le silence un long moment. La situation qu'elle vivait était pour le moins étrange : elle, l'Européenne, venait d'entrer dans ce bureau en tenue de harem. Et lui, le cheikh du désert, portait le costume gris des hommes d'affaires occidentaux !

— Je t'écoute, Sheba. De quoi veux-tu que nous parlions ?

La voix impérieuse de Soliman la fit tressaillir. Elle tenta de rassembler ses esprits.

— Ce décor… le bureau, les tableaux, les livres, l'avion qui est dehors… tout cela me surprend. Cela ne correspond pas à l'idée que je me faisais de ta vie.

— Et alors ? Tu es choquée ?

— Pas du tout. Je pense au contraire que c'est mieux pour nous.

— En quel sens ?

— Eh bien, nous aurons davantage de choses à partager. Je vois que tu aimes comme moi la peinture, la littérature…

— Ce matin, Sheba, tu m'accusais d'être un barbare et un geôlier. Mais, apparemment, il a suffi que je change de costume et que j'exhibe quelques gadgets du pouvoir occidental pour te faire changer d'avis ? Cela s'appelle juger les gens sur les apparences !

— Tu déformes mes propos, Soliman !

— Allons donc ! Il y a quelques heures à peine, je ne valais rien pour toi et tu voulais à toute force retourner vers ton ancienne vie… Or cet après-midi, ô miracle, finies l'agressivité et les revendications ! Tu ne parles plus que de partager ! Sais-tu au moins pourquoi ? Parce que mon statut de businessman flatte ta vanité et fait de moi un mari enfin acceptable !

Ulcérée par ces accusations injustes, Bethsheba résolut de contre-attaquer :

— Comment accepter un mari qui vous cache la moitié de sa vie ? Si tu m'avais honnêtement décrit tous les aspects de ton existence, au lieu de jouer ce rôle de despote, j'aurais eu davantage confiance en toi.

Il lui lança un regard ambigu.

— Pas si sûr. Et tu aurais sans doute été moins séduite, ma reine…

— Que veux-tu insinuer ?

— Tout bêtement que tu es sans doute plus excitée, sur le plan sexuel, par un cheikh barbare que par un banal businessman !

Mortifiée et rouge comme une pivoine, elle protesta avec véhémence :

— C'est faux ! Je déteste tes manières de rustre.

— Vraiment ?

Arrachant le voile qui couvrait en partie le visage de Bethsheba, il se pencha sur les lèvres frémissantes et les captura avec une violence passionnée. Suffoquée et profondément troublée par l'ardeur sauvage de ce baiser, la jeune femme ne put réprimer un gémissement voluptueux.

Soliman esquissa un petit sourire de triomphe.

— La preuve, la voilà, ma chérie…

Elle le fusilla du regard et s'écarta de lui, dédaigneuse.

— Tu n'es qu'un sauvage ! Incapable de convaincre autrement que par la force…

Cédant à la colère, Soliman bondit sur elle et, cette fois, il arracha le manteau de la jeune femme, puis sa robe… Quand ses mains commencèrent à tracer des chemins de feu sur la peau de Bethsheba, elle crut défaillir. Montant du plus profond d'elle-même, un tourbillon embrasait ses sens et déjà elle s'abandonnait, chancelante, aux caresses fougueuses de son mari.

— Alors, ma reine ?

— Oh ! Soliman, arrête…

— Pourquoi ? Ton corps, lui, me supplie de continuer.

— Ce n'est pas vrai…

Ignorant les protestations de sa femme, Soliman la souleva dans ses bras et il la renversa sur le grand bureau. Là, parmi les dossiers et les téléphones, il l'écrasa sous le poids de son corps puissant.

Haletante, elle ne songeait même plus à se débattre. Grisée par le désir sauvage qu'elle devinait chez son mari, elle y répondait avec une ardeur égale, ayant à peine conscience que le bureau où elle était allongée lui meurtrissait le dos.

Mais Soliman, tout à coup, s'écarta brutalement d'elle et, la toisant de toute sa hauteur, il ricana avec jubilation.

— Il te plaît bien, n'est-ce pas, le cheikh barbare ? Et si je le voulais, je pourrais te prendre à l'instant même, sur ce bureau !

Il fit quelques pas dans la pièce en resserrant le nœud de sa cravate. Puis il ajouta avec une solennité feinte :

— Désolé de te décevoir, ma reine ! Mais le distingué businessman que je suis ne peut se conduire de façon aussi grossière…

Tremblant et pleurant de rage, Bethsheba se redressa et rajusta ses vêtements en désordre. Le comportement de Soliman était abject. Il avait éveillé le désir de son épouse dans le seul but de la rejeter ensuite, humiliée et frustrée. Etait-ce là le comportement d'un mari honorable ? Désespérée, elle perdit toute retenue.

— Tu n'es qu'un barbare pervers et cruel. Je te hais !

Il blêmit sous l'outrage, mais garda pourtant son sang-froid.

— Très bien, Sheba. Puisque tels sont tes sentiments, ta place n'est plus dans le palais de mes ancêtres. Dès demain, mon avion te ramènera à Tanger. Pour aujourd'hui, je te demande de quitter ce bureau et de te retirer dans tes appartements.

Durant plus de deux heures, Bethsheba resta prostrée dans la chambre aux deux alcôves, pleurant toutes les larmes de son corps sur ses espoirs brisés.

Car ce palais-prison qu'elle voulait tellement fuir, ce matin encore, lui apparaissait maintenant comme le lieu de toutes les délices. Un paradis perdu dont elle était chassée, comme Eve, pour avoir enfreint certaines règles.

Comment avait-elle pu se montrer aussi aveugle ? Mépriser les dons de Soliman ou les accepter à contrecœur ? Alors qu'il lui offrait justement ce dont elle rêvait en secret : le désert de son enfance, une vie saine, exaltante et libre, loin des faux-semblants de la scène, au sein d'un peuple raffiné, respectueux des vraies valeurs...

Grâce à sa rencontre avec Soliman, Bethsheba était devenue une autre femme, dans tous les sens du terme. Entre les bras de son mari, elle était née une seconde fois, s'éveillant à une foule de sensations ignorées jusque-là... Cette nouvelle Bethsheba, plus sensible et plus sensuelle, rayonnante de féminité, débordante d'énergie et de passion, elle voulait la garder en elle, en faire la composante essentielle de sa future personnalité.

Mais comment y parviendrait-elle si Soliman n'était plus là pour l'encourager, la protéger, l'aimer ?

Bien sûr, l'amour de Soliman n'était pas cette passion romantique exacerbée dont rêvent les jeunes filles. Néanmoins, c'était un sentiment fort, basé sur l'estime, l'affection et l'attirance physique. Ce qui n'était déjà pas si mal !

Bien des femmes, d'ailleurs, s'en seraient contentées. Pourquoi avait-elle demandé plus ? Alors qu'elle-même refusait les exigences légitimes de son mari : un enfant, par exemple...

Pour la énième fois, elle tournait et retournait ces questions dans sa tête quand on frappa discrètement à la porte. Son cœur battit à grands coups. Soliman ?

Non, ce n'était qu'une servante apportant une lettre.

« Dînons ensemble, ce soir. Nous discuterons de la procédure du divorce.

Soliman. »

La missive, froide et sèche, précipita Bethsheba dans une nouvelle crise de larmes. Cette fois, plus question de nourrir la moindre illusion : le mot *divorce* était écrit noir sur blanc et le voyage à Tanger, demain, serait sans retour. Plus jamais elle ne reverrait le palais des Sept Soleils ni les Jardins de Shéhérazade ni la tente princière du douar. Plus jamais elle n'entrerait dans le lit royal aux tentures pourpres où elle avait connu toutes les voluptés de l'Orient...

Lorsque l'on touche le fond du désespoir, tel un nageur qui coule dans les profondeurs océanes, on peut choisir de se noyer ou de rebondir d'un coup de pied rageur. Bethsheba, avec une combativité qui la surprit elle-même, choisit la deuxième solution. Puisque son mari lui accordait, ce soir, une ultime entrevue, eh bien, elle allait se battre et tenter le tout pour le tout. Elle lui dirait : « Je t'aime. » Quitte à ce qu'il se moque d'elle ou refuse de la croire…

Comme elle entrait dans le bassin rond de la salle de bains pour y faire ses ablutions avant le dîner, elle leva les yeux vers la colonnade où brillait la statue de Sheba, et une idée lui traversa soudain l'esprit. Son époux, depuis l'enfance, était obsédé par le mythe de Sheba. La déesse mi-femme, mi-chatte avait marqué son imaginaire et fixé pour toujours son idéal féminin. Si elle parvenait, ce soir, à prendre l'aspect physique de l'idole légendaire, peut-être susciterait-elle en lui une émotion, un désir ou un regret qui l'amènerait à revenir sur sa décision de divorcer…

Evidemment, la chance de réussir était mince. Mais, pour sauver son amour, Bethsheba se sentait prête à soulever des montagnes.

A peine sortie du bain, elle fit comprendre aux femmes, par une série de mimiques, ce qu'elle désirait. Aussitôt, avec des babillages surexcités et de petits rires complices, chacune s'empressa à tour de rôle autour d'elle. L'une apporta un costume en lamé or exactement semblable à celui de la statue ; l'autre trouva dans les coffrets royaux une parure de rubis similaire à celle portée par la déesse ; une troisième et une quatrième s'appliquèrent par la coiffure et le maquillage à transformer Bethsheba en idole païenne.

Lorsque la jeune femme, enfin prête, put se regarder dans le haut miroir de la salle de bains, elle se reconnut à peine. La ravissante Anglaise s'était muée en une créature féline, à la fois sauvage et sophistiquée, qui semblait descendre de son socle, le temps d'une apparition, pour éblouir le cœur des hommes.

En proie à une nervosité grandissante, Bethsheba fut conduite dans une grande salle à manger qui combinait avec goût le style européen et le style oriental. Au bout d'une longue table somptueusement dressée, où la porcelaine française et l'argenterie anglaise luisaient doucement sous les mille feux d'un énorme lustre en cristal, Soliman était installé et regardait dans le vague. Vêtu d'un impeccable smoking noir à revers de satin et d'une chemise blanche à col cassé qui accentuait la sombre virilité de son visage, il ressemblait à un émir du Golfe en rupture de désert. Un businessman oriental donnant le change à un groupe d'aristocrates anglais…

Terriblement émue, Bethsheba domina pourtant le tremblement de ses mains et s'avança, très droite et hiératique, vers la grande table. Soliman venait de remarquer sa présence et ils échangèrent un regard intense, que l'un et l'autre voulaient indéchiffrable. Qui céderait le premier ?

Soudain, comme un fleuve en crue qui rompt tous ses barrages, Soliman se leva d'un bond et il étreignit sans un mot la jeune femme. Elle n'osa ni bouger ni crier. En elle demeurait quelque chose de la déesse et elle sentait intuitivement qu'elle ne devait pas redescendre tout de suite de son piédestal.

— Sheba ! murmura Soliman. Sheba, déesse de mon cœur, c'est pour moi que tu as pris ce costume ? Pourquoi ?

Elle se jeta à l'eau. Advienne que pourra !

— Parce que… je t'aime, Soliman. Je t'aime de toute mon âme et je ne veux pas te perdre.

Il resta un long moment silencieux puis, d'une voix rauque, voilée par l'émotion, il demanda :

— Lequel des deux aimes-tu, Sheba ? Le businessman ou le cavalier du désert ?

Pour alléger la gravité dramatique de l'instant, elle adopta un ton moqueur :

— A vrai dire, j'ai une légère préférence pour celui que j'ai connu en premier, le cheikh en djellaba… Mais le businessman en smoking est aussi très séduisant ! Et toi, mon amour : quelle image de moi préfères-tu ?

— Je crois te l'avoir déjà dit, Sheba. J'aime toutes tes incarnations. Mais je caresse un rêve depuis que…

— Lequel ?

— Il y a deux ans de cela, j'ai vu des photos de toi dans les magazines.

— Tu me connaissais donc avant de…

— Oui, Bethsheba, j'étais l'un de tes fans, perdu dans l'obscurité d'une foule enthousiaste. « Un ver de terre amoureux d'une étoile », comme l'a écrit si joliment Victor Hugo.

— Amoureux ?

— Oui, amoureux de toi sans t'avoir jamais rencon-trée.

Elle hésita à poser la question qui lui brûlait les lèvres.

— Est-ce que… tu es toujours amoureux ?

— Oui, plus que jamais. Je t'aime, Bethsheba Lyon. Et c'est pourquoi je voudrais que mon vieux rêve s'accomplisse… visiter Paris avec toi.

— Oh ! Soliman. Tu ne veux donc plus m'enfermer dans ce palais ?

— Je n'en ai jamais eu l'intention, mon amour.

— Je… je croyais que tu voulais des enfants ?

— Certainement. Mais chaque chose en son temps. Il faut d'abord que nous partions en voyage de noces !

Il la prit dans ses bras et l'entraîna dans une valse folle. Les rubis qui scintillaient sur la gorge de Bethsheba et les voiles dorés de la déesse, déployés autour d'elle, évoquaient l'apothéose d'un soleil couchant dans le désert.

CAROL MARINELLI

L'héritier de Zaraq

éditions HARLEQUIN

Cet ouvrage a été publié en langue anglaise
sous le titre :
SECRET SHEIKH, SECRET BABY

Traduction française de
CÉCILE LOMBARD

Ce roman a déjà été publié en octobre 2009

Toute représentation ou reproduction, par quelque procédé que ce soit, constituerait une contrefaçon sanctionnée par les articles 425 et suivants du Code pénal.
© 2009, Carol Marinelli. © 2009, 2014, Traduction française : Harlequin S.A.
83-85, boulevard Vincent-Auriol, 75646 PARIS CEDEX 13.
Service Lectrices — Tél. : 01 45 82 47 47
www.harlequin.fr

1.

L'hôtel était magnifique.

En traversant à la hâte la luxueuse entrée, Felicity Anderson aurait aimé avoir le loisir d'apprécier le somptueux décor ou, mieux encore, de pouvoir faire un saut aux toilettes pour arranger sa coiffure et retoucher son maquillage. Très tôt ce matin, elle avait discipliné au gel les boucles de ses longs cheveux blonds, mais sa course sous la pluie devait avoir gâché ses efforts. Pas le temps de s'en soucier, cependant. La séance d'information commençait à 10 heures.

En regardant sa montre, elle grimaça : elle avait manqué le premier quart d'heure. De nature méticuleuse et ponctuelle, elle avait tout fait, pourtant, pour être à Londres à 9 heures, en espérant avoir le temps de boire un café avant de se rendre à la conférence…

Hélas, des travaux imprévus sur la voie avaient ralenti son train venu du nord de l'Angleterre et, à présent, elle était en retard.

Le réceptionniste lui ayant indiqué la direction à suivre, elle se laissa guider vers l'accueil par les panneaux discrets qui jalonnaient le parcours jusqu'à la salle de réunion. Là, assise à un bureau, une beauté aux cheveux d'un noir luisant et vêtue d'un impeccable tailleur-pantalon bleu marine balaya d'un geste apaisant ses excuses.

— Je m'appelle Noor. Nous sommes très heureux que vous ayez pu venir, Felicity. C'est à peine l'introduction, la présentation de l'université nouvelle.

Sa main manucurée lui tendit un stylo, et la jeune femme

la pria de signer le registre de présence, puis lui remit un épais dossier contenant des brochures et des formulaires.

— Vous pourrez les regarder plus tard. Venez, je vous accompagne. Vous n'aurez qu'à rester debout jusqu'à la fin du documentaire, qui n'est pas très long, et aller vous asseoir ensuite. Nous sommes vraiment ravis de vous avoir ici, et enchantés de votre intérêt. Notre hôpital a un besoin urgent de sages-femmes qualifiées.

Bien que ses premiers contacts avec l'hôpital de Zaraqua aient été agréables, Felicity fut étonnée et ravie de ce chaleureux accueil. En même temps, elle ne put s'empêcher de se sentir un peu coupable, car elle s'était déjà presque engagée pour un autre poste au Moyen-Orient. Seule une curiosité de dernière minute l'avait poussée à assister à cette séance d'information et de recrutement.

Par souci d'honnêteté, elle avait clairement expliqué tout cela au téléphone : sa décision était pratiquement arrêtée, et elle souhaitait simplement s'assurer qu'elle avait fait le bon choix.

La salle était plongée dans l'obscurité, l'unique source de lumière provenant du large écran, quand Felicity s'y glissa. Appuyée contre le mur du fond, elle regarda le début du documentaire. Le royaume de Zaraq était une île, et la vue des merveilleuses plages dorées de la Méditerranée, qui se prolongeaient par l'immense désert, fit vaciller sa certitude.

Bien que progressiste, le pays était très respectueux de ses traditions ancestrales, apprit-elle. L'université qui s'ouvrait pour que la nouvelle génération d'étudiantes puisse profiter sur place d'une instruction de haut niveau serait réservée aux femmes, afin de rassurer les familles les plus conservatrices.

Si elle jugea cet exposé passionnant, l'hôpital l'intéressa bien plus encore. Tandis que le film la conduisait à travers les luxueux couloirs qui laissaient entrevoir des chambres cossues, elle se concentra sur l'impressionnante énumération des équipements et installations accessibles à tous les habitants du pays sans distinction.

Elle était si attentive qu'elle remarqua à peine que la porte près de laquelle elle se tenait venait de s'ouvrir. Quelqu'un entra et s'immobilisa non loin d'elle.

Felicity sut aussitôt, sans même regarder, qu'il s'agissait d'un homme. Un effluve délicieux lui parvenait, mais plus encore, elle avait conscience d'une présence masculine, terriblement virile, qui détourna son attention de l'écran. Elle fit un signe de tête poli au nouvel arrivant et fut soudain incapable de le quitter des yeux.

Même dans la semi-obscurité, il était d'une beauté saisissante. Au lieu d'être adossé au mur comme elle, il se tenait très droit et sa taille était impressionnante. Il avait les cheveux courts, des traits parfaitement réguliers, un nez droit, de profondes ombres sous les pommettes. Quant à ses yeux noirs, ils étaient pour l'instant rivés aux siens dans la pénombre.

Lorsqu'il répondit à son salut, elle se détourna vivement, le visage en feu, pour feindre d'être captivée par le documentaire. Fixant l'écran, la nuque raide, elle s'obligea à ne pas suivre son instinct et à ne plus tourner son regard vers lui.

Sa présence était dévastatrice, torride. Pas seulement en raison de sa beauté. Il y avait autre chose…

Bien qu'il soit à plus d'un mètre d'elle, c'était comme s'il avait été proche à la toucher. Dans cette intimité favorisée par l'obscurité, Felicity savait, elle était sûre, qu'il l'observait.

Haletante, à peine capable d'avaler sa salive, elle était heureuse d'avoir derrière elle un mur qui la soutenait.

Jamais elle n'avait rien éprouvé de semblable.

Même les plus tendres manifestations d'affection de Paul, son ex-petit ami, n'avaient pas déclenché le quart d'une telle réaction, ce qui était d'ailleurs la cause de leur rupture. Elle était incapable, physiquement incapable, de se donner à un homme ; et, tout à coup, cette part d'elle-même qu'elle avait cherchée en vain, que tout le monde semblait posséder sauf elle, surgissait !

Telle une graine après un séjour dans le sol pendant un long hiver, elle sentait l'impulsion de la chaleur, quelque chose qui éclatait en elle, qui montait vers la surface, et semblait, ici, dans le noir, irréel.

Tandis qu'elle s'efforçait de se concentrer et de calmer sa respiration, elle eut l'impression de devenir folle. Pendant une année entière, elle avait consulté un gynécologue qui, après avoir rompu son hymen, lui avait prodigué de nombreux conseils afin que son corps s'habitue à l'idée de la pénétration. Hélas, rien, ni les interminables bains chauds moussants, ni la bonne volonté de Paul, ni les tranquillisants ou un verre de vin, pas plus que le simple raisonnement logique, n'avait donné de résultat.

Et voilà que, là, dans le noir avec cet inconnu, consciente de son regard sur elle, de son odeur, de sa présence intense, elle savait que s'il s'approchait, s'il se penchait sur elle, elle ne refuserait pas son baiser. Pire, elle pouvait presque l'imaginer, son corps pressé contre le sien…

Tout à coup, il s'en alla sans bruit et Felicity recouvra enfin son souffle. Elle resta immobile un instant pour se reprendre pendant que la lumière revenait dans la salle puis, le corps et l'esprit en proie au vertige, se dirigea vers un siège.

— Vous n'avez pas raté grand-chose !

Son voisin arborait un visage amical et souriant. Il s'appelait Liam Edwards, annonça-t-il.

— Juste le premier quart d'heure…, répondit-elle, mentant sans vergogne car, en réalité, le mystérieux inconnu lui avait fait manquer la majeure partie du documentaire.

— Quelle malchance pour vous ! C'était toute la présentation de la famille royale, du roi Zaraq et de ses fils ! Cela dit, l'hôpital a l'air superbe. Willa, ma petite amie, et moi mettons de l'argent de côté pour obtenir un prêt immobilier, et j'ai l'impression que nous expatrier un temps serait un bon moyen. Je suis infirmier, au fait. Je travaille aux urgences, et Willa est dans le même service. Et vous ?

— Je suis sage-femme, répondit-elle avec un sourire figé.

Quel bavard ! Elle regretta de ne pas avoir choisi une autre place. Soulagée, elle vit Noor monter sur la scène pour présenter la première conférencière, une femme d'un certain âge, professeur responsable de la nouvelle faculté de médecine.

Son exposé était intéressant. Pourtant, Felicity dut se forcer pour l'écouter avec attention, tant elle ressassait ce qui venait de lui arriver. Que s'était-il passé, au juste ? Elle manquait de points de comparaison.

— A présent, voici quelques données sur Zaraq, après quoi nous passerons à vos différentes spécialités, annonça Noor. Nous sommes très fiers de notre nouvelle université, construite à côté de l'hôpital à Zaraqua, la capitale, qui se situe en bord de mer. Bien que la majeure partie de l'île soit constituée de désert, notre pays possède sa propre économie, son aéroport, et jouit d'un tourisme florissant grâce à ses luxueuses stations balnéaires cinq étoiles. Vous serez logés dans une résidence de grand standing proche du centre hospitalier. Cependant, soyez conscients que le royaume est très attaché à ses traditions. La monarchie de Zaraq est ouverte au progrès, mais elle édicte ses lois, énoncées de façon claire dans le dossier d'information qui vous a été remis. Ces règles ne sont pas négociables, et je vous incite vivement à les étudier avec attention avant de prendre votre décision. Nous vous rappelons que le cheikh Kaliq Zaraq tient à ce que tous ses sujets bénéficient d'un système de santé performant. Nous envisageons même dans l'avenir de mettre en application un programme de proximité pour le peuple bédouin, bien que le désert soit une zone sensible.

A mesure que la matinée s'écoulait, l'impression laissée par son étrange rencontre s'estompa en Felicity et, peu à peu, laissa place à l'idée d'un changement dans ses projets. Tous les intervenants l'impressionnèrent, et chaque heure qui passait rendait son choix plus difficile.

Comme elle avait prévu de partir deux ans en tant qu'infirmière au Moyen-Orient, ses documents administratifs avaient été visés, et elle devait signer son contrat dans deux jours.

Par hasard, elle avait lu un article intéressant sur la nouvelle université de Zaraq, cherché des renseignements sur internet, et découvert une étonnante maternité ultramoderne. Mue par une impulsion de dernière minute, elle avait appelé le numéro indiqué sur le site. En apprenant qu'elle était sage-femme, son interlocutrice l'avait invitée à assister à cette séance et, à présent, tout en se dirigeant avec les autres vers un lunch fastueux, elle hésitait.

Devait-elle s'en tenir à son premier choix, ou recommencer les démarches de zéro pour partir travailler au Zaraq ?

— Alors, votre impression ? demanda Liam dans la salle où était préparé le buffet. Ils paient beaucoup mieux que les autres hôpitaux…

— En effet. Je me demande si je ne vais pas dire oui. J'espère que ça ne prendra pas trop de temps ; il faut que je me renseigne mieux sur les délais…

Elle n'ajouta pas que sa famille avait désespérément besoin de l'argent que ce poste lui rapporterait. Après avoir vu sa sœur lutter pendant des années contre un grave désordre alimentaire, Felicity s'était résolue à contracter un emprunt important afin que Georgina puisse être confiée à une clinique privée spécialisée pour régler son problème. Cet argent avait été bien employé, certes, mais l'heure était venue de le rembourser.

Moins réservé qu'elle, Liam crut devoir la mettre au courant de ses projets personnels.

— Willa et moi serons obligés de nous marier pour aller travailler là-bas…

Cette idée n'avait pas l'air de lui plaire.

— Ce n'est pas particulier au Zaraq, c'est la même chose dans la plupart des pays du Moyen-Orient, remarqua Felicity. Vous êtes-vous assez informé ?

— Justement ! dit-il en haussant les épaules.

Il poursuivit son bavardage, sans s'apercevoir qu'elle ne l'écoutait plus.

En effet, au moment où elle portait à sa bouche un petit toast découpé en triangle, elle le vit, *lui,* de l'autre côté de la pièce, en train de discuter avec Noor. Et il la regardait !

En pleine lumière, il était plus que beau : il était époustouflant. Il avait un air désinvolte, hautain, des lèvres pleines et sensuelles.

L'attitude la plus naturelle aurait consisté à continuer sa conversation avec Liam tout en mangeant son toast… Mais Felicity se sentit incapable d'avaler la moindre bouchée supplémentaire et comprit mieux le désordre alimentaire de sa sœur que lors de toutes ses recherches précédentes.

Elle était si intimidée, si gênée, si consciente de sa propre bouche, de ses dents qui mordaient le petit bout de pain, de sa langue et du mouvement de ses mâchoires, qu'elle posa l'assiette encore pleine et prit un verre d'eau pour se donner une contenance.

Qui diable était-il donc ?

La question resta sans réponse. Pendant les conférences de l'après-midi, bien que se sentant ridicule, elle ne put s'empêcher de scruter vainement la salle pour le retrouver. En vain. A la fin de la séance, à 17 heures, ce fut à contrecœur qu'elle accepta l'idée de ne plus le revoir. Son mystérieux étranger demeurerait ce qu'il était, un mystère.

Elle prit le chemin de la sortie.

— A bientôt, j'espère ! dit Liam avec un large sourire en la dépassant. Pas au Zaraq, toutefois !

Elle sourit.

— Vous ne venez pas, si j'ai bien compris ?

— Non. Voulez-vous prendre un café ?

Elle refusa gentiment, même s'il ne lui aurait pas déplu de s'attarder un peu, dans l'espoir d'apercevoir une dernière fois son bel inconnu… Malheureusement, son train partait dans vingt minutes. Si elle le manquait, elle raterait sa correspondance et devrait attendre le lendemain matin. A travers les immenses vitres du hall d'entrée, elle aperçut les rues grises de brume et de pluie menaçante. Au moment où elle fouillait dans son sac à la recherche de son parapluie pliable, son portable sonna.

— Maman ?

— Alors, c'était comment ?

— Fantastique ! Trop, en fait. Maintenant j'ai envie d'aller au Zaraq.

— Vraiment ? Quoi qu'il en soit, tu ne pourras aller nulle part ce soir… J'ai vérifié, ils ont des problèmes sur la ligne, et aucun train ne circulera avant demain. Il y a bien un autocar, mais qui ne t'amènerait qu'à mi-chemin, et encore, avec un changement. Ensuite, tu devrais prendre un taxi…

— Oh non ! gémit Felicity.

— Qu'est-ce que tu comptes faire ?

— Ne t'inquiète pas. Je vais me débrouiller ; je peux dormir ici.

Sentant croître l'anxiété de sa mère, elle s'était empressée de la juguler, comme toujours.

— Mais tu n'as rien réservé, et tu ne connais personne !

— Maman, j'ai vingt-six ans ! Je suis tout à fait capable de survivre à une nuit à Londres.

Pas sa carte de crédit, en revanche !

En éteignant son téléphone, elle se sentit soudain heureuse de ce contretemps. La perspective d'un peu de liberté, ce qu'elle n'avait pas eu depuis longtemps, était plutôt tentante. Entre son travail, les visites à sa sœur à la clinique et celles à sa mère pour bavarder un peu, elle n'avait guère disposé de temps pour elle.

Même après la sortie de Georgina, elle n'avait pas vraiment eu l'occasion de souffler, car l'une comme l'autre ne cessaient de l'appeler. Par ailleurs, tout en se chargeant d'accompagner sa sœur à ses rendez-vous de suivi, elle essayait de faire autant d'heures supplémentaires que possible pour régler les frais médicaux qui s'accumulaient et rembourser son emprunt.

Ce serait agréable d'être libre pour une nuit, d'être elle-même, pour une fois.

Ni sage-femme, ni fille, ni sœur, ni aide familiale, ni prestataire de services, juste Felicity ! Cela lui convenait à merveille.

2.

Karim adorait Londres.

Il n'y venait qu'en touriste, même s'il y avait séjourné souvent ces derniers temps, pour superviser le recrutement, rendre visite à sa mère et surveiller plusieurs investissements dans lesquels il avait des parts. Cependant, à son goût, il n'était pas assez occupé, du moins pas comme à Zaraq. Plus exactement, comme à Zaraq naguère ! Il poussa un profond soupir.

Difficile de s'enthousiasmer pour des affaires d'un demi-million de dollars — des gouttes d'eau dans l'océan de la fortune colossale de sa famille — et de mettre son énergie au service du recrutement.

Certes, il avait été à l'origine de la conception du centre hospitalier et de l'université, et ces deux projets l'avaient enflammé à l'époque. En revanche, il trouvait ennuyeux de regarder des films ou de lire des brochures sur un hôpital bien équipé. Ce qu'il voulait, c'était y travailler, affûter son esprit sur un diagnostic complexe, ou s'immerger totalement dans une délicate intervention chirurgicale. Hélas, à cause de son statut, ces opportunités se faisaient de plus en plus rares.

Pourtant, il appréciait l'anonymat relatif que lui conférait la capitale britannique. Ici, même s'il donnait l'impression de travailler dur, il n'avait pas de réelles responsabilités, aucun souci.

Il n'était qu'un prince play-boy satisfaisant ses caprices. C'était si différent de la vie publique guindée qu'il menait chez lui… A Londres, personne ne le reconnaissait quand il se promenait dans les rues, ce que son équipe de sécurité détestait au-delà de tout.

Malgré leurs prières, il refusait de céder : vêtu d'un costume sombre et d'un long pardessus, il se régalait à déambuler sous la pluie. Habitué au désert immuable, il adorait voir changer les saisons, et l'automne était sans doute sa préférée. Ce week-end, il comptait bien sortir de la ville pour aller respirer l'odeur de la terre mouillée et des feuilles mortes…

Quand son téléphone sonna, il y jeta un bref coup d'œil et leva les yeux au ciel. Encore Leila ! Il faudrait qu'il demande à son assistant, Khan, de lui interdire de le harceler.

Oui, il irait à la campagne, et il ne serait pas seul.

Il avait presque oublié sa conversation plutôt pénible avec Leila en début de semaine, lorsqu'il lui avait appris qu'il se passerait désormais d'elle. Evidemment, elle l'avait très mal pris, mais pas plus que n'importe quelle maîtresse que l'on décide de quitter.

Bien que farouche partisan de la monogamie, il adorait les femmes et avait de nombreuses aventures. Cependant, il s'assurait toujours que la relation, ou la liaison, ou peu importe le nom qu'on lui donnait, était bien terminée avant d'en entamer une autre.

Mais ce bon temps serait bientôt révolu, car son père, avec une insistance grandissante, le poussait au mariage. Lui, de son côté, s'efforçait de l'éviter de son mieux. Leila, qui avait des idées de grandeur, avait espéré à tort que leur histoire de trois mois la mènerait quelque part, et refusait de comprendre qu'il n'avait aucune intention de l'épouser. Ces derniers temps, il ne répondait plus à ses appels car elle était devenue exigeante et, de plus, il s'ennuyait avec elle.

Bon amant, généreux, il savait satisfaire ses partenaires. S'ajoutait à cela son statut. Rien d'étonnant donc à ce que ses conquêtes mettent tout en œuvre pour se lier à lui durablement, comme l'avait fait Leila. Et c'était ce qu'il ne supportait pas…

Ayant décidé qu'il en avait assez, il avait donc décidé de mettre fin à l'affaire, au grand dam de son père. Cette fois, le roi lui avait notifié sans équivoque que le temps était venu pour lui de se trouver une épouse.

C'était pour cette raison qu'il se trouvait à Londres. Pour une dernière aventure, un dernier caprice, avant d'être rattrapé par le devoir et de se choisir une fiancée convenable.

Quand, en entrant dans la salle obscure, il y avait vu cette somptueuse blonde, il avait senti cette formidable attirance. Bon sang ! Cela avait été extraordinaire ! Plus tard, au buffet, il avait été vraiment tenté de s'approcher d'elle. Mais d'après Noor, elle envisageait de travailler en tant que sage-femme à la maternité, et ce serait un peu compliqué s'il devait par la suite être amené à la croiser à l'hôpital.

Il avait donc décidé de faire une petite promenade pour s'aérer l'esprit et d'appeler Mandy, dont les yeux n'étaient pas tout à fait aussi bleus, et le blond sans doute pas aussi naturel que ceux de l'inconnue, mais tant pis.

Il revenait à l'hôtel, content de lui, quand il aperçut, en chair et en os, l'objet de son désir qui en sortait.

Souriant intérieurement, il s'avança vers elle. Pourquoi se contenter d'une pâle imitation après tout ?

Felicity constata qu'il ne tarderait pas à pleuvoir de nouveau. Le ciel bas et sombre, ainsi que la grisaille et les trottoirs mouillés n'incitaient pas à la flânerie. C'est alors qu'elle le vit s'avancer dans sa direction. Alors qu'il aurait dû se fondre dans le sombre décor, avec ses cheveux bruns et son long manteau noir, il s'en détachait, presque lumineux dans le crépuscule gris et blafard.

Pour rejoindre la station de métro, elle devait traverser la rue. Sans avoir analysé la situation, elle sut qu'elle pouvait soit descendre le perron de l'hôtel et obliquer à gauche vers le passage clouté, lui tournant le dos une bonne fois pour toutes, soit rester immobile pour attendre la suite des événements.

Etrange d'être figée là, à le regarder, tandis que tombaient les premières gouttes de pluie et que tous les passants se mettaient à courir ou s'arrêtaient pour ouvrir en hâte un parapluie. Il marchait vers elle d'un pas régulier et déterminé, comme animé d'un but précis.

Avec un pincement de regret, elle prit conscience que

c'était insensé. Même s'il lui adressait la parole, s'il l'invitait à boire un café ou à dîner, même si sa conversation s'avérait aussi éblouissante que son apparence, tout ce qu'elle pourrait faire, pour finir, ce serait le décevoir.

« Absurde ! » se dit-elle en se secouant de sa transe momentanée.

D'une allure décidée, elle descendit le perron et obliqua vers la gauche.

Elle vit Liam sortir d'un snack-bar de l'autre côté de la rue, un muffin à la main : tout le monde retournait à sa vie, et c'était très bien ainsi.

Sa tête bourdonnait lorsqu'elle appuya sur le bouton du feu de signalisation. Comment définir ce qu'elle venait de fuir ? Ils n'avaient pas échangé une parole !

Le feu passa à l'orange, et les voitures, les taxis, les cyclistes et les bus ralentirent puisque le signal vert allait s'allumer pour permettre aux piétons de traverser. Elle désirait presque sentir la main de l'inconnu se poser sur son épaule, la tirer en arrière pour l'amener dans son monde.

Il n'y eut pas de main sur son épaule. Seul l'instinct de conservation la fit brusquement reculer. En fait, ce fut elle qui tira en arrière une dame âgée, tandis que l'une des voitures, au lieu de ralentir, accélérait.

En quelques secondes, Felicity fut consciente de tout : la conductrice, tête levée, crispée, cramponnée au volant ; le dérapage sur les clous ; le vrombissement terrifiant du moteur emballé. On aurait dit un missile qui tournoyait, décidant de sa trajectoire au hasard. Le bolide fou pouvait finir sa course n'importe où, sur le passage où se pressaient les piétons, dans la vitrine d'un café bondé… Pas le temps de bouger, de comprendre, ni de courir. Le temps paraissait suspendu.

Puis vint le claquement de la tôle froissée, qui sembla interminable, suivi enfin du bruit sourd de l'impact quand la petite voiture heurta un bus, ses roues continuant à tourner et à crisser, son moteur toujours rugissant.

A ce moment-là, les gens parurent reprendre vie, conscients du risque d'explosion.

La foule se dispersa rapidement et ils furent peu nombreux à s'élancer en avant.

Felicity vit le portier de l'hôtel et Liam se précipiter vers le bus pour en ouvrir les portes, alors que *lui*, le bel inconnu, courait vers la voiture, comme elle.

— Elle faisait une convulsion ! cria-t-elle.

Il était déjà penché sur le véhicule quand elle l'atteignit, peinant sur le goudron mouillé avec ses talons aiguilles. Comprenant qu'il ne l'avait pas entendue à cause du moteur, elle hurla de nouveau.

— Elle faisait une convulsion !

Bien qu'il ait réussi à couper le contact, il lui signifia que c'était toujours dangereux de s'approcher.

— Reculez, ça peut exploser à tout moment !

C'était la première fois qu'elle entendait le son de sa voix. Grave, avec un accent étranger. Liam aussi criait, après avoir aidé les passagers du bus à en descendre.

— Il n'y a plus personne à l'intérieur. Le chauffeur n'est que légèrement blessé, les pompiers vont arriver. Eloignez-vous ! Vite ! C'est très risqué !

Effectivement, de la fumée s'élevait du moteur. Felicity entendit des sirènes en arrière-fond. Les secours n'étaient jamais très loin, dans les rues de Londres, mais malgré la courte distance, l'accès au lieu de l'accident pouvait être rendu difficile par les embouteillages fréquents à cette heure de la journée.

— Partez de là ! Tout de suite !

L'inconnu ne s'était pas retourné pour lui donner cet ordre, car il soutenait la tête de la jeune femme, inconsciente, mais qui respirait.

A contrecœur, Felicity s'apprêta à obéir. Après tout, c'était un travail de spécialiste ; s'il avait choisi de risquer sa vie, il devait avoir ses raisons…

Puis elle entendit les vagissements aigus d'un nouveau-né, qui n'exprimaient ni frayeur ni affolement, mais la douleur. Impossible de l'ignorer.

Elle entendit encore Liam la rappeler, lui conseillant de

ne pas faire de folies ; elle l'ignora. Lui, le bel étranger, ne dit rien en la voyant approcher.

Sans lâcher la tête de la conductrice, il examinait la voiture pour chercher à l'ouvrir tout en essayant de localiser les cris perçants du bébé. Cette fois, il n'y avait de toute évidence plus de temps à perdre.

Après avoir tiré violemment sur la portière arrière froissée, Felicity s'efforça de regarder par la mince ouverture qu'elle avait pratiquée.

— Le bébé saigne !

La couverture bleue qui le recouvrait avait glissé, et sa petite veste blanche était tachée de sang au niveau du bras où était fiché un morceau de métal.

— Il a un bout de métal…

— Felicity !

Tiens, comment connaissait-il son nom ?

— Je m'appelle Karim. Pouvez-vous glisser le bras à l'intérieur pour atteindre l'enfant ?

Elle essayait déjà, mais il lui était impossible de le toucher et de voir en même temps ce qu'elle faisait.

— Je n'y arrive pas !

— Oui, je sais, dit-il d'un ton calme et assuré. Tournez-vous, passez votre bras dans l'autre sens. Vous allez réussir.

— Je ne vois rien !

— Je vous guiderai.

Sa voix rauque et profonde, son assurance la calmèrent, lui donnant l'impression qu'elle en était capable.

De toute façon, elle n'avait pas le choix !

Jetant un dernier regard au bébé, elle constata que la tache de sang s'agrandissait. Il fallait absolument exercer une pression pour enrayer l'hémorragie.

Elle se plaça dos au véhicule, ignorant la pluie qui lui fouettait le visage pendant qu'elle introduisait son bras dans l'habitacle de la voiture.

— Baissez la main. Vous êtes à la base du berceau.

Le « berceau » ? Le siège du bébé, traduisit-elle pour elle-même.

Sans lâcher la nuque de la mère, il passait la tête à l'intérieur pour regarder, puis à l'extérieur pour diriger Felicity. Centimètre par centimètre, les doigts de cette dernière avançaient.

— Allez vers la droite… Vous sentez son pied ? C'est le droit. Vers le haut, maintenant.

Elle remonta lentement la main selon ses indications. Elle savait que c'était le bras gauche qui était blessé.

Le bébé ne criait plus, se contentant d'émettre de faibles plaintes, ce qui était inquiétant. Suivant toujours ses instructions, Felicity trouva le sternum, le cou, et tenta de déplacer sa main vers la gauche.

— Je n'y arrive pas, impossible !

— Vous êtes à deux centimètres, forcez un peu !

Elle fut reconnaissante à ses talons hauts qui lui permirent de s'étirer, ainsi qu'aux objurgations de Karim ; seule, elle aurait abandonné la partie.

— Faites attention !

Heureusement, pour avoir vu le morceau de métal, elle savait exactement où il était fiché. Glissant les doigts sous l'aisselle du bébé, elle pressa.

— Est-ce que ça cesse ?

— Je ne peux pas le dire, répondit-il. Ne lâchez pas !

Elle obéit, maintenant la pression pendant ce qui lui sembla une éternité.

Lorsque les secours arrivèrent, la portière fut ouverte un peu plus. Felicity put se tourner et passer la tête dans l'habitacle. Sa marge de manœuvre était cependant trop étroite pour lui permettre d'envelopper l'enfant dans son plaid avant que les pompiers ne brisent la vitre arrière. La mère venait d'être extraite de la voiture et un secouriste lui posait une minerve. Karim s'engouffra sur le siège du conducteur et recouvrit le bébé d'une couverture que lui tendit un ambulancier avant de protéger également la tête de Felicity.

— Il lui faut un casque ! dit un officier des pompiers.

— Pas la place. Tournez la tête, Felicity.

Elle obéit, les paupières fermées, exerçant toujours la pression pendant que les secouristes brisaient la vitre pour atteindre l'enfant.

Karim resta avec elle sous cette étrange petite tente.

Il ne cessait de lui parler ; elle avait la main complètement engourdie, et ignorait si le bébé était encore vivant.

— Il n'y a plus de danger, les pompiers ont neutralisé le moteur. Ce ne sera plus long, maintenant.

— J'ai les jambes gelées, admit-elle.

— C'est bientôt terminé.

Ses yeux qui ne quittaient pas les siens lui donnèrent du courage. Bien qu'elle entendît derrière elle les conversations des pompiers et des secouristes, c'était sa voix qu'elle écoutait.

— Ils lui donnent de l'oxygène. Ils vont poser une voie veineuse dans le cuir chevelu avant de le déplacer. Pouvez-vous tenir encore un peu ?

Son bras et aussi son épaule, outre qu'ils étaient engourdis, la faisaient souffrir à présent.

Malgré le froid, elle s'efforça de maîtriser le tremblement de son corps. Elle pensa à toutes les mamans qu'elle avait assistées lors de leur accouchement et qui, même lorsqu'elles atteignaient la limite du supportable, continuaient à pousser.

— Felicity, vous pouvez tenir !

Elle choisit de l'écouter lui, plutôt que son corps qui voulait céder. Se répétant que ce n'était plus que l'affaire de quelques minutes, elle maintint la pression.

— C'est bon !

Une main se substitua à la sienne, pressant à sa place, et une voix inconnue lui annonça qu'elle pouvait lâcher.

— Attention, déplacez-la lentement, ordonna Karim.

Maintenant qu'elle avait arrêté son effort, elle chancelait, incapable de bouger. Il fallut la tirer en arrière.

Pendant que Karim s'extrayait à son tour du véhicule, elle se massa le bras.

Il la regarda en souriant.

— Bravo !

Puis un éclair de colère passa dans ses yeux.

— Je vous avais dit de reculer ! Vous devriez réfléchir avant de vous précipiter.

— Parce que vous avez réfléchi, vous ?

— Quelle inconscience ! Inutile d'ajouter à la liste des victimes !

En quoi les règles étaient-elles différentes pour lui ?

Elle grimaça de douleur lorsque le sang revenait dans son bras engourdi, puis regarda ses vêtements mouillés et tachés. Ses cheveux et son visage dégoulinaient d'eau, et, soudain, elle ne supporta plus d'entendre des reproches. Ses yeux se remplirent de larmes, ce qu'il dut remarquer, car il changea d'attitude.

— Retournez m'attendre à l'hôtel. Je vous parlerai plus tard.

— Je vais très bien…

Puis elle se tut. Il était évident que c'était faux et, d'ailleurs, il n'écoutait plus, son attention de nouveau reportée sur la scène de l'accident.

Elle regarda autour d'elle. Le monde redevenait plus net, à présent que sa circulation sanguine se rétablissait. La rue était envahie de secouristes et de camions de pompiers. On emmenait le bébé dans son siège intact, de nombreuses mains guidant avec précaution la petite vie vers la sécurité de l'ambulance.

Une couverture sur ses épaules frissonnantes, elle resta immobile. Pas Karim. Bien que de nombreux médecins et secouristes aient pris le relais, il ne relâchait pas son attention et continuait à donner des ordres secs.

Qui était cet homme, au juste ?

Ce fut seulement quand les portes de l'ambulance furent refermées et qu'il n'y eut plus rien à faire qu'il s'approcha d'elle pour la guider sans un mot vers l'hôtel.

Exactement comme elle savait qu'il le ferait.

3.

— Eh bien, je ne pense pas que nous ayons besoin de vérifier vos références !

Ils étaient assis dans le luxueux salon de l'hôtel. S'étant débarrassée de sa couverture mouillée, Felicity tremblait de froid et de fatigue pendant qu'il commandait à boire.

Trempée et frissonnante, totalement déplacée dans ce décor, elle devait offrir un étrange spectacle, songea-t-elle. Cependant, puisque Karim ne paraissait pas le moins du monde embarrassé, elle non plus. Enfin, pour le moment.

Lorsqu'il lui adressa un sourire bienveillant, elle prit conscience de la situation. Pas seulement des lieux, mais surtout de l'homme qui lui tenait compagnie : celui qui avait occupé son esprit toute la journée et qu'elle avait choisi au dernier moment d'éviter. Et, à présent, installée en face de lui, en train de boire un chocolat chaud, elle était l'unique objet de sa sollicitude.

Elle avait des raisons d'être nerveuse !

Maintenant que le calme était revenu et qu'elle pouvait l'observer, elle avait le souffle coupé : c'était vraiment le plus bel homme qu'elle ait jamais vu.

Un serveur lui avait pris son pardessus, et son splendide costume anthracite, à part quelques taches d'humidité, était indemne. Ses sombres cheveux mouillés accrochaient des reflets de lumière. Avec sa chemise impeccable au col ouvert et sa cravate gris acier défaite, on aurait presque pu croire qu'il sortait d'une réunion ! La coupe superbe de son pantalon mettait en valeur ses longues jambes, le blanc éclatant de sa chemise faisait ressortir son teint hâlé, et ses yeux de braise étaient pleins de compassion, à défaut d'être amicaux. Il y avait en lui quelque chose d'insaisissable qu'elle ne parvenait pas à nommer… Un air de supériorité, qui lui fit vite comprendre qu'elle n'avait aucune chance de se détendre ni d'apprécier sa compagnie !

— Permettez-moi de me présenter. Je m'appelle Karim, et je suis chargé du recrutement outre-mer pour l'hôpital et l'université de mon pays.

Un peu vague, comme introduction… Felicity fronça les sourcils.

— Vous êtes médecin ?

Question de pure forme, car il avait agi en professionnel lors de l'accident, et continué à tout contrôler après l'arrivée des secours. Il était plus qu'un consultant en recrutement, elle en aurait juré.

— Chirurgien, bien que je ne pratique plus trop désormais. Je me consacre à mon nouvel emploi. Et vous êtes Felicity Anderson, sage-femme hautement qualifiée dont tous les papiers sont à jour, prête à partir.

— Comment le savez-vous ?

— Je me suis renseigné auprès de Noor.

— Oh !

Elle sentit la couleur revenir à ses joues, mais ce devait être l'effet du chocolat chaud.

— Je l'ai priée de me désigner toutes les sages-femmes et les infirmières urgentistes, car nous avons désespérément besoin des deux.

— Je comprends.

Voilà donc la raison de son intérêt… Quelle idiote, de s'être laissé emporter par son imagination ! Soudain épuisée, elle sentit refluer l'adrénaline qui l'avait envahie lors de l'accident.

— Vous avez été à la hauteur, tout à l'heure.

Qu'il soit séduit par ses seuls talents d'infirmière la rendit triste bizarrement.

— Sans vous, ce bébé n'aurait peut-être pas survécu.

— J'espère simplement avoir agi à temps.

— Je téléphonerai plus tard pour avoir des nouvelles.

Peut-être pourraient-ils appeler tous les deux quand il

l'aurait emmenée dans sa chambre ? songea Karim. Une idée excitante…

— Ainsi, vous vivez à Londres ?

— Hélas non !

— Pourquoi hélas ?

— J'habite dans le nord, et mon train a été annulé.

La perspective de devoir trouver un logement pour la nuit la déprimait tout à coup, mais il semblait avoir réponse à tout.

— Vous n'avez qu'à rester ici !

— Je ne pense pas ! répliqua-t-elle avec un petit rire.

Bien sûr, elle aurait préféré se débarrasser de ses vêtements sales et trempés et se pelotonner dans un peignoir douillet, plutôt que de repartir sous la pluie à la recherche d'une chambre plus modeste. Seulement voilà, elle n'en avait pas les moyens !

Lorsqu'elle entendit sonner son portable, elle ne fit pas un geste pour prendre la communication, de peur d'être impolie.

— C'est ma mère…, expliqua-t-elle en voyant Karim froncer les sourcils.

— Ne devriez-vous pas lui répondre ?

— Je lui ai déjà parlé tout à l'heure. Elle est de nature anxieuse, et je préfère l'appeler quand je saurai où je vais passer la nuit.

— Eh bien, vous le savez. Vous êtes notre invitée.

— « Notre » invitée ?

— Oui, l'invitée de Zaraqua.

Il parlait de la ville comme d'une personne !

— Vous êtes venue spécialement pour notre séance d'information et vous avez manqué votre train, en sauvant de surcroît la vie d'un bébé. Ne croyez-vous pas qu'il est de notre responsabilité de vous assurer un bon retour ? S'il faut que vous passiez la nuit à Londres, il est normal que…

— Je ne peux pas accepter, coupa-t-elle.

— C'est moi qui en décide. Excusez-moi un instant, dit-il en se levant.

Elle admira sa large carrure pendant qu'il traversait le salon. Quelle présence étonnante ! Toutes les têtes se tournaient sur son passage.

A cet instant son téléphone se remit à sonner. Bien déterminée à ne pas répondre, elle ne bougea pas. Sa mère pouvait attendre un peu ! Mieux valait l'appeler lorsqu'elle aurait quelque chose de précis à lui dire au sujet de son hébergement.

— Tout est arrangé. Prenez ça, c'est pour vous.

Sursautant légèrement, elle posa le scone qu'elle grignotait pour saisir le dossier bleu marine.

En l'ouvrant, elle y trouva son numéro de chambre et une carte magnétique.

Elle ne parvenait pas à y croire... Que lui offrait-on, exactement ? Elle se sentait un peu nerveuse.

— Vous êtes sûr ?

Jamais on ne l'avait ainsi prise en charge. D'ordinaire, c'était elle qui s'occupait des autres. Néanmoins, comme l'accident l'avait tout de même secouée, elle n'eut pas la force de protester.

— Tout à fait. Pas question que vous rentriez chez vous dans ces vêtements trempés. L'hôtel a un service de blanchisserie, et vous pouvez par ailleurs profiter de toutes les installations ; je vous conseille d'essayer le spa. Après une telle journée, vous avez besoin de vous relaxer. Et, si je puis me permettre, encore bravo ! La mère et le bébé ont eu de la chance que vous soyez là.

Karim imaginait mal errant dans les rues sous la pluie cette femme qui venait de sauver un enfant. Elle méritait d'être dorlotée, choyée.

Oh, bien sûr, il aurait sans doute fait la même chose pour n'importe lequel des participants à la séance d'information. Cependant, tout en s'occupant de lui trouver une chambre, il avait pris conscience qu'elle était montée dans son estime de plusieurs crans, en fait. Il se souvenait, perplexe, de ce moment avant l'accident où elle lui avait tourné le dos pour s'éloigner.

— Eh bien, je vous remercie. Ce sera très agréable d'ôter ces vêtements mouillés...

Elle se tut soudain, paraissant un peu gênée par la maladresse de sa formulation.

— Merci encore, dit-elle en prenant son sac.

Ça alors ! Elle partait pour de bon ! Il n'y avait donc pas de sous-entendu dans ses paroles. Aucune intention de flirter, ni de s'attarder dans l'espoir qu'il lui propose de la rejoindre plus tard…

— Voulez-vous boire autre chose ?

— Non, merci.

— Peut-être après vous être changée ?

Elle refusa de nouveau d'un signe de tête… Bien. Il n'avait plus qu'à abandonner la partie. Après tout, il était venu pour s'amuser, pas pour faire des efforts.

Au moment où elle se levait, un serveur s'approcha.

— Dînerez-vous ici avec votre invitée, Votre…

Un froncement de sourcils le fit taire. Karim avait donné des instructions strictes : son titre ne devait en aucun cas être prononcé à l'hôtel. Son équipe de sécurité était suffisamment contrariée qu'il ne renonce ni à son jogging ni à ses promenades dans Londres, pour qu'il n'aille pas en plus claironner à la population locale qu'une altesse royale se trouvait parmi elle.

— … Monsieur ? rectifia le serveur en toussant.

L'inviter à dîner ? A quoi bon ? Il pensa à Mandy, toujours disponible pour lui, puis observa Felicity. Son visage était si rouge, ses yeux si écarquillés, qu'il crut qu'elle allait partir en courant. Pourquoi se donner du mal pour la retenir ?

C'est alors qu'il se souvint de cette attirance ressentie dans la salle obscure, de ce désir entre eux. Incroyable, l'effet qu'elle lui avait fait… Son corps avait réagi si fort qu'il avait dû sortir, et il mourait d'envie de retrouver cette sensation. L'effort en valait sans doute la peine.

— Voudriez-vous vous joindre à moi ?

Voyant un éclair indigné passer dans son regard, il s'excusa, gentleman avant tout.

— Pardonnez ma grossièreté. Bien entendu, vous n'êtes pas obligée. Vous êtes entièrement libre.

— Je sais…

Felicity réussit à esquisser un pâle sourire, hésitant.

Après tout, elle avait du temps devant elle, plus besoin de

se soucier de trouver une chambre, et cet homme si séduisant l'invitait…

Et même si cela ne menait à rien ? Si c'était sans espoir d'entamer une histoire d'amour avec lui ? Cela faisait des mois qu'elle n'était pas sortie le soir.

Elle plongea les yeux dans les siens, et les choses lui parurent plus faciles.

— J'aimerais beaucoup, mais dans l'état où sont mes vêtements, je ne suis pas présentable…

— L'hôtel va s'en occuper, répondit-il d'un ton calme comme s'il suffisait de claquer des doigts pour tout régler. Et après le dîner, je pourrai vous donner des nouvelles de la mère et du bébé. Retrouvons-nous ici à 8 heures.

— Parfait.

Oui, ce sera vraiment parfait, songea-t-elle en le regardant sortir du salon. Jetant un coup d'œil à sa montre, elle s'aperçut qu'elle disposait d'à peine une heure pour se préparer !

Après avoir appelé sa mère, à qui elle donna une version édulcorée de la situation, elle décida d'accélérer le mouvement et sortit à la recherche d'une boutique. Elle s'acheta des bas, une brosse à dents, du dentifrice et du shampooing, avant de regagner l'hôtel et de monter dans sa chambre.

En réalité, ce n'était pas une chambre mais une suite, fastueuse, immense, avec des fleurs, des chocolats et une bouteille de champagne qui rafraîchissait dans un seau en argent.

Pendant qu'elle s'extasiait, on frappa à la porte. Son cœur fit un bond dans sa poitrine. Et si c'était lui ? Si elle avait mal interprété son geste en apparence désintéressé ?

Ce n'était qu'une femme de chambre, poussant un portant auquel était suspendue une garde-robe complète. Interdite, Felicity l'entendit la prier de choisir, puis lui assurer que ses propres vêtements lui seraient rapportés au plus vite, lavés et repassés.

Absolument stupéfiant ! D'habitude, c'était elle qui faisait tous les efforts, qui anticipait et résolvait tous les problèmes.

Or, dès qu'elle avait posé le pied dans cet hôtel, depuis que Noor l'avait accueillie, en fait, on avait pris soin d'elle, anticipant tous ses besoins. Mieux encore, on l'avait récompensée pour un travail bien fait.

C'était fort agréable. Un peu insolite, d'accord, mais magique !

Tout en ôtant ses vêtements humides, elle apprécia le luxe de la salle de bains.

Rien n'y manquait. Elle n'aurait pas dû s'inquiéter de la brosse à dents et du dentifrice. Une petite corbeille contenait tout ce qu'une femme peut désirer, y compris un flacon de shampooing et du baume démêlant. Et aussi des choses inutiles, comme des préservatifs !

Felicity lâcha l'étui comme si elle venait de toucher un charbon ardent.

Puisqu'il l'avait assurée qu'elle n'était obligée à rien, ce n'était pas la raison de sa répulsion… Simplement, elle savait que, quoi qu'il espérât d'elle, cela n'arriverait jamais.

Elle s'assit, déprimée, sur le bord de l'immense baignoire, pour s'observer dans le miroir.

Ses cheveux partaient dans tous les sens, elle avait les joues rouges d'excitation, et ses yeux bleus pétillaient à la perspective de partager un repas avec lui. Cependant, comme Paul l'avait appris à ses dépens, il n'y aurait jamais rien de plus. Et s'ils s'entendaient bien ? S'il demandait à la revoir ? Et s'ils sortaient ensemble quelques semaines ? Elle serra très fort les paupières. A quel moment avouer un tel handicap ? Impossible d'aller jusqu'au bout. Malgré cela, elle souhaitait de tout son cœur que ce dîner ait lieu.

La seule chose qu'elle puisse obtenir, même avec un homme aussi magnifique que lui…

4.

Karim l'attendait.

Lorsqu'il la vit entrer dans le salon, il se leva, certain d'avoir fait le bon choix.

Elle portait une robe en lainage gris perle, toute simple, qui moulait sa taille fine et dont le décolleté plongeant mettait sa poitrine en valeur.

Il s'était vaguement demandé ce qu'elle réussirait à accomplir en une heure. Il était habitué à appeler ses maîtresses à tout moment et les savait prêtes à se hâter pour lui tenir compagnie. Cette femme, qui ignorait tout de ses goûts, ne s'était pas mal débrouillée ! En tout cas, personne n'aurait deviné qu'un peu plus d'une heure plus tôt, elle était en train de sauver une vie sous une pluie battante.

Ses cheveux, qu'il n'avait vus qu'attachés, flottaient à présent sur ses épaules, souples et fraîchement lavés. Des bas gainaient ses longues jambes racées, qu'allongeaient encore des escarpins gris foncé à talons aiguilles.

Oui, il était ravi de l'avoir choisie pour la nuit. Seulement, lorsqu'il voulut la prendre par le coude pour la guider et qu'elle se dégagea, il comprit que ce n'était pas gagné ! Sans vergogne, il avait examiné son C.V. : vingt-six ans, célibataire. Aucune raison de se comporter comme une adolescente empruntée à son premier rendez-vous…

Il regarda sa montre. Bien, si elle n'était pas dans son lit à 11 heures, il appellerait Mandy à minuit.

Il lui donnait trois heures.

Le menu ouvert sous les yeux Felicity, restait muette. Non que rien ne la tentât… Simplement, assise en face de cet homme, elle était incapable de faire son choix. Lui aussi avait employé son heure à se raser et se changer, comme le lui indiquaient à la fois sa vue et son odorat. Lorsque son téléphone se mit à sonner et qu'il répondit en arabe après s'être brièvement excusé, elle fut à la fois soulagée et vexée.

Il posa le portable puis le reprit aussitôt pour l'éteindre.

— Désolé. Un vieil ami et collègue, qui était de service à l'hôpital quand les blessés sont arrivés. Nous parlons toujours notre langue entre nous.

— Comment vont-ils ?

— La mère a repris connaissance. Elle a eu une autre crise lors de son admission, mais elle va bien, maintenant.

— Et le bébé ?

— On l'opère en ce moment. Ça risque d'être long. Cela dit, les médecins sont très optimistes.

— A-t-il repris conscience ?

— Oui. Ils l'ont réanimé sans problème. Une chose, cependant…

Felicity retint son souffle.

— C'est une fille !

— Oh !

En se remémorant la couverture bleue, elle sourit.

— Eh bien, cela prouve une fois de plus qu'il ne faut jamais se fier aux apparences !

Il lui rendit son sourire. Ses dents blanches étaient magnifiques, un peu irrégulières ; curieusement, ce léger défaut ajoutait à sa séduction. Un sourire qui n'avait rien de surfait, et qui était tout simplement ravageur.

Après un bref coup d'œil au menu, il commanda leur repas et choisit le vin. Elle se trouvait si bien en sa compagnie que, l'entrée terminée, elle se sentait presque détendue.

Pas tout à fait, en vérité, car la pensée de ce qui viendrait ensuite l'obsédait.

Et si ce n'était pas ce soir, ce serait un autre. L'aboutissement normal…

— Vous serez sans doute surprise, à Zaraqua, dit-il en réponse à ses questions sur l'hôpital.

Elle venait d'expliquer qu'elle était une fervente adepte de l'accouchement naturel.

— Nous possédons des installations et des équipements de pointe, et nous avons vraiment l'intention de nous en servir, ajouta-t-il.

— Je ne cherche pas à changer le monde, vous savez… Je travaille en ce moment dans un centre d'accouchement sans risque, et j'espère revenir de Zaraq mieux informée.

— Vous avez l'esprit ouvert… Vous ne feriez pas un bon chirurgien, remarqua-t-il, malicieux.

— Pourtant, je suis une excellente sage-femme, répliqua-t-elle sur le même ton.

— Avez-vous dit à votre mère à quel hôtel vous êtes ?

— Non. Juste que j'en avais trouvé un.

Elle le vit froncer les sourcils.

— Elle se ferait encore plus de souci si je lui parlais de l'accident.

— Ce doit être dur d'avoir une mère aussi anxieuse !

— En effet… Et je me demande si j'ai raison de partir si loin. Ma sœur a eu des ennuis de santé pendant deux ans. Elle se remet, mais ça nous a coûté cher. Ce poste me permettra de rembourser mes dettes, bien sûr, mais…

Elle hésita. Devait-elle partager ses appréhensions avec un étranger ?

— Qu'est-ce qui vous tracasse ?

— Je ne suis pas certaine qu'elles s'en sortiront sans moi. Georgina souffrait d'anorexie, et même si elle est pratiquement guérie, je… j'ai peur qu'elle rechute si je ne suis plus là. En même temps, je n'ai pas vraiment le choix…

— Georgina, si.

Felicity garda le silence tandis que le serveur déposait devant elle une mousse au chocolat blanc nappée d'un coulis de framboises chaud.

— A elle de choisir d'être guérie ou de rechuter, poursuivit Karim. Vous ne pouvez pas le faire à sa place.

En un sens, il avait raison et, cependant, ce n'était pas aussi simple.

— Vous ne comprenez pas…

— Si, je vous assure. Je connais tout des devoirs que l'on a envers sa famille, et je sais ce que c'est de porter les autres à bout de bras.

Ayant préféré le fromage au dessert, il était en train de se servir. Voyant qu'elle avait terminé sa mousse au chocolat, il poussa le plateau vers elle. Le surprenant, Felicity prit un cracker et se fit une tartine.

— Et votre père ? demanda Karim.

— Il est mort depuis quelques années.

— Je suis navré.

Plongeant les yeux dans les siens, Felicity comprit qu'il ne la jugerait pas. Il aurait été simple de se contenter d'accepter ses condoléances… Pourtant, après une brève hésitation, elle livra le fond de sa pensée.

— Ne le soyez pas. Il nous a fait beaucoup de mal. Maintenant, si vous me parliez de votre famille ?

Il haussa les épaules.

— Il n'y a pas grand-chose à en dire.

— Ah ?

Il prit une tranche de pain, qu'il tartina de fromage puis recouvrit d'une fine tranche de gelée de coing, et la lui offrit avant d'en préparer une autre pour lui.

Curieux… Il savait être généreux pour les cadeaux, mais, en principe, il ne partageait pas ce qu'il avait. Mais ce soir, si…

— J'ai deux frères. Ma mère vit ici, à Londres, et mon père à Zaraq.

— Ils sont divorcés ?

Elle aurait mieux fait de se taire ! comprit Felicity en voyant le beau visage se crisper légèrement.

— Le divorce n'existe pas, à Zaraq. Ma mère a donné quatre fils à mon père ; elle mérite son soutien et son respect.

Voilà un discours très différent de ce qu'elle entendait dans les salles de la maternité ! Toutefois, quelque chose l'intrigua.

— Quatre ? Je croyais que vous n'aviez que deux frères ?

— C'est exact.

Décidément, elle était la reine des gaffeuses !

— Désolée…

— Vous ne pouviez pas savoir.

Il y eut un long silence, qu'elle n'essaya pas de meubler. Ce fut lui qui reprit la parole.

— Je suis le troisième, Ahmed était le second. Zaraq est constitué à soixante-dix pour cent de désert, et il y faisait des rallyes. Il s'est tué à l'entraînement. Les secours ne sont pas arrivés à temps.

— Désolée, répéta-t-elle.

Karim soutint son regard, ouvrit la bouche pour parler, et se ravisa.

Il avait failli répéter ses mots à elle : « Ne le soyez pas. Il nous a fait beaucoup de mal. »

Le repas terminé, il n'y eut pas d'addition à payer.

Il ne leur restait plus qu'à se séparer pour regagner leurs chambres respectives. L'instant que Felicity redoutait…

Ils allèrent sans se presser vers les ascenseurs, où attendaient quelques clients. Le cœur de Felicity battait à tout rompre quand Karim se tourna vers elle.

— Merci pour ce merveilleux moment, Karim.

Pourquoi ne pas lui suggérer que la soirée n'était pas forcément terminée ? songea Karim. Comme elle semblait nerveuse ! Mieux valait la calmer d'un baiser. D'abord, il jouerait avec ses cheveux, puis ses lèvres expertes se déplaceraient… Autant attendre l'ascenseur suivant, pour se débarrasser des gêneurs. Ensuite, après l'avoir embrassée, il l'emmènerait dans sa suite.

Lorsqu'ils furent enfin seuls, sa bouche s'empara de la sienne, un doux dessert sur lequel s'attarder. Il y avait douze heures qu'il patientait ! Il s'était si bien comporté qu'il méritait une récompense…

Pour Felicity, l'indécision fut de courte durée. Elle sentit la pression de ses lèvres et, comblée par ce baiser, ne protesta pas. Les mains de Karim reposaient sur ses hanches, et l'appréhension se changea aussitôt en plaisir. Un petit frisson la parcourut.

Quand l'ascenseur arriva, elle rejeta la tête en arrière pour le regarder dans les yeux. S'il souhaitait la revoir, même en habitant à des centaines de kilomètres de Londres, elle accepterait peut-être…

Sa bouche recouvrit de nouveau la sienne, forçant ses lèvres, et ce fut sublime de l'embrasser sans penser à rien. Tandis que la langue de Karim, tendre mais exigeante, se frayait un passage, Felicity s'affola soudain et recula brusquement.

Un jour ou l'autre, sinon ce soir, elle devrait avouer qu'elle était incapable de faire l'amour. Cette idée lui était insupportable !

Pendant qu'elle se ruait dans l'ascenseur dont les portes s'ouvraient, elle vit l'incompréhension dans le regard de Karim.

— Felicity…

— Laissez-moi, dit-elle en éclatant en sanglots.

La vue brouillée par les larmes, elle appuya au hasard sur les boutons. Du coup, l'ascenseur s'arrêta presque à tous les étages. Lorsqu'il atteignit enfin le sien, elle se précipita dans le couloir et, toujours secouée de sanglots, glissa sa carte magnétique dans la porte puis entra, chancelante. En fait, elle n'avait pas eu peur qu'il la suive ; elle était mortifiée par sa propre frayeur.

C'était sans espoir !

Sa robe et ses chaussures formèrent bientôt un petit tas gris sur le tapis. Sans ôter ses sous-vêtements de dentelle, elle se glissa entre les draps et se mit en boule, honteuse. Honteuse de son comportement car, tout en se ridiculisant totalement, elle avait mis Karim dans une situation embarrassante. Il l'avait embrassée pour lui dire bonsoir, rien de plus.

D'accord, elle était surtout effrayée d'avoir tant apprécié… et ne pouvait s'en prendre qu'à elle. A quoi bon essayer, agir comme si elle était normale ?

Surtout avec un homme comme lui !

5.

Felicity marchait dans la grisaille glacée en direction du métro. Elle n'avait plus qu'un souhait : rentrer chez elle.

Ses vêtements, lavés et repassés, avaient été déposés dans sa chambre la veille au soir. Décidée à partir à l'aube pour ne pas rencontrer Karim au petit déjeuner, elle avait mis son réveil à sonner à 6 heures.

Sa réaction, hier, avait été disproportionnée, stupide. Elle aurait pu se contenter de lui souhaiter bonsoir…

La honte de l'avoir déçu lui était intolérable. Mieux valait disparaître tout de suite. Cet homme débordait de sensualité ; bavarder si aimablement pendant le dîner pour le rejeter ensuite d'une façon aussi humiliante équivalait à lui avoir donné une gifle.

— Bonjour !

Elle sursauta en le voyant. Il s'approchait d'elle en courant, en survêtement gris, aussi superbe que s'il avait porté un costume. Un peu haletant, il lui adressa un sourire réservé.

— Vous allez prendre votre train ?

— Oui, la ligne est rétablie, manifestement ; je viens de téléphoner.

Bon, songea Karim. Il n'avait pas l'intention de parler de la pluie et du beau temps. Il était contrarié, et content de l'avoir rattrapée pour pouvoir le lui faire savoir.

— Vous n'aviez pas besoin de vous mettre dans cet état, hier soir. Si vous m'aviez simplement dit non, j'aurais compris.

— Euh… je…

Embarrassée, Felicity chercha une réponse. Elle ne pouvait

nier qu'elle s'était laissé embrasser longuement avant de protester. Il méritait une explication, mais laquelle ?

— J'ai trouvé que nous allions trop vite…

— Ce n'était qu'un baiser, un peu poussé, certes, sensuel…

Karim se sentait toujours irrité, mais son air malheureux l'émut. Il était tombé sur une fille bien, qui avait besoin de romantisme, de baisers légers, de fleurs et de coups de téléphone. Ces tentatives d'approche ne le dérangeaient pas, en principe, à condition qu'il finisse par obtenir ce qu'il voulait. S'il avait été moins pressé, elle aurait pu valoir la peine qu'il fasse un effort.

Hélas, son temps était compté !

— Désolée, je risque de rater mon train…

— Et si je vous invitais à dîner ce soir ?

Quelle mouche l'avait piqué de lui faire cette proposition ? se demanda Karim. Lui aussi était pressé, pressé d'aller goûter à ses derniers moments de liberté avant de retrouver le poids des responsabilités !

— Il vous faudrait traverser toute l'Angleterre pour me rejoindre ! dit-elle en esquissant un sourire.

— J'aime les voyages.

— Laissons tomber, voulez-vous ?

Il était si beau ! Les larmes vinrent aux yeux de Felicity. Il méritait mieux qu'une fille avec des problèmes à la pelle.

— Ecoutez, Karim, ce n'est pas votre faute. C'est la mienne.

Le petit bonhomme vert du passage clouté lui faisait signe, et la bouche de métro se trouvait juste en face. Vite, s'y engouffrer, se perdre dans la foule !

Sans ajouter un mot, elle partit en courant, consciente que ses talons aiguilles n'avaient aucune chance contre les chaussures de sport d'un joggeur entraîné. Aspirée par la multitude, elle se dirigea vers l'escalier roulant en espérant se fondre dans la masse des costumes sombres.

Karim resta un instant interloqué. Ça alors ! Pour qui se prenait cette femme qui se permettait de lui voler ses répliques ? Qui refusait ses baisers et ses invitations ?

Se ressaisissant, il s'engouffra à son tour dans le métro. Avait-elle idée de qui il était ? Non, bien sûr, elle ne pouvait pas savoir, et d'ailleurs cela faisait partie du jeu. Il ne devait compter que sur son charme. Sauf que, sur elle, ce fameux charme n'agissait pas.

— Felicity, qu'est-ce que ça veut dire ?

Il l'avait rattrapée. Autour de lui, les gens protestaient parce qu'il bloquait le passage. S'approchant de Felicity, il prit l'escalier roulant avec elle.

— Laissez tomber, je vous l'ai déjà dit !

— Pas question.

— Vous obtenez toujours ce que vous voulez, n'est-ce pas ? Eh bien, pas cette fois ! ajouta-t-elle d'une voix coupante, moqueuse même.

En arrivant en haut de l'escalator, il lui saisit le poignet.

— Que fuyez-vous ?

— Vous ! cria-t-elle. Vous êtes sûr que je vais coucher avec vous, sous prétexte que vous m'avez offert un dîner !

— Je viens de vous proposer de traverser l'Angleterre pour vous en offrir un autre.

Certes, il n'aurait pas à conduire ; son chauffeur s'en chargerait. Toutefois, il estimait lui avoir déjà donné plus que ce qu'il avait escompté au départ, et elle le refusait encore.

— Qu'est-ce qui vous fait peur ?

— Rien du tout ! Vous ne pouvez pas admettre que, simplement, vous ne me plaisez pas ?

Un mensonge éhonté, il n'en doutait pas, et il la fit taire en écrasant sa bouche sur la sienne.

Felicity entendit le crissement des freins de la rame dont le souffle chaud frôla ses jambes. Des gens la dépassèrent, mais tout ce qui l'entourait disparut lorsque Karim se pressa contre elle. Sous la caresse de ses lèvres, une sensation de chaleur monta en elle. Une sensation intense et profonde, inconnue jusqu'alors, que Paul n'était jamais parvenu à éveiller. Elle ne pouvait plus respirer, et ne le voulait d'ailleurs pas. Tout ce qui importait, c'était de lui rendre son baiser.

— Pause ! dit-il enfin en rejetant la tête en arrière.

Aussitôt, elle fondit en larmes.

Aussitôt, Karim tira de sa poche un mouchoir immaculé brodé du blason royal et sourcilla à peine quand elle se moucha. Mieux valait la laisser, se dit-il. Elle avait visiblement un problème, qui n'était pas le sien. Il était là pour vivre sa dernière aventure d'homme libre ; après, il devrait accepter le fardeau de ses responsabilités.

Pourtant, en cet instant précis, il se sentait responsable.

En principe, les larmes des autres ne l'émouvaient pas. Celles de Felicity, si.

« Fiche le camp ! » lui ordonna une voix intérieure.

Facile à dire…

Après une brève hésitation, il la reprit dans ses bras, soulagé qu'elle ne se raidisse pas et n'essaie pas de se dégager. Gagné par un sentiment de tendresse inhabituel, de compassion même, il l'emmena hors du métro.

6.

— Il n'a pas souffert, dit Karim au bénéfice des autres occupants de l'ascenseur qui montait derrière lui. Que ce soit notre consolation.

Felicity avait le visage enfoui contre son torse. Ses pleurs en étaient au stade des hoquets, maintenant, et cela lui fit chaud au cœur qu'il prenne la peine de justifier aux yeux des personnes présentes l'état dans lequel elle se trouvait. Elle avait tellement honte de se donner ainsi en spectacle !

Elle ne se rappelait que vaguement comment ils avaient quitté la station de métro, la manière dont il l'avait tenue pour la guider dans les rues. Avait-elle fait une bêtise en acceptant de dîner avec lui la veille, et surtout, de le laisser la ramener à l'hôtel ce matin ? Peut-être regretterait-elle toute sa vie sa folle façon d'agir…

Malgré tout, elle lui avait fait confiance. Il était médecin et, en outre, elle savait à présent qu'elle pouvait lui dire non. Mais il y avait plus : hier, quelque chose s'était déclenché, une sensation qui s'était toujours dérobée à elle, dont il était à l'origine. Bien qu'elle ait tenté de l'ignorer, elle était redevenue curieuse de comprendre…

Même en étant perturbée, Felicity ne put s'empêcher d'être émerveillée par la suite de Karim : si la sienne était somptueuse, celle-ci l'était plus encore. Pourtant, elle s'y sentait en sécurité. Assise sur le sofa, elle s'efforça de se reprendre pendant qu'il sonnait pour commander le petit déjeuner.

Lorsqu'il lui servit un brandy, elle secoua la tête.

— Il est 7 heures du matin !

— On ne choisit pas l'heure de son gros chagrin !

Elle but donc une gorgée, puis une autre, en tremblant en dépit de la chaleur ambiante. Au bout d'un moment, elle finit par rompre le silence.

— Je n'aurais pas dû accepter votre invitation.

— Pourquoi ? Il y a un homme dans votre vie ?

Ce serait une explication à sa dérobade, songea Karim, car leur attirance réciproque avait été si évidente qu'il aurait été difficile de la nier.

— Nous avons rompu.

Elle but une autre gorgée, puis reposa son verre.

— Je ne suis pas très douée pour les relations, marmonna-t-elle.

— Moi non plus, je…

Karim s'arrêta net ; un trait d'humour, même sans malice, serait déplacé en ces circonstances.

— Inutile de commencer quoi que ce soit, reprit Felicity. Ce n'est juste ni pour vous ni pour moi, et…

Son discours était tellement confus ! Il vit qu'elle cherchait ses mots pour être plus claire.

— Eh bien… Paul et moi, nous sommes sortis ensemble un an, et nous n'avons jamais pu… Enfin, c'est moi qui n'ai jamais pu…

Il comprit ce qu'elle était incapable de formuler.

— Faire l'amour ?

— Oui.

— Je suis médecin, vous savez.

Il la regarda hocher la tête lentement. Elle avait compris qu'en ce moment il lui parlait en spécialiste, mais cela parut l'agacer.

— Et, je peux vous l'affirmer, rien n'est définitif en ce domaine, poursuivit-il.

Elle secoua la tête. Elle avait entendu cela tant de fois !

— Felicity… Ces choses-là s'arrangent toujours.

Sa voix était si ferme et assurée qu'elle eut envie de le croire. Sauf qu'elle savait bien que ce n'était pas vrai.

— Avec Paul, nous avons essayé sans succès pendant un an. Tout ce que je ressens, c'est de la frayeur. J'ai vu des médecins, des psychologues…

— Ont-ils découvert pourquoi ?

Pour toute réponse, elle eut un sourire amer.

— Vous m'avez bien dit que votre sœur était malade ?

— Oui, anorexique. En théorie, elle est guérie.

— Et votre mère souffre d'anxiété profonde ?

Felicity se prit la tête dans les mains.

— Je sais tout ça !

Elle en avait assez de répéter sans cesse les mêmes choses, sans résultat. Assez des questions, des suppositions qui se révélaient toutes erronées.

— Mon père était un alcoolique dominateur. Mais il n'a jamais abusé de nous…

— Il n'y a pas que l'abus sexuel ou physique.

— C'est vrai…

Elle respira mieux, soulagée qu'il ait compris que les manières despotiques de son père avaient suffi pour la traumatiser, bien que d'une façon moins évidente que sa mère ou sa sœur. Ce harcèlement moral lui avait donné une peur intense et irraisonnée d'accorder sa confiance, de perdre sa maîtrise de soi.

— Vous n'avez jamais éprouvé de désir physique ?

— Non, jamais.

— Pas une seule fois dans votre vie ?

— Je ne crois pas…

Les yeux de Felicity plongèrent dans les siens, puis elle baissa le regard de nouveau.

Voilà pourquoi elle était là, comprit soudain Karim. Parce qu'hier, elle avait ressenti quelque chose ! Sans qu'elle se l'expliquât, il avait fait sauter un verrou, et elle voulait savoir pourquoi.

Il se leva, indécis pour une fois. Oui, il était ému par cette belle jeune femme généreuse qui mettait des enfants au monde, qui s'était montrée si courageuse la veille, qui faisait passer sa famille avant tout et qui, pour une cause inconnue, réprimait une part d'elle-même.

En même temps, les aiguilles de l'horloge tournaient à toute vitesse, comptant ses derniers jours de liberté. Alors qu'il aurait pu être dehors en train de s'amuser, il avait vraiment envie d'être là, de donner du temps à cette étrangère timide et grave, d'apporter de la joie et de la passion dans sa vie… Et, bien sûr, il y aurait une récompense à la clé pour lui !

— Bien. Je ne parle plus en tant que médecin, Felicity. A présent, c'est l'homme qui vous affirme qu'il peut arranger ça.

— J'ai l'impression d'entendre Paul ! répliqua Felicity, hargneuse.

Une réponse typique, tellement prétentieuse ! Non, il ne comprenait pas vraiment son problème, songea-t-elle.

— Peut-être, mais je ne suis pas Paul.

Elle pressa les doigts sur ses yeux ; il avait touché un point crucial.

— Je vous dis, je vous assure même que tout peut bien se passer.

— Qu'en savez-vous ? Ce sera peut-être encore pire avec l'homme le plus sexy au…

Mon Dieu ! Mais que disait-elle ? Elle vit sa bouche sensuelle sourire et, tout en se reculant sur le sofa, elle sourit aussi malgré elle.

— Compliment accepté, dit-il en reprenant un ton sérieux. Je répète que j'ai les moyens d'arranger ça : soit vous ne *pouvez* pas éprouver de sensations, soit vous ne *voulez* pas. Or, il se trouve que vous vous en croyez incapable, mais que vous le voulez. Dans la salle de conférences, quand nous étions tous les deux dans le noir, avez-vous ressenti du désir ?

— Je ne sais pas…

Mortifiée, gênée, elle essaya de se lever, comme pour fuir, mais Karim la saisit par les poignets et la regarda en plissant les yeux.

— Considérons les choses calmement… Supposons que vous acceptiez ce dîner, ce soir.

Pendant qu'il lui parlait, en toute conscience, d'un ton dégagé, il vit ses larmes jaillir. Or, il savait qu'il avait raison d'agir ainsi, et de persévérer.

— Si nous nous débarrassions de ce problème ? Ensuite, vous pourriez apprécier le repas.

Il lui souleva le menton pour la forcer à le regarder.

— Je ne sais pas, répéta-t-elle, haletante. Je ne sais même pas ce que j'ai éprouvé hier.

— Du désir. Je l'ai senti… Je peux aller jusqu'à dire que je l'ai goûté.

— Comment ?

— Parce que moi aussi, je vous désirais.

En la voyant réfléchir à ses dernières paroles, il fut certain d'être sur la bonne voie.

— Voilà ce que tu as ressenti, murmura-t-il en lui prenant la main pour la poser sur son sexe.

Felicity tentait de la retirer lorsque Karim poursuivit, d'une voix basse, sensuelle, qui lui fit arrêter son geste :

— Voilà ce que j'éprouvais hier, et j'avais envie de m'approcher… Bien sûr, je ne pouvais rien faire. Je suis resté où j'étais…

Il jeta un coup d'œil vers la chambre, vers l'immense lit aux draps défaits. En l'imaginant dans ce lit, une excitation folle la saisit soudain.

— Après le dîner, je n'étais pas en peine de trouver une autre femme, mais c'était toi que je voulais. J'ai fait l'amour avec toi, hier soir, Felicity.

La terreur revint, quoiqu'un peu atténuée, pendant que sa voix rauque continuait.

— Toi, aussi, Felicity, n'est-ce pas ?

Elle retira sa main.

— Non !

— Mais tu as eu envie de moi ?

Que répondre ?

Malgré la situation risquée, elle était certaine d'être en sécurité. Il était si beau ! Pour la première fois, elle pressentait qu'elle pouvait se laisser aller…

— Oui.

Jamais elle n'avait été aussi sincère.

Elle avait envie de cet homme qui savait comment l'embrasser, comment lui parler, qui l'avait prise par la main pour la ramener à l'hôtel. Bien qu'elle le trouvât impudique et dangereux, elle avait la certitude inexplicable que si elle n'y arrivait pas avec lui, elle n'y arriverait avec personne.

Sa chance était là, aujourd'hui, de commencer sa vie de femme, de chasser les démons qui la persécutaient. Tout en lui l'attirait. Sa voix grave, ses yeux pénétrants. Et son sourire… Un sourire qui ne s'adressait qu'à elle en ce moment…

— Et si je ne peux pas ?

— Tu te fais trop de souci.

Il se redressa en entendant frapper. Tandis qu'il ouvrait au serveur qui apportait le petit déjeuner, ce fut pour Felicity comme si une bulle éclatait. La vie réelle fit irruption et la terreur revint. Seigneur ! Qu'avait-elle accepté ?

— Je vais me doucher, pendant que tu déjeunes, annonça Karim.

Quand il eut disparu, elle resta debout, indécise.

— C'est bon ? cria-t-il de la salle de bains.

Elle n'avait pas faim, elle voulait juste en finir. Sans doute avait-elle tort… Elle eut la tentation de s'enfuir. Il ignorait tout de son effroi, de la gravité de son problème. En dépit de tous ses efforts, Paul n'avait jamais réussi à lui faire l'amour.

Dans la salle de bains, Karim prit son temps. Tout en enfilant un peignoir, il se demanda si elle serait toujours là.

Hier, il l'avait désirée.

Il n'avait pas pu se permettre d'insister… Cependant, elle avait éveillé sa curiosité.

Il se rasa en pensant à elle. Dire qu'elle l'avait appelé « l'homme le plus sexy au monde » ! Un sourire joua sur ses lèvres.

Adorable.

Il connaissait bien les femmes. Avec celle-ci, il se trouvait devant un défi à relever, et cela lui plaisait.

Il voyait qu'elle était terrifiée ; elle supposait sans doute qu'il allait l'allonger sur le lit et la caresser pendant des heures, mais il était conscient que cela n'aboutirait à rien. Elle ne se détendrait pas tant qu'elle n'aurait en tête que le but auquel il voulait parvenir.

Qu'elle l'admette ou non, il avait éveillé son désir hier, et c'était là-dessus qu'il comptait.

Quand il revint dans le salon, elle était assise sur le sofa, aussi nerveuse que si elle se trouvait dans la salle d'attente d'un dentiste. Or, elle ne pourrait se détendre que si elle n'attendait rien.

— J'ai des coups de téléphone importants à donner. Impossible d'y échapper, désolé.

— Bien sûr ! dit-elle avec un sourire crispé.

Il feuilleta son agenda, puis discuta en arabe au téléphone avant de passer à l'anglais.

— Dites-lui de me rappeler dans cinq minutes ! Sinon, l'affaire est annulée, conclut-il d'une voix dure.

Il se tourna vers elle.

— Si tu allais prendre un bain pendant que je règle cette histoire ?

Un bain, encore ! Félicity fut tentée de ramasser son sac et de sortir. Croyait-il que c'était si facile ?

— Ecoute, je pense que je ferais mieux de partir…

— Un instant, s'il te plaît.

L'air exaspéré, il prit un nouvel appel et, en même temps, l'attira à lui de sa main libre. Tout en discutant, il lui caressa lentement le visage, l'embrassa sur la joue, à plusieurs reprises, très légèrement.

Une fois la conversation terminée, il l'attira à lui pour lui donner un vrai baiser avant de s'écarter.

— Fais ce que je te conseille, Felicity, ensuite, je serai tout à toi…

— D'accord.

Mais elle ne bougea pas. C'était si agréable d'être contre lui ! Il s'était rasé, et il sentait bon l'after-shave.

Quand il prit ses lèvres, et que sa langue se mêla à la sienne, elle sentit un doux élancement lui traverser le ventre.

— C'est vrai, alors ? dit-elle en rejetant la tête en arrière. Hier soir, tu pensais à moi ?

— Oh oui…

Il la souleva pour l'asseoir sur la commode, lui écarta les genoux, et remonta sa jupe sur sa taille.

— Dans le bain, pense à moi comme j'ai pensé à toi, hier soir…

Fascinée, terrifiée, la gorge serrée, elle le vit ouvrir son peignoir pendant qu'il parlait, découvrant son sexe tendu.

— Dans la salle, hier matin, j'ai rêvé que je m'approchais de toi… Que je soulevais ta jupe…

De l'index, il effleura la soie douce de son slip puis il lui prit la main pour la guider vers lui. Lorsqu'elle sentit le velours de sa peau sous ses doigts, elle se mordit la lèvre inférieure.

— Plus tard, dès que j'en aurai terminé avec ces coups de fil, et que tu seras toute chaude sortie du bain…

Passant les doigts sous l'élastique de son slip, il le lui ôta doucement, avant de lui faire de nouveau face pour la caresser.

— Quand nous ne risquerons plus d'être dérangés…

Il lui défit son corsage, le fit glisser sur ses épaules, puis dégrafa son soutien-gorge. Penchant la tête, il prit un mamelon dans sa bouche.

Sous la caresse légère, elle sentit son corps se crisper malgré elle. Mais lorsque sa bouche prit possession de la sienne, sa langue exigeante forçant ses défenses, elle s'abandonna.

Conscient de son statut et des enjeux, Karim avait toujours des préservatifs à portée de main. Il ouvrit le tiroir de la commode sans cesser d'embrasser Felicity.

— Tiens, prends.

— Pas maintenant…

— Bien sûr que non, nous avons toute la matinée. Mais c'est bien de s'entraîner.

Il défit le petit emballage.

— Plus tard, après ton bain, tu me le mettras, comme ça…

Elle saisit l'objet, et ses doigts malhabiles faillirent le laisser échapper.

— Si tu sais comment faire, ce sera plus facile. Je vais te montrer…

Il commença à le mettre en place puis lui prit les mains.

— Déroule-le, maintenant.

Tremblante, elle obéit, regardant le fin caoutchouc se déplier sur sa virilité triomphante.

Karim commença à lui caresser l'intérieur des cuisses. Hier soir, il l'avait seulement imaginée, et elle était tellement plus belle et plus douce en réalité ! Et vierge… Il espérait être à la hauteur, sa beauté le méritait. Elle laissa échapper un gémissement quand il s'approcha d'elle à la toucher, mais il la sentit se crisper.

La panique envahit Felicity. Quand il recula légèrement, elle se détendit un peu.

Au même instant, le téléphone de Karim se remit à sonner. Il allait répondre, bien entendu… Pourtant, elle n'avait pas envie qu'il le fasse.

— Je dois prendre cet appel !

— Je sais.

— Non, après tout. Il rappellera… Tu mérites toute mon attention.

Le bout de son sexe la pénétrait maintenant par petits à-coups, lui donnant un aperçu de ce que pouvait être le plaisir.

D'une secousse, il se débarrassa de son peignoir, et son corps splendide apparut. Felicity frissonna, et éprouva un désir fou lorsqu'il vint un peu plus profondément en elle. En même temps, cela devenait douloureux. Elle posa les mains sur ses épaules dans l'intention de le repousser.

Les yeux dans les siens, Karim vint soudain en elle totalement, observant le choc et l'effroi, la surprise, l'étonnement, puis l'émerveillement.

Avec n'importe quelle autre femme, il se serait abandonné au plaisir aussitôt tant il avait du mal à se contenir, mais il voulait lui faire apprécier ce moment. Puis, en voyant son expression extatique, il n'éprouva aucun sentiment de triomphe, juste de la tendresse.

Felicity ne comprenait pas ce qui lui arrivait. C'était un mal délicieux, une expérience étrange. Karim l'emplissait tout entière, allant et venant doucement en elle qui lui mordait l'épaule et avait enroulé les jambes autour de ses reins.

Enfin arriva ce qu'elle n'avait jamais connu : le tremblement de ses cuisses s'accentua, un éclair de chaleur la parcourut puis ce fut l'explosion exquise de son premier orgasme. Elle se retint de hurler, entendit Karim gémir, et elle éclata en sanglots.

*
* *

Karim avait le vertige.

Non par manque d'habitude, mais cette fois… Jamais il n'avait rien éprouvé de tel. Il était épuisé, ses jambes et ses reins étaient douloureux, comme s'il avait puisé dans des réserves insoupçonnées. Il n'avait même plus l'énergie de la porter sur le lit.

— Merci, Karim…

Aussi faible et étourdie que lui, de toute évidence, elle se laissa conduire jusqu'au lit. Il la déshabilla, embrassant chaque nouvelle partie de son corps qu'il dénudait puis s'allongea à côté d'elle, un bras passé autour de sa taille.

— C'était merveilleux… Jamais je n'aurais cru…

Quand elle descendit sa main le long de son ventre, Karim faillit refuser, lui expliquer que c'était trop tôt, mais le plaisir et l'émerveillement de Felicity étaient si communicatifs, qu'à sa grande surprise il se trouva prêt à recommencer.

7.

Depuis trois ans, plus ou moins consciemment, Karim avait su que ce jour viendrait.

Tard dans l'après-midi, son téléphone spécial avait sonné, celui qu'il n'était pas autorisé à éteindre.

Il avait pris l'appel dans le salon, écouté les nouvelles, puis était resté immobile, la tête dans les mains, pendant au moins cinq minutes.

Pour finir, il était retourné dans la chambre pour contempler Felicity dans son sommeil. Il aurait voulu pouvoir s'allonger à côté d'elle et sombrer dans l'oubli pour se réveiller en la tenant dans ses bras. Ce n'était qu'un rêve, et heureusement… Dormir maintenant serait gaspiller le peu de temps qui lui restait.

Les derniers moments de sa vie d'homme libre, où il avait le droit d'être lui-même car, bien qu'étant le troisième fils, il venait d'être désigné pour être roi.

Ce jour n'aurait jamais dû arriver ; il n'était pas envisageable lorsqu'il était enfant. Karim s'était senti libre, sa mère l'avait aimé avec plus d'abandon, et les médias s'étaient moins intéressés à lui qu'à ses frères aînés.

Hassan et Ahmed avaient tous deux été nommés avant lui. Hassan le successeur, et Ahmed en cas de défection de son aîné. Lui, Karim, et plus tard Ibrahim, on les avait laissés tranquilles, surtout grâce à leur mère qui les avait protégés. Trois des garçons tenaient en grande partie d'elle. Hassan avait ses yeux bleus perçants, sans toutefois aucune trace de sa joie de vivre, et Ahmed avait comme elle le teint clair et une forte personnalité.

Royal et cassant comme son père, mais superbe et indépendant comme sa mère, Ibrahim était un mélange des deux.

Karim savait qu'il était tout le portrait de son père et celui-ci lui avait dit qu'il ferait le meilleur roi.

Décidé, un brin arrogant, il possédait une autorité innée, une rigueur à la limite de l'intransigeance que le personnage public ne révélait pas. Même quand l'impair de sa mère avait été dévoilé et qu'elle s'était enfuie à Londres, honteuse, il avait été le seul à refuser de pleurer.

Pour lui, c'était simple : elle était l'épouse du roi, elle n'avait pas respecté les règles, il n'était donc pas question de pardon.

En tant que troisième fils, il avait eu de la chance. Après leur période militaire obligatoire, ses frères aînés avaient étudié l'histoire et la politique. Lui, il avait pu choisir la médecine, à Londres où il voyait sa mère, causant un certain remous dans la société de Zaraq. Il avait fréquenté la jet-set, s'entourant des plus jolies femmes, se taillant vite une réputation de play-boy insouciant.

Avait-il vraiment changé ?

Il appuya son front contre la vitre fraîche et observa l'agitation de la rue, appréciant l'anonymat qu'elle procurait.

Hassan avait épousé Jamal, à la grande joie du peuple de Zaraq. Comme Karim avait ri de l'impatience de son père, qui, deux ans plus tard, ne voyait pas venir d'héritier !

— Voyons, père, ils ont tout le temps…

Enfin, au bout de quatre ans, le pays avait appris la bonne nouvelle : une naissance était prévue pour avril.

En février, lorsque le petit Kaliq était né prématurément, Karim, en tant que médecin, avait tout de suite compris qu'aucune machine ne pourrait le sauver. C'était lui qui avait tenu dans ses mains son minuscule neveu dans ses derniers instants, parce que ni son frère ni son épouse n'en avaient la force.

Alors, pour la première fois, il avait eu peur. Si son frère aîné s'avérait incapable d'engendrer un héritier, le trône reviendrait à Ahmed lorsque leur père disparaîtrait.

Sans chercher à approfondir, Karim avait toujours su que ce dernier était fragile. Comprenant qu'il allait devoir assumer un fardeau trop lourd pour lui, Ahmed était parti avec son 4x4 dans le désert hostile. Le suicide étant un péché, on avait parlé d'« insolation ».

De nouveau, le royaume avait été plongé dans le deuil.

Ensuite, la liste de patients de Karim s'était réduite en même temps que sa liberté d'action. Peu à peu, on l'avait écarté de l'hôpital et du contact direct avec les malades. Refusant plus ou moins consciemment d'accepter l'évidence, il s'était chargé du projet du nouveau centre hospitalier et de l'université féminine.

Aujourd'hui, l'évidence l'avait rattrapé.

Karim soupira. Il était capable, solide, il serait un bon dirigeant pour son peuple. Inutile de ressasser ses véritables aspirations, qu'il enfouirait profondément. Il allait devoir faire ce pour quoi il avait été appelé.

Lorsque Felicity se réveilla en s'étirant voluptueusement, la pièce était calme et sombre. Elle ne ressentait qu'une grande paix et aucun remords.

Elle découvrit Karim près de la fenêtre. Sur le point de lui sourire, elle remarqua son expression grave, ses épaules tombantes, et un pressentiment la fit frissonner.

— Karim ?

Il s'approcha, un demi-sourire forcé aux lèvres, pour s'asseoir à côté d'elle.

— Tu avais l'air si paisible que je n'ai pas voulu te déranger.

— Que se passe-t-il ?

Quelque chose avait changé en lui, elle le sentait. Ils étaient restés toute la journée au lit, où elle lui avait livré son esprit aussi bien que son corps, parlant du déchirement qu'elle éprouvait à la perspective de quitter sa famille même pour un court laps de temps, de l'adoration qu'elle avait pour son métier, pour ses amis.

Elle s'était révélée à lui peu à peu, et elle se rendait compte, soudain, que lui-même s'était peu dévoilé.

— Mon père est malade depuis quelque temps… On vient

de m'apprendre qu'il a été hospitalisé. Je dois partir ce soir pour Zaraq, dit-il, le visage crispé et triste.

Elle s'approcha pour le réconforter, mais il se leva.

— J'ignore quand je reviendrai, dit-il d'une voix neutre.

— Tu m'appelleras ? demanda-t-elle, peu soucieuse de feindre l'indifférence.

— Je ne comptais pas devoir rentrer si vite. Felicity…

Karim la regarda. Elle était magnifique. S'il avait pu l'emmener… Or, elle ne savait même pas qui il était, et il n'avait aucune intention de lui dévoiler la vérité. Elle avait besoin de romantisme, de sa famille, de ses amis, d'être libre de son corps. Il ne lui ferait pas ça.

— Je serai très occupé. Je ne vis pas là-bas de la même façon qu'ici.

— Ainsi, c'est fini ?

Malgré le regard plein de souffrance et de colère qu'elle lui jeta en quittant le lit, elle resta digne et fière en se rhabillant. Elle paraissait avoir mûri depuis le matin. C'était à présent une femme orgueilleuse et sûre d'elle, grâce à lui.

Felicity en était consciente, elle aussi. Bien que submergée par le chagrin et l'amertume, elle se sentait forte. Bien sûr qu'il devait se rendre au chevet de son père, et qu'elle et lui ne pourraient jamais être…

Estimant cependant que quelque chose de beau lui avait été enlevé trop vite, elle s'approcha et fut soulagée quand il la serra brièvement contre lui.

— Je vais te faire reconduire en voiture.

— J'habite à des centaines de kilomètres…

— Pas question que tu prennes le train.

Il répondit au téléphone qui sonnait en deux phrases brèves.

— On prépare mon avion.

— « Ton » avion ?

— Désolé. Mon anglais n'est pas parfait… J'ai réservé mon billet, et je décolle dans une demi-heure.

Il n'avait pas envie de rentrer chez lui, elle le voyait bien. Quand il l'embrassa, elle lui répondit avec la même fièvre puis ils firent l'amour, mais leur étreinte eut quelque chose de désespéré. Ils n'échangèrent pas un mot quand il l'accompagna ensuite jusqu'à une limousine qui attendait devant l'hôtel.

Le voyage de retour fut long, et Felicity s'en félicita car elle souhaitait réfléchir à ce qui venait de lui arriver.

Cela aurait pu paraître sordide à n'importe qui d'autre, de passer ainsi une journée au lit avec un homme qu'elle ne reverrait plus, et pourtant, elle n'éprouvait nul besoin de se justifier.

Et encore moins lorsque, en arrivant devant la porte de son appartement, elle vit le splendide bouquet qui l'attendait sur le seuil.

Des fleurs somptueuses : des boutons d'orchidées roses ! Les larmes lui montèrent aux yeux quand elle lut la carte :

« N'oublie jamais, Karim. »

Comment le pourrait-elle ?

En entrant, elle aperçut la petite lumière rouge clignotante de son répondeur. Elle appuya sur « Lecture » pour écouter ses messages et entendit la voix de Noor lui proposer un poste à l'hôpital de Zaraq.

On lui offrait un salaire très intéressant et elle devait partir dans une semaine. Impossible que ce soit l'œuvre de Karim, car le message avait été laissé juste après la fin de la séance d'information.

Le second message émanait de sa mère qui lui demandait de rappeler dès son retour. Sans en tenir compte, Felicity traversa son modeste salon pour observer par la fenêtre le ciel obscur. Il devait être quelque part là-haut, dans le ciel… Se reverraient-ils un jour ? Si sa vie à lui était compliquée, la sienne était relativement simple. Elle relut la carte qui accompagnait les fleurs.

« N'oublie jamais. »

Oh non, elle n'oublierait pas ! Chaque seconde de leur rencontre était gravée dans son esprit de façon indélébile. De toute façon, quand bien même elle avait voulu le chasser de sa mémoire, cela aurait été impossible, pensa-t-elle en laissant enfin couler ses larmes ; elle l'aimait déjà.

8.

Il n'y avait pas de temps à perdre.

Dans la semaine, Felicity dut remplir de nouveau des papiers, refuser l'offre précédente, faire des adieux interminables à sa famille et à ses amis, et rassurer sa mère et sa sœur qui la voyaient partie pour toujours.

Même en sachant qu'elle reviendrait, elle-même trouvait très dur de s'en aller.

A l'aéroport, elle prit Georgina dans ses bras.

— Occupe-toi bien de l'appartement !

— Bien entendu. Ne t'en fais pas, je vais me débrouiller.

— Je ne m'en fais pas du tout ! assura-t-elle en souhaitant que la bonne étoile qui lui avait envoyée Karim brille également au-dessus de sa sœur, et que ses problèmes se résolvent.

Et que son départ ne les fasse pas ressurgir…

— Sois forte, Georgina.

— Bien sûr !

— Tu téléphoneras dès ton arrivée ? s'inquiéta sa mère.

— D'accord, mais je n'appellerai pas souvent, et rappelle-toi que nous n'avons pas les moyens de nous servir beaucoup des portables.

— Je sais, ma chérie. Tout ira bien pour nous, et pour toi aussi, j'en suis sûre.

Son cœur se gonfla de fierté de voir sa mère si courageuse. Après l'avoir serrée dans ses bras, elle se dirigea vers le point de contrôle et franchit les barrières avec les autres voyageurs.

En entrant dans la salle d'embarquement, elle ressentit une certaine excitation.

Son aventure commençait. Ses objectifs étaient clairs :

rembourser ses dettes, faire table rase de son passé et marcher vers l'avenir. De plus, en montant à bord, elle avait le mince espoir de revoir un jour Karim.

Le voyage fut long mais agréable, Zaraq Air s'occupant à merveille de ses passagers. Tout à fait comme Karim avait pris soin d'elle pendant cette soirée et cette journée magiques.

Après avoir mis ses écouteurs sur ses oreilles, elle fixa le petit écran placé devant elle pour regarder un film documentaire sur Zaraq. Son enthousiasme grandit lorsqu'elle vit les plages de sable, les déserts et les mosquées. Bientôt, elle y serait, songea-t-elle, un léger sourire aux lèvres.

Puis il fut question de la famille royale. Le narrateur évoquait l'ancien royaume, et la lignée dont les descendants avaient conservé le nom, Zaraq, au fil des siècles. Incroyable ! Elle regarda les soldats défilant devant le palais, le roi saluant son peuple depuis un balcon, ses enfants derrière lui.

Soudain, son cœur manqua un battement.

Souriant sur l'écran, éblouissant en grand uniforme de l'armée, se trouvait, selon le commentateur, le cheikh Karim, prince du royaume de Zaraq.

Felicity eut l'impression que son sang se glaçait dans ses veines. Il était *prince* !

Pas étonnant qu'il l'ait prévenue qu'ils n'avaient pas d'avenir ensemble ! Ce n'était pas seulement la distance qui les séparait, mais aussi un héritage vieux de plusieurs millénaires…

— Votre ceinture, mademoiselle !

Elle sursauta, boucla sa ceinture et se prépara à l'atterrissage.

L'avion décrivit un grand cercle, survolant un spectacle fantastique. La mer bleue céda la place aux rivages ocrés, des sables dorés à perte de vue, puis Zaraqua apparut avec ses vénérables édifices serrés les uns contre les autres. Felicity trouva dommage d'être enfermée dans quelque chose d'aussi moderne qu'un avion pour admirer les anciennes mosquées et les souks colorés.

Le temps d'un éclair, elle aperçut le bâtiment le plus spectaculaire de tous, qui semblait émerger d'une brume fauve, avec la mer bleue en arrière-fond. Le palais !

Là où vivait Karim.

Les roues rencontrèrent le tarmac, les freins crissèrent, et elle se retrouva collée à son siège.

Elle avait atteint le royaume de Zaraq.

9.

— Leila ?

Comme la jeune femme lui tournait le dos, elle sursauta en l'entendant.

— Que fais-tu dans ma chambre ?

— Je t'attendais, dit-elle en souriant.

— Je ne t'ai pas invitée.

— Et alors ? Ça ne t'a jamais dérangé… J'ai appris, pour ton père, et je voulais être avec toi pour t'apporter un peu de réconfort.

Il saisit la main qu'elle s'apprêtait à poser sur son torse.

— Laisse-moi.

— Karim…

Son autre main se tendit vers son aine, mais il la bloqua.

— Laisse-moi, Leila. Je ne devrais pas avoir à le répéter.

— Fais-moi l'amour une dernière fois, Karim. C'était si bon, nous deux !

Ce n'était pas faux, du moins l'avait-il cru avant… Curieusement, depuis Felicity, même si c'était nouveau pour lui, il n'y avait eu personne ; il n'avait éprouvé aucun désir, aucun besoin d'une autre femme. Seulement d'elle.

— Laisse-moi.

Sa voix était froide comme le métal. Si les larmes de Leila le laissèrent indifférent, ses lamentations le mirent en colère, et il appela ses gardes pour qu'ils la fassent sortir.

Il en trouverait une autre, et celle-là, selon le souhait du roi, serait sa fiancée.

Il frissonna ; l'idée de se réveiller tous les matins avec la même femme le glaçait jusqu'aux os. Heureusement, il pourrait toujours prendre une maîtresse, ce qu'il ferait probablement, d'ailleurs. Son esprit s'envola de nouveau vers Felicity.

Et s'il l'appelait ? Il eut envie de demander à Noor si elle avait accepté le poste. Non, c'était trop dangereux en ce moment. Peut-être, dans quelques mois, lorsque la fiancée attitrée serait au palais, se permettrait-il cette fantaisie.

Qui sait ? songea-t-il en s'allongeant sur son lit. Ce serait si agréable d'aller voir Felicity à Londres…

Content de lui, il sourit pour la première fois de la journée.

A l'aéroport, Felicity n'eut pas à se poser de questions. Elle remarqua tout de suite avec soulagement une jeune femme souriante qui brandissait une pancarte portant son nom. Comme promis, une collègue l'attendait.

— Merci mille fois…

Encore abasourdie de sa découverte concernant Karim, elle eut du mal à écouter les explications d'Helen.

— De rien. Dans quelques mois, c'est vous qui viendrez accueillir les nouvelles. Le système est bien fait. Vous allez commencer par une semaine d'adaptation, puis je vous servirai de mentor avant de vous laisser voler de vos propres ailes.

— Vous êtes là depuis longtemps ?

— Presque un an. Je rentre dans quelques semaines au Royaume-Uni pour mes vacances, après quoi je reviendrai pour une autre année. Ce n'était pas mon intention au départ. Jamais je n'aurais imaginé me plaire autant ici.

Il y avait tant de nouveautés !

La résidence où logeait le personnel de l'hôpital était fabuleuse. Felicity occupait un petit appartement situé au même étage que celui d'Helen, et le complexe comprenait une salle de sport et deux piscines, une pour les hommes et l'autre pour les femmes. C'était un bonheur, dit sa collègue, de plonger dans l'eau bleue après une dure journée de travail.

— On ne chôme pas, à Zaraqua, mais on a aussi beaucoup de loisirs. Vous verrez, c'est merveilleux.

Les premiers jours le furent effectivement. Helen la présenta à de nombreux Britanniques ou Américains, des amis en puissance. Peu à peu, comme Helen lui faisait découvrir les marchés et les souks bigarrés et bruyants qui formaient un contraste étonnant avec les boutiques ultra-chic de la ville, Felicity en vint à penser qu'elle avait pris la meilleure décision de sa vie. Dans la journée, elle était si occupée qu'elle n'avait pas le temps de penser à Karim, oubliant presque qu'elle se trouvait dans son pays et qu'il était tout proche.

Le soir, en revanche, allongée dans son lit, elle était parcourue de frissons. Sa chambre avait vue sur le palais, et elle se levait quelquefois pour regarder par la fenêtre, pour imaginer Karim endormi.

Ou non…

Rien ne servait d'appuyer son front contre la vitre fraîche. Son visage était en feu quand elle se le figurait couché, tout proche. Peut-être pensait-il à elle…

Même si sa semaine d'adaptation lui avait appris beaucoup, Felicity savait qu'elle ne se sentirait vraiment bien que lorsqu'elle commencerait à travailler. Elle fut ravie le matin où Helen vint la chercher pour l'emmener, la guidant à travers les magnifiques jardins, vers cet hôpital aussi immaculé que la plus luxueuse des cliniques privées, et pourtant ouvert à tous.

— Excepté l'aile royale, expliqua sa collègue. Si tu trouves que c'est fantastique ici, il faut que tu ailles jeter un coup d'œil là-bas. Ce secteur est réservé aux membres de la famille royale et aux diplomates, et ils ont leur propre équipe soignante. C'est là qu'est le roi en ce moment.

Elle attira son attention sur la cité de toile au-delà des murs de l'hôpital.

— Regarde, son peuple le veille. Il est très malade, apparemment.

— Et ses fils ? Tu les as déjà vus ?

Helen ne sourcilla pas.

— Le prince Hassan vient tous les jours rendre visite à son père, et ça crée un certain remue-ménage quand il arrive…

— N'y en a-t-il pas un qui est médecin ? demanda Felicity d'un ton innocent.

Sa collègue lui donna un coup de coude.

— Bas les pattes ! Karim est à moi ! Qui t'en a parlé ?

— Je ne sais plus. Une des filles, sans doute. Il est chirurgien, non ?

Felicity se sentit devenir aussi rose que son uniforme.

— Il l'était, et il opère encore de temps à autre, mais on le voit de moins en moins. Il est appelé à d'autres responsabilités, hélas !

— Pourquoi « hélas » ?

— Je suis en manque..., dit Helen en lui donnant une seconde bourrade. Même s'il ne fait pas attention à moi, bien entendu.

— Parce qu'il est prince ?

— Non. Parce qu'il est chirurgien... On les traite comme des princes dans le monde entier. Karim est l'un et l'autre, alors... Bon, tu as apporté tous tes documents, comme je te l'ai demandé ?

Sans trop savoir pourquoi, Felicity fut soulagée que sa collègue change de sujet. Au milieu de la matinée, elle comprit qu'elle venait d'expérimenter ce qu'on appelait la jalousie !

Ce premier lundi fut surtout consacré à collecter des badges de sécurité et à photocopier ses papiers. Helen enferma les originaux dans le coffre et lui remit les duplicatas. D'après elle, c'était plus sûr, car quelques vols avaient eu lieu ces derniers temps.

Felicity se sentait bien dans son uniforme rose pâle pratique et confortable, et elle découvrit au fil de la semaine que les femmes enceintes se ressemblaient dans le monde entier. Certaines excitées, d'autres enthousiastes, d'autres encore étonnées, et quelques-unes contrariées. Le vendredi matin, elle s'était habituée à toutes et travaillait à la consultation prénatale.

— Nous avons tendance à donner la plupart des consultations prénatales sans rendez-vous, pour que les femmes aient l'occasion de rencontrer d'autres futures mamans, expliqua Helen.

D'après les bavardages animés qui provenaient de la salle d'attente, cela semblait fonctionner à merveille.

— Lors de la première visite, nous contrôlons le poids et les résultats des examens, et nous effectuons un test de grossesse de routine, précisa Helen en faisant entrer la première patiente.

Felicity cocha des petites cases, vérifia des dates, tout en essayant d'ignorer la voix ténue qui lui rappelait qu'elle attendait ses règles.

Elles avaient même du retard…

En regardant le calendrier un peu plus tard dans la matinée, et en voyant qu'il ne s'agissait que d'un jour de retard, elle se rassura en se traitant de paranoïaque puis poursuivit son travail avec entrain. Malgré tout, à l'heure du déjeuner, elle fut ravie de faire une pause.

— Je suis en salle de travail, demain, et après-demain, au bloc, dit-elle lorsqu'elle fut attablée avec Helen.

La cafétéria spacieuse et aérée appelée « cantine » n'avait rien à voir avec celle de son ancien hôpital et les plats, préparés par des chefs cuisiniers, étaient délicieux.

— Ensuite, tu voleras de tes propres ailes. Je parie que tu es impatiente.

— J'ai apprécié d'être guidée, mais c'est vrai que j'ai très envie de prendre mon poste pour de bon.

— Et de mettre au monde ton premier Zaraquien !

Elles terminèrent leur dessert et burent un café.

— C'est reparti ! dit Helen en se levant après avoir vidé sa tasse.

Alors qu'elles regagnaient leur service, Felicity sentit un coup de coude dans ses côtes et leva la tête.

En costume, bavardant et riant avec un collègue, Karim venait dans leur direction. Comme les couloirs pouvaient sembler longs, parfois !

Quand il la vit, il fronça les sourcils, cessa de parler, et la croisa sans esquisser le moindre signe de connivence. Comme agirait tout chirurgien vis-à-vis d'une infirmière inconnue.

— Je t'avais bien dit qu'il était magnifique ! murmura Helen.

Felicity ne répondit pas. Au passage, elle avait respiré une bouffée de son after-shave, et ses joues la brûlaient.

Ainsi, il avait clairement établi le *modus vivendi*. S'il

l'avait souhaité, s'il en avait eu envie, rien ne l'empêchait de lui adresser un petit sourire discret.

Arrivée à la maternité, elle eut besoin d'un peu d'intimité.

— Je vais aux toilettes, Helen.

— Encore !

Elle voulait surtout vérifier, parce que ses règles étaient en retard d'un jour. Une fois de plus, rien.

Si elle cessait d'être ridicule ? Ils s'étaient protégés, et Karim avait été si prudent ! Pas de quoi s'inquiéter, il y avait eu le voyage, tous ces changements... Toutefois, pour se rassurer, elle sortit de sa poche un flacon. Elle aurait bientôt la preuve que ses craintes n'étaient pas fondées.

Entourant la fiole de papier toilette, elle la remit dans sa poche.

Pas question de l'emporter chez elle, car la sécurité pouvait la fouiller à tout moment, et elle n'osait pas se rendre dans une pharmacie. N'allait-on pas lui poser de questions ? Une femme célibataire avait-elle le droit d'acheter un test de grossesse ? Elle n'en savait rien.

Chassant ses inquiétudes, elle se concentra sur ses patientes.

— Votre tension est parfaite...

Elle sourit à la femme volubile à côté d'elle. Jessica Hammel, à quarante-deux ans, avait quatre fils au lycée et s'apprêtait à accueillir son cinquième enfant.

— Je n'ai pas cette impression... Je n'arrive pas à croire que je vais recommencer à pouponner ! Dire que je me suis fait faire une abdominoplastie il y a deux ans. Quelle perte de temps !

Souriante, Felicity attendit la suite.

— Mais tout va bien, je suis juste un peu étonnée... Tout le monde pense que ce sera une fille.

— Vous avez demandé à connaître le sexe du bébé ?

— Non. Je ne demande qu'une chose : qu'il ou elle soit en bonne santé. Quoique... après quatre garçons, une fille serait la bienvenue. Le Dr Habib a dit que s'il ne se passait rien aujourd'hui on devrait accélérer l'accouchement, ajouta-t-elle d'une voix anxieuse.

Felicity examina le moniteur fœtal. Ce bébé semblait tout

à fait bien où il était, pour l'instant. Si elle avait son mot à dire, il y resterait un peu plus longtemps.

Cependant, elle n'avait pas voix au chapitre et, comme elle l'avait affirmé à Karim, elle n'était pas là pour changer le monde. Tout en déconnectant la future maman du moniteur, elle continua de bavarder pour ne pas penser à son propre problème.

Tandis que Coralie, sa patiente suivante, s'installait, elle prit une pipette pour faire le test de grossesse de routine et passa dans la pièce voisine. Maître de conférences à l'université, Coralie avait eu recours à la fécondation *in vitro*. Aussi, quand Felicity vit se former la croix rose, elle fut heureuse de cocher la case dans son dossier et d'apposer ses initiales, avant de jeter la bandelette à la poubelle.

Au moment où elle allait retourner dans la salle pour annoncer la bonne nouvelle à Coralie, elle se ravisa, rouvrit le placard contenant les tests et hésita. En Angleterre, les infirmières n'avaient aucun scrupule à se servir, c'était d'ailleurs pourquoi on mettait les tests sous clé ; mais elle était à Zaraq…

Les mains tremblantes, elle en prit un, sortit le petit flacon de sa poche et y trempa la bandelette. Elle sursauta quand Helen entra un instant plus tard, un plateau à la main, en quête de piles pour le Doppler.

— Tu te débrouilles, dis-moi ! La consultation se déroule très bien. Ce soir, nous sortons dîner avec des collègues. Tu devrais venir avec nous…

— Désolée, il faut que je téléphone à ma mère dans la soirée. Merci quand même.

— Ce sera pour une autre fois, alors. Nous sommes une bande de copains, tous dans le même bateau…

Sur le point de sortir, elle posa les yeux sur la bandelette restée sur la paillasse.

— Tiens, à qui est ce test ?

Ce fut un moment affreux pour Felicity. S'il était négatif, cela paraîtrait bizarre dans une salle de consultation prénatale.

Helen jeta un coup d'œil au dossier encore ouvert.

— Ah ! Coralie ! dit-elle, apportant elle-même la réponse

à sa question. Elle est gentille, n'est-ce pas ? Le Dr Habib l'enverra probablement passer une échographie pour la tranquilliser.

— Quoi ? dit Felicity d'une voix faible.

— Pour les patientes qui ont eu recours à la fécondation *in vitro*, le test ne suffit pas, expliqua sa collègue. Elles ont du mal à croire qu'elles sont vraiment enceintes, jusqu'à ce qu'elles voient leur bébé de leurs propres yeux sur l'écran.

Le résultat était donc positif ?

Malgré la climatisation, Felicity eut l'impression d'être en pleine chaleur à l'extérieur, avec le soleil qui lui tapait sur la nuque. Gagnée par une nausée, elle s'efforça de prendre un air détaché pour s'approcher de la paillasse.

— Préviens-moi si tu changes d'avis pour ce soir, ajouta Helen en sortant, inconsciente du chaos qu'elle laissait derrière elle.

Prenant la bandelette, Felicity regarda fixement la croix rose. Elle avait dû les mélanger !

Non, c'était un piètre argument, car elle était très méticuleuse. Elle était sûre d'avoir jeté celle de Coralie avant même de rouvrir le placard.

Impossible qu'elle soit enceinte ! Le résultat était erroné. Mais cela signifierait que tous les tests effectués ce matin à la consultation l'étaient…

Elle passait d'un espoir à l'autre, comme une enfant perdue dans un supermarché qui croit reconnaître sa mère et s'aperçoit chaque fois qu'elle s'est trompée.

Elle ne pouvait pas être enceinte.

Elle refusait d'être prise au piège dans ce pays, sans billet de retour, et sans argent pour en acheter un !

Elle ne pouvait pas porter l'enfant de Karim.

Un bébé !

Cette pensée ne lui apportait aucun réconfort. Elle n'éprouvait ni doux sentiment de paix ni instinct maternel, juste un effroi irrépressible.

Quinze jours plus tôt, elle ne le connaissait pas, et elle était vierge.

Maintenant, elle était dans une étrange contrée où la loi

ne tolérait pas la maternité hors mariage. Pire, elle était enceinte de l'un des hommes qui avaient imposé cette loi.

Lorsqu'elle regarda de nouveau la bandelette, la vérité la frappa en plein cœur.

Elle était enceinte du cheikh Karim, prince de Zaraq.

10.

Ce fut la nuit la plus longue et la plus solitaire de sa vie.

Elle appela sa mère en s'efforçant de prendre un ton joyeux. Pas question de la mettre au courant, pas plus que Georgina.

Que faire ? Demander à une amie de lui prêter de l'argent pour son billet de retour ? Ou travailler quelques semaines, se faire payer, rompre son contrat et rentrer ?

Et ensuite ?

Elle était endettée jusqu'au cou !

Presque en état de choc, accablée, elle regarda le palais, et eut l'impression qu'il se moquait de son petit appartement. Une mère célibataire contre un royaume…

Soudain, elle sursauta : Karim était lui aussi responsable de cette situation !

Elle ne ferait pas d'histoires, elle disparaîtrait de sa vie avec le bébé s'il le voulait, mais il avait le droit de savoir, et il était en mesure de l'aider.

Lentement, le calme revint… Pour un court instant seulement.

Le matin, elle s'aperçut qu'elle n'était pas la seule à avoir passé une mauvaise nuit.

Jessica Hammel avait mal dormi. Elle venait de se plaindre que les contractions avaient commencé et avait vomi. Son mari, Garth, était à son côté. Helen se tenait au pied du lit pour assister si besoin était sa nouvelle collègue.

Jessica fut visiblement soulagée de voir entrer Felicity.

— Les contractions sont plus régulières, dit Garth en frottant le dos de sa femme.

Felicity posa une main sur le ventre de sa patiente.

— Elle n'a pas l'air bien, fit remarquer son mari. Cela dit, ce n'est pas d'aujourd'hui…

Soucieuse, Felicity acquiesça. Jessica n'avait pas de contraction, même s'il était évident qu'elle souffrait.

— Helen…

— J'appelle le Dr Habib tout de suite, répondit celle-ci à voix basse.

La tension de la patiente ayant baissé, Felicity lui appliqua le masque à oxygène, puis posa une voie veineuse en tentant de rassurer Garth.

— Le bébé va bien, et l'obstétricien arrive.

Peu après, le Dr Habib entra, aussitôt inquiet. Sans tergiverser, il pria Helen d'appeler le chirurgien de garde. Le cœur de Felicity se serra en entendant plusieurs fois prononcer le nom de Karim.

Il avait dû sauter du lit de la chambre de garde, car il fut là presque aussitôt, en tenue de bloc. Posé, mais énergique, il prit aussitôt le commandement.

— Emmenons-la tout de suite en salle d'opération. Je n'ai aucune certitude, mais j'ai l'impression qu'elle souffre d'une occlusion intestinale. Je dois opérer, en accord avec le Dr Habib.

Il se tourna vers Helen.

— Prévenez le bloc.

Felicity prépara un chariot pour le transfert.

— Il me faut une autorisation.

Il tendit un formulaire à Garth.

— Je vous promets de faire mon possible pour sauver votre femme et votre enfant.

Garth signa sans hésiter.

Avec Helen, Felicity accompagna les infirmiers et les aida à allonger la patiente sur la table d'opération. Puis on leur demanda de quitter la salle, tandis que l'anesthésiste conversait à voix basse avec Jessica déjà à demi endormie.

En sortant, elle vit Karim devant le lavabo, en train de se

nettoyer scrupuleusement les ongles. Pendant une seconde, il leva la tête et plongea les yeux dans les siens. Durant cet échange muet, elle lui souhaita bonne chance, lui dit qu'il lui manquait, et qu'elle avait besoin de lui parler. Elle comprit qu'il lui adressait le même message.

De nouveau, il baissa le regard vers ses mains, se concentrant sur son métier pour s'apprêter à sauver une vie.

Jessica eut la petite fille qu'elle souhaitait. Un bébé magnifique, qu'on ramena bientôt en salle de travail, où Garth fit sa connaissance avant qu'une longue attente ne commence pour lui.

Le Dr Habib lui expliqua que sa femme souffrait bien d'une occlusion intestinale, aggravée par les adhérences laissées par son abdominoplastie. L'intervention serait complexe, mais, ajouta-t-il, le chirurgien l'avait chargé de lui dire qu'il avait très bon espoir.

Soulagée, Felicity fut aussi reconnaissante que Garth du message de Karim.

Au bout de deux heures, il les rejoignit, épuisé mais souriant.

— Votre femme va bien. Je n'ai pas dû faire de colostomie, dit-il à Garth qui avait les larmes aux yeux. On va l'amener dans mon service. Je préfère que ce soit mon équipe qui la surveille ; ils connaissent mes habitudes et mes exigences.

Helen insistant pour qu'elle prenne sa pause, Felicity sortit, Karim sur ses talons. Son souffle s'accéléra et son cœur battit plus vite lorsqu'elle sentit son regard sur elle.

— Felicity…

Elle s'arrêta, prête à se retourner, mais à ce moment précis, une sueur glacée couvrit son front. Sa tension enfin relâchée, toute la fatigue et le stress de son horrible nuit d'insomnie s'abattaient sur elle.

La voyant vaciller, Karim lui saisit le bras pour prévenir sa chute, puis la guida vers une petite salle adjacente, où elle ne reprit tout à fait conscience qu'en sentant la déplaisante odeur de plastique du masque à oxygène. Le visage inquiet mais souriant d'Helen était penché sur elle.

— Petite tension ! J'aurais dû t'envoyer te reposer plus tôt. Nous y sommes tous sujets, le décalage horaire, la nourriture…

— Pas de problème, j'ai juste eu un étourdissement, c'est tout.

— Repose-toi, tu…

Helen se tut en voyant Karim entrer.

— Je viens de parler à la surveillante. Vous allez être admise dans mon service.

— Ce n'est pas nécessaire…

— C'est moi qui commande.

— Mais je ne veux pas !

Elle ignora l'expression horrifiée d'Helen ; tout ce qu'elle voulait, c'était ne pas être admise.

Karim se tourna vers Helen.

— Excusez-nous, je vous prie.

Bien que son regard reflétât une incompréhension totale, celle-ci sortit sans discuter.

Enfin, ils étaient seuls. Pourquoi ne la prenait-il pas dans ses bras ? Pourquoi restait-il immobile et muet ? se demanda Felicity.

Karim se sentait incapable de lui sourire, de la tenir contre lui parce que s'il le faisait ? il craignait de craquer. Il avait opéré toute la nuit pour « sa dernière nuit de garde ». Dans sa salle, sous les scialytiques, écoutant la musique qu'il aimait, avec son équipe, celle qu'il avait constituée. Il avait travaillé jusqu'au dernier moment, avant de se rendre en salle de réveil pour saluer son patient, un boucher halal de Zaraqua qui avait serré la main du chirurgien, non de son prince.

Ensuite, il avait tenu à dormir dans la chambre de garde, comme un simple interne, refusant que ce soit terminé, décidé à laisser son beeper allumé jusqu'à 9 heures.

On l'avait appelé à 8 heures moins cinq.

Après qu'il eut traversé l'hôpital en courant, le cœur battant, la présence de Felicity, occupée à rassurer la patiente et son mari, l'avait calmé. Une dernière journée dont il emporterait le souvenir…

A présent, il devait s'en aller. Contemplant le pâle visage sur l'oreiller, il choisit de ne lui laisser aucune chance.

— Dis-moi pourquoi tu refuses d'être admise.

— Je ne veux pas d'examens.

— Pourquoi ?

Quand il la vit sur le point de pleurer, il sentit sa bouche devenir sèche. Il espéra de tout cœur se tromper.

— Parce que je suis enceinte.

Il entendit les portes de la prison se refermer, le bruit de la clé qui l'emprisonnerait, non pas lui, mais elle et son enfant. Insupportable. Il pensa à Kaliq, le nouveau-né fragile qui aurait dû vivre pour être roi.

Il ne tolérerait pas la prison pour son enfant. Il refusait même l'idée que c'était le sien. Il fallait qu'elle parte, et c'était à lui de s'assurer qu'elle le fasse.

— Ne joue pas à ça avec moi, Felicity, dit-il d'une voix glaciale.

— Ce n'est pas un jeu…

La douleur qu'exprimaient ses traits était insoutenable.

— Karim… Je m'en suis aperçue hier ; je sais que nous avons pris des précautions…

— Quoi ! ?

Il était furieux, à présent, enragé même, parce qu'elle mentait, c'était évident.

— Je ne me contente pas de « prendre des précautions », comme tu dis ! Je n'achète pas mes préservatifs chez le pharmacien du coin ! Crois-tu que je prendrais le moindre risque avec quelqu'un comme toi ?

Ses yeux noirs brillaient d'un éclat féroce, méprisant. Felicity ne parvenait pas à croire à cette brutalité. Où était l'amant tendre et séduisant qui avait gagné son cœur ?

— Tu as découvert qui j'étais, ce jour-là, c'est ça ? poursuivit-il. Tu m'as servi ta petite histoire pour me faire croire que tu étais vierge !

C'était tellement plus facile de la haïr que de l'aimer…

— Je l'étais, répondit-elle en sanglotant.

— A d'autres ! Ce n'était pas flagrant ! Il n'y a pas de place pour une fille de ton espèce, ici. Je pourrais te faire arrêter.

— Karim, s'il te plaît. Si tu voulais bien m'écouter…

— Non. C'est toi qui vas m'écouter ! Je ne te laisserai

pas salir mon nom par tes mensonges. Tu resteras dans mon service ce soir. Je vais faire annuler ton contrat, emballer tes affaires, et tu prendras l'avion demain. Une voiture viendra te chercher, et je m'occuperai de ton billet.

Après une profonde inspiration, il s'obligea à ajouter :

— Et tu seras généreusement rémunérée pour tes services de ce jour-là.

— Karim ! dit-elle d'un ton suppliant.

Il n'en fut pas ému. Même si elle disait la vérité, elle se rendrait compte, avec le temps, qu'il lui faisait une faveur.

— Assez : Ne discute pas avec moi. Demain tu quittes Zaraq. Si tu décides de rester, tu te débrouilleras toute seule avec tes ennuis.

11.

Ce n'était pas la première qui lui mentait.

En arrivant au vestiaire, Karim était convaincu qu'elle avait tenté de le piéger.

Les femmes étaient toutes des menteuses.

Sa mère, qui lui avait dit au revoir le matin comme d'habitude en lui promettant d'être là à son retour de l'école, et qui s'était enfuie du pays le jour même.

Les maîtresses de son père, qui faisaient mine de s'intéresser à lui et de le cajoler, pour l'écarter dès qu'elles étaient appelées par le roi.

Plus tard, ses propres maîtresses, qui juraient qu'il était le premier et feignaient d'accepter l'idée d'une simple aventure, alors qu'elles avaient des vues sur lui.

Et maintenant, elle.

La douce et virginale Felicity ; le plus cher de tous ses souvenirs, à présent souillé. Elle devait déjà être enceinte, à la recherche d'un père pour son enfant.

Aurait-elle pu trouver mieux qu'un prince royal ?

Elle le prenait pour un imbécile !

Toutes ces pensées se bousculaient dans sa tête pendant qu'il se dirigeait vers la suite royale. Khan l'avait prévenu que son père désirait s'entretenir avec lui. Il lui rendait visite tous les jours, mais cette fois, il s'agissait d'une convocation.

Le roi avait exigé que l'on fasse sortir tout le monde. En voyant ce visage décharné, tendu, Karim comprit que ses problèmes personnels seraient plus faciles à résoudre que celui qui se présentait maintenant.

— J'ai parlé à mon chirurgien.

La voix du cheikh Kaliq, autrefois forte et pleine d'autorité, tremblait, presque inaudible.

Le dos très droit, Karim resta immobile et impassible.

— A ce stade, il n'est pas question de m'opérer.

— Cependant, c'est ton unique chance.

Son ton était assuré, comme avec n'importe quel patient à qui il aurait une effrayante nouvelle à annoncer. Seul un tressaillement de sa mâchoire trahissait le fait qu'il s'adressait à son père.

— La tumeur augmente de volume, il te faut une intervention, si tu veux vivre.

— Mon cœur est trop faible, il ne le supporterait pas. Je mourrais sur la table d'opération.

— Je vais te donner mon avis.

Des avis, il y en avait eu tant, déjà ! Cependant, il n'était sûr que du sien.

— Je t'opérerai moi-même.

— Cesse tes bêtises, Karim ! Tu es chirurgien, tu n'es pas Dieu.

Son père avait visiblement rassemblé ce qui lui restait d'énergie en vue de cet entretien.

— Tu ne fais pas de miracles, reprit-il. D'ailleurs, je te l'interdis. Je ne t'imposerai pas cette culpabilité, au cas où l'opération échouerait. Je dois me reposer, recouvrer mes forces, prendre des médicaments. Ensuite, si l'état de mon cœur le permet, je serai opéré.

— Tu seras peut-être mort d'ici là.

— Ce n'est pas à toi d'en décider.

— Tu m'as pourtant enseigné le contraire…

La réponse fut brève et directe :

— Je suis toujours le roi.

Deux hommes forts et orgueilleux envisageaient l'avenir, et ce qu'ils voyaient ne leur plaisait pas.

— Karim, la mort ne m'effraie pas. J'ai peur pour mon pays, pour mes fils, du chaos que je laisserai derrière moi.

— Il n'est pas question de chaos.

— S'il te plaît, le temps nous manque pour nous mentir ou édulcorer la vérité. Hassan et Jamal, depuis Kaliq…

Sous le coup de l'émotion, la voix du roi s'altéra.

— Aucun signe d'un enfant à naître..., reprit-il après s'être ressaisi. Pas d'héritier en vue après Hassan, nul espoir pour le peuple. Je sais que tu ne souhaites pas me succéder, mais voici ce que je voulais te dire : tu vas devoir faire un effort, mon fils. J'ai parlé à Hassan, il s'inclinera, bien qu'à contrecœur. Le pays a besoin d'un dirigeant plus fort, qui puisse donner au royaume un futur roi.

— Tu es encore en vie, père. Tu n'as qu'à refuser de mourir.

— Crois bien que m'y efforcerai, mais je serai plus tranquille si je suis certain que mes affaires sont en ordre, et que le pays a un avenir. Il faut que tu te maries, Karim. Tu n'es plus un play-boy, à partir d'aujourd'hui. Tu dois engendrer des enfants. Hassan te cèdera la place, même s'il ne le fera pas de bon gré.

— Et si Hassan avait un héritier ?

— Cela n'arrivera pas, hélas ! Jamal pleure de nouveau ce mois-ci. Le peuple a besoin d'être assuré de la continuité du royaume.

Karim ne se laissait jamais emporter par l'émotion. A travers les vitres teintées, il observa un moment le village de toile où la veille était organisée. Une idée germait, croissait dans son esprit. Ce n'était d'ailleurs pas la première conversation de ce genre qu'il avait avec son père.

— Et si je t'apprenais qu'il existe un héritier ? dit-il en regardant le roi droit dans les yeux pour éviter de se représenter le visage de Felicity. Il y a une femme qui affirme porter mon enfant.

— Alors épouse-la, Karim, et Hassan s'écartera.

— Et si ce n'était pas mon fils ?

En disant cela, il espérait mettre un terme à la conversation et libérer Felicity de ce destin lourd à porter... Mais le roi sur son lit d'hôpital semblait obnubilé par l'espoir de son peuple.

Oh, ce ne serait pas la première fois ! La lignée pure dont s'enorgueillissait le royaume était pleine de zones d'ombre. Jusqu'à son frère Ahmed, avec son teint et ses cheveux si clairs...

Lui, Karim, ne pourrait jamais élever l'enfant d'un autre, mais Hassan, si.

— Tu feras au mieux pour le peuple, j'ai toute confiance en toi, Karim.

Il ne répondit pas tout de suite. Et si c'était vraiment le sien ?

Hassan lui laisserait la place, et il deviendrait un meilleur roi, sans doute, avec Felicity à ses côtés. Aucune femme ne l'avait emmené jusqu'à de telles hauteurs, et il pourrait la posséder autant qu'il le voudrait. Il n'aurait aucune raison de s'écarter du droit chemin. Il lui enseignerait à être une bonne épouse, et quant à leur enfant…

Toutes ces pensées ne lui apportaient pourtant aucune paix. Il n'avait pas le droit de laisser parler ses sentiments.

Après avoir marché de long en large quelques instants, il s'arrêta, tourna le regard vers le sud, loin du peuple et de la mer, vers ce qui lui importait le plus…

Le désert immuable, qui ne changerait jamais.

Certes, le sable se soulevait sans cesse et les dunes se déplaçaient, mais les constantes comme les canyons demeuraient.

Lui-même était une constante.

Mieux valait que l'enfant ne soit pas de lui.

Lorsqu'il lui aurait fait faire une analyse pour le confirmer, Felicity se raisonnerait. Quelle femme pauvre ne rêverait pas d'un royaume pour son enfant ?

Et si le roi vivait ? S'il n'était pas rassuré quant à l'avenir, c'était peu probable, Karim le savait.

Il observa une petite tempête de sable qui débutait, un événement habituel, aveuglant, paralysant, mais momentané.

Puis, après avoir contemplé les canyons inchangés et considéré que son chagrin personnel n'entrait pas en ligne de compte, il se dirigea vers une autre fenêtre, au nord, pour regarder une vague qui refluait sur le rivage. A cette seconde, son destin fut scellé.

— Repose-toi, père. Je m'occupe de tout. Reprends des forces et sache que, quoi qu'il arrive, notre peuple et nos traditions seront saufs.

12.

Elle le lui avait dit.

Malgré la réponse humiliante qu'elle avait essuyée, Felicity ressentait un certain soulagement, celui du devoir accompli. Elle avait offert à Karim la chance de participer à la vie de son enfant, et il l'avait refusée.

Peut-être était-ce mieux ainsi, pensa-t-elle en ravalant ses larmes tandis qu'Helen entrait dans sa chambre le lendemain matin.

— On a emballé tes affaires, hier soir.

Malgré ses yeux mouillés, sa collègue s'efforçait de sourire.

— Je t'ai trouvé des vêtements, car je suppose que tu n'as pas envie de faire le voyage en uniforme. Tu aurais dû me parler, j'aurais pu t'aider, ajouta-t-elle, plus grave.

— Tu es au courant ?

— Tu sais, une femme qui, après avoir eu un malaise, repart dans les premières semaines de son séjour ici, doit avoir une bonne raison qu'il n'est pas difficile de deviner. Une chance d'avoir eu affaire à Karim, qui est suffisamment européanisé pour comprendre.

Elle remuait le couteau dans la plaie, mais sans doute était-elle incapable ne serait-ce que d'entrevoir la vérité.

— J'ai aussi repris tes papiers dans le coffre. Tu ne serais pas allée loin sans eux.

Une autre infirmière poussa le fauteuil roulant dans lequel Felicity avait pris place jusqu'à la limousine qui l'attendait.

Ses bagages se trouvaient bien dans le coffre arrière, comme le lui dit le chauffeur tandis qu'elle s'installait dans le véhicule climatisé. Elle tourna la tête pour jeter un dernier regard à l'hôpital. Dans quelques heures, elle serait loin de Zaraq.

Au moins, elle serait sur le chemin du retour.

Juste une mère célibataire de plus, et un autre géniteur qui refusait d'assumer ses responsabilités. Elle avait passé si peu de temps ici ! Elle ne manquerait à personne.

Pas à Karim, en tout cas…

Zaraqua était vraiment une ville éblouissante. Les yeux pleins de larmes, elle la regarda s'éloigner. Comme elle aurait aimé rester toute une année ! Elle fixa le ciel d'un bleu profond, le paysage aride, les larges autoroutes qui conduisaient à l'orée du désert, tentant de les graver dans sa mémoire. Elle n'avait pas vu grand-chose du pays de son enfant. Un jour, elle devrait lui parler de ses origines, car ce ne serait pas son père qui le ferait.

Elle ne se rappelait pas que le trajet jusqu'à l'aéroport était si long… Une remarque qu'elle se fit au bout de vingt minutes.

Les panneaux de signalisation étaient en arabe, mais des pictogrammes représentant un avion la renseignaient, et le chauffeur avait semblé les ignorer… Il était sorti de la route principale pour se diriger vers la mer miroitante.

Un raccourci, peut-être ? Puis elle vit un autre panneau indiquant l'aéroport sur la gauche, alors que la limousine poursuivait tout droit.

— L'aéroport ! cria-t-elle.

L'entendait-il, à travers la séparation vitrée ?

— C'est encore loin ?

Aucune réaction. Lorsqu'elle surprit son regard dans le rétroviseur, elle commença à s'inquiéter. Elle frappa à la vitre, mais il l'ignora et, sans trop savoir comment, avant même que le bâtiment blanc ne soit en vue, elle comprit où il l'emmenait.

Au palais de Zaraq.

Elle l'avait vu dans les brochures, sur les films, depuis sa fenêtre, jamais de près. Rien ne l'avait préparée à sa munificence imposante.

Que lui voulait Karim ?

Elle posa une main sur son ventre. La petite vie à l'intérieur, c'était la réponse.

Quelle folie d'avoir cru qu'elle pouvait se contenter de le mettre au courant et de s'en aller !

Quelle idiotie d'avoir pensé que c'était aussi simple !

Son métier de sage-femme lui ayant enseigné l'optimisme, elle choisit d'espérer que les choses se passeraient bien. Toutefois, elle mit un point d'honneur à se préparer à toute éventualité. Malgré son angoisse, elle se devait de sourire et de paraître sereine.

Le chauffeur, les yeux fixés sur le rétroviseur, attendait une réaction d'inquiétude : elle ne lui fit pas ce plaisir.

Elle n'avait nulle part où aller. Ses valises contenant toutes ses affaires se trouvaient dans le coffre de la limousine ; en revanche, elle avait ses documents dans son sac à main, surtout son passeport, le plus important, et personne ne le savait. Elle était supposée avoir des photocopies, non les originaux, et son instinct lui soufflait que c'était très bien ainsi.

Elle s'accrocha à cette idée tandis que les portes s'ouvraient. Lorsque la voiture passa devant des gardes armés aux points de contrôle, le front de Felicity se couvrit de sueur tandis qu'elle essayait de deviner ce que Karim voulait lui dire. Peut-être simplement lui dire adieu ?

Enfin, la voiture s'arrêta et le chauffeur en fit le tour pour lui ouvrir la portière.

Une jeune femme, qui se présenta comme Jamal, sortit pour l'accueillir avec un sourire chaleureux, que Felicity fut incapable de lui rendre.

— Venez !

Felicity tremblait. Ce marbre froid, ces hauts plafonds intimidants…

— Nous allons prendre des rafraîchissements…

Le thé à la menthe leur fut servi. Certaine que ce serait peine perdue, elle ne tenta pas de demander la raison de sa présence en ces lieux.

Puis un homme en costume entra pour dire quelques mots en arabe à Jamal, et celle-ci traduisit.

— Karim va vous recevoir ; Khan vous accompagne.

A sa suite, Felicity parcourut de longs corridors ornés de portraits d'ancêtres jusqu'à un vaste salon.

En la voyant entrer, Karim se leva du sofa ; il portait une djellaba noire et sa tête était couverte d'un keffieh à damier noir et blanc. Grand, imposant et sombre, il n'avait rien de commun avec l'homme qu'elle avait vu rire et plaisanter. Elle avait devant elle le cheikh Karim, prince de Zaraq, et se sentait très déstabilisée.

Ses yeux noirs exprimaient la même haine que la veille, et son sourire était forcé.

— Asseyez-vous.

Il renvoya l'homme en costume, puis l'arrêta.

— Voulez-vous du thé ? Je peux demander à Khan…

— Non, merci, on m'en a déjà servi.

Tout ce qu'elle désirait, à présent, c'était comprendre ce qui se tramait.

Lorsque son aide fut sorti, Karim se tourna vers elle.

— Tu affirmes que c'est mon enfant ?

— Oui, dit-elle, heureuse d'avoir l'occasion de s'expliquer. Ecoute, je me doute que c'est difficile, je ne compte pas que tu…

— Alors je vais t'épouser.

Les yeux de Felicity s'écarquillèrent.

— Dans une heure, nous serons mariés.

— Ce n'est pas une obligation ! J'ai juste besoin d'aide pour rentrer chez moi.

Elle était abasourdie. Bon sang ! On était au XXIe siècle, et ils n'avaient passé qu'une journée ensemble !

— Si c'est vraiment mon fils, tu es enceinte d'un prince royal. Nous sommes obligés de nous marier.

— Non !

Quelle idiote ! Dire qu'elle avait reproché à Liam de ne pas s'être assez renseigné ! Elle aurait dû attendre d'être en lieu sûr et lui annoncer la nouvelle par téléphone, songea Felicity que la panique gagnait. Les murs de l'immense palais semblaient rétrécir. En fait, elle venait d'entrer dans une prison…

— Il n’y a pas d’alternative, et le plus tôt sera le mieux. Il ne nous reste qu’à espérer que le bébé naîtra un peu en retard.

Il eut un sourire bref.

— Pour ma part, je crois plutôt qu’il sera un peu en avance. Nous en saurons plus dans quelques semaines.

— Comment ?

— On te fera une amniocentèse et un test ADN.

— Pas question ! s’exclama-t-elle en se levant d’un bond. Je refuse !

Karim se contenta de hausser les épaules.

— Viens. Les papiers sont prêts. On va te préparer pour la cérémonie, maintenant. Hassan et Jamal seront nos témoins.

— Karim, non ! Je…

— Felicity !

Son ton sec la fit sursauter.

— Ne discute pas avec moi, reprit-il. Je ne te demande pas ton avis. Mais comme tout ça est nouveau pour toi, je vais tenter de t’expliquer certaines choses pour te rassurer. Je m’occuperai de ta famille. Tu vois, nos traditions ont aussi des avantages. Notre mariage ramènera la paix à mon père dans ses derniers jours et, en retour, quel que soit le résultat du test, j’apporterai mon soutien financier à ta mère et à ta sœur, ainsi qu’à toi.

— Il n’y aura pas de test. C’est ton enfant, Karim.

— Dans ce cas, il est encore moins question que je te laisse partir.

Autant s’adresser à un inconnu…, comprit Felicity. L’homme sensible et compatissant qui l’avait tenue dans ses bras, à qui elle avait donné son corps, semblait à des années-lumière de là. Quel était cet étrange clone ?

— Tu as voulu venir à Zaraq, tu dois vivre selon nos lois. Nous nous marierons aujourd’hui. Si on nous interroge, nous dirons que le bébé a été conçu pendant notre lune de miel. Et si ce n’est pas le mien…

Karim se tut. Ce n’était peut-être pas le meilleur moment pour lui confier ses intentions concernant cet enfant…

— Ton pays s’attend sans doute à une cérémonie grandiose. Comment vas-tu justifier ce mariage à la sauvette ?

— Le souffle de mon peuple étant suspendu au sort du roi, une célébration en ce moment serait indécente. En outre, jusqu'à ce test ADN, mieux vaut être discrets.

— Non, répéta-t-elle, les yeux brillant de larmes, bien décidée à ne pas céder. Pas question ! Ça peut être dangereux pour le bébé.

— C'est une procédure de routine. Au moins, nous saurons à quoi nous en tenir.

Felicity avait conscience que plus elle résisterait, plus il penserait qu'elle mentait. Mais impossible de lui permettre de risquer la vie du bébé.

— Non !

— Felicity ! Tu dis porter mon enfant, tu exiges que je te croie, et à présent, tu refuses de m'épouser ?

Mais qu'avait-elle dans la tête, à la fin ? se demanda Karim avec exaspération. Il n'avait pas caché son déplaisir en apprenant la nouvelle de sa grossesse, et malgré tout, maintenant, il lui offrait un mariage discret, sans tambour ni trompette, tel qu'elle devait le souhaiter. D'où venait sa résistance ?

Lentement, Felicity comprit qu'il avait raison : elle était enceinte d'un prince et n'avait pas grand-chose à opposer à cet argument.

Ses valises avaient été apportées dans une vaste chambre. Toute sa vie y était contenue, ainsi que dans son sac à main, qu'une domestique avait rangé dans une grande penderie. On lui avait fait couler un bain moussant et, en un éclair, débarrassée de ses vêtements.

Les servantes ne cachaient pas leur excitation en préparant la fiancée de leur seigneur. Elles enduisirent d'huile parfumée son corps et ses cheveux qu'elles rassemblèrent ensuite en une grosse tresse qu'elles ramenèrent sur son épaule.

Puis elles lui passèrent du rouge sur les lèvres et les joues, et du khôl autour des yeux, avant de la revêtir d'une djellaba blanche brodée de perles qui semblait très lourde. Pourtant, quand elle l'enfila, Felicity la trouva légère. On lui recouvrit les cheveux d'un voile, et ses pieds furent chaussés de babouches elles aussi décorées de perles.

Prête à retrouver son fiancé, elle se leva et obéit aux instructions, consciente qu'elle n'avait rien à y objecter, mais son esprit travaillait à toute vitesse.

Il était le père de l'enfant.

Malgré ses mots durs d'hier et sa froideur d'aujourd'hui, quelque part sous la carapace se trouvait le Karim dont elle était tombée amoureuse. Elle devait l'atteindre, c'était le seul moyen.

Comme en rêve, elle pénétra dans un vaste cabinet de travail. Jamal lui sourit, et un homme qui devait être Hassan lui adressa un signe de tête. L'imperceptible hochement de tête approbateur de Karim ne la tranquillisa pas.

— Karim… Puis-je appeler ma famille d'abord ? demanda-t-elle, convaincue qu'il allait refuser sa requête.

— Bien entendu.

Elle s'était encore trompée. Il l'aida même à composer le numéro et, là, revêtue de ses beaux atours, dans un cabinet de travail surplombant le désert, elle entendit la voix surprise et anxieuse de sa mère.

Elle ferma les yeux. Impossible de lui annoncer la nouvelle dans ces conditions. Jusqu'à ce qu'elle se soit expliquée avec lui, elle ne pouvait faire supporter cette charge à sa famille. Après avoir échangé quelques banalités avec sa mère, elle raccrocha.

Quelques minutes plus tard, elle était mariée. Après avoir apposé l'empreinte de son pouce sur un document, elle fut à lui. Les célébrations auraient lieu plus tard.

Ensuite, à moins de décider de sauter en plein vol, elle ne put que rester assise dans l'hélicoptère qui les emmenait dans le désert, vers le coucher de soleil flamboyant et le vaste royaume de toile de Karim.

C'était la première fois qu'elle voyait le désert, et c'était au crépuscule. En descendant de l'hélicoptère, Felicity perçut la morsure du sable autour de ses chevilles, le sifflement du vent à ses oreilles et la chaleur du jour absorbée par la terre. Puis elle sentit la main de Karim sur son coude tandis qu'il la guidait vers une grande tente.

Lorsqu'ils s'arrêtèrent sur le seuil, il lui fit ôter ses babouches.

— Enfile celles-ci.

Tout en se demandant pourquoi, elle glissa les pieds dans une autre paire de pantoufles incrustées de pierres précieuses. Lorsqu'il écarta les tentures, elle comprit : aucune trace de sable sur le sol, recouvert de tapis épais, tout comme les murs. Des lampes-tempête émettaient de la lumière et des ombres mouvantes tandis qu'il ouvrait les rideaux de soie pour pénétrer au cœur de l'habitation de toile.

Quelque peu étonnée, elle l'écouta lui présenter son personnel : Bedra et son mari Aarif, qui semblaient enchantés de leur venue et les accompagnèrent jusqu'au centre de la tente, où un festin somptueux les attendait.

Ils s'installèrent sur des coussins, l'un en face de l'autre, et une lourde nappe violette fut posée devant eux. Bedra y déposa un plateau chargé de nourriture et de boissons.

On lui versa du thé, et Karim lui expliqua comment boire le mélange sirupeux au goût prononcé de menthe. Chaque gorgée faisait partie d'un rituel.

La nourriture, qu'ils prenaient avec les doigts, était abondante : de la pita autour d'une viande d'agneau tendre et relevée, du pain bédouin avec des olives et du fromage de chamelle. Tout était délicieux…

Pourtant, nerveuse comme elle l'était, Felicity ne se sentait guère d'appétit et commença par picorer. Cependant, voyant Karim dévorer comme un ogre, elle se força à l'accompagner pour ne pas paraître offensante. Or, plus elle mangeait, plus Bedra apportait de plats et cela semblait ne devoir jamais finir !

— Karim, tout ceci est vraiment exquis, mais…

Il lui était impossible d'évoquer le bébé en présence de Bedra, alors comment lui faire comprendre qu'elle ne pouvait plus rien avaler ?

Karim, le prince hautain qui l'avait méprisée à l'hôpital, qui l'avait épousée de force, sourit.

— Tu es rassasiée ?

— Oui ! soupira-t-elle. Je ne veux vexer personne, mais…

Il repoussa le plateau et fit signe à Bedra de l'enlever.

— Ouf ! Je n'ai plus faim depuis longtemps, mais vois-tu…

Il riait presque, et elle eut un aperçu du merveilleux sourire qui l'avait séduite à Londres.

— Je ne pouvais pas m'arrêter ! La coutume veut que je mange tant que ma femme n'est pas rassasiée.

Elle souriait presque, elle aussi. Non, elle souriait de bon cœur, en fait.

— Tu aurais pu me dire ça avant le fromage de chamelle !

De nouveau, elle entrevit le Karim dont elle était tombée amoureuse si vite, celui qui était le père de son enfant.

A cet instant, en son for intérieur, profondément, elle sut que cela pouvait marcher entre eux.

Bedra s'approcha et prit ses mains hésitantes dans les siennes.

— Ne t'inquiète pas, elle va les peindre au henné ; cela apporte beauté, chance et santé, expliqua Karim.

Elle laissa Bedra lui dessiner sur les mains et les pieds un entrelacs de fleurs qui grimpaient à l'assaut de ses mollets et de ses avant-bras, tout en réfrénant mal son impatience de se retrouver seule avec lui.

— Ils sont nos témoins, Felicity. Ils nous laisseront bientôt.

Prenant sa main, Karim lui glissa au doigt une bague d'argent torsadée, incrustée de turquoises et d'agates et ornée de symboles. Son visage était grave.

— Cet anneau symbolise non seulement deux vies, mais aussi deux familles dont le destin est désormais mêlé.

— C'est-à-dire ?

Sans doute n'était-ce pas la réaction la plus romantique, mais elle était curieuse de ses traditions et voulait les comprendre mieux.

— Que je me réjouis de vos joies et que je vous soutiens dans vos épreuves. Ta famille est la mienne. Il n'est pas de fardeau qui ne soit partagé. C'est ce que signifie être aimé.

Le thé à la menthe devait avoir des vertus inconnues, car Felicity recouvra sa sérénité.

C'était son amour qui l'accueillait ainsi.

C'était le père de son enfant.

Oui, ici, il était différent, certes, la tradition était omniprésente, mais quand Bedra l'emmena pour oindre son corps d'huiles parfumées et lui faire enfiler une chemise blanche légère avant de l'accompagner jusqu'à la chambre nuptiale, elle ne se sentait plus si nerveuse. Enfin, ils allaient être seuls !

Karim la regarda entrer, admirant les peintures au henné surprenantes sur sa peau claire, ses yeux bleus étincelants, et les courbes de son corps révélées par la fine chemise de nuit.

Toutes les nuits, elle serait à lui.

Maintenant qu'elle attendait un enfant, il devait être doux, faire passer le destin du peuple avant ses propres désirs. Le royaume était en jeu.

Elle s'allongea à côté de lui, timide et pleine d'appréhension, mais parée pour lui et sienne à jamais.

Il l'attira contre lui, respira le parfum de l'huile dans ses cheveux, sentit le corps qu'il avait tant désiré et, pour une fois, le devoir s'annonça comme un plaisir.

Toute la tension de Felicity reflua quand elle fut dans ses bras. Il lui ôta sa chemise de nuit, embrassa ses seins tour à tour, puis ses lèvres remontèrent dans son cou et jusqu'à sa bouche impatiente. Dans l'intimité d'une chambre, ils allaient pouvoir communiquer, apprendre à se connaître et découvrir leurs différences.

Pendant que ses doigts la caressaient, elle sut ce qu'ils avaient en commun, et le laissa faire, confiante. Elle portait son enfant, et il était son mari.

A un moment, elle vit sa main passer au-dessus de sa tête. Que faisait-il ?

Il ouvrit un petit tiroir de la table de chevet et en sortit un préservatif.

— C'est un peu tard, Karim, tu ne crois pas ?

— Qui me dit que tu…

Elle ne le laissa pas finir. Sa main s'abattit sur sa joue.

— Comment oses-tu ?

En voyant son expression, elle recula jusqu'au bord du lit. Comment avait-*elle* osé ? Peu importe, mais elle ne se laisserait pas insulter de la sorte.

— Qu'est-ce que j'en sais ? As-tu une idée du nombre de femmes qui tentent ce genre de chose ? Deux semaines, c'est peu !

Il secoua la tête, incrédule.

— Bon sang, je me suis protégé !

— Alors pourquoi m'as-tu épousée ?

Karim ne répondit pas.

Visiblement outragée, les larmes aux yeux, Felicity avait revêtu sa chemise de nuit.

Malgré son envie de la croire, il ne pouvait se le permettre. Car si c'était vraiment son enfant à lui, tout était remis en question sans qu'elle s'en doutât.

De toute façon, il devait se persuader que le bébé serait celui d'Hassan, et se détacher de lui. Un jour, elle devrait le faire, elle aussi.

Il sortit du lit et, en le voyant une dague à la main et en train de faire courir son doigt sur la lame, Felicity ressentit une terreur absolue. Ici, en plein désert, au milieu de son peuple, qui accourrait à ses cris ?

La lame était si affûtée que le sang jaillit à son doigt.

Comme il lui jetait un coup d'œil, comprenant manifestement son épouvante, elle vit son visage se figer.

— Tu as trop d'imagination. Tu n'es pas prisonnière ; loin de moi l'idée de te forcer.

Posant la dague, il revint vers le lit et tacha le drap de soie avec son propre sang.

— Pour couvrir tes mensonges…

— Pourquoi n'acceptes-tu pas que cet enfant soit le tien ?

— Je le croirai quand nous aurons les résultats du test.

— Il n'y aura pas de test.

— Ne discute pas avec moi.

— Oh si, Karim ! C'est toi qui as choisi de m'épouser aujourd'hui, de faire de moi ta femme. Maintenant, je le suis. Je respecterai tes traditions en public, mais en privé, je parlerai comme j'en ai envie. Il n'est pas question de menacer la sécurité de mon bébé juste pour satisfaire ta curiosité, ni d'utiliser des préservatifs parce que tu ne me fais pas confiance. Donc, il semblerait que le mariage ne soit pas près d'être consommé.

— Nous ne partirons pas d'ici avant qu'il le soit.

— Alors, nous mourrons dans ce désert.

Il haussa les épaules, se remit au lit et lui tourna le dos.

— J'ai posé mes conditions. Quand tu seras prête, tu me feras signe.

13.

Peut-être allaient-ils vraiment passer là le reste de leur vie…

A mesure que les jours s'écoulaient, il devint clair qu'aucun d'eux ne changerait d'avis.

Felicity ne coucherait pas avec un homme qui l'avait offensée, et Karim ne reviendrait pas sur sa décision.

Parfois, il l'emmenait en excursion. Cette terre qui semblait si nue et inhospitalière, expliquait-il, regorgeait de cadeaux pour qui savait où regarder.

Il lui montra ses bornes, des canyons qui se déplaçaient d'une vingtaine de centimètres dans la durée d'une vie, et la loi simple et éternelle du soleil, qui brillait du matin au soir, indiquant la direction aux voyageurs.

Il existait aussi des oasis, distantes entre elles d'un jour entier de marche. Il l'emmena un jour en 4x4 dans l'une d'elles pour pique-niquer.

— La preuve que la terre est fertile ! dit-il en s'étirant de tout son long sur le sol, les yeux levés vers le ciel. Il suffit de savoir comment la traiter.

Une réplique lui vint sur le bout de la langue, mais Felicity décida de la garder pour elle. Elle attendait son heure : le retour du Karim qu'elle aimait.

Son seul exutoire était Bedra. Elles bavardaient tandis qu'elle la coiffait ou l'habillait ; cependant, elle était toujours dissimulée sous une abaya noire, et Felicity aurait aimé voir son visage. Un jour, elle évoqua le sujet.

— Je ne la porte pas chez moi. Là, je peux être moi-même ; ici, je travaille…

Lorsque Bedra lui faisait la conversation, c'était du travail ?

Cette idée déplaisait à Felicity. Aarif servait Karim et, parfois, à l'heure de sa sieste, pendant que son époux arpentait le désert, elle les entendait rire tous les deux. Aarif traitait Bedra comme si elle était un bijou précieux. Elle aurait tant voulu avoir ce genre de relation avec Karim !

Quand il revint, ce jour-là, mal rasé, en djellaba noire, elle lui fit part de ses réflexions.

— Bien sûr qu'il est gentil avec elle. Pourquoi pas ? C'est une bonne épouse, une femme agréable.

— Eh bien, on ne peut pas dire que tu sois très agréable, ni très communicatif, avec moi…

— Tant que notre mariage ne sera pas consommé, tu ne seras pas ma femme. Quand tu seras décidée, tu verras combien je peux être gentil avec mon épouse.

Le temps passait, et bien qu'il leur arrivât de bavarder et même parfois de rire ensemble, ils campaient obstinément sur leurs positions. Et plus ils parlaient, plus Felicity apprenait de choses sur ses traditions et Karim sur les siennes, plus leur relation lui semblait impossible.

— Pauvre Hassan !

Assise sur les coussins, elle dégustait des figues, qu'elle adorait. Les envies dues à sa grossesse avaient débuté en même temps que les nausées matinales, et ces fruits gorgés de sucre étaient le seul aliment qu'elle supportait. D'ailleurs, la tête lui tournait un peu tandis que Karim lui expliquait ce que l'on attendait de sa famille.

— Pourquoi le plains-tu ? demanda-t-il.

— Obligé d'être roi !

— Il est très honoré de devoir servir le peuple. Il n'y a pas de plus grand honneur.

— Alors, pauvre Jamal…, commenta-t-elle, sachant qu'elle le mettait en colère, mais refusant de se taire. Je comprends qu'ils ne veuillent pas d'enfants. Ce serait horrible pour eux et pour lui.

Elle frissonna à cette idée.

— Comment oses-tu ? s'exclama-t-il. Comment peux-tu te permettre de critiquer nos coutumes ? Leur bébé naîtrait pour être roi.

— C'est bien ce qui serait horrible, à mon sens. Tu m'as caché ton identité, mais…

— Je ne t'ai pas caché mon identité !

— Disons… tu as omis de préciser que tu étais prince, et je suis juste heureuse que ton nom ne soit pas Hassan. Je n'imagine rien de pire. Au moins, toi, tu es libre ; tu peux poursuivre ta carrière. Au fait, pourquoi ne pratiques-tu plus ? ajouta-t-elle, les sourcils froncés.

— Ce n'est pas un métier pour moi.

— Mais ça l'a été ?

— Un temps. Puis j'ai compris que je pouvais faire mieux pour mon peuple.

— Tu es chirurgien, ça ne te manque pas ?

— Ça suffit !

— J'essayais seulement…

— Cesse ! Quand ton mari t'ordonne de te taire, surtout si c'est un prince, tu ne discutes pas.

— C'est là que tu te trompes ! Je te l'ai répété cent fois : je respecterai tes coutumes en public, mais chez moi, c'est-à-dire dans cette tente pour l'instant, c'est mon mari qui doit m'accorder confiance et respect, et bavarder avec moi.

Elle eut un faible sourire pour ajouter :

— Nous n'en sortirons pas, on dirait…

Pour ne pas choquer leurs serviteurs, elle dormait dans le lit de karim, bien qu'elle n'ait aucune intention de se donner à lui. La barrière qu'il insistait pour mettre entre leurs corps lui fermait le chemin de son cœur.

Parfois, elle avait un bref aperçu de l'homme dont elle était tombée amoureuse. Certains matins, elle se retrouvait blottie contre lui, entre ses bras qui l'entouraient, se demandant comment elle était arrivée là.

Allongée à côté de lui, une nuit, l'écoutant respirer, la chaleur de sa peau irradiant la sienne, elle s'étonna : comment était-ce possible ? Malgré ses viles accusations et son manque de confiance, en dépit de tout ce qui les opposait, au beau milieu du désert, dans l'obscurité avec lui, elle se sentait aimée et en sécurité.

*
* *

Karim était aussi surpris qu'elle.

Toujours vigilant, il savait qu'elle était éveillée. A quoi pensait-elle ? A sa famille, qui devait lui manquer ? Elle était sans doute effrayée et désorientée.

Il l'attira un peu plus près. Son corps chaud et détendu était si facile à déplacer !

Ce bébé était-il de lui ?

Il posa une main sur son ventre pour percevoir le petit être à l'intérieur et la retira presque aussitôt. Pas question de se laisser aller à l'émotion, car s'il s'agissait de son enfant, son destin était lié au sien, et dans le cas contraire…

Il ouvrit les yeux, fixant l'obscurité. Sa nuque était à quelques pouces de sa bouche. Il avait tant envie d'enfouir le visage dans ses cheveux, d'embrasser cette peau si douce ! Le bas de son dos touchait son abdomen.

Passant un bras autour de sa taille, il sentit son désir s'éveiller. Ses doigts le démangeaient de lui caresser les seins…

Et si le bébé était vraiment le sien ?

Il n'avait jamais fait de sentiment, c'était dans sa nature.

Le jour de son entretien avec son père, son esprit calculateur avait rapidement trouvé une solution.

Pour le bien de son pays, il porterait avec Hassan le poids du mensonge et du secret et les emporterait dans sa tombe. Après le test, lorsqu'il serait établi que l'enfant n'était pas de lui, le ventre de Jamal se mettrait à gonfler, et le peuple applaudirait.

Felicity avait fourni la solution.

Inutile de s'encombrer d'un sentiment aussi stupide que le souci de ce qu'elle éprouverait. Il n'avait pas à s'en préoccuper. Il suffisait que tous les jours elle l'amuse, à bavarder toute seule quand il refusait de lui répondre. Il s'était bien promis un temps de gommer les différences qui existaient entre eux, mais désormais, il ne s'en sentait plus le courage.

Comment lui dire qu'elle devrait renoncer au métier qu'elle adorait ? Que non contente d'être princesse, elle serait peut-être reine un jour, perdant ainsi ce qui lui restait de liberté ?

Elle remua un peu, et là, dans le noir, pour la première fois de sa vie, Karim se sentit indifférent au sort du peuple de Zaraq. C'était elle qui importait. Il n'avait nulle envie de savoir si l'enfant qu'elle portait était un garçon ou une fille, il voulait juste être à elle, et qu'elle soit à lui.

Ses mains lui caressèrent la poitrine, glissèrent sur son ventre pour descendre plus bas, ses cuisses frémirent sous ses doigts, et son souffle devint léger et rapide.

Ce soir, il lui ferait l'amour et, demain, il lui dirait tout. Si elle n'était pas d'accord, si elle s'estimait incapable d'accepter ce sort, ils trouveraient une issue.

Elle sentait divinement bon et il la savait prête à l'accueillir. Comme il serait facile de s'abîmer en elle, de partager et de croire…

Ils n'avaient pas échangé un mot, ni même un baiser, et pourtant, jamais Felicity n'avait été aussi proche de lui. Elle savait qu'il était réveillé et qu'il la désirait. Peut-être aussi qu'il pensait à elle, et l'aimait un peu.

Ecartant les jambes, elle sentit son désir, et se pressa contre lui, avide.

— Fais-moi l'amour, Karim…

— Votre Altesse ! Pardonnez cette intrusion…, dit Aarif en sanglotant.

Karim jura violemment en arabe.

Comment son serviteur osait-il le déranger dans sa chambre ?

— Pardon, Votre Altesse, poursuivit Aarif. Bedra a une hémorragie ! Elle se meurt…

14.

En un clin d'œil, Karim s'habilla et se précipita hors de la pièce vers les appartements des domestiques, suivi de Felicity.

Bedra gisait dans une mare de sang, ses grands yeux bruns emplis de terreur, et c'est alors que Felicity comprit qu'elle attendait un enfant. Karim lui palpa rapidement le ventre ; il parlait en arabe et traduisait pour elle.

— Elle est enceinte de six mois. *Abruptio placentae*, rupture du placenta.

Dans un hôpital, Felicity aurait su quoi faire et Bedra et son bébé auraient pu être sauvés. Mais ici, au milieu du désert, où les secours étaient à des centaines de kilomètres, il était évident, étant donné la gravité de l'hémorragie, qu'ils allaient perdre les deux très vite.

Elle fit rouler la jeune femme sur le côté pour aider l'oxygène à parvenir jusqu'au bébé, et Karim lança des ordres secs au pauvre Aarif, qui sortit en courant.

— Pouvons-nous l'emmener en voiture ?

— Nous n'avons pas le temps.

D'un seul mouvement, Karim souleva la jeune femme exsangue dans ses bras et s'engagea dans les longs couloirs de la tente. Felicity lui emboîta le pas en se demandant où il l'emmenait.

Le désert était frais et sombre lorsqu'ils sortirent, et son incompréhension augmenta encore. Karim avait dit qu'ils n'avaient pas le temps de la conduire à l'hôpital, pourtant, un des grands 4x4 se dirigeait vers eux à toute allure. Quand il s'arrêta, Aarif en sauta pour ouvrir les portières arrière, et Karim courut vers le véhicule, portant Bedra.

Interdite, sa chemise de nuit flottant au vent, Felicity le vit allonger la jeune femme sur le siège, pendant qu'Aarif tirait sur des courroies.

La voix de Karim la fit sursauter.

— Felicity ! Allons !

Il posait un garrot tandis qu'Aarif ouvrait de grands cartons étiquetés et en sortait des linges. Au beau milieu du désert, ils étaient en train de créer une salle d'opération miniature !

— Nous devons opérer d'urgence.

Quoi ? Ici ? Elle ouvrit de grands yeux.

— Je suis chirurgien, Felicity. Je sais ce que je fais.

Comme un automate, Aarif tapotait le bras de Bedra pour y trouver une veine. Ce fut à ce moment-là que Felicity intervint. Pour l'instant, peu importait de comprendre le pourquoi et le comment. Elle ne s'interrogea pas sur le fait de voir Aarif agir comme l'aurait fait un professionnel de la médecine. Ils étaient au milieu du désert, dans un 4x4 qui ressemblait à une ambulance, et Karim s'apprêtait à pratiquer une césarienne !

A présent, il badigeonnait de teinture d'iode le ventre de Bedra. Aarif était chargé d'administrer les anesthésiants.

— Je ne peux pas ! dit-il en lui tendant les flacons.

Felicity les inspecta. Un analgésique puissant et un relaxant qui provoqueraient une anesthésie partielle. Il ne s'agissait pas d'une anesthésie générale et, à forte dose, ces substances risquaient de gêner le fonctionnement des voies aériennes.

— Vas-y, dit Karim en mettant les instruments en place. Aarif surveillera les voies aériennes. Et prépare-toi à recevoir le bébé.

Pour une fois, son ton autoritaire ne la choqua pas. Suivant ses instructions, elle injecta les produits dans la veine puis, très vite, suivit son propre instinct. Ouvrant un kit de réanimation, elle sélectionna le matériel le plus léger. Aarif s'empara du ballonnet pour faire respirer sa femme, comme si cet acte faisait partie de son quotidien.

L'intervention devait être rapide et basique. Une césarienne classique, avec incision verticale.

Quelques instants plus tard, Felicity tenait dans ses bras

un minuscule être vivant, et Karim sortait le placenta qui s'était détaché de la paroi utérine. C'était le seul moyen de stopper l'hémorragie.

Felicity poursuivit sa tâche sans penser, sans réfléchir, car le bébé était flasque. Heureusement, il réagit à la réanimation.

Elle souffrait pour Aarif qui, le regard vide, surveillait les opérations, gardant ses émotions pour plus tard.

Karim intima au malheureux d'injecter davantage de produits, puis pansa le ventre de Bedra pour la préparer à son transfert. Au moment où Felicity allait demander comment elle pouvait appeler les secours, elle entendit atterrir un hélicoptère.

Karim venait de sauver non une vie mais deux, dans des conditions impossibles, et les secours arrivaient !

Il criait maintenant des ordres à un médecin qu'elle reconnut : c'était le Dr Habib qui courait de l'hélicoptère au 4x4 ! Heureusement, pressé comme il l'était, il ne regarda pas dans sa direction. Un pédiatre accourait derrière lui pour s'occuper de l'enfant.

Mais Aarif dut voir l'effroi dans ses yeux. Ou crut-il qu'elle était gênée de n'être pas voilée ? En tout cas, il s'empressa de lui tendre un linge, dont elle se couvrit le visage aussitôt.

Mais il était trop tard.

Helen était devant elle, abasourdie. Pendant une seconde, elles se regardèrent, muettes, avant que Felicity lui enjoigne d'un signe impérieux de feindre l'indifférence. Elles se mirent au travail, préparant le nouveau-né pour son transfert. Il avait rosi et pleurait à présent, sans toutefois beaucoup d'énergie. Il devait en être à sa vingt-sixième semaine de gestation, ce que confirma le médecin.

Karim ne se détendit que lorsque Bedra fut sous anesthésie totale et transfusée. Appuyé à la paroi du 4x4, il fixait la couveuse contenant la vie minuscule qu'il avait sauvée, se souvenant de son neveu Kaliq que son frère n'avait pas eu le courage de tenir dans ses bras. Il se rappela Jamal qui attendait, les larmes de son père, le deuil du peuple entier.

Puis, en regardant Felicity qui bavardait avec le pédiatre,

les yeux posés sur le bébé, il prit conscience qu'abandonner son enfant la tuerait.

Il se raidit, refusant de se laisser aller à ses sentiments. Parce que… Enfin, peut-être y serait-elle…

Tandis qu'on installait la mère et le prématuré dans l'hélicoptère prêt à repartir, Felicity parvint enfin à dire quelques mots à Helen, son unique lien avec le monde réel.

La seule femme qui pouvait comprendre dans quel guêpier elle s'était fourrée.

15.

Ce qu'ils venaient d'accomplir ensemble aurait dû les rapprocher.

Karim avait été sur le point de lui faire l'amour avant cette interruption, Felicity en était certaine. Néanmoins, alors que, pour la première fois de sa vie, il se préparait son bain tout seul, son silence était assourdissant.

Quand elle se remit au lit un peu plus tard après avoir pris un bain elle aussi, il fit semblant de dormir pour éviter ses questions.

— Karim ? dit-elle, s'adressant à ses larges épaules. C'était formidable, ce que tu as fait…

Oui, il faisait semblant de dormir. Au lieu de lui répondre, il se mit à ronfler ; ce qu'il ne faisait jamais.

C'était pire que s'il lui avait demandé de se taire.

Felicity persista dans son refus de céder. Pas question de considérer comme son mari un homme qui ne lui faisait pas confiance, et pas question non plus de vivre dans ce silence. Pendant que les jours se traînaient, Bedra n'étant plus là pour la distraire, elle bavarda gaiement, la plupart du temps toute seule.

— Oh ! Je me suis coupée !

Assise sur les coussins, elle lisait une revue. La minuscule coupure provoquée par la tranche du papier ne nécessitait aucun soin : elle avait juste envie de parler.

— Je me demande s'il y a des pansements…

Karim ne leva même pas la tête du gros livre à la couverture noire dans lequel il était plongé.

— Je sais ! s'exclama-t-elle. Il doit y en avoir dans le 4x4 équipé. Je vais aller jeter un coup d'œil…

Lorsqu'elle passa devant lui, il ébaucha un sourire.

— Non, Karim, ne te dérange pas pour moi, je me débrouille.

Il lui saisit la cheville, lui sourit pour de bon et, soudain, ce fut comme si le soleil avait pénétré sous la tente. Torride, chaleureux et étincelant.

— Tu parles trop.

Il la tenait toujours.

— Et toi, pas assez.

— Assieds-toi.

Lui lâchant la cheville, il tapota les coussins à côté de lui, mais elle résista.

Il poussa un grand soupir.

— Felicity ! Pourquoi ne pas t'asseoir un moment pour que nous puissions parler ?

Elle eut l'impression de se retrouver au restaurant le premier soir : ce fut conventionnel et embarrassant au début. Ils évitèrent les sujets brûlants comme le sexe et les enfants, et comme il n'existait pas grand-chose d'autre entre eux, ils évoquèrent le seul lien qui les unissait, leur métier.

— Je crois que j'ai toujours voulu être sage-femme, répondit-elle lorsqu'il lui posa la question. Je suis née comme ça. J'adore les femmes enceintes et les nouveau-nés.

Zut ! On en revenait aux bébés… Le problème se reposait à chaque détour de la conversation. Impossible de parler de ses espoirs de travailler dans un centre d'accouchement naturel quand elle rentrerait en Angleterre, car ce rêve s'était bel et bien envolé, à présent. Ni de sa famille, de son père et de l'héritage que son alcoolisme lui avait laissé… elle ne lui faisait pas assez confiance.

Pour finir, après quelques tentatives avortées, Karim lui fit part de ses propres aspirations, ce qui n'arrangea rien. A mesure qu'il se dévoilait, elle l'appréciait davantage, et sa perplexité augmentait.

— Tu fais de la médecine, ici ?

— Avec l'aide de Bedra.

C'était sans doute le syndrome de Stockholm, se dit-elle, songeant qu'elle tombait amoureuse de son ravisseur. Non, à la vérité, son amour datait de bien avant, et Karim l'intriguait de plus en plus.

— C'est une sorte d'hôpital mobile. Je ne peux plus exercer à Zaraqua, c'est incompatible avec mon rôle.

— Mais tu as fait des études pour ça, et tu es chirurgien.

— Il m'est impossible d'être aussi proche du peuple.

Le voyant froncer les sourcils, elle ne répondit pas. Mieux valait l'écouter. Après une longue pause, il reprit :

— J'avoue que ça me manque, parfois.

Felicity sursauta. Enfin, il était question d'émotion, de sentiment ! L'homme qu'elle aimait existait pour de bon.

— On ne choisit pas d'être chirurgien, l'évidence s'impose d'elle-même. A Zaraqua, mon rang me l'interdit, désormais. Mais ici…

Il se tut un instant, comme s'il prenait la mesure de l'immensité du désert avant de poursuivre.

— Bedra est médecin. Elle a fait ses études à l'étranger avant de revenir à Zaraq pour aider son peuple. Au palais, on croit qu'elle et Aarif sont mes serviteurs. Les Bédouins sont fiers, ils ne viendraient pas faire la queue devant la tente royale pour mendier du secours, c'est pourquoi elle le leur apporte sur place, dans le véhicule que tu as vu. Avec le téléphone, elle peut demander de l'aide au centre hospitalier, et parfois, pour les problèmes qui dépassent ses capacités, je l'accompagne…

— Tu donnes des consultations ?

— Ma famille n'est pas au courant. Je te prie donc de ne rien révéler. Je travaille à un projet pour envoyer des médecins en visite dans le désert et ce dans le cadre normal de la rotation de l'hôpital. En attendant, je me débrouille tout seul, discrètement.

Il parlait comme s'il faisait quelque chose de répréhensible, remarqua Felicity. Comment en arrivait-on à devoir garder secret le fait de sauver des vies ?

— Impossible de faire avancer les choses trop vite, mais elles bougent malgré tout, poursuivit-il. J'ai créé l'hôpital et l'université nouvelle pour que davantage de femmes aient accès à l'enseignement supérieur. Je peux choisir de parer au plus pressé en tant que chirurgien, ou d'apporter peu à peu des progrès, de façon à transformer en profondeur l'existence de mon peuple.

S'il était roi, il pourrait agir plus vite, pensa Karim avec un certain malaise.

Il pourrait apporter plus de progrès que son père ou Hassan. Tout en souscrivant aux traditions du royaume, il admettait que certaines, parfois, le révoltaient. Le développement était si lent ! En tant que roi, il aurait d'autres moyens…

Mais comme il refusait de l'être et que Felicity n'avait pas à le savoir, il se leva pour mettre fin à la conversation.

Felicity en avait le vertige. Il était tellement complexe ! Combien d'hommes cohabitaient en lui ? Le play-boy de Londres, le prince dans son palais, le chirurgien à l'hôpital et maintenant, ce médecin du désert… Elle souhaitait que le kaléidoscope cesse enfin de tourner, que les différentes facettes soient réunies. Elle le voulait tout entier.

— Je dois partir demain, ajouta-t-il.

Il se tut, sans donner d'autre explication.

C'était une habitude, constata-t-elle. Dès qu'il se livrait un peu, il le regrettait aussitôt.

— Où vas-tu ?

— Ça ne te regarde pas.

— Karim, je t'en prie…

— L'opération de mon père est prévue pour dans quelques jours.

— Et tu ne m'as pas avertie ? Karim, je suis ta femme !

— Une épouse qui refuse les relations physiques est une mauvaise épouse.

— Et un mari qui ne fait pas confiance à sa femme est un mauvais mari ! retorqua-t-elle tandis qu'il arpentait la tente, maintenant.

— L'hélicoptère qui vient me chercher amènera du personnel pour s'occuper de toi.

— Pas question ! s'écria-t-elle. Je ne resterai pas.

— Tu feras ce que je te dis.

— S'il te plaît ! Je dois t'accompagner… N'est-ce pas ce que ta famille attend ?

Sa famille n'attendait rien d'elle.

La fixant d'un regard dur, il lui saisit les poignets parce qu'elle essayait de le frapper de ses poings. Quand comprendrait-elle que tout ce que sa famille voulait, c'était le bébé qu'elle portait, le futur héritier d'Hassan… Ou le sien.

A cette pensée, il la lâcha, mais elle se jeta contre lui, tout contre son cœur fermé à double tour.

— Emmène-moi avec toi, Karim. Je suis ta femme, je devrais…

Seule sa bouche pouvait la faire taire. C'était si bon de la sentir toute proche !

Passant les bras autour d'elle, il l'embrassa, et chaque fois qu'elle reculait, il insistait. Il la savourait, promenant sa langue sur ses lèvres closes, la serrant contre lui à l'étouffer pour qu'elle perçoive ce dont elle se privait, le désir qui bouillonnait en lui depuis si longtemps. Ce feu qu'il avait lui-même refusé d'éteindre, acceptant le défi comme un jeûne dans le désert. Car lorsqu'elle viendrait enfin à lui, et elle viendrait, il n'en doutait pas, la victoire serait si douce !

Sa bouche commençait à céder, son corps se faisait plus souple… Finalement, comme elle résistait encore malgré tout, il la lâcha.

— Je te l'ai déjà dit ! Nous resterons ici jusqu'à ce que le mariage soit consommé. A toi de voir.

16.

Il fallait qu'elle rentre à Zaraqua. Elle ne resterait pas toute seule dans le désert.

Allongée dans le lit, Felicity réfléchissait à l'avenir de son enfant. Certes, elle voulait lui donner la chance d'avoir un père qui l'aimerait et de grandir au sein d'un foyer heureux ; c'était à Karim de saisir cette chance, de lui faire confiance.

Elle le détestait. Et pourtant…

Elle ferma les yeux pour se rappeler leurs étreintes, la tendresse qu'il était capable de prodiguer. Il avait su la libérer de sa peur, mais pour la jeter dans une autre prison.

Elle devait l'amener à faire l'amour sans protection sinon, demain, il la laisserait seule.

Pendant qu'il priait pour le roi et pour son peuple, elle se prépara un bain. Bien que peu experte en matière de séduction, elle avait observé tout en se dévêtant les flacons de verre que Bedra avait utilisés le premier soir. Elle avait donc versé de l'eau de rose dans la baignoire avant d'y entrer.

En se séchant, elle s'était remémoré le bavardage de la jeune femme qui lui massait l'intérieur des poignets.

— C'est de l'*attar*, un mélange de senteurs. De l'ambre, de l'*oudh* — du bois de santal —, et du musc, ce qui enchantera le prince. Et je placerai une coupe d'huile d'amande douce au pied du lit…

— Mais ça ne sent rien !

Bedra avait éclaté d'un rire joyeux, sans répondre.

Etrange, de se masser les poignets avec de l'*attar* ! La fragrance entêtante lui avait rappelé cette première nuit où Karim l'avait tenue dans ses bras, avant que les choses se gâtent. Imitant Bedra, elle avait placé une coupe en argent pleine d'huile d'amande douce près du lit avant de s'allonger, nerveuse comme une jeune mariée le soir de ses noces.

Lorsqu'il la rejoignit, il se déclara trop fatigué pour parler. Bien qu'il lui tournât le dos et feignît le sommeil, la tension, l'énergie négative qui émanait de lui, étaient palpables. Quand il s'endormit enfin, il se retourna pour l'enlacer, une main posée sur son ventre, et elle faillit pleurer. L'homme qu'elle aimait n'envisagerait jamais de risquer la vie de son bébé. Se mettant face à lui pour le regarder, elle le caressa.

Elle sentit son corps réticent, rancunier, même dans son sommeil.

— Karim, je ne veux pas de ce test.

Elle s'adressait aux ténèbres, ignorant s'il l'écoutait, priant que son âme entende sa supplique.

— Je n'accepterai aucun risque, même minime, juste pour que tu…

— Felicity, s'il te plaît ! Pouvons-nous parler de ça une autre fois ?

Contrarié de s'être laissé aller dans son sommeil, Karim s'écarta pour tenter de se rendormir. La nuit serait longue et, curieusement, il savait que seule sa présence à son côté lui permettrait de la supporter.

Après la conversation téléphonique qu'il avait eue avec ses frères, l'insomnie le guettait. L'opération de son père, trop de décisions à prendre…

Puis, quand il s'était glissé dans le lit à côté de Felicity, mécontent d'elle, de lui-même et de sa famille, il avait soudain oublié tous ses soucis, n'ayant plus conscience que de l'obscurité, du silence et de l'odeur musquée qui l'avait calmé. L'entendre respirer lui avait apporté une paix inespérée.

Peut-être l'avenir serait-il un peu moins sombre, avec elle dans son lit la nuit ?

A présent, elle l'avait réveillé. Lui non plus ne voulait pas de ce test, peu lui importait la vérité. L'horrible période qu'il vivait, il le savait, n'était supportable que grâce à elle. En ce moment, pourtant, son chaud parfum l'incommodait.

Et s'il la priait d'aller prendre un bain ? Non. Après tout, ce n'était pas si désagréable…

— Je n'arrive pas à dormir, admit-il, une demi-heure plus tard.

— Je peux t'aider.

— Comment ?

Posant les mains sur ses épaules, Felicity se mit à le masser. Ses muscles étaient noués sous la peau soyeuse, et elle le sentit se détendre au bout d'un moment.

— Ça va mieux ?

Elle le poussa pour qu'il se mette à plat ventre, ne voulant pas manquer l'occasion de lui faire entendre raison avant l'aube.

L'utilité de l'huile contenue dans la coupe lui apparaissait maintenant. Après avoir plongé les doigts dedans, elle lui massa le dos, appuyant les pouces le long de sa colonne vertébrale, jusqu'à ce que sa tension reflue. Lorsqu'il fut relaxé, elle ôta sa chemise de nuit et lui demanda de se retourner. Pendant que ses yeux noirs la caressaient, elle enduisit de nouveau sa main d'huile puis lui massa le torse et le ventre.

— Tu en sais trop, murmura-t-il d'une voix rauque. Pour quelqu'un qui n'a pas d'expérience…

— Je ne sais rien du tout, à part ce que me dit mon corps, et ce que le tien me demande.

Elle, qui avait toujours eu peur de la sexualité, laissait parler son instinct avec lui, et de toute évidence, la résistance de Karim faiblissait. Cet homme hautain, froid et réservé, redevenait celui qu'elle avait connu et qu'elle aimait.

Il l'observa, les yeux pleins de douceur.

— Ton corps est en train de changer.

La première reconnaissance de sa grossesse ! songea Felicity, heureuse.

— Touche-le, alors, chuchota-t-elle.

Après avoir frotté ses paumes sur sa peau pour récupérer un peu d'huile, Karim les promena sur ses hanches, plus rondes qu'avant, puis sur ses seins, et enfin sur la courbe de son ventre, où reposait leur enfant. En un éclair, il envisagea une existence sans pays ni devoir, avec seulement la confiance, la vie à ses côtés. L'idée d'une aiguille s'enfonçant dans ce ventre pour percer l'utérus et déranger le petit être qui grandissait à l'intérieur lui fut soudain intolérable.

Leur bébé.

— Il n'y aura pas de test, Felicity.

Elle lui sourit, les yeux dans les siens, tout en continuant à le caresser.

Ses mains étaient magiques. Karim avait envie de pleurer, mais les cheikhs ne pleuraient pas, pas plus que les princes, ni les simples hommes, d'ailleurs.

— Felicity… Je ne veux pas être roi. Je donnerais n'importe quoi pour ne pas être roi.

— Il n'est pas question que tu le sois !

Elle ne comprenait pas, bien sûr, et il n'était plus en état de lui expliquer. Par sa patience et sa tendresse, elle avait fait surgir la vérité, et le soulagement le submergeait.

A présent, il n'avait plus qu'un souhait : se perdre en elle.

Ce qu'il fit en l'attirant à lui, et il crut mourir de plaisir. Refusant pourtant de céder à son désir intense, il la regardait, cette femme qui brouillait tout, qui allégeait les règles respectées depuis toujours. Oh oui, il avait envie de lui faire confiance.

Felicity tanguait doucement, ses yeux, voilés de plaisir, le suppliaient de l'accompagner.

— Viens avec moi, Karim…

Soudain, elle ne put retenir un cri, alors qu'il continuait de se retenir. Alors elle s'affala sur lui, sanglotant, balbutiant qu'il était l'unique, que c'était son enfant à lui et qu'il devait l'aimer.

Karim s'abandonna enfin avec un sourd gémissement.

Ce pourrait être ainsi tous les jours, toutes les nuits, à jamais, si seulement il acceptait de croire en elle.

En reprenant conscience, il la tint serrée contre lui pendant qu'il luttait contre ses vieux démons.

Son père n'avait jamais pardonné à sa mère et avait vécu solitaire.

Et pour quel résultat ?

Karim n'avait pas bien dormi ces dernières nuits, il en était conscient, parce que le mot idiot « amour » flottait dans sa tête. Pourtant, tandis que ses mains se frayaient de nouveau un passage entre les cuisses chaudes, il se répéta que c'était simplement du désir ce qu'il éprouvait pour elle.

17.

Karim était heureux que Felicity soit là.

Fidèle à sa parole, il avait quitté le désert avec elle — pour combien de temps, il l'ignorait. Mais quand il entra dans la suite royale, le fait de la savoir assise dans le salon d'attente lui facilita les choses. Hassan était venu aussi avec Jamal, et Ibrahim allait arriver.

Lorsqu'il la rejoignit un peu plus tard, il chercha ses yeux, ces joyaux bleus qui étincelaient sous l'abaya qu'elle avait choisi de porter.

— Comment va-t-il ? demanda-t-elle.

— Il décline. On aurait dû l'opérer avant, au moment où je l'ai suggéré.

— Son cœur n'aurait peut-être pas supporté l'anesthésie…

— De toute façon, il est impossible de revenir en arrière. Quand nous sortirons de chez mon père, tu devrais rentrer au palais avec Hassan et Jamal. Je veux rencontrer le chirurgien pour discuter avec lui les détails de l'intervention.

— J'aimerais mieux t'attendre.

— J'en aurai sans doute pour longtemps.

— Me permettrais-tu de rendre visite à Bedra ?

Il secoua la tête.

— On pourrait te remarquer. J'estime qu'il est trop tôt pour que les gens sachent.

Il vit la supplique dans ses yeux.

— Un petit moment, alors, ajouta-t-il. Dis-lui que je prie pour elle et son fils.

*
* *

La maternité étant pleine de visiteurs, personne ne prêta attention à Felicity.

Aarif, qui la reconnut cependant, s'inclina à son arrivée, et elle dut lui demander d'être discret.

Bedra était pâle et épuisée. Ses yeux bruns se remplirent de larmes.

— Merci ! Vous avez sauvé notre fils.

— Comment va-t-il ?

— Il est très courageux. Les médecins disent que c'est un battant. Il s'appelle Karim.

Résolue de ne pas la fatiguer davantage, Felicity ne s'attarda pas et quitta la chambre peu après.

— Helen !

Sa collègue qui se dirigeait vers le bureau des infirmières se retourna en fronçant les sourcils.

— C'est moi, Felicity.

— Mon Dieu, enfin ! Je suis passée devant l'aile royale chaque fois que j'ai pu. Qu'est-ce qui se trame donc ?

— Je n'en sais rien.

Elles allèrent s'asseoir dans une petite annexe, et personne ne les remarqua.

— C'est mon dernier service, je pars en vacances demain. Je peux prévenir ta famille…

— Inutile de les inquiéter.

Bien que soulagée de pouvoir s'épancher, Felicity lui raconta tout d'une voix tremblante, mais elle se sentait coupable car, ainsi décrit, le comportement de Karim semblait épouvantable.

— A présent, j'ai l'impression qu'il n'est plus aussi catégorique. Il m'a assuré qu'il n'exigerait pas ce test.

— Si tu es certaine que l'enfant est de lui, pourquoi ne pas…

— J'ignore ce qui se passe. Ce matin, il a dit que je devrais retourner dans le désert après l'opération de son père, que le moment n'était pas encore venu de me présenter au peuple… Comme s'il voulait me cacher.

— Ne peux-tu pas lui parler, lui expliquer ce que tu ressens ?

Pour toute réponse, elle eut un sourire amer.

— Bien sûr que non, reprit Helen d'un ton compatissant. J'oubliais à quel point c'est différent, ici.

— Il n'a rien à voir avec l'homme que j'ai connu à Londres, et pourtant, parfois…

Elle se souvint de la nuit précédente, de sa tendresse, mais elle était trop déroutée pour penser clairement.

— Il faut que je parte, pour avoir le temps de réfléchir. Peut-être après l'opération…

— T'a-t-il pris ton passeport ?

— Non. J'ai vérifié, il est toujours dans mon sac. Par contre, je n'ai pas d'argent. Tu te rends compte, j'ai tout le luxe que je souhaite, mais pas un sou…

— Je ne peux rien faire pour toi. Si jamais on l'apprenait, je ne pourrais plus revenir travailler.

— Je comprends.

Tête basse, Felicity se leva.

— Merci quand même de m'avoir écoutée.

— Felicity, attends ! Demain, on opère le roi, ce qui accaparera l'attention de tous les gens. C'est ta seule chance.

— Je ne veux pas te compromettre.

— Tu ne t'en sortiras pas sans moi… Attention, il faut que tu sois discrète ! Tu dois partir avec un bagage. Demain matin, je viendrai dire au revoir à tout le monde. Je laisserai une valise ici, avec de l'argent à l'intérieur. S'il te plaît, ne me fais aucun signe à l'aéroport. Si jamais ils te surveillaient…

— Impossible ! Je ne peux pas abandonner Karim un jour pareil.

— A mon avis, tu ferais mieux. Pense au bébé.

— Justement, je ne fais que ça. Il a besoin d'un père.

— Au fait, c'est vrai que Jamal est enceinte ? Il y a des rumeurs qui circulent…

— Elles sont sans fondement.

Ce matin, Jamal avait encore pleuré en lui disant sa honte de ne pas pouvoir donner d'enfants à Hassan.

— Pourtant, les bruits qui courent émanent du palais, j'en suis certaine.

— Mais dans quel but…

Sa voix se brisa. Une pensée venait de lui traverser l'esprit, si épouvantable qu'elle la chassa aussitôt.

— Si Karim pense que le bébé n'est pas de lui…, poursuivit Helen d'un ton horrifié. Ce qu'il leur faut, c'est un héritier. En ces temps troublés, le peuple a besoin d'une certitude.

— Non !

Impossible de croire ça ! Elle se souvint de ses mains posées avec tendresse sur son ventre.

— Cette nuit, il m'a assuré qu'il ne ferait pas faire le test. Et il m'a dit…

« Je donnerais n'importe quoi pour ne pas être roi. »

Elle se sentit blêmir. Mon Dieu ! Etait-ce ce qu'il avait voulu dire ? Avait-il avoué la vérité dans ce moment d'abandon ? Qu'il donnerait jusqu'à sa chair et son sang ?

— Merci, Helen, de me prêter de l'argent… Tu me connais à peine !

Son amie esquissa un pâle sourire.

— J'ai confiance en toi, et tu es dans une situation impossible. Essaie de lui parler ce soir, une dernière fois, mais fais attention. Si jamais il se doute que tu as projeté de t'enfuir, il te fera surveiller. Et si tu n'obtiens pas d'explications… rendez-vous en Angleterre.

18.

Quand Felicity retourna dans l'aile royale, Jamal et Hassan étaient partis. Elle attendit Karim, puis on les reconduisit au palais, où Ibrahim venait d'arriver.

Elle ne profita pas longtemps de la présence de son mari ; les frères se retirèrent pendant que les femmes bavardaient en arabe. Les rares fois où elles traduisaient, Felicity se sentait d'autant plus vexée qu'elles parlaient toutes un anglais impeccable.

Estimant qu'elle n'avait rien à faire là, elle s'excusa et se retira.

Seule dans la suite de Karim, elle réfléchit à l'avenir, s'étonnant de l'avoir si mal compris. Sa main se posa sur son ventre qui commençait à s'arrondir.

Elle aimait ce bébé avec une passion dont elle ne se serait pas crue capable.

Lorsque Karim arriva, plus tard dans la soirée, il refusa de parler sous prétexte qu'il s'était disputé avec ses frères.

Il lui ôta sa chemise de nuit et lui fit l'amour. Malgré ses inquiétudes, il l'émouvait, et elle avait du mal à croire Helen… Cet homme qui gémissait en la serrant si fort ne pourrait pas traiter un enfant de cette façon.

— Qu'est-ce que tu espères, Karim ? demanda-t-elle d'une voix douce après l'extase qui la laissait faible et alanguie.

— Tout. Pour notre enfant, j'espère tout.

Ces mots ne la rassurèrent pas.

19.

Karim avait besoin de réfléchir.

Ce matin, oubliant les souhaits égoïstes, il priait pour que son père vive. Pour que le temps lui soit donné d'amender le passé, de retrouver la femme qui n'avait cessé de l'aimer bien qu'elle l'ait fui. Il pria pour qu'elle obtienne son pardon, et que lui-même apprenne à faire confiance.

Ses prières terminées, il s'assit sur la terrasse pour contempler l'étendue infinie des sables.

Très pâle, les yeux baissés, Felicity buvait son thé. Il désirait tant la croire, et ne pas lui faire de mal !

Il allait refuser le grand honneur qui pouvait lui échoir, et l'idée du chaos qui en résulterait le rendait malade d'avance. Quand il avait parlé de ses projets à Hassan, la veille, une algarade s'en était suivie.

Maintenant, le désert l'appelait. Il devait retourner écouter le conseil de sa terre, se laisser guider vers la bonne décision. Pas pour lui, ni pour son pays.

En regardant Felicity, il lui en voulut de l'obliger, par son existence même, à faire un tel choix. Sans elle, le devoir serait plus facile.

— Karim… Après l'opération de ton père, y aura-t-il une cérémonie pour notre mariage ?

— Laissons passer la journée, d'abord. Je te dirai ce soir.

— Qu'est-ce que tu me diras ?

Il ferma les yeux pour tenter de l'ignorer, mais en vain, et les rouvrit. Le temps passait et, quelle que soit l'issue pour son père, il lui devait la vérité.

— Je te dirai tout.

Une servante entra, pour annoncer que ses frères étaient prêts à partir pour l'hôpital.

— Aujourd'hui, je dois montrer à mon pays la force de ma famille, reprit-il. Attends-moi ici.

— Je veux venir, Karim, je veux être avec toi.

Il n'avait pas envie d'affronter seul cette journée, cette douleur, et capitula.

— Très bien.

Les servantes l'aidèrent à revêtir une abaya et, pendant le trajet, Felicity eut le cerveau en ébullition. Qu'avait-il à lui dire ? Helen s'était sûrement trompée…

— Karim ?

Il ne fit pas un mouvement vers elle. Plongé dans ses pensées, il laissait son regard errer par la vitre. Il l'ignora aussi en traversant l'hôpital et quand ils s'assirent dans le somptueux salon. Hassan ne leva pas la tête lorsqu'ils entrèrent, et Jamal, lui sembla-t-il, évitait de la regarder. La tension était insupportable, et pas seulement à cause du roi, Felicity en était sûre. Personne ne parlait, et même Ibrahim, d'ordinaire le plus sociable, avait la tête dans ses mains.

L'ambiance était si oppressante qu'elle fut tentée de se lever pour se dégourdir les jambes, de faire n'importe quoi pour briser cet affreux silence. Puis, soudain, elle sentit la main de Karim se glisser dans la sienne. C'était si inattendu qu'elle en eut le souffle coupé.

Tout ce qu'elle savait, c'était qu'elle ne pouvait pas partir aujourd'hui et ajouter à sa peine. Elle lui pressa les doigts.

— Le roi souhaite parler à ses fils, vint leur annoncer Kahn.

Hassan se leva et s'adressa à Karim en arabe sur un ton provocateur avant de s'éloigner. Lorsqu'il fut de retour, laissant la place à son frère, Hassan avait le visage d'une blancheur de craie.

Quand il réapparut, Karim arborait une expression impassible. Felicity lui reprit la main.

Enfin, Ibrahim disparut chez son père. Il y resta longtemps et, quand il rentra dans le salon, ses yeux lançaient des éclairs en direction de Karim qui ne broncha pas, le regard dans le vague.

— Le roi vous appelle, cheikha Felicity.

— Je l'accompagne, déclara Karim en se levant.

— Pardonnez-moi, Votre Altesse, il a donné des ordres, insista Khan. Il veut qu'elle soit seule.

Le roi était allongé, faible et pâle, et semblait bien plus âgé que sur les images que Felicity avait vues de lui. Comme on avait commencé à le préparer pour l'intervention, son élocution devenait difficile.

— Vous êtes une honnête femme, mon fils me l'a dit. Vous portez un présent extraordinaire. Prenez-en soin.

Donc, il savait ! Elle fut reconnaissante à Karim de lui avoir appris l'existence de son petit-enfant alors qu'il risquait de mourir.

— J'espère que ce sera un garçon, poursuivit-il.

Felicity sourit, consciente qu'il n'avait pas l'intention de l'offenser.

— Notre peuple a besoin d'un héritier…

Les paupières du roi papillonnèrent, et le cœur de Felicity se mit à battre plus vite.

— Grâce au fils que vous portez, notre peuple aura son héritier. Et Karim, qui refuse son devoir, mènera la vie qu'il entend. Hassan sera un bon père pour votre enfant.

Saisie de vertige, elle dut se cramponner au montant du lit. Ainsi, la pire des hypothèses était vraie ! Tout était décidé ! Voilà ce que l'homme qu'elle avait cru aimer voulait lui dire ce soir : que son bébé n'était pour eux qu'une solution à leur problème…

Il n'y avait plus à hésiter : elle devait partir. Aussi prit-elle sur elle pour s'efforcer d'avoir un comportement normal en revenant dans le salon.

— Que t'a-t-il dit ? demanda Karim d'une voix angoissée.

Grâce à son abaya, elle ne dut mentir qu'avec les yeux.

— De prendre soin de toi.

— Et quoi d'autre ?

— Rien… Les calmants faisaient déjà effet. Karim, je… je me sens mal.

Nul besoin de feindre ; elle était au bord de la nausée. Elle remarqua que Karim semblait sincèrement inquiet, mais à cause du bébé, bien sûr.

— Ne t'en fais pas, c'est normal, ajouta-t-elle en se levant. Je vais faire une promenade dans le parc pour prendre un peu l'air. Je reviens. Occupe-toi de ton père.

Comme prévu, elle trouva la valise dans l'annexe, pleine de vêtements emballés à la hâte, avec l'argent au fond.

S'étant changée, elle accrocha son abaya au portemanteau puis sortit, le bagage à la main.

Pour ceux qui la virent quitter l'hôpital, elle n'était qu'une femme blonde qui passait. Rien d'inhabituel, même pour les journalistes, massés à l'entrée, qui guettaient des nouvelles du roi.

Le cœur battant, elle s'engouffra dans un taxi dont le chauffeur écoutait les informations, lui aussi.

C'était le bon moment, en effet. Tout le personnel de l'aéroport était suspendu aux écrans de télévision. On lui prêta à peine attention quand elle expliqua qu'elle devait rentrer chez elle d'urgence.

Et si la Sécurité était déjà à sa recherche, s'ils avaient diffusé son nom, son signalement ? Son cœur cognait si fort qu'elle avait l'impression que tout le monde pouvait l'entendre.

Enfin, elle eut son billet en main. Pendant qu'on vérifiait son passeport, une sueur froide l'inonda. Elle sentait déjà une main se poser sur son épaule.

Restait à affronter l'interminable attente avant l'embarquement.

Soudain, un frisson glacé la parcourut. Karim pouvait téléphoner, et si elle ne répondait pas, il donnerait l'alerte. Et si elle répondait, il entendrait le bruit de fond et les annonces des hôtesses !

D'un pas qu'elle voulait nonchalant, elle traversa le grand salon pour aller s'enfermer dans les toilettes, les yeux braqués sur son portable. Il sonna enfin.

— Felicity…

Il semblait soulagé.

— Comment va ton père ?

— Il y a trois heures qu'ils ont commencé, et ce n'est pas terminé. Et toi, comment te sens-tu ?

Elle ferma les yeux. Quelle horrible comédie !

— Fatiguée, juste fatiguée.

— Je te laisse. Tâche de reposer. Si tu as besoin de quoi que ce soit…

En fait, une conversation banale, entre deux personnes qui se faisaient confiance. Pourtant, elle était en train de s'enfuir.

Même quand l'avion s'élança sur la piste, elle s'attendait encore à ce qu'on l'arrête. Puis, tout à coup, elle fut dans le ciel.

A ce moment-là, la vérité lui apparut : elle n'était pas sauvée.

En fait, elle ne le serait jamais : elle avait emporté leur futur roi.

20.

— Tout va bien ?

Elles étaient dans la file pour les toilettes quand Helen lui adressa la parole pour la première fois.

— Je me sens vaseuse. Je ne sais pas si c'est la fatigue ou la nausée matinale…

— Tu seras bientôt chez toi.

Karim aussi rentrerait bientôt au palais.

Elle devenait paranoïaque, se dit-elle en s'enfermant dans les toilettes. Peut-être accepterait-il son départ sans faire d'histoires. Après tout, sa mère s'était enfuie également…

Puis toute pensée cohérente s'évanouit : elle saignait ! Ce sang, qu'elle avait tant espéré voir quelques semaines plus tôt… La crainte de la fureur de Karim n'était rien, comparée à celle qu'elle éprouvait maintenant. Le chagrin s'y ajouta lorsqu'elle ressentit une douleur lancinante dans l'abdomen.

Elle était en train de perdre le bébé. L'être qu'elle avait voulu protéger se détachait d'elle, et elle était impuissante.

Helen fronça les sourcils en la voyant revenir.

— Qu'est-ce que tu as ? Tu es si pâle !

— Je… J'ai une hémorragie.

Très efficace et attentionné, le personnel de bord la fit allonger en première classe, et une hôtesse tira des rideaux autour d'elle.

Surtout ne pas pleurer ! se répéta Felicity. Sinon, elle ne s'arrêterait plus. Elle se retint aussi quand l'avion toucha le tarmac. Ensuite, l'attente fut longue car le brancard ne put passer que lorsque le dernier passager eut débarqué.

Les formalités, heureusement, furent accomplies en un temps record.

Elle était en Angleterre, enfin ! Elle était chez elle.

Une ambulance l'attendait, et les secouristes lui posèrent une perfusion.

Lorsque le véhicule fut sorti de l'aéroport, Felicity alluma son portable. La messagerie était pleine de messages, et la sonnerie retentit presque aussitôt. Lorsqu'elle entendit la voix de Karim, ce fut la goutte d'eau qui fit déborder le vase. Elle éclata en sanglots.

— Je l'ai perdu !

Elle le haïssait tant qu'elle hurlait dans le téléphone.

— J'ai perdu le bébé dans l'avion ! Tu peux me détester et me retrouver, je m'en fiche ! Je te hais, Karim ! Je te hais de m'avoir trahie, de ne m'avoir jamais fait confiance ! Tu peux dire à ta famille que ce bébé, ils ne l'auront jamais, pas plus que moi ! Il est parti, tu comprends ? Parti !

21.

Assis dans la salle d'attente, Karim avait pensé à elle. Elle lui donnait de la force, une force nouvelle.

L'opération avait été longue et délicate.

Pendant douze heures, dans le pays, le temps avait semblé être suspendu. Karim avait refusé toute nourriture, n'acceptant que de l'eau. Hassan était resté muet, tandis qu'Ibrahim ressassait manifestement de sombres pensées. Le silence avait régné autour d'eux.

Au cours de cette interminable attente, il avait appelé Felicity une fois, mais avait très vite renoncé pour qu'elle puisse se reposer. Il fallait qu'elle reprenne des forces pour ce soir, quand elle entendrait la vérité de sa bouche. Peu importaient les conséquences : il devait l'informer de son attitude inqualifiable.

C'était leur bébé. Il y pensait encore en parlant avec le chirurgien de son père. En sortant du centre hospitalier, il arborait un air très digne, pourtant, il se sentait souillé.

A son retour, elle n'était pas là.

Tout le monde avait été interrogé : les agents de sécurité de l'hôpital, les chauffeurs, le personnel du palais… On avait fouillé jusqu'à la résidence où elle avait logé, en vain. Puis une enquête avait été faite auprès du personnel de l'aéroport. Karim avait la certitude qu'elle était partie.

Il l'avait ensuite appelée toutes les minutes, jusqu'à ce qu'enfin elle décroche. Et sa réponse avait failli le tuer.

Son bébé avait disparu, avant qu'il ait pu le connaître, qu'il ait une chance de l'aimer. Elle aussi avait disparu. Tous deux étaient perdus sans espoir de retour.

— C'est sans doute mieux ainsi, avait remarqué Hassan. Elle aurait parlé…

La main d'Ibrahim avait arrêté le coup de poing.

— Je dois la rejoindre.

— Notre peuple a besoin de toi, Karim. Tu ne sais même pas où elle est ! Mieux vaut demander à la Sécurité de la localiser et décider ensuite de son châtiment.

— Elle vient de perdre un enfant.

— Qu'est ce que ça peut te faire ? Ce n'était certainement pas le tien !

Cette fois, le réflexe d'Ibrahim n'avait pas été assez vif.

La voix de sa mère au téléphone était douce et inquiète.

— Etait-ce ce que tu souhaitais pour elle, Karim ? La voir prise au piège dans le désert ou enfermée au palais, avec l'aéroport en état d'alerte ? C'est peut-être un moyen de garder une femme, mais pas de l'aimer. Laisse-la tranquille, Karim. J'ai vécu deux ans dans la hantise que ton père me retrouve. Est-ce la vie que tu désires pour ta femme ? Si tu l'aimes, appelle-la, écris-lui pour le lui dire.

— Pour elle, j'aurais changé.

— Ton père aussi avait promis de changer.

Il payait le prix fort pour avoir douté d'elle, songea-t-il, au bord des larmes. Pourtant, il s'était protégé…

Tout à coup, une idée le frappa. Ouvrant le tiroir de la table de nuit, il sortit un préservatif et se dirigea vers le lavabo.

Leila ! Il se rappelait l'avoir vue sursauter à son entrée dans la chambre, comme si elle avait quelque chose à se reprocher… Oh non ! Depuis le début, elle avait tout fait pour être enceinte et se faire épouser ! Pourquoi n'avait-il pas compris plus tôt ?

Près à se laisser aller au chagrin, il se ressaisit. N'écoutant que son cœur, il fit préparer le jet royal.

22.

Elle resta deux jours à l'hôpital.

Bien qu'elle ait décidé de mentir à sa mère, de feindre de l'appeler de Zaraq pour lui donner de bonnes nouvelles, elle avait craqué au beau milieu de la conversation. Sa mère était donc folle d'angoisse en arrivant dans la chambre, mais quel soulagement pour Felicity de se retrouver dans ses bras !

Un peu plus tard, elle répondit d'une voix calme à Georgina qui l'appelait de son appartement pour la prévenir qu'un certain Karim était à la porte. Devait-elle le laisser entrer, ou appeler la police ?

— Fais-le entrer. Dis-lui qu'il peut rester, que je lui parlerai quand je serai prête, et retourne chez maman.

Elle serra très fort les paupières. Elle était décidément incorrigible ! Même quand elle entrevoyait la liberté, elle aspirait à se retrouver prisonnière…

En sortant de l'hôpital, elle se fit dorloter deux jours chez sa mère. Avec Karim, le jeu qu'ils avaient commencé dans le désert reprenait : elle ne l'appelait pas, et il ne l'appelait pas non plus.

— Voilà…, annonça Georgina en lui apportant des toasts et des œufs brouillés sur un plateau. Il faut tout finir !

Felicity trouva amusant que ce soit sa sœur qui lui ordonne de manger. Si elles devenaient plus fortes toutes les trois, un avenir meilleur s'annonçait sans doute…

Toutefois, avant que ce jour n'arrive, il lui restait une affaire à régler.

Le cinquième jour, se sentant prête à affronter Karim, elle rentra chez elle.

*
* *

Il avait une mine épouvantable.

Pas rasé, assis sur le sofa en jean et en T-shirt, il semblait ne pas avoir dormi depuis une semaine.

— Je ne reviendrai jamais, annonça-t-elle en posant son sac. Rien de ce que tu diras ne pourra m'y obliger. Il faudrait que tu me tues d'abord.

— Tu penses vraiment que je ferais une chose pareille ?

— J'espère que non, bien sûr. Quoique, pour être franche, je suis tellement épuisée que ça m'est égal.

— Au sujet du bébé, je voulais…

— C'est immonde, ce que vous aviez projeté ! Tu aurais donné ton propre fils à Hassan pour éviter d'être roi ! dit-il, les larmes ruisselant sur ses joues.

Karim se leva d'un bond.

— Non ! Je croyais qu'il n'était pas de moi, au moment où nous l'avons envisagé…

— N'aggrave pas ton cas. Qu'est-ce que ça change, pour moi ? Même s'il n'avait pas été le tien, tu m'aurais enlevé mon bébé pour le donner à ton frère !

— Non !

— Ne mens pas, ton père me l'a dit !

— J'y ai pensé, oui, j'ai cru en être capable, au début… Après la nuit où nous avons fait l'amour dans le désert, c'est devenu impossible.

Sa voix était étrangement calme, et ses yeux noirs exprimaient un sentiment qu'elle ne savait interpréter.

— Imagines-tu à quel point c'est difficile de refuser d'être roi ? Si je n'avais pas renoncé à cet enfant, j'aurais été obligé d'accepter cette responsabilité, c'était mon devoir. Pour moi, c'était une catastrophe. Et comment souhaiter à mon fils de devenir ce que je détesterais être ? Je ne voulais pas de cet avenir pour lui. Ni pour toi. Le fardeau est trop lourd à porter, conclut-il d'une voix tremblant de larmes contenues.

Elle prit soudain conscience qu'il lui fallait tenter de démêler l'écheveau de hasard, de faiblesse et d'aveuglement qui les avait conduits là. Elle mobilisa toute son attention pour écouter la suite.

— La veille de l'opération de mon père, j'ai dit à mes frères que j'avais changé d'avis, que je gardais l'enfant. Hassan et Jamal étaient furieux que je leur enlève l'occasion de régner. Ils ne cessaient de répéter qu'ils ne comprenaient pas mon acharnement, que les chances qu'il soit de moi étaient si minces…

Il y eut un silence.

— Et j'ai répondu que… que je préférais aimer un enfant qui n'était pas le mien, plutôt que de te perdre, ajouta-t-il, son visage orgueilleux défait par la souffrance. Je leur ai dit aussi que je ne voulais pas être roi.

— Alors qui d'autre ? Ibrahim ?

Elle se souvint du regard furieux de celui-ci lorsqu'il était sorti de la chambre du roi.

— Comme nous n'arrivions pas à trancher, nous avons remis la décision à plus tard. Après l'opération.

— Comment va ton père ?

— Il a encore de longues années de belle vie devant lui. Et Hassan bien davantage, par conséquent.

— Ah ?

— Il semble être capable de passion, après tout, et il aime Jamal, même si elle ne peut pas lui donner d'enfants. Si le peuple de Zaraq est incapable d'accepter cela aujourd'hui, Hassan dispose donc de temps pour éduquer la population, lui faire comprendre que l'infertilité n'est pas une tare, et que les traditions ne sont pas immuables.

Il releva la tête et leurs yeux se rencontrèrent. Elle voulait tellement le croire ! Cependant, elle était trop lasse pour faire confiance à son cœur. Le cheikh Karim, prince de Zaraq, allait devoir apprendre la patience.

— Karim, je suis très fatiguée. Je vais me coucher.

Elle dormit presque quarante-huit heures d'affilée, ne se levant qu'en cas de nécessité absolue. Chaque fois, il était là, séduisant, en jean et torse nu, se débattant avec la bouilloire et les sachets de thé ou avec les travaux ménagers. Plus d'une fois, elle dut réprimer un sourire.

Ses larmes, quand elle pleurait, le déconcertaient, et il se contentait alors de la tenir dans ses bras ou de lui tendre un mouchoir. Puis, lorsqu'elle commença à émerger de sa chambre, il s'asseyait à côté d'elle devant la télévision.

Felicity sentait que son cœur blessé guérissait peu à peu ; elle en reconnaissait les signes. Lorsqu'un matin, elle éclata de rire à l'une de ses plaisanteries ou, plus tard, sourit en regardant une jonquille éclose.

Karim la laissa se remettre à son rythme, jusqu'au troisième soir alors qu'ils étaient assis côte à côte sur le sofa.

— Je t'aime, Felicity.

Elle ne détourna pas le regard de son feuilleton favori. Aurait-elle la possibilité de le capter à Zaraq ? se demanda-t-elle. Bien entendu, puisque Karim était prince ! Non seulement il pouvait tout, mais il venait de lui donner son cœur.

— Je resterai ici tant que tu le voudras, poursuivit-il. Pour toujours, si tu le souhaites. Je sais que j'ai des devoirs et des engagements, là-bas. Cependant, ils ne sont rien vis-à-vis de ceux que j'ai envers toi. Je t'aime.

— Redis-le.

Bien qu'elle gardât les yeux obstinément tournés vers l'écran de la télévision, Felicity sentait ses réticences fondre.

— Je t'aime, Felicity, je t'aime. Je t'aime.

Enfin, elle le regarda, les larmes ruisselant sur ses joues.

— Tu le dois, puis que je suis ta femme. Et que je porte ton enfant.

— Mais tu l'as perdu…

— Au moment où je te l'ai dit, j'en étais convaincue.

Les yeux noirs s'arrondirent de stupeur.

— Alors, pendant tout ce temps, tu m'as laissé croire que j'avais perdu mon fils !

— Tu as bien failli !

Ses yeux bleus lancèrent des éclairs, mais elle poursuivit, bien décidée à lui faire comprendre qu'il avait été sur le point de les perdre, le bébé et elle.

— J'ai fait une rupture de placenta, moins importante que celle de Bedra. On m'a conseillé de me reposer, d'éviter tout stress si je voulais garder le bébé.

Karim ferma les yeux un instant et elle attendit qu'il les rouvre pour poursuivre.

— Quand on m'a examinée et que j'ai vu qu'elle allait bien, je lui ai promis que je ne retournerai jamais à Zaraq, que je la protégerai, et que je ne mettrai jamais son père au courant…

— Elle ?

— La voilà, dit-elle en prenant sur la table basse devant eux une enveloppe contenant un cliché d'échographie. Fais la connaissance de ta fille.

Elle vit ses traits s'adoucir, et un sourire tendre s'épanouir sur son visage hautain.

— Eh bien, ça alors… Je suis sans doute le seul prince royal qui soit ravi d'avoir une fille !

La soulevant avec précaution du sofa, Karim l'emmena dans la chambre, en se souvenant de la nuit où il avait compris qu'il l'aimait, où il l'avait tenue tendrement dans ses bras. Il s'allongea à côté d'elle, soulagé et heureux.

Felicity commençait à somnoler lorsque le téléphone sonna.

Pour la laisser se reposer, Karim prit la communication et parla pour la première fois à sa belle-mère. Curieusement, elle ne semblait pas angoissée. Au contraire, c'est d'un ton plein d'assurance qu'elle lui expliqua qu'elle comptait sur lui pour rendre sa fille heureuse.

Jetant un coup d'œil vers Felicity, il vit qu'elle lui faisait signe.

— Passe-la-moi, dit-elle. Oui, maman, je repars. Quand le bébé sera un peu plus fort…

Elle sourit à Karim qui lui rendit son sourire.

— Je repars vivre au royaume de Zaraq.

Épilogue

— Pas question d'accoucher dans cette aile de l'hôpital ! marmonna Jamal.

Cette dernière avait beau avoir été élevée pour être reine un jour, elle proféra quelques jurons bien sentis, et Felicity et le Dr Habib échangèrent un sourire.

— Emmenez-moi dans la suite de l'aile royale ! ordonna-t-elle.

— On refait les peintures, répéta Felicity pour la quinzième fois. Pour l'arrivée de votre bébé !

— Eh bien, il arrive !

Le visage de Jamal s'assombrit.

Prématuré de cinq semaines, le futur roi de Zaraq prenait le royaume au dépourvu.

L'excuse invoquée par Felicity était fausse, mais ce serait une perte de temps de transférer Jamal à l'autre extrémité des bâtiments. Mieux valait qu'elle se concentre sur la tâche sérieuse qui lui incombait. Les bébés arrivaient au monde lorsqu'ils le décidaient, et celui-ci avait choisi de naître plus tôt que prévu.

Felicity avait souhaité être présente, même si elle ne travaillait plus à l'hôpital. Pendant l'année qui venait de s'écouler, Jamal et elle avaient appris à oublier leurs différends pour devenir amies.

Karim se trouvait en salle d'opération, Hassan en train de faire un discours de l'autre côté de la ville, et le roi séjournait à Londres, où il passait, semblait-il, beaucoup de temps.

Ainsi, des responsabilités incombaient à Felicity. Non contente d'assister Jamal, elle donnait, entre deux contractions, des ordres à Khan qui se tenait derrière la porte de la salle de travail, pour qu'il exhorte Hassan à se hâter s'il voulait assister à la naissance.

— Le voilà ! annonça Khan, tout excité.

— Dites-lui qu'il pourra entrer dans quelques minutes, dit le Dr Habib.

La tradition exigeait que les hommes ne soient admis dans la pièce qu'au dernier moment… Or, ce n'était pas du goût de Jamal.

— Hassan ! hurla-t-elle. Viens !

Felicity ne trouva rien à objecter. Elle invita donc le nouveau papa à être présent lors du miracle de la naissance.

Alors que des journalistes se bousculaient à l'entrée de l'hôpital et que le peuple, bourdonnant d'excitation, s'agglutinait aux abords du bâtiment, une étrange paix régnait dans la salle.

Certes, ce bébé était destiné à être roi. Pourtant, pendant que Jamal le prenait dans ses bras, et que Hassan pleurait de bonheur en les serrant tous les deux contre lui, il était plus qu'un roi. Il était… un bébé. Une merveille.

Les larmes aux yeux, Felicity regarda arriver la famille et accepta avec reconnaissance le bras qui lui entoura les épaules. Elle savait que, comme elle, Karim se remémorait le jour où ils avaient pour la première fois tenu leur fille dans leurs bras.

— Georgina l'a emmenée faire un tour dehors, elle arrive, dit Karim en caressant la joue de son neveu.

A la demande de Felicity qui ne voulait ni nurse ni bonne, sa sœur était venue s'occuper d'Aziza, qui était là maintenant, gazouillant dans les bras de sa tante. Felicity la prit et ne put s'empêcher d'être surprise par son poids après avoir tenu le nouveau-né.

Karim et elle avaient choisi son prénom, Aziza, avec beaucoup de soin. Il signifiait « précieuse et chérie », et elle l'était tous les jours, car tous deux avaient conscience de la valeur du cadeau qu'elle représentait.

— Je suis là à temps ?

Ibrahim arrivait, débraillé et en retard pour accueillir son neveu. Il empestait le parfum. Felicity réprima un sourire en voyant son expression embarrassée.

— Va t'habiller correctement ! marmonna Karim.

Son jeune frère sortit aussitôt, honteux.

Pensive, Felicity remarqua les joues roses de sa sœur dont le regard songeur avait suivi Ibrahim.

— Tu veux bien t'occuper d'Aziza ? demanda-t-elle à Georgina. Karim et moi allons faire quelques pas.

Ils se dirigèrent en silence vers les jardins, Karim en tenue de bloc bleue, Felicity en blouse rose de la maternité, un chirurgien et une infirmière, un mari et une femme contents d'être ensemble, mais aussi un prince et sa princesse.

— Tu veux recommencer à travailler…, dit Karim.

Felicity lui fut reconnaissante d'aborder lui-même le sujet.

— Ça m'a tellement plu, aujourd'hui !

— Ça te manque ?

— Oh oui ! Je n'imaginais pas à quel point. Aziza a trois mois, j'adore être avec elle, et je suis la première surprise d'avoir envie de retourner à la maternité. Mais peut-être juste un service par semaine… Est-ce impossible ? ajouta-t-elle, le regard anxieux.

Un an plus tôt, Karim aurait dit : « Oui, bien sûr que c'est impossible ! » Heureusement, les temps avaient changé, tout comme eux.

Il l'avait écoutée, l'avait laissée le guider vers ses propres aspirations, avant d'annoncer à son père que rien ne l'empêchait d'être à la fois prince et chirurgien. Sans doute l'annonce de la grossesse de Jamal avait-elle rendu sa décision plus acceptable.

Depuis, sa vie le comblait de bonheur.

Il arrivait à l'hôpital le matin pour opérer, puis rentrait retrouver sa famille le soir, ce qui faisait de ses obligations royales une partie de plaisir.

— Non, c'est tout à fait possible.

Il espérait que le roi serait de bonne humeur quand il lui soumettrait la question au téléphone, ce soir. Quoique… Depuis que son père faisait la navette entre Londres et Zaraqua, il était très souvent d'excellente humeur !

— Tout est possible, répéta-t-il d'une voix ferme.

Cependant, malgré l'assurance de Karim, Felicity n'était pas décidée à se satisfaire de cette affirmation. Le cheikh Karim, prince de Zaraq, se chargerait d'obtenir l'autorisation, elle n'en doutait pas, mais c'était en tant qu'épouse et mère qu'elle s'adressait à lui.

— Crois-tu que je puisse concilier quatre fonctions ? demanda-t-elle, elle-même un peu dubitative. Cheikha, épouse, mère et sage-femme ?

Il lui prit la main et déposa un baiser tendre sur ses lèvres.

— Sœur, fille, maîtresse et amie… Tu peux être tout ce que tu veux, Felicity.

Et c'était vrai, songea-t-elle, le cœur débordant d'amour. Tout était possible, tant qu'il se trouvait à ses côtés.

A paraître le 1er mai

Best-Sellers n°605 • suspense

La coupable parfaite - Laura Caldwell

A Chicago, une femme est accusée d'avoir empoisonné sa meilleure amie dans le but de lui ravir son mari. Aux yeux de la police, la culpabilité de la prévenue ne fait aucun doute. En revanche, pour l'intrépide et brillante avocate Izzy McNeil, qui se lance alors dans sa première affaire pénale, rien n'est moins sûr. Sa cliente a beau se montrer étrangement secrète, Izzy n'est pas du tout convaincue par la thèse du crime passionnel. A tel point qu'elle décide de mener sa propre enquête pour éclaircir les zones d'ombre et découvrir la vérité. Mais ce qui s'annonce comme l'affaire de sa carrière ne pouvait pas tomber plus mal car la vie personnelle d'Izzy est en plein chambardement : son ex-fiancé fait un retour retentissant alors même qu'elle tente de construire une nouvelle histoire d'amour.

Entre sombres secrets et passions inavouables, Izzy plonge peu à peu dans un monde où les relations aux allures inoffensives peuvent se révéler dangereuses…

Best-Sellers n°606 • suspense

Dangereux faux-semblants - Heather Graham

Pétrifiée, Madison Darvil ne peut détacher son regard de l'épaisse flaque de sang qui macule le sol. Qui rôdait cette nuit dans les sous-sols sinueux des studios de cinéma où elle travaille, et a sauvagement égorgé la belle Jenny Henderson, une jeune actrice dont la carrière était en train de décoller ? La police soupçonne le petit ami de Jenny, mais Madison, elle, refuse de croire à sa culpabilité : jamais celui qu'elle considère comme son petit frère n'aurait pu commettre un crime aussi odieux ! Parce qu'elle veut à tout prix qu'il soit innocenté, mais aussi parce qu'elle veut faire enfermer le criminel qui peut de nouveau – et à tout instant – frapper, Madison accepte d'apporter son aide à Sean Cameron, l'agent du FBI dépêché sur place. Un homme auréolé de mystère qu'elle peine à cerner… et dont la présence la trouble plus encore quand il lui révèle qu'il connaît son secret et que, comme elle, il a le pouvoir de communiquer avec les morts.

Best-Sellers n°607 • roman

L'héritage des Granger - Brenda Jackson

Des années plus tôt, Jace, Caden et Dalton Granger ont laissé derrière eux Charlottesville, la maison de leur enfance, et les terribles souvenirs qui y sont attachés. Mais, aujourd'hui, ils sont de retour pour exaucer le dernier souhait de leur défunt grand-père : sauver l'entreprise dans laquelle des générations de Granger ont mis toute leur énergie et leur passion.
Lorsqu'il découvre que *Granger Aeronotics*, qu'il a toujours connue florissante et à la pointe du progrès, est aujourd'hui au bord de la faillite, Jace n'a qu'une envie : claquer la porte et retourner à la vie qu'il s'est construite loin de Charlottesville. Hélas, comment le pourrait-il alors qu'il a solennellement juré à son grand-père, sur son lit de mort, de reprendre les rênes de l'entreprise familiale ? S'il veut sauver *Granger Aeronotics* et démasquer le traître qui a vendu certains de leurs secrets de fabrication à leur plus grand concurrent, Jace n'a qu'une solution : faire appel à Shana Bradford, la meilleure consultante de la ville.
Mais à peine pose-t-il les yeux sur la jeune femme qu'il pressent que cette collaboration sera bien plus difficile qu'il ne l'avait envisagé. Comment consacrer toute son énergie à sauver *Granger Aeronotics*, comme la situation l'exige, alors que les formes pulpeuses, la voix douce et le regard lumineux de Shana l'obsèdent jour et nuit ?

Best-Sellers n°608 • historique

La scandaleuse - Nicola Cornick

Londres, Régence

Susanna, en chair et en os ? Impossible ! Et pourtant… James Devlin, stupéfait, doit se rendre à l'évidence : c'est bien sa première épouse qui rit et danse avec insouciance au bal le plus prisé de la saison, et qui fait mine de ne pas le reconnaître ! Comment Susanna ose-t-elle réapparaître ainsi comme si de rien n'était, après avoir disparu sans laisser de traces, neuf ans plus tôt, au lendemain de leur nuit de noces ? Et comment peut-elle croire que se présenter sous un faux nom suffirait à le tromper, lui ?
Alors que la colère le submerge avec la même force qu'autrefois, James se jure que Susanna ne quittera pas ces lieux sans lui avoir donné l'explication qu'il attend depuis neuf ans. Ni sans lui avoir avoué ce qu'elle fait aujourd'hui au bras de l'un des célibataires les plus en vue de Londres. Car même s'il refuse de se l'avouer, il ne peut supporter l'idée que Susanna soit à un autre homme que lui…

www.harlequin.fr

OFFRE DE BIENVENUE MAXI

3 romans gratuits et 2 cadeaux surprise !

Vous êtes fan des volumes thématiques ? Pour prolonger le plaisir, recevez gratuitement **3 romans réunis en un volume* et 2 cadeaux surprise !**

Une fois votre colis de bienvenue reçu, si vous souhaitez continuer à recevoir nos romans, cela se fera automatiquement. Vous recevrez alors tous les 2 mois 4 volumes triples (1 volume thématique, 2 Édition Spéciale et 1 Coup de Coeur) au prix avantageux de 26,51€ le colis auxquels viendront s'ajouter 2,99€** de participation aux frais d'envoi.

* : le nombre de romans peut varier (3, 4 ou 5)

**5,00€ pour la Belgique

▶ **Vous n'avez aucune obligation d'achat et cette offre est sans engagement de durée !**

Les bonnes raisons de s'abonner :

- Aucun engagement de durée ni de minimum d'achat.
- Vos romans en avant-première.
- - 5% de réduction systématique sur vos romans.
- La livraison à domicile.

Et aussi des avantages exclusifs :

- Des cadeaux tout au long de l'année qui récompensent votre fidélité.
- Des réductions sur vos romans par le biais de nombreuses promotions.
- Des romans exclusivement réédités pour nos abonné(e)s notamment des sagas à succès.
- L'abonnement systématique à notre magazine d'actu ROMANCE.
- Des points cadeaux pouvant être échangés contre des livres ou des cadeaux.

Rejoignez-nous vite en complétant et en nous renvoyant le bulletin !

CZ4F09
CZ4FB1

N° d'abonnée (si vous en avez un) ☐☐☐☐☐☐☐☐

Mme ☐ Mlle ☐ Nom : .... Prénom : ....

Adresse : ....

CP : ☐☐☐☐☐ Ville : ....

Pays : .... Téléphone : ☐☐☐☐☐☐☐☐☐☐

E-mail : ....

Date de naissance : ....

☐ Oui, je souhaite être tenue informée par e-mail de l'actualité des éditions Harlequin.

☐ Oui, je souhaite bénéficier par e-mail des offres promotionnelles des partenaires des éditions Harlequin.

<u>Renvoyez cette page à</u> : Service Lectrices Harlequin – BP 20008 – 59718 Lille Cedex 9 - France

Date limite : **31 décembre 2014.** Vous recevrez votre colis environ 20 jours après réception de ce bon. Offre soumise à acceptation et réservée aux personnes majeures, résidant en France métropolitaine et Belgique. Prix susceptibles de modification en cours d'année. Conformément à la loi Informatique et libertés du 6 janvier 1978, vous disposez d'un droit d'accès et de rectification aux données personnelles vous concernant. Il vous suffit de nous écrire en nous indiquant vos nom, prénom et adresse à : Service Lectrices Harlequin - BP 20008 - 59718 LILLE Cedex 9. Harlequin® est une marque déposée du groupe Harlequin. Harlequin SA – 83/85, Bd Vincent Auriol – 75646 Paris cedex 13. SA au capital de 1 120 000€ - R.C. Paris. Siret 31867159100069/APE5811Z

éditions HARLEQUIN
www.harlequin.fr

La Romance sur tous les tons

Toutes les exclusivités sont sur notre site internet !
Parutions à venir, promotions, articles,
infos sur les auteurs, lecture en ligne gratuite,
avis des lectrices... et bien d'autres surprises !

Rendez-vous sur
www.harlequin.fr

OFFRE DÉCOUVERTE !

2 ROMANS GRATUITS et 2 CADEAUX surprise !

Vous souhaitez découvrir nos collections ? Recevez gratuitement **2 romans et 2 cadeaux surprise !**

Une fois votre colis de bienvenue reçu, si vous souhaitez continuer à recevoir nos romans, cela se fera automatiquement. Vous recevrez alors chaque mois vos romans inédits en avant première.

Vous n'avez aucune obligation d'achat et cette offre est sans engagement de durée !

☛ COCHEZ la collection choisie et renvoyez cette page au
Service Lectrices Harlequin – BP 20008 – 59718 Lille Cedex 9 – France

- ❑ **AZUR** .... ZZ4F56/ZZ4FB2 ....6 romans par mois 23,64€*
- ❑ **HORIZON** .... OZ4F52/OZ4FB2 ......2 volumes doubles par mois 12,92€*
- ❑ **BLANCHE** .... BZ4F53/BZ4FB2 ......3 volumes doubles par mois 19,38€*
- ❑ **LES HISTORIQUES** .... HZ4F52/HZ4FB2.......2 romans par mois 13,12€*
- ❑ **BEST SELLERS** .... EZ4F54/EZ4FB2 ......4 romans tous les deux mois 27,36€*
- ❑ **MAXI** .... CZ4F54/CZ4FB2 ....4 volumes triples tous les deux mois 26,51€*
- ❑ **PRÉLUD'** .... AZ4F53/AZ4FB2.........3 romans par mois 17,82€*
- ❑ **PASSIONS** .... RZ4F53/RZ4FB2....... 3 volumes doubles par mois 20,94€*
- ❑ **PASSIONS EXTRÊMES** ..... GZ4F52/GZ4FB2 ....2 volumes doubles tous les deux mois 13,96€*
- ❑ **BLACK ROSE** .... IZ4F53/IZ4FB2......... 3 volumes doubles par mois 20,94€*

* +2,99€ de frais d'envoi pour la France / +5,00€ de frais d'envoi pour la Belgique

N° d'abonnée Harlequin (si vous en avez un) ❑❑❑❑❑❑❑❑

Mme ❑ Mlle ❑ Nom : ____________________

Prénom : ____________________ Adresse : ____________________

____

Code Postal : ❑❑❑❑❑ Ville : ____________________

Pays : ____________________ Tél. : ❑❑❑❑❑❑❑❑❑❑

E-mail : ____________________

Date de naissance : ____________________

❑ Oui, je souhaite recevoir par e-mail les offres promotionnelles des éditions Harlequin.
❑ Oui, je souhaite recevoir par e-mail les offres promotionnelles des partenaires des éditions Harlequin.

Date limite : 31 décembre 2014. Vous recevrez votre colis environ 20 jours après réception de ce bon. Offre soumise à acceptation et réservée aux personnes majeures, résidant en France métropolitaine et Belgique, dans la limite des stocks disponibles. Prix susceptibles de modification en cours d'année.Conformément à la loi Informatique et libertés du 6 janvier 1978, vous disposez d'un droit d'accès et de rectification aux données personnelles vous concernant. Par notre intermédiaire, vous pouvez être amenée à recevoir des propositions d'autres entreprises. Si vous ne le souhaitez pas, il vous suffit de nous écrire en nous indiquant vos nom, prénom et adresse à : Service Lectrices Harlequin BP 20008 59718 LILLE Cedex 9.

Harlequin® est une marque déposée du groupe Harlequin. Harlequin SA – 83/85, Bd Vincent Auriol – 75646 Paris cedex 13. SA au capital de 1 120 000€ – R.C. Paris. Siret 31867159100069/APE5811Z.

éditions HARLEQUIN
www.harlequin.fr

Lecture en ligne gratuite

**Des romans à lire gratuitement sur notre site.
Découvrez, chaque lundi et chaque jeudi,
un nouveau chapitre sur**

www.harlequin.fr

Composé et édité par les

éditions HARLEQUIN

Achevé d'imprimer en avril 2014

CPI

BRODARD & TAUPIN

La Flèche

Dépôt légal : mai 2014

Imprimé en France